组织部长

大木 著

ZU ZHI BU ZHANG

第1部

群言出版社
Qunyan Press

图书在版编目（CIP）数据

组织部长. 第1部 / 大木著. —北京：群言出版社，2009.9

ISBN 978-7-80256-076-5

I.组… II.大… III.长篇小说—中国—当代 IV.I247.5

中国版本图书馆CIP数据核字（2009）第163616号

组织部长

责任编辑　樊　伟　陈丹丹

出版发行　群言出版社（Qunyan Press）

地　　址　北京市东城区东厂胡同北巷1号

邮政编码　100006

网　　站　www.qypublish.com

电子信箱　qunyancbs@126.com

总 编 办　010-65265404　65138815

编 辑 部　010-65276609　65262436

发 行 部　010-65263345　65220236

经　　销　全国新华书店

读者服务　010-65220236　65265404　65263345

法律顾问　中济律师事务所

封面设计　王　鑫

印　　刷　北京中印联印务有限公司

版　　次　2009年10月第1版　2009年10月第1次印刷

开　　本　787×1092　1/16

印　　张　18

字　　数　287千字

书　　号　ISBN 978-7-80256-076-5

定　　价　25.00元

目录
Contents

第一章 组织部新来的年轻人

从驼副部长办公室出来，贾士贞只觉得脚下生风，心中无比快乐。他来不及多想，因为唐雨林已经等着急了。

刚才顾副处长虽然召开了会议，布置了这次省级机关干部考察的相关工作。但是，对于刚刚来到组织部的贾士贞来说，他还不知道干部考察工作究竟是怎么回事，也理不清楚省委组织部工作的头绪，只好跟在唐雨林的后面下楼去了。

上班头一天，就出去考察干部，贾士贞的心里既激动又紧张。对他来说，这真是大姑娘上花轿头一回。

“快点，士贞！”唐雨林站在大厅里大声喊道。

“来了。”贾士贞大步跑下楼梯，还没到大门口，就看见一辆桑塔纳轿车缓缓地停在唐雨林的跟前。

车门一开，一个光亮亮、皮球一样的脑袋钻了出来，“唐处长，劳您大驾……”

就在光头顶下车的一瞬间，贾士贞惊呆了。

光头顶一眼就看到了已经站到唐雨林身边的贾士贞，他猛地一愣。

唐雨林笑着伸出右手，却见光头顶竟变成了一副滑稽戏演员的表情；再看贾士贞，他的目光也怪怪的。唐雨林一时怔住了。

中国十多亿人口，外形相像的人太多了，特型演员古月饰毛泽东，不是比毛泽东还毛泽东吗？那光头顶这种异常的情态又能说明什么呢？贾士贞在心里迅速地否定、肯定着。今天是自己第一次参加干部考察工作，其他一切都是次要的。贾士贞马上调整了自己的情绪，把头脑中那些奇妙的东西暂时抛到九霄云外去了，朝光头顶挥了挥手。

光头顶两眼直愣愣地看着贾士贞，脸上的肌肉不停地搐动着，像变化着的京剧脸谱。

唐雨林突然觉得贾士贞和老廖之间似乎发生过什么，忙打圆场介绍说："这位是省区划设置办公室人事处廖处长；这位是我们组织部新来的贾士贞同志。"

贾士贞微笑着朝唐雨林点点头，又看了看面前的光头顶说："哦，原来是廖处长啊！"

廖处长尴尬得有些不知所措，正想伸出手，唐雨林已经将半个身子挤进了轿车；贾士贞也拉开了车门。

廖处长自觉没趣，便坐进了副驾驶的位子上。他抹了一把光头顶上的汗珠，转过身来，沙哑着喉咙说："马上……马上王主任的奥迪轿车就来……来……来接仝处长。"他的喉咙里像塞着一口痰，说的话让人听着就有一种作呕的感觉。

老廖脸上的表情越发难堪，他那塌鼻子看上去就像一根长歪了的茄子。他回转过身看看旁边的司机，没好气地说："走啊！怎么回事？"

司机白了老廖一眼，说："您不是才上车吗！冲我发什么火？奇怪！"

唐雨林看看身边的贾士贞，贾士贞微笑着点点头作为回应，两人似笑非笑，觉得今天的事怪怪的。

车驶出省委大门，迎面碰上了一辆奥迪轿车。就在相会的刹那，两车同时停了下来。

廖处长急忙推开车门，说："王主任，我们先走了？"

"好，你们先走吧，我马上就来！"王主任从摇下一半玻璃的车窗里，探出他的大背头和那张黝黑的脸，看着老廖说。

贾士贞一愣，这张黑脸和那大背头他再熟悉不过了，他刚想要看个仔细，那辆奥迪轿车已经开走了。

他，难道他们……

坐在车后座上的贾士贞心里不由地嘀咕着，眼睛也不自主地一直审视着副驾驶位子上的光头顶。记忆的风帆欲驶回几天前那场意外的事故之中，但又都被他强行抑制住了。自己逃过了那场劫难，如愿以偿地进了省委组织部。眼前，当务之急是必须尽快进入省委组织部工作人员这个崭新的角色，努力完成好本职工作，其他姑且都放在一边吧！

可是贾士贞的脑袋里，怎么也摆脱不了眼前这个秃头顶廖处长和刚才那个黑脸大背头王主任的影子，他极不情愿把这两个人和那个血淋淋的场面联系在一起，可心里却非要把他们联系在一起！

桑塔纳轿车在一幢大楼前停了下来，光头顶第一个下了车，为唐雨林拉开车门，双手护着唐雨林的头，那动作别扭得让人觉得有点滑稽。

贾士贞一抬头，只见大门上方悬挂着一条横幅标语："热烈欢迎省委组织部领导莅临指导"。

廖处长忙前忙后地引导他们进了电梯，上了四楼，进入了一间小型的会议室。

室内灯光明亮，一尘不染；在椭圆形会议桌的正中间摆着两盆鲜花，香蕉、苹果和各种饮料应有尽有。

正当廖处长忙着给他们倒茶时，走廊里传来了王主任那特别高亢的声音："我王某怎敢劳您仝处长的大驾啊！不是省委英明决策，不是省委组织部的亲切关怀，不是您仝处长对我的器重，您这个大处长也不会屈尊大驾到我这个小庙来呀！啊，哈哈……"

随着一阵爽朗的笑声，王主任等人簇拥着仝处长进了会议室。

唐雨林和贾士贞赶忙站了起来，大家像迎接贵宾似的，笑着把目光集中到了仝处长一人身上。

"王……王主任，这二位是省委组……组织部的唐处长和贾……贾士贞同志！"廖处长慌慌张张地向王主任介绍着唐、贾二人，目光却久久地停留在贾士贞的身上，显然是在提醒王主任的注意。

谁知王主任眉飞色舞，兴致勃勃，全然没有注意到老廖给他的暗示。

王主任伸出两只手，右手抓住唐雨林，左手握着贾士贞，开怀大笑道："欢迎、欢迎，热烈欢迎啊！欢迎各位领导大驾光临指导工作！真让我这小小的破庙蓬荜生辉呀！"

"王主任，你把我们当成中央首长了，我们可都是具体办事的呀！"仝处长狠狠地在王主任的肩膀上拍了一下。

"中央首长！中央首长在哪儿，能随便让我见到吗？现在，你们就是我的中央首长！在我这里，谁能管着我，谁就是中央首长！哈哈……仝处长，你们手里的小笔头子一歪歪，那我们这些厅局长们还能有好日子过吗？哈哈哈……是吧，唐处长、贾科长？"

贾士贞只是觉得一阵头皮发炸，全身的鸡皮疙瘩都被这王主任给忽悠起来了。他在心里已暗暗认定，他，就是那个黑脸大背头、穿酱褐色长风衣的人；老廖，就是那个秃头顶大个子。

就在这时，王主任突然像挨了电击似的，全身猛地抽搐了一下，脸上的三角肌狂跳起来。旋即，王主任便恢复了平静。只见他快速向前跨了两步，一把抓住贾士贞的双手，拼命地摇晃起来："哎呀呀，贾科长，你好！你好！你可真是年轻有为、前途无量啊！老朋友，老朋友啊，我真诚地欢迎你，我王某重义气，是朋友……我的好朋友。"

经王主任这么一折腾，反倒弄得贾士贞有些不知所措了。他怎么也没有想到王主任会和他来这么一手，这一招反败为胜是绝对的恰到好处，它让贾士贞觉得好像是自己干了什么不光彩的事。

在场的所有人都觉得有些莫名其妙。唐雨林就更加大惑不解了。他看了看贾士贞，回想起刚才在组织部门口见到老廖时的情景；又看了看王主任如此反常、热情的样子，怎么也搞不明白这到底是怎么回事。

贾士贞什么也没有多说，甚至连动都没动，只是微笑地站在那里看着王主任。

"来来来！各位领导请坐！"王主任刚才还豪气喧天的痞劲立即换成了笑脸，不过嘴里仍然发高烧似的叨叨着，随手剥开了一个香蕉递给仝处长。

王主任那花白的大背头在灯光下冒着亮光，发胶的痕迹还清晰可辨。脸上那又深又黑的皱纹里透着真诚的笑意。

这时廖处长进来了，在每人面前放了两包中华牌香烟。

王主任迅速地撕开烟，递给仝、唐、贾每人一支，并亲自用打火机为他们点上。火苗映照在他那张黑脸上，就像酒吧里的舞女，不停地跳跃着。

轮到贾士贞时，他看着王主任不停地摆着手说："王主任，我不会抽。"

"不会？抽烟有什么会不会的啊！来，点着，不要紧张，不要紧张嘛！这里也不是组织部，是我的天下，只要有我在，天大的事都由我顶着！"王主任硬是给贾士贞点着了香烟，贾士贞既别扭又胆怯地瞥了一眼仝处长，抽了两口，就悄悄地把香烟丢掉了。

"王主任，这次考察干部的程序，我刚才在车上都已经和你说了，上午先由领导同志述职，述职后民主测评，然后再由唐雨林和贾士贞两位同志和你们这里的有关同志分别谈话。”仝处长说。

“好，就按仝处长的指示办！”

“我这可不是什么指示，王主任！”

“仝处长，您就别客气了，您的指示既精辟，又重要！”王主任的痞劲又上来了，“说不准将来还会编成名人名言供我们学习呢！”

仝处长重重地在王主任的肩上拍了一下：“王主任，这话可不能乱说呀！”

王主任一看仝处长的表情严肃起来，立即言归正传问道：“那我们现在就开始？”

“开始吧！”仝处长说完站了起来。

大家簇拥着仝处长来到会议室。王主任和仝处长相互谦让了一番，王主任硬是把仝处长第一个推进了会议室。贾士贞跟在唐雨林后面也进了门。只见这个大会议室装饰豪华，桌椅整齐，台上台下一尘不染。台下已经坐满了人，而且人人面前都摆上了席卡，第一排全部空着。见王主任和仝处长等人走进来了，廖处长站在前面，带头举起双手用力拍了起来，台下也一齐跟着鼓起掌来。

仝处长微笑着向台下点点头，那微笑中渗透着几许居高临下的味道，可以说是，严肃而不失笑意。很明显，没有一定阅历的人，是做不出这种姿态的。王主任朝台下挥了挥手，推着仝处长上了主席台，唐雨林和贾士贞则跟着仝处长在两旁坐了下来。

“同志们！”王主任拉了拉面前的扩音器，目光在台下环视了一圈，“今天省委组织部几位领导莅临我们单位指导工作，可以说这是我们区划办具有里程碑式的、具有划时代意义的一次大会……”

贾士贞不禁低下头暗自偷笑，旋即瞥了一眼唐雨林，只见他脸上毫无表情，目光远视。他也就顺势抬起了头，正襟危坐，气宇轩昂地挺直了腰背。

王主任接着大声说：“同志们，我们一定要和党中央保持一致，仝处长他们代表省委组织部，省委组织部代表省委，省委代表党中央，所以，仝处长就代表党中央……”

台下有人发出低低的笑声，唐雨林也低下了头。贾士贞感到浑身不自在，后悔不该坐到主席台上来。他转过脸，看着王主任，只见他摇晃着脑袋，继续装腔作势地说："我们盼星星盼月亮，终于把全处长盼来了！各位同志，我们区划办可是在全处长的关心下，由副厅级升为正厅级的呀！你们知道正厅级是什么概念吗？正厅级啊……啊……你们说，容易嘛，啊？我们应当由衷地表示感谢。现在让我们以热烈的掌声，欢迎全处长给我们作指示，大家欢迎！"王主任突然站起来，带头拼命用力地鼓起掌来。

这时贾士贞似乎明白了王主任的激动所在。原来省区划设置办公室以前只能算是个副厅级别，自然庙是什么级别，他王主任这个当家和尚也就是什么级别了。而现在庙大了，做和尚的也将是水涨船高。这样一想，他觉得王主任的激动、失态也就可以理解了。特别是王主任刚才的等量代替，让贾士贞在心里暗暗好笑。在数学里，若A=B，且B=C，那么A当然等于C了！不过，王主任或许并不是热衷于数学里的等量代替公式，而是过于激动在胡说八道上。贾士贞瞥了一眼全处长，不知道此时的全处长对王主任刚才那言过其实的胡话是何感想。

台下骤然响起一阵热烈的掌声，打断了贾士贞的遐想，这才把他拉回到现实中来。现在自己已经是省委组织部的工作人员了，是万人仰慕的堂堂省委组织部的干部了！怎么还能三心二意，像个走私贩子！此刻正在进行神圣而又严肃的考察干部工作，和乌城地委党校教师相比，已是天壤之别，贾士贞的心里生起一种甜蜜的快感。

此时，坐在主席台中间位置的全世举一脸严肃，宛若一位大首长，他看看身边的王学西，突然想到他们的相识，简直是个大笑话。

那年，王学西已经五十岁了，在官场上并不算太失意。但是到了省级机关正处级领导岗位上，而且又是一个上百人的省社会经济发展中心的一把手，要说不想更上一层楼，那才是假的。这些年来，王学西想爬上厅级领导的官瘾念头就像吸了白粉一样，时刻折磨着他。可是他知道，在官场上能够官至处级，大多数人也就只能如此了，可以称得上是寿终正寝了。恰逢那年春天，他去峨眉山旅游，在山顶上遇到一个老和尚，号称全国"三大仙"，算命特灵。当时王学西聚精会神地看了半天，陪同他的办公室主任肖三多灵机一动，背着王学西，将百元大钞在老和尚眼前晃了晃，使了个眼神，接着就推王学西去算命。王学西犹豫了片刻，便坐到了老和尚的对面。老和尚在王学西脸上仔细端详了半天，虽然王学西脸色红黑如枣，但他那大背头、四方脸，却别有一番气质。随后请他抽了一签，老和尚自己先没看，让王学西自己看，王学西一看，眉飞色舞，大笑着把手里的签交给肖三多。只见签上写着“此命并非凡，雄心不可拦；贵人即相助，官至众人肩。”

一时乐得王学西黑脸上的皱纹里都透着甜蜜。老和尚说，施主时运来也，定有贵人帮助，看来不仅财运降临，而且官运亨通……事后，肖三多丢下一张百元大钞，拥着王学西继续登山。自此，王学西便一心想寻找助他升官的那位贵人。他知道，自己再官升一级，那可就是副厅级了，而副厅级恰是官场上一道难以逾越的分水岭。对于深谙官道的王学西来说，他太了解自己的局势了：既没有后台又没有门路，就是有钱也没处送啊！可是想到那个签上的两句话，想到老和尚说他不仅财运降临，而且官运亨通，他就像毒瘾在发作。有时侯站在省委大门口，看着那雄伟壮观的大门也会发愣。

这天，实在无计可施的王学西，变着法子进了省委大门。在省委大院一幢幢大楼门前毫无目的晃悠着，无意之间，他看到一幢红色大楼，在大门的左上方挂着一块金色的长方形牌子。牌子只有一尺多高，不足两尺长，上面刻着鲜红色的宋体字：中国共产党莫由省委组织部。王学西顿时全身的肌肉都搐了起来，一阵不寒而栗之后，内心深处像被什么东西啃噬似的难受。组织部这个神圣、秘密，而又崇高，让人望而生畏的地方，就像一个帽子加工厂，随便一顶帽子给了谁，谁就高人一等。他甚至肯出高价买一顶，可是那哪是随便卖的呀！

王学西心烦意乱地望着那一幢幢陌生的楼房，当他的目光再次落在那块让他心动不已的金色牌子上时，心中不禁嗔怪起那个老和尚：哪里有什么贵人会相助呀！过去的那些美好想象顷刻间成为水中月、镜中花。

正在这时，从红楼的大门里出来两个人，说话间两人已经来到王学西的面前。王学西顺势昂起头，看上去宛若一个高级领导干部。

“老王，你在这里干什么？”

王学西愣了一下，那两个人就站在他身边，刚才问话的那个人就是其中的那个高个子。

王学西刚才的表情顿时云消雾散，那双八字浓眉也变成了约等号，“唷！是沈处长啊，您……”

沈处长并没有像往常那样握手问好，而是拉过王学西的手臂说：“这位是省委组织部机关干部处的仝处长。”紧接着又用力拍了拍王学西的肩膀，“这位是省社会经济发展中心的王学西主任，老同志啦！”

在这一瞬间，王学西的头脑里如同点着火的烟花！天哪！贵人啊！王学西激动得眉飞色舞，撇下沈处长，双手紧紧抓住仝处长的手，用力握了半天，脸上万花怒放：“仝处长！久闻大名，如雷贯耳！仝处长，您……您……”

仝世举有些不知所云，看着眼前这个头发花白的王主任，有些受宠若惊的感觉。不过他很快就明白了：虽然自己只是正处级，但他可是在省委组织部机关干部处，这里可是官场上让人望而生畏的地方啊！

看着沈处长和仝世举离去的背影，王学西的心脏还在发了疯似的狂跳不止！他又想到老和尚的那个签，尤其是“贵人即相助，官至众人肩”十个字，他暗暗坚信，老和尚的神机妙算就在于此，仝世举就是相助他的贵人！

有了目标，有了油头，王学西煞费苦心，决心一定要死死抓住仝世举这根救命稻草。

终于，仝世举被王学西感动得决定暗自帮助他了。可是一了解，王学西已经五十二岁了，按说已经过了提拔副厅的年龄。就在仝世举一筹莫展之际，一个难得的机会来了，省区划设置办公室的那个主任出了问题，不得不急着物色人选顶上去。可是那些能提拔的处长谁也不愿接手这种无权的单位。仝世举当下灵机一动，就把王学西作为候选人推荐上去了。当然，他很清楚，在这种时候，主要就是看他的态度了。作为一个机关干部处长要想真心忽悠一个副厅级干部，还是有一定能量的。就这样经他一番努力，五十二岁的王学西很顺利地被提升为副厅级的主任了。

起初王学西觉得这个省区划设置办公室主任不如某某厅长好听，于是他就在自己的名片上印上了“党组书记”这个头衔。不管怎么说，毕竟还是登上了高级干部的领导岗位了。他深知自己这个副厅级的主任是怎么来的，自然仝处长也就成了他的恩人。甚至，他始终都没忘峨眉山上的那个老和尚，觉得当时肖三多给的一百元钱太少了点。

此后，王学西更加自信人的命运真的能算出来，仝世举就是他的贵人！一来二往他便成了仝世举家的常客了。时间久了，仝世举自然也就把王学西作为自己可以信任的朋友之一了。

本来像省区划设置办公室这种二级局单位的干部考察，仝世举是不会出面的，可是为这事，王学西跑他家十趟也不止。省里机构改革的方案已经批准省区划设置办公室升格为正厅级了，王学西也想再次搭车升为正厅级。王学西知道这次考察，对于他来说是多么重要，况且单位有那么一些群众对他的意见还很激烈。仝世举也就答应了他的要求，亲自出马了。

仝处长一阵茫茫的思绪之后，三个人的述职报告也都结束了。至于他们都讲了些什么，仝世举竟连一个字也没听进去。其实听不听也没关系，省委组织部机关干部处长听这些胡说八道干吗？那些虚伪的大话、空话、套话、假话，骗得了单位群众，可骗不了他这个组织部机关干部处长。

进入第二步民意测验了。等民意测验投票后，仝世举对唐雨林说："民意测验的结果，谁也不准看，只能由你们两人带回部里。我先走了。"

王学西拉着仝世举，激动得热泪盈眶，几乎要把心脏掏出来。仝世举很能体会王学西的激动，紧紧握着王学西的手，一边点头一边微笑，千言万语都通过仝世举的笑意传递到王学西的心灵深处。王学西自然也明白仝世举深刻笑意的背后含义，便亲自用他的奥迪专车送仝世举回组织部去了。

午饭后，王学西要陪唐雨林和贾士贞玩扑克。进了客房，他便把圆形茶几移至中间，摆了三张单人沙发在周围。

贾士贞曾听说现在省级机关中午都在单位就餐，饭后便自由结合，玩扑克。他在乌城时，没有这个习惯，中午都是回家吃饭的，偶尔星期天会玩玩，少不得受到老婆的约束，牌技上根本上不了桌面。但是看到唐雨林情绪盎然，他也就只好赶鸭子上架了。

他还不是很适应中午打牌的生活，所以随便找了个理由，便躲进了卫生间，如释重负地坐在了马桶上。此刻，他认认真真地打开了回忆的闸门，几天前那场惊心动魄的车祸，如潮水般涌上了心头。

第二章　上任途中

天刚亮，细蒙蒙的雨丝在灰色的天空纷纷淋淋地向大地飘洒着。惊蛰才过去十天，春分即将来临，沿海大地寒冷而漫长的冬季已经结束。在这美好的日子里，贾士贞怀着连日来异常激动和兴奋的心情，开始了他新的人生旅途。

就在一周前，贾士贞接到乌城地委组织部的通知，省委组织部决定借调他参加省级机关考察干部工作。这个消息对于贾士贞来说，犹如一声春雷，他做梦也没想到自己从地委党校一个普通教师突然间就要成为省委组织部的工作人员了。这个消息来得太突然，也太让他兴奋了。连日来，贾士贞难以抑制激烈狂跳的心脏，他告别了乌城地委党校的同事，告别了父母、妻子、女儿，冒着蒙蒙细雨，登上了开往省城的长途客车。

客车在广袤的长江中下游平原这条贯穿省城的大动脉上奔驰着。贾士贞透过车窗，朝辽阔的平原望去，大片返青的麦苗已经绿油油地充满了生机。春天，这个美好的季节又来到了人间。

本来贾士贞曾想找一辆轿车来省委组织部报到的，但总是想不到向谁开口。父亲又不愿意为这样的事去卖面子求人，甚至还说，借人家的车子办私事，万一出了事故，就麻烦了。母亲一听这话，脸色大变，责怪丈夫不该说这样不吉利的话。后来父亲虽然勉强同意去找他的老部下借一辆轿车，可母亲又坚决反对，说还是让士贞搭长途汽车去省城报到。她嘴上不说，实际上还是因为丈夫那句不吉利的话。

疾驶在蒙蒙细雨中，贾士贞的心里还处在激动和兴奋状态，他努力平静一下自己那颗激烈跳动的心脏，望着车窗外无边的田野，感受着人生的美好。

客车前方电视屏幕上的武打片吸引着旅客，贾士贞却微闭着双眼，憧憬着万花待放的未来。啊，省委组织部，这是多么神秘而又令人想往的地方！突然间客车飞了起来似的，旅客们的笑声陡然间变为惊叫声，有的旅客从座位上被摔了出去。贾士贞还没有反应过来，大脑依然陶醉在无比甜蜜和幸福当中，噩梦突然降临，他只觉得眼前一片漆黑，一切记忆都失去了。

旅客撕心裂肺的凄惨求救声，把贾士贞从幻觉中惊醒。他不知道发生了什么事，眼前一片模糊和混乱，只觉得全身到处疼痛。他想竭力镇静一下，揉了揉模糊不清的眼睛，还是分不清东西南北，辨不出自己的位置。仔细辨别一会儿，他才明白自己倒在一个男人身上，而另一个女人趴在他的身上，在凄惨地哭叫着。他这才意识到客车出事了。他挣扎着，动了动了身子，想使劲儿爬起来……

客车是翻在公路边的水沟里了，旅客的叫声、哭声、喊声、骂声已经混杂在一起，听不清是什么。贾士贞下意识地在自己腿上摸了一下，血！他不知道这是自己身上的，还是别人的。他也顾不上这些了，只想着要赶快爬出去。必须尽快发出救人的信号，必须想尽一切办法先救人！有这样的念头在他的脑海里回旋着。

可是费了好大的劲，也没找到出去的地方。最后，他终于在车窗处扒开一条空隙，用尽全身力气爬了出去。这时，贾士贞感到大腿如针刺样似的疼痛，他一手捂着额头上的伤口，一手用力撑地向前爬到公路上。

这时，一辆轿车由南向北驶了过来，贾士贞拐着右腿，站了起来，一边挥手一边大声呼救。

轿车在他身边停了下来，一个光头顶的高个子从车上下来，接着又下来一个梳着大背头的五十多岁的男子，黑脸，八字眉，身上披着酱褐色的长风衣。

“同志，有大哥大吗？我们的客车翻车了，请你们帮帮忙，赶快报警！”

高个子光头顶看看黑脸大背头，结结巴巴地说：“王主任，您……您看……这……”

大背头犹豫了片刻，摊开双手，一副爱莫能助的无奈样子，说：“哎哟，真的太不巧了，大哥大没电了，小同志，你是司机吧，我们马上到前面帮你报个警，交警会来处理的。你等着！”说着，转身就要上他的小轿车。

贾士贞急了，拐着腿追上去，含着泪说：“同志，求你们无论如何帮帮忙，受伤的旅客太危险了，救人如救火啊！能不能用你们的车把重伤的人先送医院！”

高个子光头顶瞪了贾士贞一眼，说：“我们的车又不是救护车，怎么能送伤员呢？领导还赶着有急事呢！”

那个叫王主任的摸了一把大背头，朝高个子光头顶摆摆手，拉长了黑脸说：“司机同志，车是你开翻的，你得赶快想办法，我们真的有急事，否则一定会帮你的忙的。不过，你放心，到前面我们一定会替你报告交警的。”大背头倒是一副爱莫能助的样子。

高个子光头顶瞪了贾士贞一眼，说：“要钱不要命！你看，害了多少人？”说着扶着大背头准备上车。

这时，一个老人抱着满身是血的女人哭喊着到了贾士贞面前，贾士贞一看，不顾一切地上前拦住高个子光头顶和大背头，含着泪说：“求求您，救救他们吧……”

没等贾士贞说完，高个子光头顶就摆着手大声说：“干什么？胡闹……”

老人跪倒在地上，哭着说：“大领导，好干部，您就做做好事吧……”

大背头黑下脸来，没好气地说：“谁是大领导，好干部？”说着转身打开车门，在高个子光头顶的保护下上了车，此时贾士贞还拉着他，高个子光头顶用力甩开贾士贞。贾士贞一个踉跄，倒在地上。

轿车开走了。贾士贞看看老人和那个满身是血的女人，又望着飞驰远去的轿车，气得涨红了脸，狠狠地骂了一句：“狗日的，没有人性的东西！”

这时，来了几个农民，不容分说，跳到沟里，把受伤的旅客往外抬。贾士贞在路上又拦下一辆中巴车，一个旅客用大哥大报了警。

受伤的旅客不断被抬到路边。这时一辆桑塔纳轿车戛然而止，车上下来一个身材魁梧、穿夹克衫的中年男子，贾士贞正要上前求救。那男子摆摆手，立即拉开车门，把那个满身是血的女人抬上了车，并对司机说：“快！送市二院。我马上给高院长打电话！”那个司机正要开车，他又说，

“把伤员交给高院长，叫他赶快派救护车来！”

一辆救护车吼叫着来到现场，交警一边指挥运送伤员，一边调查处理事故现场。

这时，那个身材魁梧、穿夹克衫的男子满头大汗，不停地对着大哥大大声叫喊着，接着又亲自拦下一辆轿车，把伤员抬上车。贾士贞来到他面前，握着他的手说：“同志，谢谢你！”

男子说：“同志，你也是受伤的旅客吧！快，赶快去医院！”

贾士贞说：“不要紧，我的伤不重。”

不容贾士贞多说，男子把他送上一辆汽车。

贾士贞后来才知道，这场车祸死亡一人、重伤三人、轻伤二十多人。

至于那场车祸到底是什么原因造成的，贾士贞已经不去想了，可是，在这场车祸中让他头脑里怎么也摆脱不了的就是那个穿酱褐色长风衣、黑脸、大背头的王主任和那个身材魁梧、穿夹克衫的中年男子。当然还有那个高个子光头顶。

凭贾士贞的直觉，黑脸、大背头的王主任很有几分派头，像是掌握着一定权力的领导。但是，让贾士贞无法理解的是，既然是掌握着一定权力的领导，为何没有一点爱民之心，竟然见死不救？道德和良知何在？直到现在，贾士贞仍然对王主任和那个高个子光头顶耿耿于怀，他甚至怀疑这样的领导干部还能为群众办什么事情？这样所谓的公仆还有良知，还有人性吗？

在这次车祸中同样让他无法忘记的，还有那个身材魁梧、穿夹克衫的男子，他也像是一个领导干部，然而，他和王主任却截然不同。是他第一个用自己的车子首先把最危险的重伤员送走的，也是他第一个给医院打电话的。他像指挥一场战斗一样，沉着果断，直到把那么多受伤的旅客全部送走了，他才满身大汗地离开。虽然不知道他的姓名，也不知道他是干什么的，但是他留给贾士贞的印象却非常深刻。

贾士贞从病床上偷偷地爬起来，摸摸头上裹着的绷带，正当他准备取下纱布时，一个医生不容分说地阻止他：“你要干什么？”

这时，两个记者扛着摄像机出现在病房里，女记者手持话筒，对贾士贞说：“同志，听说你是第一个拦车的旅客，请你谈谈当时的情况好吗？”

贾士贞摆摆手，说：“求求你们，真的不是我，我还有急事……”

经历了一场胆战心惊的车祸，贾士贞似受到了前所未有的惊吓。现在这场灾难已经过去了，很快，他又从恍惚中回到现实里来。他甚至有些讨厌那些抢新闻的记者们，在贾士贞看来，只有那些为了达到其目的，故意炒作自己的人才会千方百计地在镜头面前夸夸其谈。而对于他来说，这种炒作太没有意义了。他既不是演员又不需要出名，他需要的是马上进入省委组织部。这场意外的车祸对他来说，只能说是有惊无险罢了。自从贾士贞接到省委组织部的借调函之后，他的心情就一直处在急切升腾的状态。他太了解组织部门的分量了！父亲在乌城地委组织部当了那么多年地委常委、地委组织部长，家里总是宾客不断，而且那些大大小小的干部们到他们家时，是那样谨慎小心，处处笑脸相迎。虽然当时的自己还只是一个学生，但是在他成长最关键的年代里，这些都在他心灵深处留下了非常深刻的印象，或者说已经播下一种特殊的种子。那时他还不是很清楚组织部长的权力有多大，这种权力究竟如何影响到一个干部的终生命运，也不明白那些登门的人到底是为了什么，也不知道这一切都是因为父亲那个地委组织部长的至高权力的作用。当然有时候他也朦朦胧胧地感觉到，有些人是因为职务提升了，专程登门感谢父亲的。

现在贾士贞确信自己真的被借调到省委组织部时，年轻、幼稚而单纯的贾士贞对这突如其来的人生大转折间或也闪过一丝丝疑问，他甚至在内心深处也产生过模糊的问号，自己真的被借调到省委组织部了吗？省委组织部怎么就会想到他贾士贞了呢？这又不像考大学，凭考试成绩，按照自己填报的志愿被录取了就可以了。难道……他不想去探讨这个太简单的问题。因为省委组织部、地委组织部、县委组织部都需要人，那么这些人从哪儿来？在他的记忆中，父亲任地委组织部长时，有一个县拖拉机厂的工人突然间就调进了地委组织部，那个同志经常到他们家来，他是从那个同志和父亲的对话中偶尔听到这些的。那位同志后来当上了地委组织部基层干部科科长，四年后又被提拔为市工商局副局长，最后到了市人大当了正处级法制委员会副主任才退了休。现在回想起这些组织部里的点点小事，他才感到那实在是一个令人不解的事。一个县拖拉机厂的工人到市人大正处级副主任，这一重大变化，在中国现有的干部体制下是令人难以想象的。一个人到底怎么才能进入各级组织部？贾士贞以前并没有认真想过，但现在这样的奇迹竟然在他的身上变为现实了，他好像还有点做梦似的。

此时此刻，贾士贞把刚刚发生的那场灾难性的车祸早已抛到脑后了。

一直处在兴奋、激动之中的贾士贞，对于省委组织部，不曾有过任何幻想。在他心里，省委组织部那是可望而不可即的人间太空，是水中月，镜中花。记得他在乌城师专毕业时，父亲还是地委组织部长，同学们谁不说他的毕业分配前途无量、市级机关可以任意挑选！可是当他和父亲在谈到他的工作分配去向时，父亲却说："我当地委组织部长，总不能让自己的儿子分配到地委组织部吧？地委组织部又不是组织部长的家！"

就这样，他被分配到乌城地委党校担任了一名普通教师。这不仅是他们家里没有想到的，学校里从领导到老师，到同学，谁也没有想到。为此母亲常常唠叨这件事，母亲甚至说丈夫把那些莫名其妙的人一个个都调进地委组织部了，自己的儿子却不管了。然而，丈夫却说："年轻人大学一毕业不想到基层去，光想进机关，有什么好处。"

为这件事，贾士贞自己也埋怨父亲。他认为自己是地委组织部长的儿子，大学毕业了居然去了地委党校当一名教师，挺没有面子的。在后来那几年的工作中，贾士贞甚至有些不求进取的想法，当年那些雄心壮志渐渐地消退了，人也渐渐地消沉了。

当贾士贞意识到自己现在距离迈进省委组织部只有一步之遥时，他把往日那些不快全都抛到脑后了。在他的心里，当年的那些壮志凌云如同潮水一般往上涌，好像他贾士贞陡然间换了一个人。许许多多冲动和设想，如同开了闸门的洪水一股脑地向他涌过来。他对省委组织部一无所知，但是他知道，省委组织部是管理着全省两千多名市厅级以上领导干部的地方。除此之外，许多地市厅级领导干部又都是从省委组织部里提拔起来的。这样一想，贾士贞更是心潮澎湃，热血沸腾。他像当年考上初中、考上高中、考上大学时的心情一样，雄心勃勃，准备大干一番，一展宏图。

贾士贞在兴奋之余，想到父亲对他的谆谆教导：领导的话就是圣旨，不能反对，不能走样子；进了组织部的门，说话要小声，走路要轻手轻脚，说句不好听的话，连喘气都得缓缓的，放个屁都要夹着；工作上更是要看领导的眼神行事，任何时候千万不能加上个人的感情色彩！

"还有，组织部门有句话叫做'不知道的不打听，知道的不外传'。"

顿时，贾士贞好像从头到脚被浇了一盆凉水。那么他到了省委组织部就要缩手缩脚，把自己的所有想法，所有见解都隐藏起来！只能等待一步一步地提拔？做一个安安稳稳的平安官，不担风险的官，无所事事，无所作为？可是他贾士贞从小就不是这样的性格，记得小时候有一次跟着小伙伴们去玩，有几个大孩子下河游泳，他也觉得很好玩，游泳有什么了不起的。于是自己也跳了下去，可怎么也浮不起来，还是喝了几口水后，被大孩子拉了上来。不过第二天他又去了，直到学会了游泳才回来。

虽然贾士贞相信父亲的话，但是，组织部对他来说还是充满种种诱惑的神秘感。抱着学游泳一样的心态，贾士贞准备迎接全新的未来。省委组织部这个神秘的世界，对于贾士贞来说，是多么的神往而又渴望啊！

第三章　顺利进了组织部

贾士贞从医院里逃了出来，他扯掉缠在头上的绷带，伤还是明显地留在右边的额头上。但他已经顾不上那么多了，伸手打了个的士，直奔花园路118号省委大院。当他站在威严壮观的省委大院门前时，昨天那场车祸中的惊恐、伤口的疼痛、身体的疲惫、对见死不救者的气愤，一下子都飞到了天边去了。

曾几何时，他从这里走过，看着这里出出进进的工作人员，他真是羡慕极了。没想到，从今天开始，他自己也成为这个大院中的一员了，每天都可以昂首挺胸，进出这个大门了，可以在全省六千多万人民最敬仰的省委机关里施展自己的才干了。他心里充满着无限激动和兴奋。

他仔细地端详着大门右边那块在阳光下熠熠生辉的金色的方牌，只见上面用大红色的宋体字雕刻着：中国共产党莫由省委员会。他的胸脯在急剧地起伏着，眼睛也有些潮湿了。这种感觉，一点儿也不亚于几年前，他站在党旗下，举起右手，庄严宣誓的那一刻。他稍稍地平静了一下心情，整了整衣服，理了理头发，提起行李包，迈着坚定的步伐，向着大门走去。

此时，一辆奥迪轿车从大门里面驶了出来，只见右边那个卫兵，晃着手里那绿色的小旗子，轿车便缓缓地驶出了大门。他犹豫了一下，刚想进门，那个笔直站立在大门口的卫兵却把他拦在了门外。

贾士贞一愣，赶忙拿出乌城地委组织部给他开的介绍信，递给卫兵。卫兵看了看介绍信，对他仔细地打量了起来，突然，这个卫兵叫了起来：“喂！你是昨天从乌城来的吧？你乘坐的那辆汽车出了车祸？昨天晚上，我在电视新闻里看到你了！”

“哦哦。”贾士贞尴尬地笑笑。

“失敬，失敬。”卫兵啪的一下，两脚跟靠拢，向贾士贞敬了个军礼。

贾士贞的心里热乎乎的。当然，这并不是因为卫兵的赞美，而是因为他终于迈进了这座高贵而神圣的大门。

“往前走二十米，向左转，有一栋五层的红楼，就是省委组织部了。”

“谢谢，谢谢。”贾士贞微笑着，向卫兵挥着手，走进了大门。按照卫兵的指点，沿着柏油路，左拐弯不久，一幢五层高的红楼便出现在他眼前。红楼大门左上方的墙上，依然挂着那块刻着红色宋体字“中国共产党莫由省委组织部”的金色牌子。

贾士贞踏上两级台阶，心里一阵怦怦地跳动。他从左边的小门进到了门厅里，只见大理石地砖铺成的地面，干净而整洁，橙黄色的楼梯一尘不染。啊，这就是省委组织部！

整栋楼里不见有人走动，阴沉沉、静悄悄的。这楼内楼外相比，简直就像两个天地，压抑得令人有些透不过气来。

贾士贞轻轻地上了二楼，在楼梯口，他看到了一块横在门上方的小牌子，上面写着这样几个红字：机关干部处。他站在那里，想让自己的心脏快速平静一下。

这时，从里面走出一个人来，瘦高个子，身穿米色夹克衫，戴一副近视眼镜，看上去不到四十岁。他看到贾士贞提着行李包，便走上前轻声地问：“你找谁？”

“我是从乌城来的，叫贾士贞，是来机关干部处报到的。”说着，贾士贞递上了介绍信。

“哦，贾士贞！”那人看了看介绍信说，“辛苦了，请跟我来。”

跟着这个瘦高个子，贾士贞一直顺着走廊往前走。这人走路轻手轻脚，连皮鞋踏地板都没有发出任何声响来。到了第三个门口，瘦高个子停了下来，抬起右手，用食指轻轻地叩了两下门，过了一会儿，室内传出了“请进”的声音。

瘦高个子轻轻地将门推开一条缝，将半个脸对准门缝，低声地说：“处长，乌城有个同志来报到。”然后，他回过头来，向贾士贞招招手，贾士贞便跟在他的后面进了办公室。

“这位是仝处长。”

贾士贞忙握住仝处长伸过来的手，“您好，仝处长。”

仝处长看看贾士贞，接过贾士贞手里的介绍信，随即抬起头，认真看了看贾士贞，说：“你头上怎么了？”

贾士贞忙解释说，自己昨天来报到时乘坐的那辆客车在途中翻车了。仝处长也说，他在昨天晚上的电视晚间新闻里，已经看到了报道，没想到竟是小贾乘坐的车。他又看看贾士贞头上的伤，说：“伤得怎么样？”

贾士贞摇摇头说：“没事，擦破一点皮。”

随即，仝处长叫吕建华——刚才领路的那个瘦高个子——送贾士贞到组织部培训中心休息，什么时候上班，等待通知。

出了处长办公室，贾士贞这才透过一口气来，背上已满是汗水了。出了大门，他回过头来看了又看，觉得这一切如梦似幻。未来的岁月中，这幢五层的红楼里将留下他的足迹，记录他人生旅途的印记。

到了培训中心，他一看时间，已经十一点半多了，赶忙去饭堂吃了四块钱的快餐，在外面傻看了一会儿，就回到了房间。躺到床上，他很想休息一下，可是连日来，他那颗激动的心脏始终难以平静下来。

想到省委组织部的那幢红楼，想到他居然真的要迈进省委组织部的大门了，他就像在做一场梦，一场美妙的梦，不，这场美梦还没有真正的开始！

那幢五层红楼确实不一般，别的楼都是灰色的，米色的，或是白色的，而独独这幢楼却是红色的。是产生高级干部的摇篮？是至高权力的象征？贾士贞不知为何这种混乱的心情会在此时产生，因为现在的他还不是很了解省委组织部的明确职责和内涵。

下午，他想找点资料学习一下，可是组织部门究竟有什么专门学问，至少到目前为止还没听说哪一所大学设立组织学系，也没听说哪一位是搞组织工作的博士生导师、硕士生导师。要说专家的话，干部处长不是，组织部长也不是，应该说谁在这个地方权力最大，谁就是专家。至于说学问，来之前父亲说的那一番话，才是真正的学问。

贾士贞心想，组织部的人并不需要多少学问，那些有学问的人到组织部来也未必就胜任。遐想的激流在他的脑海里起伏、翻滚。贾士贞突然觉得生活竟是如此不可思议，怎么现在头脑里全是这些高尚而难以捉摸的东西。想着想着，他竟不觉悠悠荡荡、昏昏然地来到了一个不知名的什么地方。只见那里红墙黄瓦，雕梁画栋，朱栏玉砌，绿树清溪，给人以人迹不逢，飞尘罕见，阴森寒气之感，甚至有点令人毛骨悚然。就在这时，空中霹雳一声惊雷，吓得他大叫起来，浑身是汗。原来恍惚间他已昏昏然睡去了，而且做了这样一个无头无绪、荒唐至极的梦。再想睡，却无论如何也难以入睡了。

他想去办公室，可全处长叫他休息，什么时候上班，等待通知。这自然不能冒昧地破了组织部的规矩，可他真的巴不得飞到组织部的办公室，把组织部里的秘密都了解个透。

整个下午，贾士贞被那个莫名其妙的噩梦搞得心烦意乱。

吃过晚饭，贾士贞不愿早早睡觉，加上一个人又十分无聊，便出了培训中心大门，百无聊赖地在大街上晃悠着。省城到处都是舞厅、茶社、酒吧、夜总会，一片灯光灿烂，酒绿灯红。就好像人人都置身在灯的世界，光的海洋。

突然，一个女人出现在贾士贞身边，说："这位大哥，好帅啊，来，让我陪你潇洒走一回吧！"

贾士贞吓了一跳，回头一看，只见一个浓妆艳抹的妖艳女子正要把那鲜红的大嘴朝他亲过来。她身上那种怪异的香水味道，直逼得他连气都喘不过来。他慌忙用力推开她，狠狠地说："滚开！"

那女子被推了一个踉跄，闪到一边，骂道："狗日的，有种你十天不睡女人！"

贾士贞的脸热辣辣的，如同一盆辣椒水泼到脸上似的，他平生第一次碰到这样的事，心里有点害怕，不敢再往前走了。突然想给父母亲打个电话，再跟妻子报个平安，于是他在旁边找了个公用电话，和父亲简单说了几句话就匆匆挂了；随后又给妻子葛玲玲拨了电话。

他同妻子结婚五年了，其间也分别过，但从没有现在这样的心情。人们常说"小别胜新婚"！昨天才离开家的他，和妻子也根本算不上是"小别"，但和妻子通电话时，他却觉得浑身在颤抖，尤其是听见妻子那娇柔甜蜜的声音，令他心荡神迷。也许是刚才那妖艳女子对他刺激的反应，此刻，他巴不得妻子立即出现在眼前，两人宽衣上床，相亲相爱一番。

妻子葛玲玲是乌城师专音乐专业的才女，女高音独唱曾在全省青年歌手大奖赛中获得过一等奖。有人说葛玲玲获奖一半是凭实力，一半是凭容貌。

当年在学校时，葛玲玲被称为校花、歌后，校内外穷追猛攻的男人少说也有一个排，最终这朵花落到贾士贞手里。有人认为这与当年贾士贞的老子大权在握不能说没有关系。

葛玲玲晚贾士贞一届，那时贾士贞的父亲贾显达虽已经五十九岁了，但在地委常委、地委组织部长的重要位置上，干得还是热火朝天的。葛玲玲毕业分配时，她提出要去地区文化局，没有任何人做工作，就如愿以偿了。她自己也清楚，她和贾士贞的关系，早已在学校里公开了，像她这样的多少也算是名人了，还有谁会对她去地区文化局提出疑义呢？平心而论，对于贾士贞，葛玲玲还是比较满意的，论相貌，在男人当中，算是一流的，身高一米七八，四方脸，身材魁梧、举止潇洒。唯一不足的就是，贾士贞学历低了些，但她不是没有想过。世间哪有十全十美的男人？最终她还是嫁给他了。婚后夫妻感情一直很好，只是后来葛玲玲常在背后埋怨老公公，眼看丈夫二十九岁，快到而立之年了，还是党校的一名教师。为这，她没少在贾士贞面前发些无名火，甚至影响到了夫妻俩的感情。

回到房间，才八点多钟，四张床仍然就他一个人，思绪便又回到刚才那个妖艳的女人身上。

贾士贞早就听说，大城市里洗头房、按摩女郎、桑拿浴什么的，但真正碰到这种事，还是头一次。虽然，年轻的男人性欲正旺，但他哪里敢去想这等事啊！一来组织上对这种事纪律如铁，一旦被抓到了，没脸见人不说，一生也就全玩完了，那是要“双开”的；二来听说这种女人大都有病，万一染上什么不好的病那更是家破人亡。

翻过身想到自己的妻子，那样如花似玉，柔情似水，心里就又慌乱起来。不知不觉下面就坚硬起来，越是坚硬就越想女人，越想女人，那东西就越坚硬。他也不知为什么，来省城之前，天天夜里和妻子千姿百态地变着花样玩，昨天一夜还一连做了两次，而且，天亮时还山呼海啸地猛泄一阵子。可现在就熬不住了，那以后的日子可怎么过呢？他想，千万要用理智控制住自己，万万不可一时冲动，干出荒唐之事。他的头脑顿时清醒起来，希望自己能马上入睡，那样也就什么都不会去想了。然而，在这种性冲动之时，哪里能睡得着呀！最后，他只好自己双手抓住它，头脑里却想着女人，才慢慢地进入了梦乡。

贾士贞在培训中心休息了两天，第三天就正式上班了。

八点半钟，顾副处长召集大家开会。简单说了一下这次省级机关考察干部的方法、步骤和注意事项。随后顾副处长又开始宣布各组名单，贾士贞只记得他和顾副处长身边的那个高颧骨、瘦小个子一组，他是副处级组织员，名叫唐雨林。在这一瞬间，贾士贞看了唐雨林一眼，没想到这个又瘦又矮，形象不怎么样的“高颧骨”，竟是个副处级的组织员。

散会后，顾副处长叫上贾士贞，头也不回地在走廊里往前走。贾士贞也不敢多问，跟在后面一直走。这要是在乌城党校，他早就沉不住气了，一定会大声问个明白，到哪里去？干什么去？他心想，组织部的人怎么都是这样，长期下去不憋出病来才怪呢！

上了三楼，到了一个办公室门口，顾副处长在正要敲门前，下意识地先抬头看了看门，确定上面的号码是3003后，才轻轻敲了两下。就在顾副处长伸手敲门时，贾士贞觉得自己想放屁，但他用力憋住了。他想，组织部的人连说话都不敢大声，要是他放屁声音特别大，那岂不是糟糕透了？就努力地憋了一会儿，憋得他直肠有些痛。这时3003里传出声音：“请进！”

顾副处长才轻轻地推开门说：“驼副部长，贾士贞来了！”

贾士贞听得很清楚，不过让他不清楚的是，驼副部长叫他干什么呢？他只不过是一个刚刚借调来的临时人员，有什么事需要部长亲自交代呢？

“好，让他进来，你去吧。”这是驼副部长的声音。

顾副处长小心谨慎地退了出去，用极低的声音对贾士贞说：“进去吧！这是驼副部长。”贾士贞进了屋，只见这间宽阔的大办公室里，在正中间摆着一张大大的老板桌子。他心想，不用说别的，就凭这张办公桌，便可知道主人的身份了。

驼副部长笑着迎上前说：“你就是贾士贞同志？”

“是，驼副部长。”贾士贞虽然是笑着回答的，但是，这种环境让他太紧张了。组织部的规矩多，那些众多的工作人员，见到处长都如同老鼠见了猫，现在，他竟然和部长在一起。他偷偷地瞥一眼驼副部长，他看上去四十五岁上下，中等个子，身体微胖，属于那种官场上那种特殊体形的人。五官很得体，三七开的分头，梳理得蓬松而整齐。银灰色的西服，蓝色衬衫，绛紫色领带……贾士贞觉得，但凡高级领导干部都是很注意自身仪表的，总是弄得自己一尘不染的。当然，那些骑着自行车满街奔跑赶路的上班族也很想注意仪表，可是风沙对他们却是绝不客气的。

“坐吧，贾士贞同志。坐、坐、坐。”

贾士贞简直不敢呼吸，两腿并拢，双手扣在一起，直挺挺地坐在沙发上。

“士贞同志，听说你从乌城来省城那天，长途汽车出了事故？”驼副部长说，“你表现得不错嘛！不顾个人受了伤，拦车抬伤员，还帮助组织现场抢救，这些省、市电视台都报道了。”

贾士贞看着驼副部长，只是微微一笑。

驼副部长就接着说：“贾士贞同志，能到省委组织部工作，不容易吧？对于任何一个干部来说，这可都是千载难逢的机会。组织部门可以说是干部的摇篮，出干部的地方。希望你能努力工作，处处严格要求自己。有什么困难和问题，可以直接来找我。”驼副部长边说边看着贾士贞。

驼副部长和蔼可亲的态度，爽朗亲切的笑声，令贾士贞听得心里热乎乎的。

“多谢驼部长的关怀，我吃、住的地方都有了，没有什么困难和问题。”

“好，那你就开始工作吧，我们有时间再谈。”驼副部长补充道。

贾士贞微笑着，说：“多谢驼部长，那我走了？”

“好。”

驼副部长靠在沙发上，望着出门的贾士贞慈祥地笑着。贾士贞只觉得心里如糖似蜜，千言万语涌上心头，一时却又不知从何说起。出了驼副部长的办公室，贾士贞全身轻松愉快，飞也似的奔下楼去。

第四章　生动的一课

省区划设置办公室上午的干部考察工作，让贾士贞长了不少见识，也从仝处长和唐雨林那里学到了不少他在大学和党校当教师时都学不到的知识。让他体会最深的是，他们作为组织部的代表，确实有点居高临下，高人一等的感觉。

不习惯中午打牌的贾士贞虽然找借口躲进了卫生间，可他哪能自行其是，有失常礼呢！主人的盛情，唐处长的气势，对他来说都是比工作还重要的，因为陪同领导、让领导满意才是他的工作。所以他也没有偷闲太久，还是回来和大家玩了一会儿。

很快，下午上班时间到了。收了牌场，唐雨林昏昏沉沉地进了卫生间，对着镜子一照，满脸通红，两眼都在冒火。他用凉水洗了一把脸，又用手理了理蓬乱的头发，尽量做出精神抖擞的样子。打了一中午的牌，他兴奋得情绪始终平静不下来。平时在办公室里，唐雨林总是要时时谨慎，步步留心，不敢多说一句话，也不敢多行一步路，唯恐一着不慎，影响了自己的仕途。现在出来工作，他觉得轻松多了。

此刻，贾士贞的感觉也好不到哪去，头重脚轻，后脑发胀。他想去卫生间用冷水冲冲头，让自己清醒一下，第一天工作，可千万不能懒洋洋、昏糊糊的。也许是打牌时喝水多了，偏偏这时小便涨得要命，急得他在房间里不停地徘徊着。

老廖推开门，张了半天嘴，没发出声音。贾士贞向卫生间指了指。老廖呆站在那里，抓抓光头，有点不知所措。

唐雨林一出卫生间，贾士贞就赶快钻了进去。关上门，小了便，这才松了口气，如释重负地放松下来，紧接着用双手捧着冷水往脸上泼。这时，唐雨林喊道："小贾，还没尿完？快，我们商量一下！"

贾士贞抹了把脸，又在头发上抓了两把，用力睁了睁眼睛，匆匆出了卫生间。只见唐雨林躺在床上，如同一具尸体，一动不动。

唐雨林刚发出一声鼾声，老廖就出声把他惊醒了。不过他确实太累了，翻了个身又睡着了。老廖很不解地指了指唐雨林，贾士贞佯装没看懂，朝老廖点点头，说："开始吧。"

现在所有的重担就落到贾士贞一人身上了，他只好振作精神，学着唐雨林的风度，开始了他平生以来的第一次——那种神圣、令人神往的——考察干部谈话工作。这种事毕竟不是哥德巴赫猜想，虽然贾士贞是在装腔作势、摆着空架势，但那些厅局长、处长们哪里会想到，他只是一个初涉官道的门外汉！唐雨林迷迷糊糊在一旁，只是忽而插几句摸不着边际的话，忽而闭上眼睛小憩一会儿。和什么人谈话，谈了些什么，他全然不问。相反，贾士贞却越来越聚精会神，一边听一边记录，不管重要不重要，竭尽自己的能力，全都记录下来。常常会打断对方的谈话，时而让对方详细的解释，时而让对方重复已经说过的话，因为贾士贞的目的只有一个，那就是要记录清楚所有的谈话内容。渐渐地，贾士贞明白了，原来考察干部是这样的简单，并没有什么高深莫测的理论。第一次经历如此庄重、严肃的工作，贾士贞没有经过理论学习，也没有人教给他该怎么干，他唯恐出了差错，想问问唐雨林到底该怎么谈话，怎么记录。可看着唐雨林，他又有些同情唐处长，一个中午紧张的娱乐，确实也累了，只见唐雨林蜷曲着身子，一动不动地躺在那里，他实在不忍心叫醒他。至于将来怎么办，他现在来不及去思考，首要的是把眼前的事情对付过去。

老廖和他谈完话就出去了。这时，他又推开门，站在门口，低声对贾士贞说："贾科长，又来了一个处长，继续吗？"贾士贞点点头。旋即看了一眼手里的名单，急忙站起来，把来人让到旁边的椅子上。他多么希望唐雨林此刻能够抬起头来，说完开场白再休息！然而，唐雨林没有任何反应。看着面前的谈话对象，贾士贞急中生智，想到师专毕业实习时的第一节课，想到后来给那些成人上课时的往事，他振作了一下精神，微微一笑，目光落在面前这位年过五旬的处长身上，说："根据省委的安排，省委组织部决定对省级机关、部委办厅局的领导班子进行一次全面的考察。省区划设置办公室，虽然是二级厅局，但是，已经升为一级局了。请你对现有的领导班子成员，从德、能、勤、绩各个方面进行一次评价，并且谈谈对他们的任用意见吧。”说完开场白，贾士贞的心里有些兴奋，觉得很满意。他此刻才真正感觉到自己已经不是站在党校讲台上的老师，而是考察省级机关厅局长和处长们的省委组织部的一员了，他的地位已经发生了根本性的变化。贾士贞坐在椅子上，聚精会神地听着对方的谈话，唯恐哪一句重要的话丢了，而影响一个人的使用。在那一瞬间，他真的有些“书到用时方恨少”的感觉！

唐雨林终于抬起头，正好此刻谈话的人刚走。贾士贞赶快给唐雨林添了开水，说：“唐处长，喝点水！”

唐雨林揉揉惺忪的眼睛，端起茶杯，大口大口地喝了起来，说：“士贞，你以为我睡着了，非也！我在考验、锻炼你呢！你刚才讲得非常好，已经成为一名非常老练的组织部干部了。行啊，前途无量！”

贾士贞红着脸说：“唐处长，你别笑话我了，今天我可是大姑娘上轿，头一回呀！不管怎么说，你要多培养、多教育、多帮助我。我知道，这考察干部工作的学问非常深奥，而且也非常神圣，我一定会努力学习的，唐处长，你就是我的老师哟！”

唐雨林放下茶杯，轻轻地在贾士贞的肩上拍了两下，大笑起来：“士贞哪，你太谦虚了，其实，组织部哪有你说的那样神圣。局外人不了解组织部，把它想象得那样神圣而崇高，那不是因为组织部里有多深的学问，多么高深莫测的学识，那是因为组织部的特殊职能，特殊权力。而且，这种权力关系到一个人的前途和命运。古往今来，哪有不想当官的人？如今这社会，想当官就得经过组织部，无论是选拔，还是考察。否则，就算你有再大的能耐，也迈不过组织部的门槛，它部就担负着这样的重担啊！你想，在一个县里，县委组织部就能决定科级干部的命运；在市里，市委组织部就能决定县处级干部的命运；在省里，省委组织部就能决定市厅局级干部的命运。”

唐雨林的一番话让贾士贞对组织部更加肃然起敬了，他不停地点着头，仿佛自己现在面对的是一位知识渊博的导师。过去，他对这些常识一点也不了解，然而就在这一瞬，他觉得唐雨林关于组织部工作的这些理论，是那么深刻、那么系统、多那么渊博！

他像一个渴望知识的学生，在渴求老师的教诲。

唐雨林说完刚才那些喝了两口水，贾士贞立即给他添满杯子。在唐雨林面前，贾士贞是一个小学生，而在那些省级机关的厅局长和处长们面前，贾士贞却又是高高在上的教授、导师。这就是省委组织部的独特魅力——一个居高临下、让人望而生畏的部门。

唐雨林接着说："士贞，你刚到组织部，你还不了解组织部的工作。你想，一个领导干部到底是如何选拔、考察、任用的，局外人士怎么可能知道，就是在组织部内部，像你我这样的工作人员，也不可能知道。有些东西，与知识、水平无关，就像许多事情，只能意会，不可言传。这些都需要自己慢慢地通过时间、通过环境去感悟的。"唐雨林有些激动起来了，"士贞，有些话，或许我不该说，你别看组织部没有硕士生，博士生，可是个个都很有思想，很有城府。你看他们平时一个个的，领导叫干什么就干什么，甚至连半个不字都不敢说，你知道为什么？这就是组织部的规矩。选拔、考察、任用领导干部只能领导说了算，难道还能像学术争论那样，百花齐放，百家争鸣？那不乱了套了！所以，在组织部里，只有服从，没有讨价还价，如果你不服从，那你就将面临着失业。这组织部里的人啊，个个都比猴子还精，但个个又都绝不露声色，这就叫'卧薪尝胆'啊。"

谁也没有想到，唐雨林一时间哪根神经搭错了，居然念出了真经。而贾士贞呢，由全神贯注到不寒而栗，他从内心深处对唐雨林产生了崇敬和感激，要知道，这些知识，他是在任何书本里都学不到的。

一个人能够进入组织部，固然原因很多，然而进来了之后，能在组织部立住脚、成长、进步，这才是无价之宝，这才是用任何金钱都买不到的财富。试问，又有几人能够深刻领会唐雨林那些高深莫测的理论呢？

事实上，贾士贞自从得到借调省委组织部的消息之后，产生了许许多多的施政冲动，不，那还不能称之为施政冲动，因为对于一个普通的省委组织部的工作人员，他能做到的只是服从命令，领导叫干什么就干什么，不可能有什么"政"的冲动。当时他想得最多的是组织部的荣耀、组织部的神圣和组织部的权力。当然，他也想到自己的将来，将来的前途会怎么样。他不可能不想。

但现在他回想起，自己过去对到了组织部的种种想象，简直太抽象，太不切合实际了。而唐雨林的那些话，才是他以后在省委组织部，最最实用的人生准则。

这时，有人敲门了。唐雨林大声说请进之后，老廖的光头顶又挤了进来，只见老廖的厚嘴唇哆嗦了半天：“唐……处长，规定要谈的领导和处长已经谈完了，您看……”

“行，就这么着吧！”唐雨林说。

贾士贞看看表，时间刚过五点，想到唐雨林的那些真心教导，他不敢多言，装作什么也没听懂，低着头，心不在焉地看着笔记本上的那些龙飞凤舞的记录。

“咚咚！”又有人敲门了，老廖如同触电似的转身去开门，只听老廖低声说：“你……干什么？”

“组织部的同志走了吗？”

“干什么？”这是老廖的声音，“规定只谈到正处……”

“会上不是说有人愿意的话，也可以谈的吗？”

“廖处长，是哪位？”唐雨林说，“请他进来！”

老廖挡在门口，对着唐雨林说：“一个副处长……”

唐雨林走到老廖面前，伸手去拉开门，老廖不得不退到一旁。见是一位瘦矮个子，唐雨林向老廖挥挥手，老廖转身出去了，唐雨林关上门，一边看着表一边说：“欢迎郁副处长支持我们的工作。来吧，抓紧时间，我们五点半准时结束。”

郁副处长下意识地看看表，已经五点一刻了，心想还有十五分钟，再去掉开场白，还谈什么呢！但是，再不谈，就没有机会了。于是，没等他们说开场白，便把早已想好的几个问题都捅了出来。诸如建大楼的经费问题、买房问题等等。五点二十八分，唐雨林站了起来，郁副处长一看，这是在下逐客令了，只好怏怏不乐地退了出去。

第五章　心中的秘密

唐雨林合上笔记本，喝了两口水，突然问道："士贞，你好像跟老廖和王学西有过什么交往吧？"

贾士贞看看唐雨林，犹豫了一下，摇摇头说："没什么，世界就是由千奇百怪的事构成的。"听贾士贞这么一说，唐雨林更是丈二和尚摸不着头脑了，但他并没有再继续追问贾士贞。

作为省委组织部的工作人员，唐雨林刚刚给贾士贞说的那些组织部处世哲学，他自然不敢忘，也不敢像在党校当教师时那样无拘无束，毕竟大家都在省级机关工作，而王学西又是副厅级领导，目前正是他们的考察对象。所以，他不愿意把那场车祸中所发生的事说出去，当然，对唐雨林他也是要保密的。

轿车把他们几个人送到一家高级酒店门口，只见这里灯红酒绿，热闹非凡。车刚一停下，两个身着艳服的靓丽女郎便主动伸手拉开车门，簇拥着唐雨林、贾士贞和老廖进了酒店。至此，贾士贞方知今晚的宴请是曾经在一起学习过的机关人事处长们的聚会，大家轮流做东，花的虽然是公家的钱，但联系的确是组织人事部门之间的感情。

老廖一路礼让，招呼唐雨林和贾士贞乘电梯上了三楼。刚走出电梯，就有四位佳丽恭候着鞠躬问好，随后引领他们进了怡红轩包间。

这是一个十分豪华的包厢，唐雨林和贾士贞一进来，室内一群人一齐站立起来，争先恐后地和他们两人握手问好。唐雨林来不及向这么多人事处长一一问好，便把贾士贞介绍给大家。

大家又重新握着贾士贞的手，点头问好，纷纷向他递过名片。他便接过名片一一地看了一遍。

这时进来一位二十四五岁、肌肤白嫩、身着米黄色套裙的靓丽的女子，只见广电厅那个高个子李处长迎了上去，并向大家介绍着说："这位是宏门大酒店餐饮部经理华祖莹小姐。"

"各位领导，欢迎大家光临本店。"华小姐妩媚一笑。

"华小姐，这二位是我们莫由省委组织部的唐处长和贾科长。"李处长把唐雨林和贾士贞介绍给了这位华小姐。

华小姐和唐雨林握了一下手，又把手伸到贾士贞面前。就在这一刹那间，贾士贞似乎感觉到这个女人突然向他释放出炫目的光芒，令他顿时感到从头到脚的急速膨胀。众人的目光，都集中在这位靓丽动人的华小姐身上，谁也没有注意到他这瞬间的变化。

其实，华小姐并不知道唐雨林和贾士贞的真实身份，凭感觉，她认为唐雨林其貌不扬，而贾士贞却风度翩翩、阳光潇洒，实乃一个文静、儒雅的时代大帅哥！特别是，当她与贾士贞目光相对的一刹那，她整个人更是为之一震，一股强大的激情电流随之而出。聪明的华小姐，并没有等待贾士贞的任何回应，已开始彬彬有礼地向众人分发她的名片了。

唐雨林边看名片，边把目光溜向华小姐，脸上还时不时流露出若有所思的表情；贾士贞的表情却显得极为平常，他接过名片看了看，便小心翼翼地它塞进了公文包。

很快宴席开始了，众人相互起立敬酒。

不知不觉中，华小姐站到了贾士贞的身后，并低声说："贾科长，今天能认识您，真是华祖莹三生有幸！"尽管她声音有些沙哑，可那带着浓浓蜜意的语音，犹如涓涓溪流从他的耳畔直落心底。特别之处在于，这语音在男人内心情感深处的扩张力，比这杯中的美酒还要大得多。他有些醉了，可却醉得满嘴生津，但即刻便清醒了。他避开她的目光，因为他怕她忍不住心中的感情激流向他冲来，又怕被身边的唐雨林窥见他们心中的隐秘。于是他端着酒杯说："华小姐，谢谢你的热情！"正要喝时，只见华小姐从他嘴边夺下他手里的杯子，把她自己右手里的杯子塞到了贾士贞的手里。贾士贞不解地瞄了她一眼，只见她那深情的目光中闪电般滑过一种难以言表的暗示。于是他把杯子放到嘴唇上轻轻地抿了一下，这一抿，他的心里不再仅仅是感激了，而是被无限甜蜜所迸发出来的激情所占据了，并且这激情有占据他整个身心的势头。原来华小姐换给他的杯子里装的是矿泉水。

整个宴会过程中，唐雨林兴奋至极，贾士贞受宠若惊，众人事处长乘兴说笑。不知不觉两个多小时过去了。

唐雨林觉得脑袋有些发胀，脚下也有些轻飘飘的了，他便提议道："各位，酒，就到此为止吧，再喝我恐怕真的要摞倒了！"

李处长却不依不饶。唐雨林千般推托，贾士贞也竭力附和他的唐处长。

唐雨林笑笑说："大家放松放松，酒就算了吧。"

李处长看看唐雨林说："好，听唐处长的。"想了想说，"那我就给大家说个笑话吧。"

唐雨林说："我们李处长肚子里的鬼名堂可多着呢。"

李处长说："说来这也不是个笑话，是我亲耳听来的。有一次，县委一班领导陪客人喝酒，县委书记很霸道，一定要人大那个女副主任喝酒，女副主任就说书记你不能给我压力太大，县委书记大笑起来说，'看看，我们有些女同志说话就是不注意，什么话都能说，这可是女同志不能说的话呀！'有人不知何意，可那位女副主任脸一下子红了，众人也都大笑起来。"

唐雨林大笑起来，指着李处长说："太不雅了，痞话！"

贾士贞偷眼看看华祖莹，只见华祖莹低着头，贾士贞觉得这些家伙也太不像话了，人家华小姐还是个姑娘呢！于是说："别忘了在座的各位，可都是组织人事部门的领导啊。"

唐雨林说："我看差不多了，没有不散的筵席，今天就到这里吧！"

"那我就从命了，我知道，大家还在等着和电视台的一号女主播宋雅跳舞呢！"李处长说着向服务员一招手，两位佳丽便站立在门外，恭送着客人。

大家一听说宋雅今天出场，便都来了精神，走出了包厢，紧随着李处长拥入了二楼歌舞厅。

贾士贞最后一个走出包厢，那是因为他以前经常在电视上看到宋雅。在他的印象中宋雅可堪称是绝代美女，尤其是她那袅娜如水、柔媚如柳的身段，可以说足能迷倒所有的男人。记得自己当初第一次在荧屏上见到她时，那种怦然心跳的感觉，一直暗藏心中。以至每日总是盼望着，追逐着看她主持的每一档节目。可那时自己只是一个普普通通的教师啊，自己与宋雅的距离就像傻狗追飞禽一样。现在这个生活中的美女就在眼前，可这么多人，她又陪谁呢？贾士贞突然变得现实起来了，不如回去收拾一下宿舍，再给妻子打个电话。贾士贞刚走到门口，就看到华祖莹正站在那。

原来华祖莹是特意来邀请贾士贞到歌舞厅去跳舞的。但贾士贞却一心想着要打电话回家，于是，她就请他去她的办公室打电话。

贾士贞拨通了家里的电话，却半天不知说什么，接着声音有些发抖，说他刚来省城两天，就像两年一样的久远，特别想念她，希望她有时间能来看看他。

刚要挂电话，电话那头的玲玲突然问起那天车祸的事，贾士贞问她是怎么知道的，玲玲说这么大的事，报纸、电视都报道了，还能瞒得住？贾士贞说这事已经过去了，现在他已经在省委组织部上班了，一切放心就是，最后又说了一些安慰的话。

打完电话，贾士贞没有立即出来，想竭力平静一下自己的情绪，虽然今晚酒喝得不多。但这一天毕竟经过了如此翻天覆地的变化，哪里像一天时间，好像经历了一个漫长的岁月，兴奋的心情始终无法平静下来。他整整西服，理理领带，刚一开门，就见华小姐站在门口。

贾士贞虽然有些留恋不舍，却还是大步出了大厅。华祖莹也说不清是为什么，紧紧跟在贾士贞的后面。两人默默地站着，直到出租车过来了，都没有握手的意思，贾士贞上了车，华祖莹一直看着出租车走远了，还站在那里挥着手。

从组织部培训中心搬到过渡宿舍，这里的凌乱、孤独、无聊令贾士贞的兴奋之情渐渐消逝。这一天碰到的人和事都在脑海里过了一遍，最后思绪落到了华祖莹身上。他顿时感到一种莫名的冲动，似有一种东西在胸口晃悠一下，这种惯常的冲动持续着，而胸口的那阵晃悠却稍纵即逝。霎时间，身子云一般地飘起来，妙不可言。他禁不住又试着去琢磨那种晃悠。就这样，在晃悠、缥缈中，贾士贞渐渐进入了另一种似梦似幻当中。

这是一片松软、茫茫的沙滩，他牵着华祖莹纤纤、柔软的手指，在沙滩上奔跑，她那爽朗的笑声划过长空，不断在耳边回荡。他们在沙滩上奔跑了一会儿，眼前出现一片竹林、草坪，他把她抱起来，在空中转了一圈，慢慢地将她放下，她目光迷离，像身后烟波浩渺的海面。这熟稔的目光像玲玲，一种无数次让他化作滚滚海浪的目光。他跪在她的面前，看着她慢慢地扯去薄如蝉翼的连衣裙，露出勾人魂魄的玉体。他知道美妙的乐章开始了，仿佛海面的暴风骤雨，万丈奔涌的浪头，一会儿把他送入峰顶，一会儿又把他跌入波谷。他如身在云雾之中，任凭海浪的冲撞。

这样失魂落魄地不知过了多久，他突然惊叫起来，于昏昏然中睁开双眼，原来是一个荒唐可耻的梦，他羞愧地翻了个身，感到下面黏糊糊的一片，不觉长长地叹了口气，想冲个澡，却又没这个条件，只好用凉水洗洗下面，换了短裤，关灯躺下。

躺了一会儿，头脑愈发地清醒起来，他索性开了灯。想起晚上匆匆而归，也没来得及和唐雨林碰个头；随手打开包一看，上午省区划设置办公室的民意测验投票也被他带了回来。想到仝处长的交代，他自感责任重大，不觉心中有些紧张。虽然唐雨林说这只是一种形式，又不公开结果，但他还是怀着好奇心，拿出笔，一会儿工夫就把结果统计了出来，参加投票51人，投王学西不称职票者27人，不称职占52.9%，投汪永不称职票31人，不称职占60.78%，另一个副主任，投不称职票21人，占41.8%。贾士贞是第一次干这种工作，不知道这种结果该怎么评价，但他想，王学西、汪永竟有这么多人投反对票，那这样的领导到底应该算称职，还是不称职？这个结果又将起到什么样的作用呢？这是贾士贞对组织部工作产生的又一个深深的疑问，对于一向渴求知识的贾士贞来说，他不知道自己什么时候才能得到一个确切的答案。

早上起床后，外面下起了毛毛细雨。贾士贞第一个走进省委组织部那幢红楼，他便从一楼开始拖地。说实在的，即使是在家里，他也从没有像这样卖力地拖过地板。虽然这是他上班的第二天，但是‘上班先打扫卫生’这已经是到组织部工作的必修课了。他发现仝处长，顾副处长，还有唐雨林，是从不用打扫卫生的，但科级以下的干部都是争先恐后地拖地、打水、抹桌子。本来每天早晨这种例行公事的打扫卫生，很快就会结束，可是谁都不愿早早先放下手中的工具。既然坐在那里无事可干，领导看了又不合适，那么还不如故意拖延打扫卫生的时间。这或许也算是一种表现方式吧！

当贾士贞正在不紧不慢地拖着二楼走廊地板时，仝处长把他和唐雨林叫到办公室，要了区划设置办公室的测评表。随后，他俩就准备去总工会考察干部。

在组织部办公室里，贾士贞和唐雨林虽然在同一间办公室，但一天也难得讲几句话。不过要是两人一其出去考察干部，则是形影不离。只要一有空，两人不是谈组织部里的工作，就是说一些相互间的琐碎家事。在贾士贞看来，唐雨林所谈的有关组织部里的每一件事，都是那样新鲜，那样给他深刻的教育。他们很快完成了三个单位的干部考察工作。现在的贾士贞已经知道谈话时该说些什么，什么不该说；遇到问题时该如何插话，什么时候不该插话；记录时该记什么，什么不该记。这些对他来说，都已经很熟练了，但贾士贞还是觉得自己像个小学生，唐雨林叫他干什么他就干什么。考察结束后，下一步该干什么，他从来都不问，因为唐雨林对他说过，在组织部工作，必须做到，“知道的不传，不知道的不打听”。在家临走时，父亲也是这样对他说的，所以，他对此坚信不移，他也坚信组织部里的人都信守这样的格言。

第六章　对考察干部的思考

回到办公室，贾士贞正儿八经地坐到自己那张椅子上。这张木椅和办公桌都是旧的，他先打开抽屉，轻轻地把里面的碎纸收拾了，又找来抹布，在抽屉里擦了擦，一时也没有东西可以往里面放的，便拿出昨天记录的笔记本，放在桌子上。他忽然注意到办公室里又增加了一个女同志，就在他身后的那张空座位上，是一个刚过三十岁的女人，也没有人介绍她的姓名。

“请问唐处长在吗？”这时一个女人站在办公室门口问道。

唐雨林抬起头说：“你是……”

“我是总工会的，来接你们去考察干部！”

“噢，好，”唐雨林转身对贾士贞说，“士贞，咱们走！”

来到大门口，只见一辆银灰色的桑塔纳轿车早已停在那里。这时贾士贞才注意到这个身体胖胖的女同志，从脸上的皱纹来看，她起码要在五十岁以上。

走到轿车旁，胖女人一边开车门一边说：“我是总工会办公室的，姓蒯，你们就叫我蒯大姐吧！”

唐雨林一边往轿车里钻一边说：“你们干部部的林部长呢？”

“他正忙着准备接待你们呢。”蒯大姐说。

上了车，驾驶员便发动引擎，点火开关连打了好几次，才把车子发动起来。出了省委大门不久，车子又突然熄火了，驾驶员急忙发动，可是怎么也发动不起来。唐雨林看看表，九点已经过了，蒯大姐也有些坐不住了，嘴里不停地唠叨着：“派什么车子不好，偏派个老爷车！”

驾驶员无奈地下了车，掀开车前的上盖。蒯大姐为难地回过头说：“唐处长，真对不起，要不我们打的走吧？”

“好吧！”唐雨林打开车门，下了车。贾士贞也从另一边下来了。蒯大姐拦了辆的士，三个人上了车。

在省城，一个单位到另一个单位办事，都是自己单位派车，或者打出租车，可组织部门不同于一般单位，考察组又不是领导，没有专车，一般都是被考察单位派车到组织部来接人，这不仅是被考察单位的礼节，同时也表明组织部的地位不同一般单位。

一会儿工夫就到了总工会。蒯大姐很是过意不去，歉意道：“唐处长，真的对不起，委屈二位领导了。”

电梯把他们送到六楼，到了小会议室，蒯大姐推开门说：“请二位稍坐片刻，我去叫林部长。”

林部长是一个五十多岁的老同志，头发花白、中等身材。他一进门就双手抱拳，说：“实在对不起，没能亲自去迎接二位，让二位乘出租车，太……太没面子了。”边说边松拳向唐雨林伸手过去。

“您可是大忙人哪，也算得上日理万机吧！”唐雨林看看林部长，显然没有握手的意思。

“这位是……”林部长看着贾士贞问道。

“贾士贞同志，我们处里的。你官当大了，也不深入基层！”唐雨林的话明显有些不客气了。

林部长也听出唐雨林的话中带着刺，但全当没听懂，满脸笑容地说：“我老了，也不常去拜访上级领导，请贾同志谅解啊！”

“好了，开始吧！你们毕主席呢？我们总得先向他报个到，不然他还说我们搞突然袭击呢！”唐雨林拍拍林部长的肩膀笑着说。

“毕主席在等你们呢，他再忙，也要接待省委组织部的领导呀！”林部长说。

“哎，我们的老林同志，我们怎么能是省委组织部的领导呢，我们是办事员，跑腿的。”唐雨林心想，难怪国家决定干部到了年龄要退下来，人老了，就爱倚老卖老，像老林这样的同志还在干部部长这样重要的位置上还能干什么？

“二位请稍坐，我去请毕主席。”林部长没和他们多说，便离开会议室了。

唐雨林说："哦，士贞，这干部部长，就是人事处长。像工、青、妇都称做部。这个老林自以为当了十多年干部部长，总是老资老位的，也该让让位了！"

贾士贞点点头，在旁边坐了下来。

林部长来到毕主席办公室，正赶上蒯大姐向主席汇报轿车一事："这办公室吴主任也是的，派了244号破桑塔纳给我，出了省委大门就发动不起来了，搞得我好尴尬，只好打的回来了！"

林部长进来时，毕主席正低着头看文件。他就对蒯大姐说："我问过了，几辆车子真的都有事，只有毕主席的车子，总不能用毕主席的车子去接他们吧！其实就那么点路，还要车子接，都是下面惯坏了。难怪唐雨林刚才很不高兴，说话总是带刺！"

毕主席抬起头，看看林部长，又看看蒯大姐说："算了，一点小事！别那么认真。"

"这些钦差可不能得罪呀！"林部长说。

"不卑不亢，以礼相待，待人之礼嘛。"毕主席突然笑起来说，"有人说组织部门的笔一歪！就能要你好看。我看也不至于，只要我毕某不倒，他们的笔一歪又能怎么样？你老林当了十多年正处级干部部长，谁把你怎么着了！"

"不过。"毕主席又说，"老吴也是的，如果是无意的，那自然没什么，倘若真的是派辆破车，故意出洋相，那就不好了。好了，我们过去吧。"

刚出了门，毕主席回过头说："蒯玉玲，告诉办公室吴天雄主任，安排中午饭！"又低声说，"林昂，中午该你陪客。"

"你陪不陪？"林昂部长问。

"我就不陪了，老林，说句心里话，我真的害怕陪客吃饭，再说，组织部考察干部也是例行公事，我去陪不合适。知道情况的，说我是出于无奈，不知道情况的，还不说我贪吃，巴结组织部的人！"毕主席边走边说。

"我也觉得不妥当。组织部一个副处级组织员，叫一位正厅级领导陪，也是……接待外宾也讲究对等职务啊！"林昂说。

"倒也不是这个意思。人家毕竟是组织部门嘛，大权在握。"

来到会议室门口，毕主席笑着伸出手说："唐处长大驾光临，有失远迎，恕罪恕罪！"

唐雨林握着毕主席的手说："毕主席，实在是没办法啊，本不该惊扰你，但事关重大，我们也是出于无奈。哦，毕主席这位是我们处里的贾士贞同志。"

毕主席握着手说："到底是组织部啊！都是年轻有为的好苗子，不像我们这里，干部都老化了。"

"毕主席太保守了，应该培养年轻人呀！"

"我也是这样想的，可是编制就那么多，再说，这些老同志都干得好好的，你叫他们到哪儿去呢！要是能像组织部那样就好了，干部们想调出就调出，而且调出去个个都提拔。谁不想做好事？可是像我们这种单位，能当到处级干部就很不容易了，每个人都得干到六十岁才退休。"毕主席说。

"所以要进行机构改革，把我们这些老家伙都赶下台去！"林昂说。

"好，说正事吧，请唐处长说说来意。"毕主席坐下来，从口袋里取出红塔山香烟，抽出两支，递一支给唐雨林，又递一支给贾士贞。

"二位，说句玩笑话，你们也许在笑话我，一个正厅级老家伙还抽这种烟，我必须申明，这烟是我自己花钱买的，你们信不信？这可是八块钱一包，我一个月要抽两条，就得一百六十元。"毕主席说。

贾士贞看着这位五十多岁的总工会主席，觉得这人说话倒很实在。不禁想起，昨天王主任硬塞给他们的两包中华牌香烟，还有回家后发现的，那放衬衣的纸袋子里的一条中华牌香烟，当然他知道这些中华牌香烟不可能都是王学西自己掏钱买的。不知为什么，他接过了面前的这支红塔山香烟。同时林昂扔给他一盒火柴，他便点着了，慢慢地吸了起来。

"毕主席，我们这次考察领导班子的程序，先是召开机关全体职工、下属单位负责人大会，由党组成员，主要是正、副主席和副厅级的纪检组长个人述职，然后进行民意测验，最后由我们两人和大家个别交谈。"唐雨林说。

"好，按省委组织部意见办。"毕主席说，"老林，都已经通知了吧！"毕主席看看表，"现在是九点四十五分，十点钟开始！行吗？"

“好。”

“老林，通知十点钟到八楼会议室开会。”

林昂走了。毕主席又掏出香烟，没等他抽出，唐雨林已经从包里拿出一包中华牌香烟说：“毕主席，抽我的！”

“到底是组织部的同志呀，比我这层次高多了。好，我来抽一支……”毕主席没有说下去。

八楼会议的主席台上，唐雨林和毕主席坐在中间。唐雨林对着扩音器，把考察的程序讲了之后，毕主席拿出一张纸，只用了五分钟，就把述职报告念完了。随后三位副主席和纪检组长也分别进行了述职报告。

唐雨林宣布民意测验开始，贾士贞和林昂两人分发民意测评表。并要求下午两点半之前投入指定的投票箱内。

散会后，已经十一点半了。林昂说：“请唐处长和贾士贞同志到二楼用中餐吧！”

来到二楼餐厅，林昂在前面引路，进了一间叫听雨轩的包厢内。

随后服务员上菜了，第一道菜是甲鱼汤，第二道是一条大鳜鱼。林昂说：“唐处长，我们是严格按照组织部、纪委的规定，四菜一汤，不准喝酒，你们不见怪吧！”

“老林，你也是老同志了，纪委的规定我们应该带头执行，不能说一套做一套啊！你看这老鳖都不应该上。”唐雨林说。

“唐处长给我们做出了表率。”林昂说，“另外，毕主席让我跟二位领导打个招呼，因为是考察干部，他就不陪了，请谅解。”

饭上来了，服务员分别给三个人盛了饭。三个人相互间有一种说不出的微妙之处，一边吃饭一边客客气气、彬彬有礼，很快就把中饭吃完了。林昂把他们送进招待所一间标准间，说：“二位辛苦了一上午，中午休息一下吧！”

“好，老林，你也忙吧！”唐雨林说。

“下午两点半我来叫你们。”

林昂走了，贾士贞关上门，往床上一躺，觉得这种生活也蛮舒服的，中午睡上个把小时，下午头脑也清醒。这时唐雨林从卫生间出来了。“士贞，要不要打个电话，让老廖找两个人来服侍你学习文件？”

“别开玩笑了。”贾士贞真怕那样紧张的一个中午，搞得人太兴奋了，下午难受。但他又怕扫了唐雨林的兴致，于是说：“不过，如果唐处长真有这个意思，我也会舍命陪君子的！”

“士贞，你开玩笑了，我想那干什么！不过开开心而已，真是给我找了，我还不敢要呢！万一染上艾滋病，那就完了。”唐雨林大笑着倒在床上，接着说，“算了，小憩一会儿，也是收获。睡觉千万不能想那事，想兴奋了睡不着。”

“嗯，士贞，昨天晚上怎么不见你跳舞啊！”

“唐处长，我还不会那玩意儿呢！”

“可惜！昨天宋雅真的出场了，让大家都过了把瘾！你不知道过去只在电视上见过，昨天一见，果然让人如升仙境，有一种满足感。那无可挑剔的眉眼，如粉如脂的皮肤，天然一般风韵全在腰段！”他说着，好像口水都流了出来。

“和你跳了？”

“当然！”

“搂得紧紧的？”

“那哪能！”

“那过什么瘾！最好给你那个一下子！”

“又胡扯了，那她能满足多少男人！就这样我都觉着艳福不浅呢！”

“那么多人她都陪了！”

“我想不可能。”唐雨林的声音越来越小了。

下午两点半，门铃响了，贾士贞睁开惺忪的睡眼，开了门，林昂进来说：“唐处长，休息得怎么样？”

“还行。”唐雨林说着懒洋洋地从床上爬起来。

他们又回到六楼小会议室，唐雨林说：“士贞，把投票箱拿来。”

“我中午可是派了两个人在门口守着的。”林昂说。

唐雨林笑笑说：“我们林部长还挺幽默的，没派两个持枪的武警战士？”

林昂说：“只是不知我们那么严肃认真，对你们使用干部能起到多大作用！”

大家一齐笑了起来，这句话却引起了贾士贞的注意。他又想到王学西他们的测评结果。是啊，群众对一个领导的评价能起到多少作用呢？

他不知道！对于这样一个敏感的问题，又不便于问唐处长，只能把它隐藏在内心深处，慢慢观察观察再说。

总工会的谈话比省区划设置办公室进展得顺利得多，两个小时下来已经谈了五个人。在推荐进入厅级领导干部人选中，国际部部长桑延华有一些争议。当时正巧贾士贞站在门外，一位四十多岁中等身材的男子出现在门口，见到贾士贞他仓促地将手里的大半截香烟扔进门外的痰盂里，微笑着伸出手："我是国际部的桑延华，是林部长让我来的，请问……"

贾士贞急忙握住桑延华的手说："桑部长，请进，我叫贾士贞。"两人进屋后，贾士贞介绍道，"这位是我们省委组织部的唐处长。"随后又对唐雨林说："这位是国际部的桑部长。"

桑延华谈话非常谨慎，按说像他这样毕业于中央财政金融大学，又在总工会正处级领导岗位干了多年的干部，本不必如此谦恭而谨慎，更何况是在他这个临时借调人员和唐雨林面前。但他转念想到刚才桑延华见到他站在门口，居然把大半截香烟都扔进了痰盂里。想到这里，贾士贞从包里拿出王学西给他的中华牌香烟，抽出一支，说："桑部长，请抽烟。"

桑延华摆着手说："谢谢，我不抽烟。"

贾士贞笑起来了："桑部长，别太严肃了，抽吧！"说着抽出一支香烟，递给桑延华。可桑延华接过香烟，却始终没有抽，悄悄地放到旁边去了。

谈话结束了，桑延华和唐雨林握了手，又抓住贾士贞的手，握了好久都没有松开。贾士贞宛若送客一样，一直把桑延华送到门外。桑延华放慢脚步往前走，突然低声说："冒昧地问一下，贾科长是哪里人？"

"乌城。"

"我一听声音就觉得亲切，我也是乌城的，咱们是老乡。"桑延华停住脚步，满脸喜悦和兴奋地看着贾士贞。

"是吗？"贾士贞转身看着桑延华。

桑延华再次握着贾士贞的手低声说："贾科长，我想和你单独谈一次话，不知是否方便？"

贾士贞犹豫片刻，说："行，你留个电话给我，如果星期天没有什么活动的话，我打电话给你。"

回到房间，已经到下班时间，唐雨林说："士贞，咱们回去吧！"

贾士贞自然听唐雨林的，就在他们收拾东西准备走的时候，林部长来了。先说留他们吃便饭，又说车子已经预备好了。唐雨林闭口不提吃饭的事，笑着说："还是上午那辆车子？"

"不，二位，早上实在对不起，这次换了辆好车。"

"算了，我们还是乘公共汽车走吧！"

"哪能呢，那成何体统！"林昂拍着唐雨林肩膀说。

唐雨林看着贾士贞，贾士贞自然明白了他的意思，便收拾笔记本，准备下楼。

一辆黑色豪华桑塔纳停在大门口，林昂把唐、贾二人送到轿车旁说："明天早上八点半，去组织部办公室接二位？"

唐雨林上了车，车门半开着说："老林，明天上午再联系吧！"

轿车发动了，和早上的车相比，明显不一样了，油门一打，发动机啪的一声就响起来了，驾驶员问："二位领导怎么走？"

唐雨林看看贾士贞，说："你怎么办，一个人回宿舍，晚饭怎么办？"

"食堂。"

"好，那走吧！"唐雨林作了个手势，然后对贾士贞说，"要不你跟我走，我找个人事处长安排一下！"

"不，不，不，唐处长，来日方长！"

星期天下午，贾士贞和桑延华如约见面了。桑延华经过再三考虑，觉得在办公室见面不适合，就在总工会招待所开了一间房。两人一见面，就像老朋友一样，桑延华有些激动，给贾士贞又点烟又倒水。

虽然桑延华在省总工会担任国际部部长，属于正处级，但这和他所学的专业财政学毫无联系，他一直都希望能够学以致用。他直言不讳地谈了他和办公室一位副主任之间的矛盾，对于他来说这次考察干部非常重要，但是那个办公室副主任发动一些人说他坏话。虽然他作为副厅级后备干部多年，但是都被那个副主任给捣蛋掉了。贾士贞说他目前还是个借调人员，不清楚组织部提拔干部的具体程序。不过他会尽可能在有关人员面前帮助推荐的，而且考察材料他一定会写得很好的。这让桑延华从心里感激不尽了。

不管怎么说，桑延华觉得在省委组织部能够结识贾士贞这样一位老乡还是非常高兴的。事实上，贾士贞在考察结束后，也竭力在唐雨林面前为桑延华说了许多好话。而他在写桑延华的考察材料时不仅用了心，而且写得非常出彩。至于那位办公室副主任及一些人反映的问题，贾士贞无法考证，自然也就不能写进考察材料了。那些东西贾士贞会把它永远留在自己的笔记本和记忆里的。

第七章　王主任的宴请

转眼间，贾士贞来省委组织部已经半个多月了，机关干部处的人头他也渐渐摸熟了。每天早上，几乎都是他第一个到办公室的，然后进行例行的必修课——打扫卫生。一进入组织部这幢红楼，每个人都变得沉默寡言、小心谨慎起来，从没有人敢放肆地大声喧哗。毕竟这里是管理全省几千名高级领导干部的神圣地方，关系到组织部每个工作人员的前途和命运。

他和唐雨林的任务提前完成了。在外面跑了那么多单位的两人，突然回到办公室，有着明显的不适应。贾士贞半天也理不清自己的思绪，平心静气了好一会儿，才慢慢地收回自己那颗奔腾的心。看来在这里，处长才是真正掌握日常工作实权的人，贾士贞这样想。他常常会借上厕所的机会，留意处长室，而处长室几乎每时每刻都关着门，当然，那里也许每时每刻都在酝酿着省级机关高层人物的重大决策。那天顾副处长领贾士贞去见过一次驼副部长，此后他就再也没见过任何一位部长。可以说，他的顶头上司就是唐雨林，他每天跟着他。虽然两人已经很熟了，但是在办公室里他们还是一样的沉默寡言、小心翼翼。

突然，他想起早上进办公室时看到从门下面塞进来的一封信，捡起一看，信封上写着："唐雨林、贾士贞亲启！"下面落款只有"内详"两个字。他看了半天也没拆，放进了抽屉里，现在一下子想起这事，急忙拿着信，交给唐雨林。

唐雨林撕开信封，看完后递给贾士贞。他接过信一看，才知道这是一封反映省区划设置办公室王学西的人民来信。主要是挥霍公款，大吃大喝，上班、出差打牌，甚至赌钱，受贿，居然一次用公款购买中华牌香烟五十条，全部供他自己任意使用。贾士贞看完后只是微微一笑，把信又交还给唐雨林。唐雨林把信装进信封里说："交给仝处长处理！"

贾士贞现在他已经很老到，渐渐熟练地掌握了考察干部的基本方法。回想起第一天在省区划设置办公室和人谈话，唯恐漏掉一个字，记录得手都发麻时的场景，他就觉得很好笑。实际上，记不记那些人的谈话已经无关紧要了，因为那种考察材料都大同小异，虽然不能像写小说那样，但想象空间还是相当大的。贾士贞忽然觉得省委组织部的工作在外人看来那么神圣而高尚，可真正身在组织部里的人，却会感到枯燥而压抑。可是也只有这种枯燥而压抑的经历，才会让一个人变成了不起的人物。

按照唐雨林的分配，贾士贞开始准备每一个人的考察材料。这种考察材料贾士贞虽然没动过手，但他早已心中有底了，上面一行是"×××考察材料"，下面的第一段便是被考察人的基本情况：姓名、出生年月、籍贯、文化程度、入党时间等，也称为自然状况。第二段是个人的简历。正文部分则是主要表现：主要是写被考察人的工作成绩，还要举例说明，大都根据群众谈话时的记录整理而成，找话说，说好话，个别人反映的问题又一时无法证实的，大都是采取回避的办法。最后写几条缺点，多数是些鸡毛蒜皮的小事，如"工作中有急躁情绪"啦，"要注意工作方法"啦，或者"要努力改进工作作风"之类的。贾士贞逐渐明白，凭这样的考察材料，谁不能提拔！然而他也在想，组织部门不这样做，又能怎么办呢？自从有了管干部的组织部以来，多年来大家都这样做了，谁又能违背这种规律呢？当然也就不可能有像牛顿、爱因斯坦、爱迪生、瓦特那样的大科学家发明一个举世罕见的惊人创举了。

现在，他拿出一本考察干部专用稿纸，在上面端端正正地写上"王学西同志考察材料"。

贾士贞的头脑里开始构思王学西的成绩。贾士贞自师专毕业后，虽说没能发表过什么专著，出版过什么惊世之作，但也有一些文章常常被刊登在报纸杂志上，他本人还被乌城地委党校称为小才子。然而对于干部考察材料，虽然他做到了心中有底，但毕竟还是头一次，所以他提笔想了半天，又反复看了以往那些考察材料的范文，不是觉得文体不对，就是觉得写起来太简单，太容易。翻开记录本，一部分说好话的人谈得太空洞，缺少实际内容的真实事例，而更多的人谈了他许多问题，而且有理论有事例。贾士贞一时为难起来，反复翻着那些考察材料的范文，犹豫了半天，总是不敢动笔。

临下班时，唐雨林告诉贾士贞，说老廖约他们俩晚上出去放松放松。贾士贞不知道这中间还有着什么奥秘，只好听从唐雨林的安排。

六点钟一到，他们出了办公室。从省委大门向左拐不到五分钟，见一辆奥迪轿车停在那里，老廖从车里下来，伸出手来一一握着。上次考察干部时，贾士贞已经知道他的身世："文革"前入伍，部队转业时是正团职，现在已经五十岁了。可他却说自己那时已经高中毕业，贾士贞算来算去都不可能。十五岁高中毕业除非是神童，"文革"前十五岁只能是一个小学生。这家伙肯定在说假话。贾士贞不觉又想到那场车祸的巧遇。

到了天乐夜总会，王学西拱手迎上来，唐雨林忙同他握手。王学西满面春风地说，唐处长一走就把他忘了。过了一会儿，又觉得冷落了贾士贞，于是又急忙抓住贾士贞的手，一个劲儿地抖着，嘴里不停地说："老朋友，老朋友。"正待坐下，一阵扑鼻清香吹了进来，他俩抬头一看，却是两朵鲜花般的女子进来了，唐雨林愣了半天。

随后两个女子分别挨着唐雨林和贾士贞坐了下来，后来二人才知道挨着唐雨林的那个女子叫小李，而另一个叫小张。服务员端上热茶，递上热毛巾，一应如仪。

虽然只有六个人，可是喝酒的气氛却十分热烈，高潮迭起。

王学西、老廖、小李、小张又开始轮番向唐雨林和贾士贞敬酒，贾士贞捂着杯子说："唐处长，我是不能再喝了，这样喝下去，恐怕我们俩非倒不可！"

唐雨林说："这样吧，我给大家讲个小故事，给各位轻松轻松。"

贾士贞大声表示支持，"好，好，好。"

唐雨林看看众人，说："有一个穷汉，穷得没饭吃。于是去小餐馆，问面条多少钱一碗？老板说两块钱一碗。穷汉又问：'面条汤多少钱一碗？'老板说：'面条汤不要钱。'于是穷汉说，那来一碗面条汤！老板没办法只好给他一碗面条汤。第二天，穷汉又来了，仍然不给钱要了一碗面条汤。第三天穷汉又来了，老板说：'面条两块钱一碗，面条汤三块钱一碗。'穷汉想了想说：'那来一碗面条吧！'老板给他一碗面条。穷汉把面条吃了，却把面条汤留下了，对老板说：'找我一块钱！'老板一时糊涂了，说：'你吃了面条不给钱，还向我要一块钱，岂有此理！'穷汉说：‘面条汤三块钱一碗，面条两块钱一碗，我吃了面条，可没吃面条汤，三块钱减去两块钱，你说该不该找我一块钱？’”

众人你看看我，我看看你，一时还没反应过来。

贾士贞大笑起来，“看，都给忽悠住了吧！”

唐雨林说：“我这忽悠没别的目的，只是想少喝酒。”

王学西说：“唐处长还真能忽悠，差点把我们都忽悠住了。”

“哪里哪里，真正能忽悠的还是你王主任，看把省区划设置办公室的那么多群众都给忽悠住了，还把……”唐雨林突然停住了，诡秘地看了一眼贾士贞，把后面的话吞了回去。贾士贞知道唐雨林是想说“你王主任居然把省委组织部也给忽悠住了”。

贾士贞赶忙说：“差不多了，唐处长还有事。”

唐雨林也坚决不喝了，贾士贞感觉到唐雨林是差不多了，看他的上眼皮都耷下来了。王学西让小李扶着唐雨林，小张扶着贾士贞离开了包间。出了包间不远，贾士贞捂着肚子说：“小张，我的肚子坏了，得赶快上卫生间。”到了卫生间门口，贾士贞进去，小张则在门口守着。过了好一会儿，贾士贞摇晃着身子出来了，一手捂着肚子，一手扶着小张说：“小张，不行了，我要上医院！”

“那怎么办，我去找王主任！”小张慌慌张张地说。

“不要紧，老毛病，你把我送到楼下，我打的去拿点药就行了！”贾士贞推着小张说。

两人来到楼下，迎面来了一辆的士，贾士贞走过去拉开车门说：“小张，对不起，帮我向王主任和唐处长打个招呼。”说着关上了车门。

贾士贞坐在的士里，觉得脑袋昏昏沉沉的。驶出天乐夜总会，他犹豫了一下，想了想说去宏门大酒店！

他搞不清天乐夜总会离宏门大酒店有多远，只觉得胃里的酒一阵一阵地往上翻。他闭着眼睛，直到司机叫他时，才付了钱，推开车门。一阵夜风吹过，贾士贞脚下踉跄着，进了酒店大门。脚下已经不听使唤了，但就在他恍惚间，贾士贞停住了脚步，手扶着大门，又转身蹒跚着走了。连他自己也不明白，为什么自己在酒精的作用下，会到宏门大酒店来！

一觉醒来，贾士贞觉得口干难受，拿起热水瓶，倒出来的竟是凉水！他喝了两口，又想到昨天的事。自从上次在宏门大酒店初次和华祖莹相识，至今还保留着清晰的记忆。她那眉眼鼻子，无可挑剔的身段。孤独的漫漫长夜，妻子不在身边，他处处用理智来控制着自己。可是他不明白为什么偏偏糊里糊涂地想到华祖莹。隐隐约约，如同梦幻一般，好像自己吐了酒，醉得无法自制。来省城半个多月，在这花花世界，灯红酒绿的环境当中，所见所闻，已不再是在乌城那样过着封闭式的自给自足的生活了。

自从考察干部工作告一段落后，他每天一到办公室就摊开稿纸，手里握着笔，苦思冥想，渐渐地，他觉得这样的文稿太枯燥无味了，每一个人的考察材料，都要把前面的自然状况和个人简历一字不错地按照履历表抄下来，而现实表现部分，都是没话找话说，这些在任何文体里都是最忌讳的写法。天天如此，他感到太缺少“创作”的热情和冲动了。小说家们靠的是创作冲动，一气呵成几十万字，可他往往面对这几千字，就理屈词穷。他甚至想，像这样一百年下来，也不可能出现出色的好文章，这样的文章没一个人愿意看，更没有任何地方可以发表。但是他又想到，正是这些不成文的东西，成为多少人提拔升迁的理论依据呢！

贾士贞和唐雨林考察过的五个部门，算起来有近三十个人的考察材料要写，当然，作为副处级的唐雨林自然是不会去写的，所有的艰巨任务都落在他一个人身上。他没有计算已经完成了多少，但他认为难度最大的，还是王学西和汪永这两个人的考察材料。

这天早上，贾士贞照样早早来到办公室，拖地抹桌子，打扫完毕后，决定尽快把王学西的考察材料完成了。接着上次的标题，他先把王学西的自然状况和个人简历抄了下来：王学西，男，1938年4月出生。山东泗海县人，1957年参加工作，1963年8月入党。初中文化。现任莫由省区划设置办公室主任（副厅级）……

在初稿过程中，贾士贞颇动了一番脑筋。他认真阅读了考察记录，回忆一些同志的反映，以及几次和王学西的接触，到底应该如何把握王学西的考察材料，这可是提供给上级领导掌握干部使用的依据，也是从文字上给一个干部定了位。他清楚，任何一个干部，群众都可能有不同的看法，这其中也不乏带着个人恩怨和感情色彩，但是对于一个参加考察干部的同志来说，只要他全面了解了群众的反映，尽可能广泛地听取多方面的意见，他会对一个干部的优劣程度做到心中有数的。但是按照组织部门的行话“一个干部的成绩总是主要的”，所以，一份考察材料最主要的就是讲工作中的成绩，讲优点。虽然不像写小说那样随意虚构故事，虚构情节、人物，但尽量发挥想象力地描写，也算是正常事了。比如“坚决拥护党的路线、方针、政策”，“工作积极”，“团结同志”等等。

写完初稿之后，贾士贞反复看了看。他想，自己毕竟初次写考察材料，考察干部只是一个过程，而写好考察材料才是自己的基本功。按照全处长的说法，好的考察材料一定要三千字以上。按照这样的要求，这篇初稿篇幅和字数都不够，他只好再添枝加叶，没话找话说。贾士贞觉得现在的自己就如同一个不称职的编辑，居然在组织部里凑字数！终于，他把王学西的考察材料增加到两千多字了。

看着这份考察资料，一边看一边犹豫着。贾士贞突然又怀疑自己给王学西下这样武断的结论，是否对党对人民负责任了？王学西挥霍公款，一次购买五十条中华牌香烟供自己用，还有群众揭发他建大楼时的受贿问题，这样的领导干部也算“坚决拥护党的路线、方针、政策”吗？52.9%的群众认为他不称职，这样的领导是好领导吗，能够提拔正厅级吗？还有那天，王学西面对车祸中那么多受伤的旅客，眼睁睁看着那个老人抱着满身是血的女人无动于衷，最后竟找借口开车跑了。难道这样的人心中还想着群众，还能成为为群众办实事的好干部吗？

贾士贞觉得自己已经不是一名组织部的工作人员，而是一个损害党和人民利益的帮凶。就在这一刹那，他觉得自己变了，自从到了省委组织部，他变得胆小了，变得失去了正义和正直的优良品质了，顿时，满脸烧灼感油然而生。怀着忐忑不安的心情，贾士贞放下考察材料，心里充满了内疚和自责，好像自己已经成了一个失去良知的禽兽。

下午上班后，贾士贞还是默默地琢磨着王学西的考察材料，拿起笔改了半天，依然不知道如何是好。下意识地翻着已经写好的那些考察材料，自己现在可是为党为群众在选拔领导干部呀！怎么能把一个干部说成了英雄，言过其实的地方太多了。他再次拿出唐雨林给他的“范文”，翻看了一会儿，觉着实在没有办法，多少年来组织部都是这样办的，他一个小小的贾士贞能够破了这个规矩吗，能够改变这种体制吗？千万不能凭个人的好恶影响工作，那是一条危险的死胡同。一个领导干部为党为人民工作了多少年，成绩能不是主要的吗？写考察材料就必须写他的成绩，而且要千方百计地寻找他的成绩。即使他是一个大贪污犯，群众没发觉，那就是好同志，就要找成绩，就要提拔。想到这里，贾士贞自觉心里又得到一些安慰。决定排除内心的矛盾和干扰，加快速度，把这些考察材料尽快地写出来。

这就是组织部工作最基本的内容，没有这些东西，一个领导干部如何提拔呢？在这些考察材料中，贾士贞觉得唯有桑延华的材料写起来最得心应手，也是他最满意的一份材料，但是他能为桑延华做的也只能这些了。他相信如果仅仅凭考察材料的话，那桑延华在提拔时一定是优先的。

第八章　全处长的批评

贾士贞终于把所有的考察材料都完成了，但他对组织部的工作程序仍然心中无数。完成了这些考察材料，手里就一点事情都没有了，他不知道自己是不是像小学生一样，作业完成了，要等待老师的批改意见。想到这里，他突然感到几分恓惶，不知道他第一次独立完成的作业老师满意不满意。作为一个临时借调人员，他必须处处谨慎小心，让领导满意了，才能正式调进省委组织部。那要是领导不满意了呢？会是什么样的后果？贾士贞第一次想到这个可怕的问题。要是把自己退回乌城地委党校，那他这辈子一切就完了！同事会怎么看他，亲戚、朋友、父母、玲玲又会怎么看他？这样胡思乱想了一会儿，看看其他同志忙忙碌碌的，唐雨林一个下午也不知道干什么去了。实际上，他现在和唐雨林成了单线联系，像战争岁月的地下党似的。他所有的工作，或者说所有关于省委组织部的信息都是从唐雨林那里得到的。现在一天不见唐雨林，他心里竟然些孤独与失落。眼看下班时间快到了，吕建华突然出现在办公室门口，轻轻地叫了声："小贾，全处长叫你。"

贾士贞吃了一惊，这时吕建华已经转身离去。他大步来到全处长办公室门口，门是半开着的，贾士贞轻轻地敲了两下门。全处长头也没抬，说了声"请进！"贾士贞来到全处长面前，过了好一会儿，全处长才抬头看看他，脸上没有半点笑容。贾士贞突然感到全处长的目光里透出几分不愉快，他的心脏猛收缩了两下。他也不知道自己犯了什么错误，只知道这种表情太让人难堪了。这时全处长冷冰冰地说："小贾，写干部考察材料不是'文化大革命'中写大批判文章，一个领导干部辛辛苦苦工作了多少年，成绩和优点是主要的，至于缺点，谁都有，那太微不足道了，像你给人家写的那些考察材料，还提拔什么？”贾士贞瞥一眼仝处长面前，那些自己一笔一画写成的一沓厚厚材料，心想，作家们的一本小说稿也不过如此，但是仝处长就像老师批评学生的作业没完成好一样。回想这近三十个干部的考察材料，除了王学西和汪永之外，所有的考察材料都是这样写的。他之所以对王学西这么用心，这么谨慎，一是，群众对他的意见太大，贾士贞觉得自己不能太昧着良心了，但他又怕在仝处长那里过不了关，因此在写王学西的现实表现时还是竭力罗列了一些言过其实的语言，尽量使用夸张手法，有些地方根本就不是王学西的成绩，可是实在没有办法。二是王学西毕竟是一个副厅级主任，而且那天考察干部时，仝处长亲临现场，他和仝处长之间又那么亲密，觉得他们的关系绝对不一般。后来，贾士贞多次想问问唐雨林，王学西和仝处长之间到底是什么关系。然而，唐雨林对涉及具体人的问题，总是婉转地避开。

平心而论，他最后给王学西写的考察材料，并不是发自他内心的，而是尽量做到锦上添花了，他觉得仝处长怎么能这样主观武断地批评人呢？贾士贞低着头，连气都不敢喘，努力屏住呼吸。就在这时，贾士贞发现仝处长面前放着的考察材料正是王学西的。那是他亲笔所写。贾士贞只觉得身上被电击了一下，立即感觉到，仝处长是不是对他写的王学西的考察材料不满意？贾士贞一时有些不知所措，看看仝处长，背上冒着汗，胆怯地说：“仝处长，哪些地方写得不好，我再重写！”

仝处长把那沓材料往旁边一推，阴着脸说：“年轻人，刚到组织部，多学学组织部老同志身上的优良品质！我们组织部不是纪委，我们是专门给领导干部涂脂抹粉的，是专门提拔干部的地方，不要专门找人家的缺点和短处。否则就不要在组织部工作！”

三十个人的材料全部退回来了，贾士贞捧着厚厚的材料，心事重重地回到办公室。好像刚才仝处长不是批评，而是在他身上抽着鞭子，扒他的皮！贾士贞慢慢地翻着，心里有一种说不出的难受。他记得无论在小学还是中学，作业错了老师都会明确指出来的，可是仝处长，却是不明不白地批评一顿，自己不知道错在哪里，不知道哪些材料合格哪些不合格。他下决心按照仝处长的要求，像美容大师那样，给他们进行美化和修饰。

贾士贞先翻开王学西的考察材料，重新看了一遍，又对照一下当时省区划设置办公室的所有谈话记录。他觉得自己对王学西现实表现的概括远远超过他本人的表现，比如开头一段，“该同志对党的路线、方针、政策还需要进一步学习和提高”，只是没有写成“该同志能够认真贯彻执行党的路线、方针、政策”。是啊！难怪仝处长对自己如此不满意，也许仝处长的批评是对的，自己到组织部才几天，哪能知道一个干部是如何推荐、考察、选拔的呢？考察材料究竟是怎样形成的，对一个干部的提拔又起到多大的作用，他一无所知。现在他多么希望有一位真诚的老师啊！于是他决定找机会，诚心诚意地向唐雨林请教。

终于，下班时唐雨林匆匆地进了办公室，贾士贞一看唐雨林已经拿起公文包要离开办公室了，他急忙跑上去：“唐处长……”

唐雨林停住脚步，说：“小贾，有事？”

贾士贞红着脸说：“唐处长，仝处长把我写的那些考察材料都退回来了，我过去没写过这样的材料，请你……”

“噢，”唐雨林打断贾士贞的话，来到贾士贞的办公桌旁，随手翻了翻，突然拿着王学西的考察材料，看了一会儿，说，“士贞啊！有些话我们还不能说得太直白，为了自己的前程，在组织部不得不干一些违心的事……”唐雨林把王学西的考察材料放到旁边，在贾士贞肩上轻轻地拍了两下。

贾士贞看着唐雨林离去的身影，心里似乎清楚了一些，但还是有点糊里糊涂理不清头绪。

组织部的人都已经走光了，贾士贞一个人坐在办公室里，反复琢磨着面前这些考察材料，耳边响起唐雨林刚才的话“为了自己的前途，在组织部不得不干一些违心的事……”就这样他静默地坐了一会儿，决定给父亲打个电话。虽然父亲在乌城地委组织部干了那么多年，但是他并没有给儿子传授多少经验，也就是在临来省委组织部前，父亲反复对他说希望他努力工作，做一个实事求是的人。可是现在他遇到了这样的难题，或许只有父亲才能给他指出一条明路了。他走到门口，听听走廊里静静的，悄悄地关好门，拨通了家里的电话，电话里传来父亲的声音，贾士贞一时没有主张，不知道该怎么对父亲说，直到父亲一连“喂，喂……”了好几声，他才说：“爸，是我……”

“是士贞啊！”父亲的声音是那样和蔼可亲，“怎么样，工作还顺利吗？”

“爸，我……一切都很好……”贾士贞感到心里一阵温暖，“爸，你和妈妈都好吗？”

“好，我们都好！”父亲高兴地说，“你妈总念叨你，说你总算有出息了，你一定要听领导的话，努力工作，珍惜这千载难逢的好机会。”

“爸，你们放心吧，我一定会好好工作的。”

挂了电话，贾士贞才想起，和父亲讲了半天话，竟把最重要的事给忘了，不过他又想，这事又怎么和父亲说呢？独自在办公室坐了一会儿，决定把王学西的考察材料带回宿舍。反正晚上一个人也没别的事，他不相信，凭他的能力，还写不好这份考察材料。

贾士贞想找个能说知心话的人，不知怎么突然想到华祖莹。找了半天才找到华祖莹的名片，可是电话拨了一半却停了下来，觉得自己有点太荒唐。只不过才和华祖莹见过一面而已，难道就因为她的容貌……

这时，电话铃响了，贾士贞懒洋洋地拿起电话。

“喂，请问是贾科长吗？”

贾士贞愣了一下，这声音并不熟悉，犹豫了一会儿，又觉着有几分耳熟，忙说：“请问……”

“贾科长，是我，省总工会的桑延华。”

贾士贞有些兴奋了，就在这一瞬间，他忘记了刚才那些不快，高兴地说：“哎呀，是桑部长……”

“怎么你还没下班？”桑延华问道，“贾科长，能和你坐坐吗？”

贾士贞没有犹豫，说：“可以，我可是快乐的单身汉呢！”

“那好，十分钟后你在省委大门口等我。”

挂了电话，贾士贞就收拾好东西出了办公室。就在他来到省委大门口时，他突然对自己说，千万不能草率行事，就算和桑延华是老乡，也只不过一面之交而已，万万不可把心中的不快随意吐了出来。

贾士贞站在省委大门口的人行横道上，一辆的士正好停在他面前，桑延华打开门，贾士贞上了车。只听桑延华说：“去宏门大酒店。”

贾士贞并没听清楚，没等他说话，桑延华转身抓住贾士贞的手，在昏暗中用了用力，说：“认识你真是高兴啊，小老乡。”

说话间，出租车已经停在宏门大酒店门前。这时，贾士贞才恍然大悟，他不知道是高兴还是一种什么感觉，心情总是有些不平静。进了大厅，目光不自主地四处看了看，幸好没有看见华祖莹。

两人进了餐厅，桑延华带头上了二楼，见到一个服务员，便说：“怡红轩。”

进了包间，桑延华说："贾科长，我今天没请其他人陪你，只是我们两人坐坐，以后有机会，多约几个老乡，大家认识认识。"

贾士贞说："桑部长，请你不要叫我处长，我只是省委组织部的一个借调人员，不好意思。"

"好，不过我相信会的，组织部是什么地方？你看省委组织部哪个调出来不是副厅级。"桑延华端着酒杯说，"老弟，你可是前途无量啊！真没想到乌城出了人才，省委组织部能有个老乡。"

贾士贞知道桑延华说的是真心话。由此可见，人们对组织部的向往和渴求！

这时一位身着正装的女子出现在门口，贾士贞抬头一看，正是华祖莹。当他们目光相遇的一瞬，贾士贞立即撇开目光，躲开了。

华祖莹走上前去，伸出右手，微笑着和贾士贞、桑延华握着手说："二位有什么要求尽管对我说，我是餐饮部的主管，叫华祖莹。"

尽管这样，桑延华还是觉得他们之间有过什么交往，于是邀请华祖莹入座，华祖莹笑笑说："我们酒店有规定，工作人员不准陪客人喝酒。真心谢谢，实在对不起。"

贾士贞只是微笑着不说话，桑延华又说："华小姐，恕我冒昧，我怎么感觉你和我们组织部的士贞同志很熟悉嘛！"

老实说，贾士贞觉得桑部长有些太冒失了，再瞥一眼华小姐，只见华祖莹的脸上飞过一片彩云，离开了包间。

谁也不知道为什么，两人都没有再继续这个话题。直到贾士贞和桑延华离开酒店，华祖莹才出现在大厅里，直到把他们送走了，还站在那里挥着手。

中间只隔了一天，贾士贞突然接到华祖莹的电话，说有几个朋友聚会，想请贾士贞出席。这可让他为难起来，犹豫了半天，只好勉强答应了。但是谁知下午唐雨林突然拉住他，说总工会的林部长专程请他们俩，还说是因为那天的车子的事表示歉意。这样一来，贾士贞只好提前去见华祖莹，解释了半天，华祖莹还是不理解，说贾士贞不给她面子，弄得贾士贞心里很是不好受。

第九章 又遇王主任

自从挨了全处长的批评之后，贾士贞更加谨慎小心了，暗暗观察、学习身边每一个人的优点和特长。他在办公室里，不多说一句话，不随便走一步路，一上班就对着那些考察材料反复琢磨，他想找机会，把写好的材料请唐雨林看一看，免得交上去时全处长不满意再批评他。只是在组织部办公室里说话太不方便了，唐雨林虽然和他在一个办公室里，但他们的办公室里还有其他人啊。除了必要的工作上的联系，大家平时几乎没有什么闲话可以聊。贾士贞想到和唐雨林外出考察干部的那些日子，两人为伍，心里有话随时都可以说说。但现在，办公室里的压抑让他有点受不了。

电话铃响了，唐雨林拿起话筒，原来大门口有人找贾士贞。

贾士贞出了组织部大门，跑步来到省委大门口，一眼看见玲玲站在那里。他很是惊喜，玲玲更加美丽可人了，虽然她已经三十多岁了，但仍然还像当年在学校读书时那样美丽动人。

贾士贞赶忙回到办公室来到唐雨林面前，没等他开口，唐雨林已猜到一定是他老婆来了，便笑眯眯地拍着他的肩膀，说："赶快回去安排一下。"

回到宿舍，贾士贞立即关上门，放下行李，一把搂住玲玲就在她的脸上狂吻着，嘴里喃喃地说："玲玲，我的玲玲，可把我想死了……"

"士贞，这两个多月，你……你是怎么熬过来的呀？"葛玲玲任凭丈夫狂风暴雨般地亲吻着，身体逐渐地软了下来，顷刻间，被丈夫那决堤浪头般的激情冲得瘫倒了。

贾士贞已经不能再说话了，他全身都在狂抖着。过了一会儿，他把玲玲抱上床，在玲玲的帮住下脱光了衣服，但他的眼前却浮现出华祖莹那风情万种的身体，他暗自为自己的灵魂出窍吓了一跳。他睁开眼睛望着妻子，心里乞求妻子用她那双妩媚的眼睛去驱赶他脑海中那个美丽的姑娘。

贾士贞穿好衣服，洗了一把脸，对着镜子理了理蓬乱的头发便出门朝办公室跑去。

走进办公室，他仍觉得心脏还在怦怦地乱跳。唐雨林朝他笑了笑，低声说："还来干什么，不好好陪陪老婆？"

贾士贞回到座位上，装作镇静的样子，继续翻着考察记录本。

已是末春时节，人们都只穿着单衣。可贾士贞一走进这幢红楼就有一种异常阴冷的感觉，有时这里又静得可怕，特别是每个人的表情都是那样的冷峻和肃穆，让人看不出他们在想什么，更无法知道他们心中的奥秘，好像每天他们都笼罩在这朦朦胧胧的迷雾中工作。

贾士贞看了一会儿笔记本，又拿出几张考察干部专用纸，竟连一个字也写不出来。

刚才和玲玲的那一场风雨交加，让他的心情还没有平静下来。这次分别让他真正体会到了"小别胜新婚"的真正内涵。尽管这两个多月他出入在省委组织部，心中有一种满足感，那些厅局长们对他们是前呼后拥，笑脸相迎，酒食争逐，但是，在他内心深处却总有一种挥之不去的孤独和寂寞感。他知道自己是什么，一个临时工而已。在组织部里人再高贵，一旦你回到乌城地委党校，还是什么都不是。现在他不得不对自己的未来进行种种设想，何时才能正式调进省委组织部，何时才能有职务，副处？正处？似乎一切都那么渺茫，那么遥远。

夜色降临，大街上色彩斑斓，灯光通明。参差错落的楼房，在霓虹灯下不停地变幻着千红万紫的美丽光环。

虽然来省城好长时间了，可贾士贞还没有单独在大街上欣赏如此美丽的夜景。现在陪着妻子走在省城这灯红酒绿的世界里，心中有说不出的快乐和幸福。突然，他停住了脚步，心想带着玲玲去哪儿呢？他想到了天乐夜总会，于是拉着玲玲叫了一辆的士，那司机头也没回地问："去哪儿？"他又犹豫了。他在想：天乐夜总会可是省城一流的娱乐场所，这种消费他能承受得了吗？那天是王主任请他们的，那是公款消费。贾士贞下意识地摸摸口袋，口袋里大约还有三百多元钱，三百元钱两人消费总够了吧！于是他硬着头皮说："去天乐夜总会。"

贾士贞拉着玲玲的手，站在天乐夜总会的大楼前，看着楼顶上那绚丽多彩的霓虹灯，他用力攥了一下玲玲的手说："怎么样，漂亮吧，在乌城见到过没有？"

玲玲甜蜜地一笑，伸手挎着丈夫的胳膊朝那旋转的玻璃大门走去。

贾士贞目视前方，玲玲好奇地盯着身边的女孩子看。两人正站在大厅犹豫时，几个客人从他身边走过，这时一个似曾相识的声音飘进他的耳朵。

贾士贞一抬头，正和这人目光相遇。贾士贞愣住了，原来是王学西。王主任看看旁边的玲玲，那双色迷迷的眼睛盯住玲玲说："贾科长真是金屋藏娇啊！"贾士贞赶紧介绍说这是自己的妻子葛玲玲。

玲玲怎么也没有想到丈夫来省城这点时间，就会在这几百万人的大城市里碰到熟人，这个头发花白的老头子到底何许人也，她全无知晓。看他的风度，一定是个了不起的官员，于是微微一笑，没有伸手的意思。王学西却转过身伸出右手说："啊，有缘千里来相会，无缘对面手难牵！哈哈……"

玲玲耳朵根都热起来了，一个五十多岁的老头子竟然和她开这样的玩笑，她的脸一沉。但不知水深水浅，只好把手伸出去，王学西一下子把玲玲那纤细的玉指捉在手里，握得玲玲差点叫了起来。

"好，来得早，不如来得巧。今天算是我王某为玲玲小姐接风，我请客！"王学西继续握着玲玲的手，大声说。

贾士贞夫妻俩推辞了半天也没推辞掉，只好随着王学西上了电梯。出了电梯，一位穿旗袍的迎宾小姐把他们引进一个包厢。落地式的玻璃墙可以鸟瞰整座城市的夜景，那位穿旗袍的迎宾说，这里是十七层楼，这个包厢是观看本市夜景的最佳位置，左边是千景湖，右边是莫由山，山上交错着红黄绿各色激光灯柱，湖面上千帆灯影，一眼望去星罗棋布，美不胜收。

贾士贞怎么也没想到会在这种场合碰上王学西！

他觉得特别扭，饭也吃得心不在焉。可能是王学西对那次初遇早已淡忘了，但贾士贞只要一看到他就不由得想到那天王学西见死不救的场面。贾士贞很懊悔，悔不该带着玲玲到这样地方来，只得窝窝囊囊应付了场面。

回到宿舍，玲玲便问："士贞，那个王主任是个什么人？简直是个大痞子！"

贾士贞本想把来省城那天发生的事告诉她，但又觉得和妻子说这事已经毫无意义了，于是避开了玲玲的提问，转了话题。

两个人一躺到床上，贾士贞就疯了似的搂着玲玲亲吻起来。玲玲心里如沐春风，想到丈夫一下子成为人上人，她的激情就似涨潮的潮水一样，只觉得无与伦比的冲动直窜喉头，她开始在丈夫的身上狂吻起来。贾士贞半睁半闭着双眼，见灯光下的妻子面如盛开的桃花，一种山渺水淼的浪漫感觉霎时弥漫全身，好像结婚这么多年从未有过如此浪漫的激情。是环境改变了人，还是心情培育了人？

玲玲搂着丈夫在床上翻滚着，浑身的热血恰似海潮一般不停撞击着她那颗早已翻腾到了喉咙的心，她已瘫软了，只是不时地发出喃喃的呼叫声……

多么好的女人，多么快活的人生！贾士贞幸福极了，他搂着妻子，感觉那么安然，那么温馨。她的呼吸渐渐地均匀起来，他却没有丝毫睡意。这时华祖莹的影子毫无阻拦地闯入他的脑际。他看看怀里的妻子，不敢再往下想，觉得鼻腔好像有点发酸。

第二天中午下班，等大家都吃饭去了，贾士贞才匆匆下楼。玲玲还在宿舍等着他，两人说好中午一起出去吃肯德基。

吃过中饭，出了肯德基的大门，两人正商量往何处走时，一个戴着金丝眼镜的瘦高个子青年挡在他们面前，对着他们端详了半天，大声叫起来："你是……葛玲玲吧！"

玲玲愣了一会儿，惊叫起来："石渊？怎么是你呀！"

"你怎么？"石渊推了推金丝眼镜，疑惑地看着葛玲玲。

"来，我介绍一下。"葛玲玲拉着丈夫，兴奋地说，"这是我丈夫，贾士贞！"

石渊紧紧握着贾士贞的手，说："你好！"

贾士贞拉着石渊的手，道："幸会，幸会！"

石渊看看葛玲玲，笑道："真是太巧了，能够在偌大的省城和二位相遇，真是令人高兴啊！玲玲，贾先生，这里有一家翠竹轩茶社，请二位进去叙叙，不知是否方便？"

葛玲玲看看表，对丈夫说："士贞，离上班时间还有一个多小时，不妨聊一会儿！"

贾士贞点点头，随着石渊，向翠竹轩茶社走去。石渊边走边和葛玲玲聊起来。贾士贞一时插不上嘴，跟在他们后面。那动作依然是轻轻的，慢慢的，两个多月受组织部的环境影响，这种谨小慎微的动作已经成了习惯。

进了茶社，顿感一阵清凉爽快之感。石渊选了一个安静而宽敞的位子，让贾士贞和葛玲玲坐在那低矮的沙发里，自己坐在对面。问他们要喝点什么，贾士贞说刚刚吃了饭，喝点绿茶吧！

石渊喝着茶问："玲玲，何时来省城的？"

玲玲说："昨天刚到。"随后反问，"你考取了省师范大学，毕业这么多年在哪里发财了？"

"大学毕业后分配在中学当语文老师，前两年省报招聘记者，我一试成功，现在还在省报混呢！"石渊说。

贾士贞喝了一口茶，静静地听着。听到这位仁兄在省报社当记者，便觉得敬重几分了。心想如今这新闻媒体可也是了不得的呀！记者乃无冕之王。

"这我真的要刮目相看了，如今我的同学是省报的大记者，以后可是要多多关照哟！"玲玲大笑着说。

贾士贞一直坐着喝茶，也不言语。石渊突然觉得自己只顾着和葛玲玲说话，有些冷落了玲玲的丈夫，便对贾士贞说："贾先生在哪里高就呀？"

贾士贞微微一笑，正思考该用什么话来搪塞石渊，就听葛玲玲说："借调在省委组织部呢，刚来时间不久。"

石渊似乎不敢相信自己的耳朵，本来靠在沙发上的后背，突然向前倾了倾，端着茶杯的手轻轻地抖动了一下，他的目光在贾士贞和葛玲玲的身上来回移动着，过了一会儿，他才有所领悟地说："没想到乌城还真是个藏龙卧虎的宝地呀！"

贾士贞看了看石渊，压低声音说："石兄才是一匹黑马呢！"

石渊摆着手大笑起来："我哪能算什么黑马呀！说不定哪天领导不满意了，一句话就把我给打发了！"停了一会儿他又说，"我可不能随便和你老兄开玩笑了，你可是省委组织部的人啊！那里就像一个大熔炉，无论什么人进去熔炼一遍，再出来，都贴上金了。若干年后你贾某不是省委领导，也是地市委书记，厅长啊。”

贾士贞一脸严肃地看着石渊，说：“这些话可是说不得的，这是组织部门最最忌讳的。”

“我又不是组织部的，它那一套紧箍咒对我无效。看你吓的，省委组织部有哪个领导在这听着了！连朋友在一起都要小心谨慎，时时罩上假面具，那不累死才怪呢！”石渊说。

贾士贞似笑非笑地端起茶杯，连喝两口，不敢再说话了，害怕自己哪一句就惹得石渊无边无际地侃下去。玲玲也感到丈夫的尴尬，忙解围道：“石渊别胡诌八扯了，四年大学都白学了，这记者怎么当的！”

“好了，好了。别骂我了，其实我说的都是实话。”石渊收敛了脸上的笑容，又说，“贾兄，以后小弟在省城还要仰仗您的多多关照呢！”

“石渊，现在社会的特点倒是，有个熟人办起事来要容易得多呢。”玲玲说。

石渊取出香烟，递一支给贾士贞，贾士贞摆摆手，但他还是把香烟放在他面前，自己拿着香烟却没有点，看着葛玲玲说：“玲玲，你什么时候也调来呀！”

“他还没定下来呢，怎么就谈起我来了！以后再说吧！”玲玲淡淡地一笑说。

贾士贞看看表，离两点只有一刻钟了，平时中午都是不离开办公室的，现在他有点游离在集体之外的感觉。来省里这两三个月他总是与唐雨林结伴，以工作为伍，中午无论是喝酒吃饭，还是打牌休息，他都处在组织当中，三句话不离本行，处处小心谨慎，笑对周围每一个人的。现在这种环境加上刚才石渊的那一席话，他有点不适应，于是他边站起来边说：“玲玲，上班时间到了，我先走一步，你陪石渊同志聊吧！”

石渊站起来握着他的手，本想说：“你现在还处于谨小慎微的表现阶段，赶快去念那紧箍咒吧！”但他把要说的话吞回去了，却笑着说：“你放心吧！我会把玲玲安全送回去的！”

玲玲看着他说：“士贞，晚上下班后，我在宿舍等你。”

贾士贞快步出了茶社，招了一辆的士。因为害怕被组织部的熟人见到自己打车上班，所以他在不到省委大门口的地方就提前下了车。在大门右边的松树旁，贾士贞整了整头发，大摇大摆地从门卫面前进了省委大门。

办公室的人都已各就各位，他进来后，动作很轻，大家也像没看到一样。这是组织部的习惯，哪怕是你迟到了，也不会有一个人感到惊讶，抬头看你的。不过贾士贞今天就好像自己迟到了一样，心脏不停地慌乱跳动着，他在坐下的同时，看看手表，离两点钟还有两分钟。这时唐雨林朝他看看，微笑着向他点点头，他也点点头，觉得有点尴尬，笑得也不那么自然，赶快拿出笔记本和笔。

贾士贞坐在办公桌前好一会儿了，可他的心怎么也静不下来，脑子里闪电似的回放着来省里这段日子。那些刚刚考察过的厅局长的形象，一个个从他脑海里走过，会场、谈话场面如同银幕上的镜头一个接着一个。办公室里，乃至整个大楼都静静的，时而传来旁边办公室的电话铃声，

他不知道自己走后石渊还会发表什么议论，虽然刚才那一席话让他无所适从，但是石渊留给他的印象倒是不错的。他认为，要想在省城扎下根，要想在省委组织部很好地干出一番成绩来，石渊还是值得交往的朋友。

他的思绪乱极了，胡乱地翻着考察记录本，希望自己能慢慢理出点思路来。

“各位，开支部大会了！”吕建华走进他们办公室说。

这样，办公室就只剩下贾士贞和江碧玉了。江碧玉就是那位坐在他身后，没有人介绍的女同志。他此刻才意识到自己的临时身份是这么明显。支部会的内容对他来说并不重要，他在意的是，不能参加支部会就说明他还不是省委组织部正式的一员。他暗自懊恼，自己在临来时竟忘了把这几个月的党费给交了，他提醒自己，一定要记得告诉玲玲，回去后帮他代交三个月的党费。此时江碧玉正呆呆地看着窗外，好像也是心事重重的样子。当她发现贾士贞看她时，慌忙低下头去。

第十章　心中的迷茫

贾士贞把那批考察材料交出去已经几天了，可他总感觉有些不安，甚至到了提心吊胆的程度。上次为了这批考察材料他就挨了仝处长一顿不明不白的批评，尽管他接受了唐雨林的建议，做了些违心的工作，但他感觉仝处长似乎对他递交的材料仍不满意。他在给王学西重写材料时，心情很沉重，甚至觉着自己有些卑鄙，有些对不起省区划设置办的那么多群众。他恨自己这种不光彩的行径，不敢说真话，不敢坚持真理，甚至对官场的垃圾还要进行精心地包装和赞美……

“士贞，把这材料清一下稿。”这时唐雨林拿着王学西的考察材料站在了他的面前。

贾士贞不知道仝处长对这份材料又有什么地方不满意，心里一阵慌张，马上站起来接过材料。唐雨林意味深长地朝他笑笑，又在他肩上轻轻地拍了两下。

贾士贞看着王学西的考察材料，上面多处是仝处长修改过的笔迹。令他不解的是他把王学西的出生年月由“1938年4月”改为“1940年10月”；“初中文化”改为“高中”；将“1956年山东泗海县小王庄初中毕业”改为“1956年山东泗海县小王庄高中毕业”。在主要表现的第一段最后还加有“在各项政治运动中立场坚定，旗帜鲜明”的词句。仝处长还注明：要在主要表现栏中举例说明该同志的成绩；缺点部分要把后两条“有同志反映喜好打牌，工作中有时态度粗暴，方法简单”字样删掉。

贾士贞愣住了，感到自己连一个小学生都不如了，居然将按档案照抄的几个数字都写错了。他想来想去，怎么也不明白，自己竟会把王学西的出生年月给抄错了，这岂不是天大的笑话吗？这样的工作人员还能留在省委组织部？想到这里，他重新找出王学西的有关材料，在一份干部履历表上，王学西出生年月明明写着“1938年4月”。他又翻阅了许多关于王学西的材料，都没有“1940年10月”的字样啊！贾士贞有些糊涂了，他反复思量：仝处长把王学西的出生年月改为“1940年10月”的依据是什么呢？仝处长对王学西的材料如此细致，这说明他与王学西的关系非同一般，现在居然把王学西的出生年月和文化程度都改了。这令他很是震惊，更对干部的考察、提拔工作感到一种难以捉摸的神秘。

这时，吕建华叫他去处长室接电话，一下子吓得他额头冒出了冷汗，不知道自己写的考察材料又出了什么问题。若是仝处长对材料还是不满意，他真的不知道该怎么办了。贾士贞抖抖哈哈地进了处长室，一时不知所措地站在仝处长面前。只见仝处长满脸笑容看着他，贾士贞有些糊涂了，不知仝处长突然间怎么露出笑脸来了。自从他到省委组织部，他从没见仝处长朝他笑过。在他印象中仝处长对他总是黑着脸的，怎么今天太阳从西边出来了？这时仝处长指指放在一旁的电话听筒说：“接电话。”贾士贞胆怯地看看仝处长，小心翼翼地拿起听筒，听筒刚贴到耳朵上，里面传来了王学西的笑声，令他既尴尬又气愤，但他还是按捺住情绪听完了电话，因为他马上意识到这是仝处长的意图。

放下电话，贾士贞满脸涨得通红。仝处长抬起头看着他，他只是尴尬地笑笑，不知所措地离开了处长室。

回到办公室，贾士贞一直在想：王学西把电话打到处长办公室，而且是仝处长接的电话，难道王学西只是为了给玲玲接风才把电话打到处长室的吗？他只能做种种设想了，其中到底有什么奥秘，他当然不得而知。说心里话，贾士贞真的不愿意和王学西这样的人打交道。但有一点他感到踏实了，仝处长不会因为王学西把电话打到处长室而引起对他有看法。所以，无论这是“鸿门宴”也好，还是刀山火海也罢，他只能硬着头皮出席了。

下班时间到了，想到王学西已经派车来接他，贾士贞坐在办公桌前有意地拖延时间。可心里却在默默地问自己，王学西的邀请该去还是不该去？他甚至有些后悔，那天怎么会在天乐夜总会鬼使神差地碰上他了呢！他不大习惯王学西那种痞子性格，现在王学西知道他是省委组织部的工作人员了，所以处处戴上假面具，而只有那天出车祸时，他露出了自己的真面目。贾士贞想到那天夜里他曾偷偷地算过王学西的民主测评票，五十一人投票，他的不称职票竟有二十七张，占52.9%。还有那个梅处长对他的评价，说他的优点“就是想当官”，“就是想掌权”，说他有三个特点：“一、政治上不成熟；二、经济上不清白；三、生活上不检点。”并且件件有理论有事例。但这一切都如同对牛弹琴，他们听了之后只是从一只耳朵进去，从另一只耳朵出去了。

贾士贞在写材料时也曾问过自己，这些关键性的问题该怎么处理，如何对一个副厅级干部恰如其分地做出文字上的评价。他不知道，也没有经验，但是他翻阅了大量的“范文”，却没有看到一份是那样写的。他万万没有想到自己在深深地感到对不起省区划设置办公室群众的心理压力下，已经尽力在初稿上美化了王学西，可全处长对材料还是横挑鼻子竖挑眼。实在没有办法也只能昧着良心“好话多说，坏话少说”了。幸亏当初没有误入歧途，倘若真的把群众的主要意见都以“批评”代替表扬写进王学西的材料里，那全处长还不把他臭骂一顿，踢回乌城党校？全处长连王学西的出生年月和文化程度都改了，还有什么不可以改的呢？

他悟出了一个道理：事事处处都要跟着领导的意图走。

在乌城地委党校那几年他养成了另一种性格，自由、散漫。站在讲台上想吹便吹，想侃就侃。在办公室里吹牛、聊天，大声喧哗，谁也不管谁，有时校长来了大家照样天南海北地侃大山。课怎么备，怎么讲，从没有领导过问过。大家都十分清楚，地委党校没有升学率，没有比赛，学生大都是乡镇头头及混学历的干部，没人把心思放在学习上，只是把几个月的学习当做“镀金”罢了。那几年里，他几乎没什么提高，更谈不上什么人生感悟。可来省委组织部仅仅几个月，居然有这么多的收获和进步。真不愧人们把组织部比作干部的摇篮，政治上的阶梯啊！

不知道下班时间过了多久，贾士贞慢慢地收拾好桌子，在办公室门口站了一会儿，才匆匆下楼去。出了省委大门，他朝右边望了望，王学西倒是一个有心人，他自然不会把车子停在省委门前，那样太引人注目了，这毕竟不是工作。贾士贞一看这里并没有任何车辆，也不敢久留，怕让人看出他是在等人，于是便沿着路边往前走。突然身后一个女人在叫他，贾士贞回过头，看见小张朝着他甜甜地一笑，招招手，一辆奥迪轿车从路边开了过来。

上车后，贾士贞心想王学西不会就请他一个人吧，全处长、唐雨林会不会来呢？王学西请他贾士贞干什么？在机关干部处里他一个刚刚借调的工作人员能对王学西的提拔构成什么威胁吗？不可能。贾士贞突然想到王学西的考察材料，难道……是他的笔在起着什么作用？他回忆着在处长室接电话时的情景，虽然他对于王学西的邀请深感意外，但那时仝处长却面带笑容，并无半点不快之意，也就是在那一刻，他决定赴约，不能拒绝王学西。如果拒绝了，说不定仝处长会首先不高兴的。这不仅是因为仝处长亲自参加了王学西的考察工作，还包括他对王学西考察材料的煞费苦心。

轿车在贾士贞的住所处停下，他匆匆地跑上楼，玲玲正焦急地等着他。贾士贞说王学西派车来接他们，玲玲感到十分奇怪，一个厅级干部居然请他这个借调人员，可又不好多问什么，只好随丈夫去了再说。

轿车在傍晚暮霭中穿行，直到出了莫由省城唯一保留完整的那高大的古城门后，贾士贞才明白此时他们已经到了南郊。南郊风景区的山上风景如画，松涛阵阵；山下潮水滚滚，百舸争流。山坡上一幢幢别墅风格各异。改革开放以前，这里长年封锁，唯有高级领导来临时，方才专门开放接待。改革开放以后，市场经济日趋活跃，这些往日神秘的地方开始接待游客。酒店、餐饮部门千方百计地搞出名目繁多的花样招揽客人。

轿车沿盘山路蜿蜒而上，十几分钟后在一个宽广的停车场上停了下来。贾士贞推开车门只见停车场上整齐地停着一排排高级轿车。小张在前面引导，贾士贞和玲玲跟在后面。登上几个台阶，便是大理石平台，偌大的旋转玻璃门，摆着两只高大的鲜花花篮，当人们跟着旋转玻璃门走动时，会觉得自己正置身于百花争艳的花园之中。

放眼望去，西方天水相交处一轮残阳浮在水面，恰似一幅刚刚涂抹完毕的油画。残阳缓缓沉入水中，晚霞不断退去，暮色渐渐扩大，景致十分美丽。

在小张的引导下，他们穿过回廊进了5号别墅，推开一楼客厅的大门，清香爽朗的气流扑面而来，猩红的地毯，米黄色的墙壁，宽敞而整洁客厅里却不见一个人影。

贾士贞站在客厅中央环顾一下一尘不染的红木沙发，以及墙上的巨幅裸体美女油画。不知为何，此时此刻，他并不为这豪华的别墅感到惊讶。只是想，这样一幢别墅接待高级领导和外宾一天要花多少钱？王主任在这样高级的地方如此慷慨地专门宴请他，这完全证实了那天考察干部时一些群众的反映，以及塞到办公室的那封人民来信中最突出的问题——挥霍浪费。至于身边的小张和玲玲在讲什么，他全然没有听清。

上了二楼，面前是宽宽的走廊，旁边是雕凿精细的扶手。正面是两扇落地式工艺玻璃门，推开玻璃门，只见王学西等四人正在挥臂甩牌战得正酣。一见贾士贞进来了，王学西忙放下扑克牌，热情地迎上去，眉飞色舞地抓住贾士贞的手，说："贾老弟，这地方怎么样？请你和夫人到这里来度周末，你们不会有意见吧？！"

贾士贞这才想到今天是周末，明后两天便是双休日了。他微笑着看着这几个人，除了王学西，还有那个副主任汪永，另外两个他已经记不清姓名了。那天陪他们打牌的小李走上前来握着玲玲的手。王学西一一做了介绍。随后说："先赴宴，吃完饭或打牌，或洗桑拿，或跳舞，总之，这里服务齐全，应有尽有。"

王学西拉着贾士贞的手，像对待大首长那样热情，从客厅右边进去，便是一个宽大的餐厅，人们分宾主而坐，一应如仪。这时贾士贞才发觉组织部并无他人，他心中不觉好生疑惑，王学西为何不请仝世举、唐雨林？

宴席开始了，贾士贞觉得这里的环境不仅幽雅别致，连这样高档的宴席也是他从来没有领教过的。对于王学西这个人，他心里有点摸不到底，要是王学西把这次奢侈的安排记在自己的名下，那他岂不是被王学西抓住了小辫子……到现在为止，他所做的一切完全是碍于仝处长的面子，唯恐自己给仝处长留下不好的印象，再说毕竟自己还没有正式调入省委组织部，万一在这段时间里仝处长从中作梗，问题就很难说了。一想到这里，贾士贞对如此盛情的款待便毫无兴趣了，反倒有了几分恓惶和不安。

王学西兴致甚浓，酒越喝越多，人越来越痞，他也不顾女士在场，借着酒兴，竟摇头摆尾地说："打个谜给大家猜猜。"他看看大家又继续说，"阳痿。打《水浒传》里三个人名字。猜中者奖金万元。"

众人你看看我，我看看你，唯有玲玲低着头。

贾士贞暗骂王学西太下流，可心中自是想到《水浒传》中有个阮小二，断定王学西说的三个人名中必有阮小二，但他不愿说出口，只是毫无表情地看着众人。

汪永露出满口黑牙说："王主任，这怎么猜，还是你说出谜底吧！"

王学西眉飞色舞，得意地看着众人，大笑着说："阮小二，史进，吴用！"

大家惊讶了一会儿，突然捧腹大笑起来。

王学西解释说："阮小二，应该叫'软'小二；史进应该叫'使劲'；吴用应该叫'无'用。"

汪永大笑起来说："好，有水平，你们说阳痿是什么，阮（软）小二——史进（使劲）——吴（无）用。"

王学西看看玲玲笑着说："我这只是半荤半素，今天有女士在场，荤的留作以后再说吧！"

汪永说："这是王主任的大作吧！凭这作品也可评个一级作家。"

闹腾腾的晚宴终于结束了。贾士贞提出要回去，王学西说这也是难得的机会，就在这里尽情地玩两天吧。小张小李拉着玲玲要游览山水夜景，大家都说这是莫由省一大景观，贾士贞也就顺水推舟，随着众人沿浮桥登舟。只见清流一带，势若游龙，两边石栏上皆系水晶玻璃各色风灯，照得如银光雪浪；翠松柳杏，悬灯万盏；池中荷荇凫鹭诸灯，上下争辉，水天焕彩，犹如玻璃世界，珠宝乾坤。沿途各种盆景，珠帘绣幕，桂楫兰桡。如此美丽景色，别说长期生活在乌城的贾士贞和葛玲玲，就是王学西等也是难得的机会。

游至深夜，大家回到5号别墅，王学西等邀贾士贞打牌，贾士贞婉言谢绝，由小张把他们夫妻领进二楼一间大卧室休息。其余人便在一楼客厅打扑克牌。

贾士贞终于觉得轻松了些，看看这张又宽又大、干净整洁的双人床，往床上一躺。只觉这床挺中有软，软中有挺。

玲玲推开洗漱间，只见这洗漱间足有自家的卧室那么大，椭圆形的冲浪大浴缸里已经放满了水，她顾不得留心室内其他设施，回头对贾士贞说："士贞，这里有冲浪浴缸，洗个澡再睡吧！"

一天下来，贾士贞早希望自己能够痛痛快快地洗个澡，于是来到洗漱间。这样的冲浪浴缸他也从未见过，便搂着玲玲说："咱俩也来洗个鸳鸯浴吧！"

"你也学坏了？"

"这怎么叫学坏了，名正言顺，又不是偷鸡摸狗的。"

"满嘴胡言。"玲玲说着脱去衣裙，露出洁白如脂的四肢，贾士贞看着妻子那半裸的身体，心里一阵冲动，抱着玲玲吻了起来，片刻，他甩掉衣裤，抱起玲玲进了冲浪浴缸。这冲浪浴缸不像一般宾馆的小浴缸，足够两个人在浴缸里随意嬉闹。贾士贞把玲玲抱在身上，玲玲则紧紧地搂着他的脖子。他想，那些所谓的鸳鸯浴也不过如此吧！结婚这么多年，他还从没有像这样两个人裸着身子在大浴缸里玩耍过。

一觉醒来，已是次日上午八点半钟，贾士贞不想再在这里待下去了，便叫醒玲玲，两人洗漱完毕，贾士贞留下一张便条便拉着玲玲悄悄地下楼去了。

今天阳光灿烂，初夏的气温给人一种惬意爽快的感觉，他们出了南郊宾馆的大门很快来到马路边，正好一辆的士过来，两人上了的士往市区驶去。

回到家里，贾士贞觉得如同做了一场梦，只是不敢回忆昨天的事。越发觉得王学西这个人有点深不可测了，更不知道仝处长和王学西在背后搞了些什么动作，心里有些恍惚而不安起来。

星期一，贾士贞还时而想着王学西的事，一天下来不知忙了些什么，晚上下班后一进家门，玲玲就说："士贞，石渊下午专程来请我们。"

"什么事？"

"你那天中午走后，石渊对我说，你能跨进省委组织部的大门，便是一个人踏上了仕途最最便捷的道路。"玲玲说，"石渊说你可以利用省报，充分展示自己的才能。"

贾士贞看着玲玲，像是琢磨着什么，没有说话。

玲玲又说："他说适当的时候会帮你在省报上发点文章，以扩大影响，提高你的知名度。"

贾士贞说："我只是一个借调人员，要什么知名度，我现在首要的是尽快调进组织部。"

玲玲走过来，拉着士贞的手又说："今天晚上他约了几个同学，要我们俩参加，他还要找时间和你具体商量一下。"

贾士贞想了一下，突然心里一亮，虽然省委组织部还没有正式调他进来，但那只是迟早的事，如果真的能在省报上发几篇有影响的理论性文章，那他定会在组织部里超人一等，因为省报毕竟是省委、省政府的机关报。想到这里，他就十分爽快地答应了玲玲的提议。

两人来到大街上，招了一辆的士，来到约好的酒店。

包厢里四男一女，一齐站起来，分别握着他们俩的手。石渊已经见过面，自是如同十分熟悉的朋友一般。便说："这位就是省委组织部的贾士贞先生！”

“这位是我们报社的理论处周处长！”石渊介绍着。

周处长忙递上名片，贾士贞大略一看，方知周处长叫周道之。于是，再次紧紧地握着周处长的手。

玲玲忙着和其他几个人握手，除了石渊妻子向萍之外，其他都是他们高中同学。

大家分宾主坐下，周道之和贾士贞坐首席，玲玲依士贞而坐，向萍紧靠石渊。这时玲玲笑着说：“郭晓峰、李大同，今天就委屈你们二位了。”贾士贞向郭、李二位点点头。

两个服务员，一个上茶，一个倒茶，随后又递上雪白的毛巾。接着并没征求意见，便给每个人都倒上一杯啤酒。

三杯过后，石渊端着杯子说：“周处长，贾兄，我敬你们二位一杯！”

周道之说：“不行，不行，石渊，你这叫什么水平，怎么敬我和贾先生呢！”

“周处长，你听我说嘛，”石渊按着周道之的手说，“我自然知道这样敬酒不合适，但是，你要理解我的一片心意嘛。你想，贾先生可是省委组织部机关干部处的要员，掌管着省级机关副厅级以上的干部呀，说不定你周处长哪天还会有求于人家呢；而贾先生呢，是中文系出身，要是想在我们报上发表大作，还需劳您大驾呢！”

“那好，既是石渊这么说，我就心领神会了！”周道之说着端起酒杯，三个人轻轻地碰了一下，各自喝了一大口。

“贾先生，日后如有用得着我这个耍笔杆子的，请言语一声，我一定会尽力的。”周道之说。

“谢谢周处长！”贾士贞说话依然那样谨慎，后面一句话已经到了嘴边了，但他没有说出来：周处长将来有用得着小弟的话，小弟当全力帮忙。

又坐了一会儿，贾士贞看看手表，对石渊说：“差不多了吧！”

这时一个穿短袖衬衫，系花领带，梳着油光大背头的男人出现在包厢门口，大声说：“哟，是石大记者呀！”

“尤总。”石渊站起来从后面绕到门口，握着尤总的手，“好久没有敬尤总的酒了，改日一定和你好好喝两杯。”

“好，哪天我来做东，请你们！”尤总说。

“来，来，来，尤总我给你介绍两位重要人物。”石渊拉着尤总，对贾士贞说，“这位是省委组织部的贾士贞处长。”

尤总握着贾士贞的手说：“海天集团尤天亮。”说着从口袋里取出名片，双手递给贾士贞。

石渊又转身对着周道之说：“尤总，这位是我们报社理论处处长周道之同志。”

两人握了手，石渊继续介绍葛玲玲和其他几位。随后尤天亮把石渊拉到门外，低声说：“你们今天的账就由我负责了。”

石渊只说，尤总太客气了，那就求之不得了。

第十一章　勇敢进谏

贾士贞怎么也想不明白，王学西为什么偏偏把他请到那样高档的地方去消费，他现在一边清稿，一边琢磨着王学西的考察材料。可是他越想越不明白，身为省委组织部的机关干部处长说什么也不会荒唐到如此程度啊！贾士贞坚信，仝处长绝不会凭空把王学西的出生年月和文化程度改了的。为了进一步证实到底谁对谁错，他再次翻出王学西的有关材料，并决定看看王学西的档案。经过一番打听和查找仍没能看到王学西的档案，却发现了王学西被提拔为副厅级主任时的干部呈报表。呈报表上所填的出生年月是1938年4月，文化程度是初中。贾士贞悄悄地把这份干部呈报表复印了一份。回到办公室他把已经清好了那页的王学西的考察材料狠狠地揉成了一团。此刻，虽然他还不敢肯定是仝处长改错了，但他坚信自己没有填错！从他懂事起父母就教育他为人要诚实，上学读书乃至师专毕业，老师们无不渗透着为人诚实这一做人的起码的准则。他工作的乌城地委党校主楼正面就树立着一块刻有邓小平"实事求是"手写体四个大字的巨型大理石石碑。此时此刻他已经忘记了唐雨林对他说的那些真情劝告，心里只是涌动着自己作为一名共产党员有责任坚持真理的冲动。于是他拿起仝处长改过的材料，以及有关复印件直奔处长室。他在门上轻轻地敲了两下，好长时间才听到仝处长"进来"的声音。贾士贞没了过去的胆怯，坦然地走到仝处长面前，仝处长只是漫不经心地瞥了一眼这个刚刚借调来的年轻人，便又看起文件来。

贾士贞犹豫了片刻鼓足勇气说："仝处长，有一件事情需要向您汇报……"

全处长没抬头，“什么事？”

“关于王学西的考察材料……”

全处长一下子抬起头，睁大那双疑惑的眼睛看着贾士贞，“怎么了？”

“全处长，我找了一些王学西的有关材料，反复地核对过，我原来写的和那些材料完全一致，并没有……”

“小贾，你是怎么回事？”全处长顿时黑了脸，打断了贾士贞的话，随手从贾士贞手里拿过材料，“你来组织部才几天？你知道组织部是怎样选拔、考察、任用领导干部的吗？我到省委组织部这么多年，还第一次碰上你这样的人！好了，没你的事了，你去待着去吧！”全处长简直像一头怒吼的雄狮。

糟糕！贾士贞怎么也没有想到全处长会发这么大的火，他也不知道自己究竟错在哪里，忐忑不安地低着头站在那里。

全处长脸色铁青，气呼呼地从椅子上站了起来。这时，有人敲门，全处长朝他说：“好了，就这样吧，我还有事。”

处于恓惶和恐惧中的贾士贞本想向全处长赔礼道歉，说声对不起，说自己年轻不懂事，求全处长原谅，可门已经开了，唐雨林走了进来。贾士贞也不敢看唐雨林，低着头赶忙逃出了处长室。

回到办公室，贾士贞的心情沮丧极了，后悔没有记住唐雨林的那些真心劝告，可又不明白这到底是怎么回事。刚才那一刻怎么就鬼使神差地去找全处长了，自己都干了些什么！已经两次惹怒了全处长，前次全处长还让他重写考察材料，这下可好，全处长不用他写了。在省委组织部里，处长的权力可是举足轻重的，像他这样一个借调人员，连一只脚还没有迈进省委组织部的大门，处长就是掌握他命运的人啊！至于部长，平时他连部长的后脑勺都见不着，只有驼副部长，还是他在刚来报到那天见过一面……此刻，贾士贞陷入了为今后工作和未来前程忧心忡忡的境地。

快下班时唐雨林进来了，趁着没有别人时唐雨林说：“士贞哪，你怎么这么死心眼呢？你以为你是谁呀！我对你说过的话你怎么都忘了呢？在组织部没有你说话的权利，领导叫你干什么你就干什么，叫你怎么干你就怎么干，这种事哪有什么是和非啊？哪有什么真与假啊？哪个干部哪年出生与你有什么关系，那是你我这些人管的事吗？我看你是书读得多了，头脑僵化了，简直到了无可救药的程度！”

贾士贞看看唐雨林，心里有说不出的难过。他知道唐雨林对他的这番批评责备是真心诚意的，他一点也不怪他。在省委组织部一起工作的这些日子里，他觉着唐雨林是一个好人，一个有血有肉有七情六欲的人，更是一个值得尊敬的好领导、好朋友。尽管唐雨林的话对他的教育很深，可是贾士贞觉得自己心里特委屈，他真想大哭一场，把心中的委屈都发泄出来，但他忍住了，这可是省委组织部的办公室啊。他深深地叹了口气："唐处长，我以为一个堂堂的省委组织部，堂堂的机关干部处是最讲实事求是的地方，最……"

唐雨林制止了贾士贞的话："士贞，改革开放以来，中国各方面都发生了巨大变化，成绩是不容忽视的，但改革的进程中也同样会出现这样或那样的问题呀！人，不是生活在真空中，我们切不可成为井底之蛙啊！"

回到宿舍，贾士贞吃了几口饭便躺倒在床上，玲玲不知丈夫遇到了什么不顺心的事。想想当初全家人听到他借调到省委组织部的消息时那喜悦和激动情形，现在竟然人还没有正式调进组织部就如此忧心忡忡，不觉又为丈夫担心起来，关切地问了好一会儿，丈夫也没说出个所以然来。

贾士贞想想这几个月对组织部基本上还是一无所知，这样的事对妻子是无法说得清楚的，凭白给她增添了思想负担，重要的是玲玲回家对父母一说，那就更麻烦了。所以想来想去，他还是半个字都没有吐出来。

晚上，两人躺在床上，玲玲紧紧地搂着他，他却丝毫没有激情。不知什么时候，玲玲已经甜甜地进入睡乡，发出均匀而熟悉的声音。他却辗转反侧，恍恍惚惚一夜。直到天亮，他看看表，时间还早，就懒懒地躺着。想到明天妻子就要回乌城了，心里更添了一层忧虑。

贾士贞在办公室真的成了闲人了。他的头脑里还在想着仝处长的那句话："好了，没你的事了，你去待着去吧！"他不知道自己该干什么，在办公室无聊地过了一天，觉得像熬过了一段漫长的岁月。

第二天，玲玲走了，贾士贞觉得心里空空的，手里也没有具体工作，看到别人忙忙碌碌的，自己心里更加不安起来。

中饭后，回到办公室，他想靠在椅子上休息一会儿，办公室里只有他一个人。这时电话响了，他拿起电话，只觉得心脏怦然一动……

贾士贞的心里一时间慌得厉害，女人的声音就像老鼠一样在啃吃着他的心。过了好半天，他才抑制住加快的心跳，仿佛是才从睡梦中醒来一样。从相遇华祖莹的那一刻，贾士贞不仅感到自己有一种不同寻常的感觉，他从华祖莹的目光里似乎也察觉到了什么。从那以后，他便努力克制着自己，尽量减少他们之间的来往。然而，此时此刻，他的心还是被复杂的感情浪涛冲击到了，只觉着心里酸酸的。电话里又传来女人的声音："喂……士贞……你……怎么不说话呀！我知道是你！"这声音像是在哭，有些颤抖，也有些沙哑。

放下电话，贾士贞不安起来。本想趴在桌子上休息一会儿，可华祖莹的电话把他搞得心神不宁，头脑极度兴奋起来。他的心脏不停地怦怦跳动着，他不知道，男人是不是一旦和女人交上朋友，甚至成为知己就一定是婚外情！在他心里，从见到华祖莹的第一眼起，内心就产生一种特别的感觉。这种特别的感觉像是一见钟情，但又和情欲不是一回事。他有时多么希望她能像他妹妹，像朋友。如果说他和她之间将要发生什么感情纠葛的话，这也来得太早，太不合时宜了。

下午上班时间到了，办公室里寂静无声，几乎连一根针掉到地上的声音都引起人们的注意，个个都在埋头工作，贾士贞也始终低着头，像是在努力工作，实际上却心猿意马想着华祖莹。

终于挨到下班时间，他既不想第一个走出办公室，也等不到最后，随着下班的同志一道踏着楼梯，迈出红楼。来到省委大门外确信周围没有熟人时，他上了一辆的士，直奔水淹桥25号。

上了二楼，他站在门口犹豫了片刻。不知道自己这次赴约要发生什么，可他的理智是无法阻挡他的这次行动了，于是他伸手敲了门。

门一开，只见华祖莹身着一件淡粉红色的吊带衣裙。两根细带系在肩上，半个身体裸露着。贾士贞惊呆了，他还从没见过女人这种打扮，她的脖子、前胸、乳沟，洁白、细嫩，让男人看了心里直发慌。这时她朝他淡淡一笑，转身拿起一件薄如蝉翼的短上衣，迅速地上，这衣服圆领圆襟，拿在手里像是奶油色，穿到身上却完全成了透明色，衣服没有纽扣，自然随意荡在胸前。前胸和乳沟更加显得白腻而细嫩。贾士贞不敢再看下去了。他强行抑制着跳得发疯的心。他的目光从华祖莹的脸上扫过，觉得她瘦了，人也憔悴了。

她华祖莹莞尔一笑，转身递给他一条嫩绿色的毛巾，他接过毛巾，在脸上轻轻地擦了擦，一股淡而醉人的清香气味令他神清气爽，他趁机又深深地吸了一口。

华祖莹站在旁边细细地端详着他："时间长了，都快记不清你是什么样子了！"华祖莹向后退了两步，看看餐桌上的菜说，"没有准备，简简单单，只是想和你吃顿家常便饭，没有喧闹，没有虚伪。"

华祖莹转身拿过玻璃杯，倒了半杯葡萄酒，贾士贞端起酒杯低声地说："祖莹，来，为我们的相识干杯！"

两个人的晚餐没有那些虚伪的程序，也没有家宴的和蔼和温馨，只能说是在一种特殊的氛围当中结束了。

贾士贞的心在激烈地跳动着，他感到华祖莹也在竭力地保持着平静。

"士贞，你一定认为我是一个轻浮的女子，对吗？"

"不，祖莹，我从没这样认为过，随着我们的逐步了解，你在我心目中不但是一位有知识、有品位的女人，而且是一个道德、情操都很高尚的人！"

"谢谢你，你真的能这样看待我，无论我们将来是什么结局，我都死而无憾！"

"祖莹，我的人生中能有你这样一位红颜知己，我也十分满足了！"

"那我们就做异性的朋友吧！保持纯洁的友谊，做真正的朋友！"

贾士贞紧紧地握着她的手，两人的心也渐渐地平静下来。

贾士贞回到家里已经很晚了，看看这个家不像家的地方，妻子的笑声似乎还在耳边回响着，刚才和华祖莹的场面也同时浮现在眼前，突然间又想到仝处长那可怕的声音，贾士贞的心里乱极了。自然是无法入睡，翻来覆去，直到天亮才恍恍惚惚迷糊了一会儿。

早上，贾士贞匆匆来到办公室，大家的洒扫已基本结束，他第一次迟到了。心里不安地悄悄坐到办公桌前，不见唐雨林，他心里更加不安起来。今天上午要向驼副部长汇报考察情况，是不是他们已经开始了，那岂不糟糕！如果因为他的迟到而影响了工作，驼副部长和仝处长会对他什么印象呢？

正在他心神不定时唐雨林来了，他慢慢地坐下来说："士贞，八点半钟开会，在驼副部长办公室。"

贾士贞看看表，刚刚八点十五分，紧张的心情一下子松弛了下来。对于贾士贞来说，向分管部长汇报，这是第一次。下一步的部长常务会议，他就很难参加了。究竟一个领导干部如何经过一道道程序，最后在常委会上形成决议，这对千千万万个干部来说，对无数群众来说都是一种秘密，而对于贾士贞来说也同样是一个不可知的领域。这是一个没有教学的课堂，没有授课老师的教学，只有靠自己去探索，靠自己去领悟。

唐雨林看看贾士贞说："走吧！"贾士贞拿起笔记本跟在唐雨林的后面出了办公室。他和唐雨林之间保持着一定的距离，穿过二楼的内走廊，拐弯上了三楼，来到3003室门口。门微微开着一条缝，唐雨林轻轻地叩了两下门，里面传来驼副部长的声音："请进！"唐雨林蹑手蹑脚地推开门，贾士贞跟在后面进了屋。驼副部长坐在临窗那张宽大的办公桌前，旁边的三人沙发上只坐着仝世举一个人，面前的茶几上堆着厚厚的材料，顾副处长坐在进门的一张单人沙发上，唐雨林和贾士贞进屋后就在仝世举对面的靠背椅子上坐下来。

驼副部长看看大家说："开始吧！"他转过身，牛皮高靠背椅随着他的身体转动着，"厅局组已经汇报了，现在我们这组汇报群众团体参照公务员执行部门的厅局领导班子的考察情况吧！谁汇报？"

仝世举抬头看看唐雨林说："雨林同志汇报吧！"

贾士贞看着唐雨林，唐雨林没有看笔记本，而是一口气把这些数字背出来的，他不知道唐雨林是什么时候统计了这些单位和人数，而又是什么时候把这些数字牢牢地记在脑子里的，当然他已经暗暗地学到了向分管部长汇报的开场白了，可他又在想：是不是要把每个人的材料都读一遍呢？

只见唐雨林已经打开了笔记本，可他几乎是和没看一样，把所有的考察对象的情况分门别类背了出来。

贾士贞边听边想着他和唐雨林收到的那封人民来信；想到郁副处长所提到的王学西在建大楼和购买职工宿舍上暴露出来的一些经济问题；王学西考察材料被仝处长修改的问题；还有群众投票测评的结果情况等等，可唐雨林却只字没提。他有些纳闷了，这样的问题，在内部会议上不提，那群众测评的结果还有什么意义呢？特别是这些被考察的干部中，王学西不称职的票数达52.9%；汪永不称职票竟占了60.78%。这些实际情况，他唐雨林心里是心知肚明的……

如此考察，这，就是对党、对人民群众、对改革开放的现代化建设负责吗？为什么就没有一整套完整的干部使用、管理监督机制呢？致使一些党性不强的领导干部掌握了一个地区、一个部门的权力以后，像变魔术一样，官越当越大，钱越搂越多，破坏了党的形象，损害了人民群众的利益，搞坏了社会风气！原来管理使用干部的组织部门在考察、选拔干部的程序、办法是这么简单啊！谁会投机钻营，谁会拉关系，谁就能轻而易举地得到提拔重用！如此草率，到底是在对谁负责？

干部的管理和使用，是直接关系到党对干部的管理，干部素质的提高及干部队伍的建设等大问题的。没有法律的保证，没有有效的监督机制，自然就会有它的片面性、主观性和随意性。“政治路线确定之后，干部就是决定的因素”。农村体制改革取得了成功，经济体制改革有了进步，那么干部人事制度就还是这样原地踏步走吗？不，它更应该积极适应形势发展的需要，随着改革开放而开放，随着经济发展而发展！贾士贞对干部考察工作产生了许许多多的一时无法回答的问题，可是这里没有他的发言权！

唐雨林的汇报终于结束了。

贾士贞的思绪也从奔腾中回到了眼前。他的心里很不是滋味，特别是仝处长对他那不屑一顾的眼神，使他想到了那天仝处长对他不满的情景，此时，他真的想站起来问问驼副部长，组织部到底是不是应该实事求是，他坚信驼副部长一定不会像仝处长那样的，否则，这考察干部的同志在考察当中写成的材料就有了折扣，而写成的考察材料在向分管部长汇报时又大大地提高了折扣率，那到了部务会上岂不只剩下简单的情况介绍了？那被篡改的被考察人的情况不就也没人过问了吗……

“好，汇报就到这里。”驼铭说，“你们处里抓紧时间把整个省级机关这次厅局领导干部考察情况汇总一下，然后分类打印成表，准备召开组织部常务会议。这段时间大家要辛苦一些了，需要加班就得加班。”

汇报会终于结束了。等仝处长、顾副处长、唐雨林依次出去后，贾士贞才慢慢地跟在他们后面出了驼副部长的办公室。

会散了，可贾士贞还在想着这次考察干部的事，他头脑怎么也转不过弯来。他认为组织部对干部的推荐、考察、选拔方法太片面了，过去沿用了几十年的选拔干部方法已经不能适应改革开放的形势需要了。一个厅长凭着个人的好恶，看中了谁，不仅在自己的权力范围内可以一手遮天地把他提拔到处级岗位，还可以推荐为厅级干部的考核对象；另一个人再有才能、再有水平，只要厅长不满意，那就永远不可能被提拔任用。改革开放这么久了，好多地区已是公开选拔领导干部了，任何人都可以自荐、组织推荐，然后参加考试，再经过考核、公开答辩，本着公开、公平、公正的原则，择优录用。把选拔干部的方式方法及相关制度都向前推进了一大步。但是目前真正把干部人事制度改革提到日程上的地方还不多。他很想找个机会向仝处长提个建议，然后再找机会向驼副部长谈谈自己的看法。他构思了一个又一个方案，但是就是找不到合适的机会，或者说总是没有这个勇气，没有这个动力向仝处长、驼副部长说。

第十二章　沉重打击

省委常委会开了一天，下午一直开到六点钟，侯向说：“请大家到宾馆吃便饭，晚上继续开，九点半休息。明天一天争取结束。”

常委们出了书记楼，每人都上了自己的车，前往宾馆就餐。

第二天下午六点钟，省委常委会还没有结束，晚饭后常委会继续开会，出了常委会议室，郭浩把驼铭、仝、关叫到一边，他说：“晚上的会你们两个处长就不用参加了，把会议记录交给驼副部长。明天上午我们再碰头。”

仝世举有些心神不宁地坐在机关干部处的大办公室里，他平时很少有这样的心情，现在就好像立即离开处里的这些同志似的。他知道顾彪也是一个人坐在处长室，但他害怕回到处长室两人又陷入那程式化的沉默和尴尬。

仝世举平时很注意仪表，除盛夏那几天，平时连穿短袖衬衫都打着领带。可这两天不知为何，来参加省委常委会，竟然只穿了一件很旧的短袖衬衫。唐雨林过来给他添水，看看仝世举，他那呆滞的目光表明他此刻的心情。按时间推算，这会儿常委会也许正在研究他的职务问题呢。

突然顾彪推开门：“仝处长，你在这里啊，驼副部长请你接电话。”

仝世举一怔，慌忙站起来说：“哦，驼副部长……”说着出了办公室。

仝世举听说驼副部长电话找他，慌忙站起来，大步跑向处长室，拿起电话：“喂，驼……驼部长……我是仝世举，您有什么指示……”仝世举慌慌张张地有些语无伦次。

“老仝，你怎么啦？”驼铭觉得仝世举慌张得像个孩子，不，他怀疑他是否病了。

“没……没什么，驼部长……”

“老仝，现在你们处里的同志都在候着吧？告诉大家都回去吧，明天上午你和地县干部处的老关，还有两个副处长，开个会，你现在就通知一下。”驼铭在电话里说。

惊吓了一身冷汗的仝世举放下电话，长长地松了口气，他原以为驼铭会向他透露点常委会研究的结果，谁知驼副部长像往常一样，完全是在安排工作，好像根本就没有组织部任何人的变动问题，这令他更是不停地猜测着。回到处长室，他坐在自己那张已经坐了五年的椅子上，心里更加不安起来。难道这次全省机构改革大规模调整干部还是没有自己的份儿？尽管省委组织部机关干部处长是一个十分重要的位置，一个人人羡慕，人人向往的位置，但是，再好也只是个正处级岗位呀！只是通往高级领导干部的一个重要的阶梯而已。此刻他暗暗地回顾了一下过去省委组织部干部处长们的去向。在他的记忆中，自他到省委组织部后，曾换过四任处长，去向最好的，是去了省人事厅当副厅长，四年后当了厅长；另一位到地委组织部当部长、地委常委，后来当上地委副书记，现在是地区专员；第三位是省民政厅副厅长，第四位则是省教育厅党委书记。现在该轮到他了，可怎么就还没消息……仝世举怎么也控制不住自己的思绪。

难道省委组织部几位部长这次没有安排他，如果这次机遇失去了，那要等到什么时候呢？他越想心里越乱，担心的不是去向问题，而是拖到五十岁了，无论到哪个厅当副厅长，将来提升为正厅长的可能性都很小。

顾彪叫仝世举接电话后，以为驼副部长有什么秘密事情，他怕他在场仝世举支支吾吾不好讲话，就到别的办公室去了。现在他以为仝处长电话早该接完了，就回到处长室。一推开门，见仝世举愣愣地坐在那里，顾彪不知出了何事，也不敢吭声，坐在自己的椅子上。

过了一会儿，仝世举才冷冰冰地让顾彪通知大家去休息。顾彪本想问问仝世举个人的事，一看他的情绪，只好低头出去了。

贾士贞回到宿舍，怎么也睡不着，想着这刻常委会是不是结束了，想到那几个极普通的人，却坐在那里决定着全省那么多高级干部的命运，就好像决定着他自己的命运一样，他在床上翻来覆去，烦躁不安起来。现在他越来越明显感觉到组织部的工作太微妙了，官场上也太深奥玄乎了。看着某人昨天还是科长，明天就成了处长，某人昨天还是县长，明天就成了市长，某人昨天还是处长，明天就成了副厅长了。群众只会感叹这些人进步真快呀！却不知道背后的艰辛！

中国的吏治是千百年来就已经形成的、带有浓重封建色彩的东西。封建皇帝随时随地的一句话，便会给文武百官，乃至普普通通的黎民百姓加官晋爵。而今，这种君主制的思想观念残余还在根深蒂固地影响着我们的干部的选人、用人观念。在一个省里，只要省委书记看中的人，那必定官运亨通，在一个地区，只要地委书记看中的人，同样会青云直上。这两天的省委常委会上，那些地区级的领导，还有省级机关几百个厅局级的领导，每个人都有升迁的诀窍。就像现在正在进行的省委常委会，省委书记的一票远远超过所有的常委，谁也制约不了他。他可以把自己的意图早早交给省委组织部长，而组织部长又变成组织部的意见，进行考察，形成初步意见，这就成了合情合理的选拔程序。说到底，在如今的官场上，没有领导者的举荐，没有特殊关系的“伯乐”，那就只能凭自己的命运了。

想到这里，贾士贞的心里异常难受，无奈自己还只是一个借调到省委组织部的工作人员，他的想法再合理，也是英雄无用武之地，只能把这些想法深深地藏在自己的心里。唉，自己已经借调快半年了，却没有人关心自己调动的事情。是不是也像社会上传说的那样，要给领导送红包呢？真的要是送红包的话，那也得送得起啊！他手里没有钱，只能向父亲借，可父亲这个老地委组织部长，会支持还是会批评呢？真的要送，又送多少呢？他的心里乱极了！

深夜里，人的思维是夸张的，想象也是超前的，但又容易沮丧。贾士贞对自己的未来设计了许多方案，并盼着天快点亮，以便自己好去实施那些计划。后来，到底是怎么睡着的，他也不知道了，只知自己做了许多无头无绪的梦。

天亮之后，他觉得头脑从未有过的胀痛，用冷水冲了冲头，再看看镜子里的自己，带着一脸的倦容。他无心吃早饭，早早去了办公室。

贾士贞进了大门，上了二楼。整个大楼还没有一个人，他便卖力地拖起地板，不一会儿便大汗淋漓。走廊拖完了，又拖楼梯，最后拖办公室。不知何时，上班的人渐渐地多起来了。看到洒扫结束了，谁也没问到底是怎么回事，各自坐到自己的办公桌前。由于贾士贞提前洒扫完了，办公时间也就提前了。但是今天似乎人人都表现得有些异常，唐雨林一进办公室，就匆匆地出去了，吕建华进了处长室，可出来时神色很不自然，不一会儿又去了三楼。

听到有人叫他，贾士贞从椅子上触电似的跳了起来，回头一看，原来是吕建华。吕建华脸色严峻，一句话也没说，贾士贞跟在后面。省委常委会刚刚开过，处长们都忙着呢。想想昨天夜里自己那些复杂的想象，他觉得太天真可笑了，所有的设想都变成了肥皂泡，化为乌有。来到处长室门口时，他突然有些紧张、害怕起来了，一种说不清的预兆笼罩在心头，他停住脚步，理了理蓬乱的头发，刚才拖地板汗湿了的衬衣还没干，身上黏糊糊的。他顾不得难受，伸出右手食指，轻轻地敲了两下门，室内传来仝处长的声音："请进！"贾士贞轻轻地推开门。仝处长右手握着听筒正在打电话，他朝贾士贞看了看，左手挥了两下，示意贾士贞坐下来，但仍在对着话筒讲话。

仝处长终于放下了电话，瞥一眼贾士贞后，半天才说："小贾，坐吧！"随后继续忙他的事。这时唐雨林进来了，两人莫名其妙地交换了一下眼神，贾士贞觉得他像是有话要说，但又觉得他目光怪怪的。唐雨林将手里的文稿交给仝处长，转身又离去了。

仝处长看了半天文稿，才转过身，上下打量着贾士贞，慢吞吞地说："小贾借到组织部快半年了吧！"

贾士贞不知仝处长何意，只是点点头，没有说话，仝处长犹豫了一会儿又说："你原来是教师吧！教师的职业不是蛮好的嘛，受人尊敬，若干年后，桃李满天下，怎么……"后面的话仝处长虽然没有说下去，贾士贞已经不难估计到他要说什么了。在这一刹那间，贾士贞的心跳开始加速，他马上开始揣摩仝处长这几句话的含义。他这话的意思太简单了，也太堂而皇之了，谁说教师的职业不好，谁说教师不受人尊敬了！贾士贞突然觉得全身冒火，有一种不自在的感觉。尽管他并不知道仝处长原来是干什么工作的，又是从什么岗位调入省委组织部的，但他可以肯定，仝处长和他一样，从娘胎里来到这个世界上时，都是一丝不挂、光着屁股的婴儿。仝处长肯定不是省委组织部生出来的怪胎，更不可能是省委组织部杂交出来的优良品种。

"小贾啊！省级机关机构改革工作已经告一段落，考察干部工作基本结束，所以……"贾士贞睁大双眼，等着后面的话。可是仝处长今天好像先天发育不良，话说到一半就好像突然断了电一样，脸上的表情也有些不自然。在贾士贞的印象里，全处长平时并不是这样说话吞吞吐吐的人，记得那次为王学西的年龄和学历的问题，他不仅黑下了脸面，而且语言是那样刻薄，那样尖锐。贾士贞心想，全处长啊全处长，如果咱俩换个位置，会是什么样子？

“小贾同志，”全处长提高声音说，“关于你的工作问题，部领导说了，咱们就先暂时告一段落吧……”

贾士贞愣住了，看着全处长。在这个关键时刻，全处长的话再次被卡住了。他不知道，全处长左一个告一段落，右一个告一段落是什么意思，全处长也许是中午吃了鱼，被鱼骨头卡了喉咙！贾士贞终于忍不住了，说：“全处长，您还是把话说全了吧！我怕……”贾士贞本来想说“我怕你急出心脏病来”，但他突然意识到这样说有点太不礼貌了，像受了全处长的感染一样，喉咙里也被什么东西卡住了。

“小贾，说了你千万别接受不了。”全处长说，“你还年轻，前面的路还很长，说句堂而皇之的话，叫做‘前途是光明的，道路是曲折的。’”

这时，贾士贞才恍然大悟，他的心中异常的平静，好像从没有过的冷静和沉着，微微一笑，说：“全处长，我想到了，或许多少也有点思想准备。”

“小贾，你千万别多想，”全处长冷笑了一声说，“中国近十亿农民过着什么生活，你大学毕业，当一名教师，有那么高工资，应该说是非常幸运的。何况全省六七千万人口，省委组织部才一二百号人，哪能都挤到省委组织部里来呢？”

听了全处长这番话，贾士贞大笑起来，是啊！全处长的觉悟真高。全处长真是“先天下之忧而忧，后天下之乐而乐”！难怪盼着早点从省委组织部调出去，不过不知道全处长为什么不要求调出省委组织部去当教师，或者当农民，而要当厅长呢？

全处长看着贾士贞莫名其妙地大笑之后，他担心贾士贞一时接受不了这个残酷的现实，神经受到了刺激，于是进一步安慰道：“你能有机会借到省委组织部那是非常幸运的，但是，据我所知，当时我们一定和你说清楚了，只是借用一段时间，并不是一定就调进省委组织部。不管怎么说，总算在省委组织部干了几个月，也算是一段光荣历史，辉煌过几个月，可谓见过世面了！”

贾士贞越来越不明白全处长这些话到底是什么意思了，他甚至觉得全处长有点像街头那些卖狗皮膏药的骗子，用当今最时髦的话来说，叫“忽悠”。全处长就像那个《卖拐》小品一样，竭尽忽悠之能事。不管怎么说，贾士贞还是把此刻和他在王学西的考察材料上得罪了全处长那件事联系在一起了。他回忆起当时乌城地委组织部干部科通知他借调省委组织部时，明确提出省委组织部的通知是借调，也就是说先借后调，而且驼副部长在和他谈话时也曾含蓄地表明了先借后调的意思。而今，全处长已经说得很明确，所谓的告一段落，实际上就是结束了借用，不存在调的意思了。贾士贞还有什么可说的呢？马上结束这段光荣的历史，让自己的生活告一段落，权当自己做了一场噩梦。多少美好的东西消失和毁灭了，世界还像什么事也没有发生，生活在继续着。而生活中的每个人却在不断地失去自己最珍贵的东西。生活永远都是美好的，人的痛苦却又时时在发生……是啊！正如全处长说的那样，全省六七千万人口怎么可能都挤进省委组织部呢？这样一想，贾士贞的心里也就豁然开朗了许多。

“至于乌城地委组织部那里，”全处长又说，“我会打电话向他们说清楚的。不要再三心二意的了，把教师当好，前途同样是光明的。”

贾士贞到底是怎么离开全处长办公室的，他已经没有一点记忆了，回到办公室，贾士贞有些坐立不安，似乎同志们看他的眼光都变了。是啊！你现在算什么？什么也不是，本来自己在省委组织部就低人一等！省委组织部的等级可比任何单位都界限分明。部长是省委常委，那是位高权重，在全省干部心中是赫赫威名的角色；副部长虽名气不小，可得在部长授意下工作，必须听部长的指挥；而那些处长们从另一个层面讲，却又是一些实权派人物，领导们日理万机，而干部选拔、考察上的具体工作都掌握在他们的手里，就像全处长那样，他不仅管着十多个工作人员，而且掌握着考察干部的权力，一个干部怎么考察，群众测评什么结果，考察材料如何写？部长们是不可能去过问的，因此处长们也就成了一组特殊人物了；副处长以下的都是具体工作人员，他们是组织部的最基层群众，他们好比是皇宫的太监，只有离开组织部，到市县，或者到其他部门，他们的地位才发生变化。而贾士贞呢，在借调阶段，只是省委组织部的等外公民，只有从借到调进组织部，才能成为最基本的群众。现在，这个机会没有了，只要迈出省委组织部的大门，他便再也不可能跨入这幢大楼的大门了。

贾士贞呆呆地坐在机关干部处办公室的那个临时座位上。自从全处长和他谈过话之后，他突然间有些魂不附体似的，他知道，自己应该立即离开省委组织部。但又不知道应该在什么时候，用什么样的方式离开，是告别，还是永别？是高兴，还是悲伤？不知道为什么，他有些留恋唐雨林。他到省委组织部之后，一直是跟着唐雨林外出考察干部的，他不仅向唐雨林学到了许多考察干部的经验，甚至和他产生了一定的友情。他想，唐雨林一定了解一些关于他的情况，因为刚才他感觉到唐雨林有话要对他说，也许这就是他不肯马上离去的原因吧！这样胡思乱想着，直到快下班时，唐雨林才风风火火地进了办公室，这时正好办公室没别的人，唐雨林悄悄地来到他身边，低声说："士贞，怎么还不走？走吧，在省委大门外左边人行道上等我。"

贾士贞点点头，深情地看看唐雨林，想说几句感激的话，可是千言万语堵在喉咙里，一个字也说不出来。

贾士贞准备收拾一下自己的东西，可是又一想，自己在这个办公室里几乎一无所有。但他还是打开抽屉，把那几本《莫由组织工作》杂志和两份干部考察材料的范文理了理，轻轻地把抽屉推了进去，又用钥匙锁了起来。就在这一刹那，钥匙掉到地上了，他拿起钥匙，重新将钥匙插进抽屉的锁里，拿起公文包，怀着依恋不舍的情感，贾士贞最后看了一眼这间办公室，迈着沉重的脚步，踏着楼梯，往楼下走去。

出了大门，贾士贞站在雄伟壮观的省委大门前思绪万千。当初来报到时的一幕浮现在眼前。那时，他是何等的激动和兴奋，怀着远大抱负和对未来的憧憬，将自己的前程描绘得如诗如画，然而，现在一切都破灭了，他觉得自己突然间由一个制高点跌入万丈深渊，所有的理想和冲动顷刻间都化为泡影。回到乌城地委党校并没有什么，大不了继续当他的教师。他并不认为在地委党校当教师能有多大作为，只是继续混混日子罢了。用全处长的话来说，中国十多亿人口，都能像他这样生活着已经很不错了，比起十多亿农民来不知道要强多少倍了。可他转念一想，当初他被借调到省委组织部时，有多少亲朋好友，乌城地委党校的同事，甚至包括乌城地委组织部的那些人，以及乌城地委机关和他相识不相识的人们，既羡慕他，又嫉妒他。现在他突然回去了，该怎么向这些人解释？不用说，谁都会想到，是不是他在省委组织部这段时间出了什么问题。

贾士贞在省委大门口呆呆地站了一会儿。虽然下班高峰期已过，但是从省委大院里走出来的人仍然不断。他觉得这些人太傲慢，太自信了。这时一辆黑色轿车缓缓出了大门，贾士贞才急忙向左边躲过去，心情越发沮丧起来，悔不该为了一时的痛快，惹怒了仝处长，其实细细想想，王学西到底哪年出生，到底是高中毕业还是初中毕业，与自己有什么关系，就是说王学西刚出生的，才三岁，或者说王学西是博士毕业，又与他有什么关系呢？

“士贞！”

听到叫声，贾士贞忙回过头，原来是唐雨林。贾士贞停住了脚步，向前来的唐雨林苦笑了一下，一把抓住唐雨林伸出来的手。唐雨林用力地握着，半天才说：“士贞，我真的没想到……”

贾士贞只觉得心头一热，委屈的泪水蓄满了眼眶，过了一会儿，才强忍着痛苦，一边用力握着唐雨林的手一边低声说：“唐处长，谢谢你……”

唐雨林拍了拍贾士贞的肩膀，说：“你呀，还是不了解省委组织部，你太耿直了，吃一堑长一智吧！记住这句话，‘直如弦，死道边；弯如钩，能封侯！’谁掌权都希望用那些听话的人。接受教训啊！”

贾士贞无奈地点点头，他知道，唐雨林是真心对他好，是真诚地劝告他，然而，机不可失，时不再来，教训再深刻，省委组织部都是不可能调进去的了！也许这个遗憾只有带进火葬场去了。

“你打算什么时间回去？”唐雨林问，“我到时来送你。”

贾士贞只觉得心里有些发酸，不敢再看唐雨林，他害怕一时控制不住自己，眼泪会滚出眼眶，朝唐雨林摆了摆手。他从内心不希望让唐雨林看到他狼狈的样子，不管怎么样，在省委组织部这短短的几个月时间里，能有唐雨林这样的领导，已经足够了，他永远也不会忘记他的！

回到宿舍，贾士贞连晚饭也没有吃，关起门来，把自己与外界隔绝起来。

第十三章　退回故里

贾士贞在宿舍里整整睡了三天，谁知他不吃不喝是怎么度过的，如果不是收水费的人把他叫醒，也许他真的就饿死在宿舍里了。且不说贾士贞当时的凄惨景象和他是怎么离开宿舍的，也不说他是如何考虑回家问题的。他又哪里想得到省委组织部在这次机构改革，大规模调整领导干部中，一下子提拔了五位处长到副地厅级，但却没有仝世举。这是仝处长始料不及的。就在仝处长和贾士贞谈话的第三天，省委组织部那些被提拔为副地厅级的处长们都知道消息了。当仝世举证实这次提拔真的没有他时，他的痛苦心情并不亚于贾士贞。

当仝世举还在办公室里坐立不安时，那些被提拔的处长一个个都接到通知去谈话了。直到快下班时，他才被通知去了郭部长办公室。在他去郭部长办公室的路上，他的心情发生了多次变化。起初他以为自己也被列入了提拔的对象，便开始猜测着，会把他安排到哪个位置上。因为其他几个处长在谈话前都已经知道自己的去向了，唯有他什么消息都没有，凭他多年机关干部处长的经验，这不是一个好兆头，但他不愿意这样想，他尽可能往好处想。他始终认为这次被提拔的处长中，不可能没有他，只是当他进入郭部长办公室，看到还有驼副部长的时候，一个不祥的感觉油然而生。按以往的惯例，关于提拔的谈话一定还会有一位分管政工的省委副书记，而且提拔副地市厅级的谈话一般都在省委书记楼。现在不仅在组织部里，而且只有组织部的两位部长，这分明是另一种形式的安慰式的谈话而已。

仝世举进屋后，郭部长显得特别客气，驼副部长亲自上前拍拍他的肩膀，这就更让仝世举觉得是多此一举了。

仝世举坐下后，郭部长微微一笑，说：“世举啊！请你来，主要是和你聊一聊，这次省级机关机构改革，调整了一批厅局级领导干部，省委组织部调出几个处长，这主要是从工作需要上考虑的。你是一个老同志，本来应该对你有所考虑的，只是因为职数限制、工作需要，暂时没有安排上，相信你能够正确对待，也能够理解。”

仝世举在这一瞬间，只觉得脑袋像面包放进开水里似的，在不断发大。平心而论，郭部长所说的没有安排他的理由实在太站不住脚了，也太牵强了点。让仝世举最受不了的是，领导竟然把他当成一个三岁孩子来哄。其实他倒希望领导直来直去，还不如直接说：“这次提拔没考虑你，反正省委组织部的处长只要调出去都是副厅长，副地市级干部，迟早都一样，总有先有后嘛。”也许领导这样说，仝世举的心里会豁然开朗许多了。但即便是这样，仝世举还是不明白，他的年龄已经过了机关干部处长的界限了，为什么还让他占着这样一个在外人看来十分敏感的职位。他当然不相信这只是因为职数限制了，这其中必有原因，到底是什么原因，仝世举一时也弄不清楚，总之，仝世举的心里多少是有些不痛快的。

再说贾士贞回到乌城时，太阳已经落山了，这是他故意选择下午时间上车的的原因，他要在人少的时候，悄悄地走进家门，避免碰到熟人。

下车后，贾士贞的头脑一片混乱，分不清东西南北，像到了一个陌生的地方。车站出口处挤满了人，尽管已经是晚上六点多钟，昏黄的灯光还是如同白天那样照在一张张期盼等待亲人的面孔上，贾士贞不知为什么，有些害怕那些面孔，甚至害怕那些迎接亲人的面孔当中会出现他的亲人、他的同事、他的朋友，他不愿意让他们见到他灰溜溜、狼狈不堪的样子。贾士贞低着头，目光避开所有人。想到当时去省委组织部时，那种风光和春风得意马蹄疾的心情，真是此一时彼一时了。

出了车站，他想到妻子和女儿，贾士贞巴不得一下子见到玲玲。自从仝处长和他谈话之后，他就再也没有给妻子打过电话，他目前的处境玲玲一点也不知道，他如果突然背着行李出现在妻子面前，怎么向玲玲解释呢？想到这里，贾士贞毅然决然改变了计划，先不回去见妻子，而是回到父母那里去，他坚信父母是最能理解他的。

贾士贞站在父母家的门口，犹豫了半天才轻轻地敲了两下门。

“谁呀！”这是母亲的声音，过去，每次来到父母这里，无论是他一个人，还是带着妻子女儿，他们一定会大声叫着父母开门的，然而，此时，贾士贞却连一点响声也没有，直到门开了，母亲那熟悉的身影出现在昏暗的灯光下时，他才轻轻地叫了一声：“妈……”母亲愣住了，似乎有些不相信眼前的现实，“儿子，士贞……你……”

贾士贞的心里一阵伤感，扔下行李，扑到母亲的怀里。这个动作有点像当年从幼儿园归来，希望妈妈抱一抱的儿子，“妈……是我，我是您的儿子士贞……”

“儿子，你怎么……”母亲搂着儿子，“你是从哪儿来的？怎么连个电话也没打？”

这时，父亲在屋里大声说：“谁呀？怎么站在外面讲话，干吗不进屋？”

母亲这才拉着儿子，拿起地上的行李，欣喜万分地说：“儿子，快进屋，进屋说话。”母亲一边拉着儿子一边大声说，“他爸，是士贞，是儿子回来了！”

父亲从客厅里走出来，看着突然回来的儿子，他那双惊奇的目光盯着儿子看了好一会儿，儿子有些手足无措，愣愣地定在那里。只是母亲看着这一老一小，有些莫名其妙，把儿子拉到旁边，突然来到丈夫面前，瞪了老头子一眼，说：“儿子，先吃饭吧！我和你爸正准备吃饭。”

这时父亲才明白什么似的说：“来来来，先吃饭，士贞一定饿了。”说着转身去了餐厅。

在进屋这段时间里，贾士贞的心情一下子复杂起来。母亲见到儿子的意外惊喜，父亲看到儿子的莫名猜测，他都看在眼里，不用说，母亲的爱是纯洁而慈祥的，而父亲的爱则是严厉而深沉的，一切原因都归结于，他的归来太突然了。是啊！连他自己也无法说清楚。按理说，若是工作之余回来看看，既不该带着那么多行李，也不该直接到父母这里来，而是应该先回自己的小家呀！在这短短的时间里，贾士贞一句话也没说，心里如同打翻了的五味瓶，酸、甜、苦、辣、咸一起涌上心头。看看年迈的双亲，他有千言万语要向父母倾诉，却不知从何说起。

聪明过人的父亲从儿子的一言不发中察觉到了什么。对忙着端菜的老伴说："我看今天得喝两杯，儿子回来了，再添两个菜，我还有瓶陈货。"

父亲的反常举动更让贾士贞一阵心酸。他太了解父亲了，这些年来，除了逢年过节，父亲在家里是很少喝酒的，特别是像今天这种只有他和父母在一起的时候，贾士贞想到了父亲也许已经意识到了什么，只觉得自己像犯了什么不可饶恕的错误似的，有些愧对父母。

他不明白，他在省委组织部这几个月到底做错了什么，更不明白领导为什么就如此不明不白地把他退回原单位。如果说有什么地方犯了错误的话，那并不是他的错，王学西是什么样的人，他实在太清楚了，可他贾士贞又算得了什么？在省委组织部他充其量算一个陪着考察干部的人数，一个摆设而已。他没有发言权，没有建议权，甚至连边鼓也敲不到。可在仝处长眼里，他太不自量力了，他居然不知道自己的身份，不顾自己的轻重，鬼使神差地向仝处长提出王学西考察材料上的问题。至今，当时那令他胆战心惊的一幕还铭刻在他的大脑里，一想到当时那个景象，他就不寒而栗。

父亲把酒拿来了，母亲把菜也端上餐桌了，可是贾士贞还像木头一样呆呆地站在那里。父亲把酒斟好了，看着儿子发愣的样子，说："士贞，来，老爸今天陪你喝两杯！"

贾士贞这才回到现实中来，并竭力掩饰着自己忐忑不安的心情。

他坐到父亲的旁边，端起酒杯，笑了笑说："爸，感谢您对我的养育之恩，此时此刻，我知道您对儿子有许多猜测，但是，您心疼儿子，知道儿子心里有难以言表的苦衷……"贾士贞没有说完，双手举着酒杯站了起来，向父亲深深鞠了个躬，便将满满的一杯酒一饮而尽。

父亲看着儿子，并没有阻止的意思，那是因为他不愿意看着儿子如此地痛苦，但作为父亲还是劝慰了一句。他知道，儿子是个正义进取的人，也是个刚毅坚强的男人，他不讲自己的难言之隐，是怕父母心里为他难受……

贾士贞左手端着杯子，右手拿过酒瓶，给自己斟满了酒。这时父亲拉着儿子，深情地看着儿子说："儿子，坐下来，老爸今天不是让你借酒消愁的，爸爸是迎接你的归来，无论什么原因，你总是回到家里了，回到父母身边了，这是团圆，应该高兴。"

这时母亲过来了，丈夫对儿子说的这番话，她都听到了，她把菜放好后看看儿子，说："士贞，你爸今天高兴，他是看到你回来了，但酒不能多喝，吃完饭，还要让玲玲带孩子过来。”

看着父母那慈爱的目光，想到妻子和女儿，贾士贞一下子忘掉了心中的烦恼和不愉快，他举起酒杯说：“爸、妈，儿子今天高兴，敬二老一杯……”

“嘀……铃……铃……”电话铃响了。

“接电话。”父亲说着就要站起来。

“我来接，说不定是孙女儿打来的！”母亲满脸喜悦地去客厅接电话了。

听了母亲这话，贾士贞即刻兴奋了起来，可随之而来的，则是惶惶然中一种复杂而难于言表的心理状态。

他是因为不愿意让妻子知道他被省委组织部退回来的消息，才没有先回自己的家，而是选择到父母这边来的。现在，假如这电话真的是玲玲打来的，母亲肯定会把自己已经回来的消息告诉给玲玲的，玲玲该怎样来接受这个现实呢？尤其是，此时他还没来得及向父母解释他被退回来的真正原因呢，这该如何是好啊？

贾士贞盯着铃声一直在响的电话，只见母亲拿起了话筒，“喂……”母亲满脸兴奋，“哟，是我的孙女啊！岚岚……你妈呢？来，到爷爷奶奶这里来吃饭……叫你妈接电话……”

啊，真的是女儿打来的！贾士贞突然间显得异常激动，猛地站了起来，要去接女儿的电话，父亲一把把他给按住了，并向他摆摆手。

“玲玲啊，还没吃饭吧，你带着岚岚过来吧！过来吃晚饭，我和你爸等你们……”母亲说完便挂了电话，只字没提自己儿子回来的事儿。母亲的如此举动，在丈夫和儿子的意料之外。

回到餐桌旁，母亲若无其事地说：“她们娘儿俩马上过来了，我孙女一来我就特别地高兴……”边说边转身笑盈盈地拿碗筷去了。

贾士贞有点坐立不安了，他放下酒杯，一脸严肃地说：“爸，你们为什么没问我怎么突然回来了呢？”

父亲轻松地笑了笑，说：“儿子啊，俗话说，知子莫过于父，从你一进门的表情，老爸已经猜出了八九分，你不说，自有你的道理。”

“爸……”贾士贞深情地注视着父亲，眼眶里噙着泪花，就像儿时在外面受了委屈一样。

“儿子，怎么了？”母亲看着父子俩严肃的表情，随即又说，“士贞，有什么事尽管对你爸说。”

贾士贞看了看父母，强忍着眼中的泪说：“爸、妈，我……我被省委组织部退回来了……”

“什么？”母亲双眼大睁，一只手却抚在了儿子的头上。

父亲不慌不忙地站了起来，也轻轻地抚摸了一下儿子的头，过了好一会儿才说：“这有什么？别把这当成什么大事，当初人家省委组织部说的就是借调，既然是借调，那就有调和不调的两种可能，全省六千多万人口，省委组织部不过一二百人。再说，省委组织部也未必就是天堂，不到省委组织部去工作，生活照样也会很好的嘛？！”

“爸，妈，你们不会认为儿子犯了什么不可饶恕的罪过吧？”

父亲摇摇头，说：“你一个借调的普通工作人员，在省委组织部无职无权，仅那么短短的几个月时间，能犯什么错误？只不过领导对你某个方面不太满意，或者是另有其他什么原因罢了！”

身为儿子的贾士贞，此时，多么想向父母表白一下，如实地诉说他在省委组织部工作期间的一些感受和看法，说说心中的不快和迷茫，说说自己对组织部选拔、考察、任用干部的困惑和不解啊！然而，一时间，他又不知从何处说起。他的心仍留在省委组织部，可心灵深处却有着自己无力解开的千千结，他是多么希望父亲能够帮他一一的破解开啊！

父亲接着说：“是啊，在人们的眼里，组织部是什么地方？是高尚而神圣的地方！人们为什么会这样看待组织部？就是因为它掌握着干部晋升提拔的大权！除此之外，组织部还有什么特别的地方？我在组织部工作了那么多年，官至地委常委、地委组织部长，退休后不过如此而已，还能把组织部长的帽子戴一辈子吗？还能把这个光环永远套在脖子上？你看看当年和我先后退下来的老同志，谁还记着我是地委组织部长？我和他们又有什么两样？士贞啊，人要看得开，想得通啊！有句话叫做：心底无私天地宽！”

“去也好，不去也好……”这时门铃响了，母亲一边去开门，一边回过头接着说，“今天都不许提不愉快的事，全家人好久没这样聚在一起了。”

说是不提，可此时贾士贞的心，随着门铃的响声，更加不安起来……

他开始怨恨自己，根本就不应该瞒着妻子，更何况，自己并没有在外面干什么见不得人的事，如果为此，玲玲不理解自己，有什么抱怨的话，那这样的夫妻还算为夫妻吗？

门开了，岚岚大声叫着：“奶奶，奶奶！”

奶奶牵着孙女的小手，说：“岚岚，快去看，谁来了？”

这时贾士贞站了起来，岚岚看到爸爸，松开奶奶的手，向爸爸跑过去，贾士贞双手迎着燕子一样的女儿。

玲玲愣住了，她一时弄不明白这是怎么回事，她只是感到一阵猛烈地心跳，一股细微的暖流骤然间涌遍全身！啊，夫妻团聚，全家团圆，人世间多么幸福而美好的天伦之乐啊！

“来来来，都坐下来，岚岚坐到爷爷和爸爸中间。”爷爷把孙女搂在怀里，看着全家人的脸上都洋溢着无限温馨、幸福、甜蜜的神情，他在心爱的小孙女脖子后轻轻地亲了一下。顿时，祖孙二人的笑声，把全家人都带进了欢乐美满的氛围里。

玲玲坐到丈夫身边，盯着丈夫愣了一会儿，突然问：“士贞，你怎么不声不响地回来了？妈打电话时也没提到你回来呀？”

看着妻子，他慢慢地低下了头，脸上的笑容也消失得无影无踪了，心里开始慌乱起来。这令他尴尬而无法回避的场面，还是如约般地到来了。

还是母亲打破了尴尬的局面，说：“士贞有点事，没打招呼，就突然回来了。来，吃饭。”

这顿饭对于贾士贞来说，吃得无滋无味，甚至有些忐忑，他不知道该如何向妻子解释，甚至不知道将如何面对单位的同志和熟悉的亲朋好友。

儿子一家三口刚走，母亲就拉下脸，说：“都怪你当初那句不吉利的话。这老天爷也不睁眼，我当时已经不让儿子坐轿车了，可乘大客车还是出了车祸！你看现在……哎！真是祸不单行啊……”母亲喋喋不休地埋怨着父亲。

父亲笑笑说：“你呀……你看你……搞那么多年妇联工作，还是个老共产党员，竟然相信那些莫名其妙的东西！”

“不是我相信迷信，”母亲没好气地说，“你说这事怎么解释？你平时不是那样的人，可那天却鬼使神差地说那些莫名其妙的不吉利的话。这自然界有许多东西就是说不清楚。你说是迷信，可怎么就那么巧？怎么就偏偏士贞乘坐的那辆客车就翻了？现在儿子又不明不白地被省委组织部给退回来了！你能给我明确地解释？”

“这世间的事巧合得就是太多了，所以人们才对许多巧合的事无法解释，统统归结为命运，我看没有道理！”父亲仍然笑着说，“士贞不是好好地回来了吗？”

“好好地回来了？”母亲更加不高兴了，“儿子是怎么回来的？我要把这个账记在你的头上！”

任凭父亲怎么解释，母亲总是耿耿于怀。认定儿子乘坐的客车出了车祸，儿子被省委组织部退回来，就是因为父亲的那句不吉利的话造成的。

第十四章　借调秘密

儿子突然被省委组织部退了回来，尽管父母竭力安慰儿子，但是作为父母，尤其曾经在组织部做了那么多年组织部长的父亲，总感到这件事有点蹊跷。难道省委组织部一个常务副部长连这点权力都没有？难道驼铭就这样轻易地连个招呼也不打，就把已经借调半年多的儿子给退回来了？当然这事只有他和驼铭两个人心知肚明，贾显达从没敢在儿子面前透露半个字。他之所以不让儿子知道，他是怕儿子知道省委组织部有一个常务副部长的关系，从而背上优越感的包袱，影响儿子的进步和成长。可现在儿子竟然真的被退回来了，当年的那一幕幕往事再次浮现在眼前。

二十世纪八九十年代，贾显达在乌城任地委常委、组织部长。年满六旬那年，当时省委组织部领导还想让他到乌城地区行署挂个顾问去再干两年，可他说，组织部门的干部要带头执行中央文件，到年龄了就退下来，姿态高一些，也省得社会上议论。生老病死乃大自然的规律，中央的规定是正确的，人人都应该执行。所以他就主动从地委常委、组织部长这个重要位置上一退到底，成了一个普通百姓了。老伴胡怡萍是乌城地区妇联副主任，五十五岁一到，贾显达就劝她主动要求退了下来。

老夫妻俩退下来后，心态一直非常平静。早晨锻炼身体，上午上菜场，下午和老同志聊聊天，日子倒也清净安宁。两个儿女都已成家独立，每逢节假日，儿女们来到他的小楼里，共享天伦。

大女儿贾育静上学时碰上了“文化大革命”，“文革”后期推荐上大学时，贾显达虽已从农村回到乌城，但还没有落实政策，无职无权，加上他又不愿去求人帮忙，以至女儿误了上学的机会，后来只能在地区机关幼儿园当主任。老伴退休时曾经对丈夫说，她从地区妇联退休了，不如把女儿调进地区妇联机关。可是贾显达说，那样做地区机关会怎么看他呢，这件事也就没有落实。女婿是“文革”后第一批大学生，在乌城地区机关是一名小有名气的才子，现在任乌城地区地方志办公室主任，副处级干部，但他自己也只想做做学问，不想到官场上去拼搏了。

儿子贾士贞毕业于乌城地区师范专科学校，那一年贾显达正是大权在握，全家人都希望他给士贞分配到地委机关，可是贾显达非但不同意，还不允许老伴去找任何人。这样一来，贾士贞只能按照师范院校的分配原则，去了地委党校当一名教师。不过就连这个工作也是教育部门看在贾显达地委组织部长的面子上，才让贾士贞去的，否则他只能去个农村中学当老师。

回首往事，贾显达觉得他这一生对得起党和人民，并没有用手中的权力为自己谋什么私利。谁知不久前的一场大病，差点要了他的命。

去年冬天，贾显达突然心肌梗塞，经医院抢救，总算脱离了危险。大病过后，贾显达变得尤为伤感、忧郁。

贾显达还没出院，有一天省委组织部常务副部长驼铭特地从省城赶来看望老领导，这对贾显达是一个极大的安慰。想想自己当年官居要职，大权在握，从他手里提拔起来的干部不计其数，有的人已经官至市委书记、市长，地委书记、专员，就连省级机关的厅局长也不在少数，至于地区机关的局级领导、县区领导那就更多了。

然而，在他这场大病期间，来看望他的人却为数不多了。这时他才清楚地意识到，如今，人们讲求的是实惠，他已经无职无权了，也就没有什么价值了，一个人在位和不在位就是不一样。他当地委常委、组织部长那会儿，他就生活在人们巴结逢迎的圈子当中，真的达到了呼风唤雨、万人仰慕的地步。每天他从家里出门，一路上，地区机关那些大小干部处处朝他笑脸相迎。到县里时，那些县委书记、县长们前呼后拥，寸步不离，顿顿山珍海味，琼浆玉液。那时，他清楚得很，那些人看中的不是他贾显达有什么本领或才能过人，而是他手中的权力。只要他一句话，就能决定一个人的前途和命运。地委组织部管的是全地区县处级领导干部，有多少乡镇党委书记、乡镇长和科局长睁大眼睛想跨进副县级的门槛，地区机关又有多少中层干部时时刻刻都在瞄准副处级的岗位，而那些副县长、常委们又都在急不可耐地想早一天登上县长、书记的宝座！县委书记、县长、地区部委办局的局长、部长们又在如饥似渴地努力再上一层楼，或是副专员、地委常委、地委副书记，能到省里的当某个厅局的副厅长那更是希望所在！于是贾显达便成为那些官员们巴结、争夺的中心人物！有时，他也颇感为难，椅子就那么几把，到底给谁呢？每次提拔干部他都左思右想，搞平衡，照顾关系，可是总是几家欢乐几家恨！难，难，难啊！

记得“文化大革命”中，三十五岁的贾显达正在地委组织部副部长的位置上，那些造反派批斗他时问他：“为什么你总是提拔你了解的人、身边的人？”他当时一气之下说：“正因为我了解他才提拔他，我不了解的人怎么提拔？难道从大街上随便拉过一个人来提拔吗？”为了这句话，他被批斗了整整一个星期，还被造反派打了几个嘴巴。

话是那样说了，但实际上，他在当地委组织部长那些年，很少用手中的权力为自己谋私利，也没有在提拔干部的过程中讨好过谁，更没有向谁透过风、报过信。

驼铭是他一手提拔起来的年轻干部，那年省委组织部要乌城地委组织部推荐一名青年干部。当时刚刚担任干部科长不久的驼铭，是贾显达心中最有前途的年轻人，是否把他推荐给省委组织部，他确实是经过一番思想斗争的。驼铭最初只是乌城地区须臾县白存公社的一名普通教师，和他贾显达没有任何关系，但一次偶然的机会，他在县教育局见到了驼铭，这给他留下了很深的印象。落实政策后，贾显达到地委任常委组织部长，急需用人，他便把驼铭从白存公社中学一下子调进地委组织部。现在他决定让驼铭去省委组织部了，这是因为他清楚地知道一个干部到了省委组织部，就意味着将来要跨入高级干部的行列。

像驼铭这样的年轻干部，到了省委组织部三五年是提不了副处长的。但是他看到了驼铭的发展前景，于是贾显达给省委组织部的一位副部长打了电话，说驼铭是一名优秀的年轻干部，现在只有三十二岁，地委组织部本来准备让他到县里任县委常委，组织部长的，但现在他们还是忍痛割爱，本着对驼铭本人负责的原则，他想在驼铭调走前明确副处级，然后再调往省委组织部。省委组织部同意了贾显达的意见。

那关键时刻，这关键的一步，对驼铭后来的进步也就起到了决定性的作用。但当时贾显达对他的关心，是淳朴的，没有任何私心的。这件事也就更让驼铭永远铭刻在心。

十年，在省委组织部这幢五层红楼里，驼铭一个脚印一个脚印地度过了不平凡的岁月。除了中间调到梅州地区当了三年地委常委、组织部长，他在这幢五层红楼里度过了七年的金色岁月。现在，四十三岁的驼铭成为省委组织部一名常务副部长。难得空闲下来时，他在心头那一瞬间便会想到："偶遇一贵人，便为人上人。"自从他进入这幢五层红楼之后，对于他来说人世间所有的道路似乎都笔直、平坦，装饰着鲜花和绿茵。不知为何，他自己从来不有意去争夺什么，也不知道为什么，省委组织部的那些处长们都不是他的对手。对于未来，他不去想、也不愿想，他知道在这个岗位上，他的年龄意味着什么。

在贾显达的病榻前，驼铭情深意切地紧紧抓住老部长那柔软而瘦弱的手，流下了感激的泪水，希望老领导千万要保重身体。一番语重心长，共诉衷肠之后，驼铭留下两千元钱就要告辞了。

就在驼铭要告别的时候，贾显达长长地叹了口气，一双渴求的目光看着驼铭，驼铭心里一阵酸楚，慌忙扶着老领导说："老领导，有什么困难吗？有话尽可对我说。我驼铭一定竭尽全力帮助您。如果愿意的话，我派人把您接到省城去，找最好的医生，我希望您尽快恢复健康。"

"哎，驼部长……"

驼铭立即打断他的话："不，老领导，请你千万不要这样称呼我，你叫得我的心里发慌啊！您还像当年那样，称我小驼吧！"

"现在时代不一样了，人们都喜欢听好话，称职务也是一种交际，一种尊重嘛！"

"不，老领导，你我之间不是这样的，在您面前我永远是一个学生！"

"驼铭啊！我搞了一辈子组织工作，经我手提拔的大小干部不计其数，不少人已经到了高级干部的岗位上，我一辈子没为自己搞什么特权。"贾显达含而不露地说了这么几句话，倒让驼铭云里雾里半天摸不着头脑了。

从地委组织部到省委组织部，十多年的组织工作，驼铭感慨太深了。中央文件三令五申要选拔德才兼备的"四化"干部，那只不过是一种高深莫测的理论。谁是"四化"干部？某个领导的目光落到谁的身上，让组织部去考察，再定下圈子找那么几个人谈话，考察的人回来再按照领导意图一描绘，那这个人就成了德才兼备的"四化"干部了，按照那些考察材料，不要说提拔县处级、厅局级，那是够得上英雄模范的标准，当个副总理也绰绰有余！换言之，如果你得罪了一把手，你有天大的本领也休想提拔半级。所谓的“说你行，你就行，不行也行；说你不行，你就不行，行也不行”，不少干部，就只能眼睁睁地看着那些工作平平的人不断提升，这其中饱含多么深奥的重大哲学命题啊！

驼铭想到自己，如果不是贾显达，也许他现在还只是白存中学的一名语文教师。而像贾显达这样的领导，他没送过一文钱，没请吃一顿饭，甚至自己连想都没敢想过，更连门都没有登过一次，竟然能萍水相逢，无缘无故地将他调进地委组织部……想到这里，他从心底涌出一股感激之情，俗语说“滴水之恩，涌泉相报”。

“老领导，你有什么话尽管对我说吧！我一定会尽全力完成的！”驼铭不知该怎样做才能表达自己的感激之情。

“驼铭啊！我确实难以开口啊！我做了一辈子干部工作，是那样认真贯彻落实中央指示，事事严格要求自己。”贾显达干咳了两声，又说，“我已经六十六岁，这次心肌梗塞，到鬼门关绕了一圈又回来了，但是，生老病死是大自然的规律，哎……”

贾显达还是没有开口，满面忧伤地低下头。

“老部长，您有话尽管说，谁人不是血肉身躯，哪个不是吃五谷杂粮的，谁又没有七情六欲，这些乃人之常情。再大的官三天不吃饭，也会饿得爬不起来的。”驼铭握着贾显达的手说。

“驼铭啊！你这话说得让我听了深受感动啊！”贾显达眼圈红红地看着驼铭说，“我的两个孩子，大女儿因为‘文革’耽误了读书，就不说了。老二是个儿子，乌城地区师专毕业后，那时我还在组织部长的位置上，可我怎么能利用手中的权力为自己儿子谋私利呢？自然按照政策分配去地委党校……”后来的话贾显达没有说下去。

驼铭已经心领神会了，他在心里暗暗责怪自己没有主动去关心老部长。哪个老干部不为子女着想呢！他应该早就想到主动关心老部长的后代，给他一个机会，为他们提供一定的阶梯，这才是人之常情呢。于是驼铭说：“老领导，我记得你的女儿叫贾育静，儿子叫什么我倒说不清了。”

“儿子叫贾士贞，现在还年轻，和你当年调地委组织部时差不多年龄。”

“噢，女婿现在干什么？”

“这人是个书呆子，靠自己努力在地区地方志办公室任主任，那是个副处级单位，我不为他担心，让他做做学问也好。”

“叫什么名字？”

“卢大林。”

驼铭点点头，没有再说什么，紧紧握着贾显达的手，告辞了。

就在驼铭走后仅不到一个月时间，省委组织部借用贾士贞的通知就到了乌城地委组织部。

突如其来的天大喜讯，贾士贞自然是一番激动，在头脑中勾画出一幅未来的蓝图。这天晚上贾士贞来病房看父亲。父亲谆谆教导他的一番话，让他永远也忘不掉。

“组织部是什么地方？是干部的摇篮，你想想看谁不想到组织部去，何况是省委组织部！驼铭就是从乌城地委组织部调到省委组织部的，十年时间，如今已经是省委组织部常务副部长了。”

贾士贞这时多少悟出点道道来了，但他没有说话，睁大眼睛看着父亲那病态虚弱的面孔。

“你以为到组织部工作的人都比别人强？这恐怕不符合辩证法。只能说这个人有了偶然的机遇，有了某个有权人的一句话，或者说有了某某人的关系，而且是在组织部门说话算数的人，才进了组织部。并不是好事突然从天上降下来的！”

贾士贞不停地点着头。

“但是，儿子，千万要记住父亲的话，组织部可不是别的地方，弄不好也会翻船，叫你离开，那也是领导一句话，今天不满意，明天就让你离开。要记住的是：时时、处处必须夹着尾巴做人！领导的话就是圣旨，不能反对，不能走样子。进了组织部的门，说话要小声，走路要轻手轻脚，说句不好听的话，连喘气都得缓缓的，放个屁都要夹着。

“工作上更是要看领导的眼神行事，任何时候千万不能加上个人的感情色彩！”

“还有，组织部门有句话叫做，不知道的不打听，知道的不外传。”

……

“啊，原来是这样！”贾士贞全身一阵紧张，轻轻地叫了一声。

这段回忆，又把贾显达的思绪拉回到现实当中来。儿子不明不白地被省委组织部退了回来，他虽然表面上装作无事的样子，可是内心一直弄不明白其中的原因。他知道驼铭没有和儿子深接触过，而且从儿子的谈话中也找不到任何理由。有几次他都抓起电话，想打电话问问驼铭，然而却又没有那样做。

关于儿子借调省委组织部的个中缘由，他自己心中有数。虽然在这件事情上驼铭从来没有向他表明过，甚至儿子接到借调函之后驼铭连电话也没打过，但他贾显达知道天上是不可能掉下馅饼来的。不过最终儿子被退了回来，他对驼铭，对眼前这个残酷的现实不得不产生许多联想。

贾显达昏乱地想着，也许人生正如某些人所说，在人生的旅途中并不都是蓝天白云，风和日丽，也还有严冬酷暑，暴风骤雨，意外的变故是会不以人的意志为转移地出现在你、我、他之间。

第十五章　失落的人生

贾士贞突然被省委组织部退了回来，这对他来说无疑是一个沉重地打击，而对于玲玲来说更是一种无法言表的伤痛！

要说组织部，中国的官场上无人不知，无人不晓，而又是无人不无限羡慕而想往的地方。一个官场上的人，一旦进入组织部门，那就意味日后官运亨通，前程无量了，更何况是省委组织部呢？想当初，贾士贞夫妻俩接到省委组织部借调士贞的通知后，那种欣喜若狂的心情是从没有过的；现如今，贾士贞却突然被省委组织部给退回来了，天哪，这不是一下子从天堂跌进了地狱吗？！

且不说玲玲得知丈夫被退回来的消息后是怎样的痛苦和绝望；也不说贾士贞是如何闭门在家，不出家门一步，不愿见到任何人的郁闷生活。

岁月，总是在不经意间、在许多人的痛苦和煎熬中匆匆消逝，日出而作，日落而息，人们的生活照样还是那样平凡而有规律。伤心和痛苦在自然界的循环中被慢慢淡化。作为一个人，虽然在自然界属于高等动物，可对于宇宙来说，却连一粒尘埃都不如。大千世界，每时每刻都在不停地发生着许许多多千奇百怪的事情。有人走运，有人倒霉，新的生命诞生，旧的生命消亡……也许，正是因为如此才构成了这奇妙的世界；也许，正是因为如此才有了自然界的规律和法则。同样，对于莫由省委组织部里的每个人来说亦不例外，也是有人欢喜有人愁。

就在这次省级机关的机构改革中，省委组织部一下子提拔了五位处长为副厅级，这在莫由省委组织部的历史上，是不多见的。前所未有的人事大变动，引起了省级机关，乃至全省上下的关注。一些人感叹着：组织部真是干部的摇篮啊！一些年轻干部也极力想通过各种关系调入省委组织部。

听到这个消息，贾士贞如同五雷轰顶，要知道他可是一只脚已经迈进省委组织部了，却又被推了出来！不过，此时身为省委组织部机关干部处长的仝世举心里，并不比他贾士贞好到哪里去！

按仝世举原来的设想，自己无论资历、地位、影响在莫由省委组织部所有的处长里堪称首席，这次省级机关干部大调整，即使从组织部的处长中只选拔一位副厅级领导干部也是非他莫属，更何况，他的年龄已接近干部提拔的关键线了呢！因此，他认定自己这次必定稳稳当当得到提拔和重用。他判断他被任命的职位虽不一定最好，但一定会是风风光光，体体面面的，比如：省人事厅副厅长、省劳动厅副厅长……可他万万没有想到，现在他仍坐在这在别人眼里十分显眼、十分荣耀的机关干部处长位置上！虽然当初他刚到这个岗位时，心里是那样兴奋，那样激动，可现在在他眼里这个位置再好，也只不过是个正处级，而这处级和厅级则正是干部职位的分水岭啊！

无论哪一个副厅级干部，都有自己的专车。早上上班前，专车在院子里候着，只需夹着公文包，得意扬扬地晃着身子钻进自己的专车；下班时，无论迟早，司机总是在那里等着。可他每天上班仍需自己骑着自行车，穿行在人潮中，夏天顶着酷暑，冬天冒着寒风，在待遇上这就和厅级领导差一大截。双休日，节假日期间，看着那些厅级领导干部带着老婆孩子乘专车到处跑，仝世举的心里有说不出的痛苦。自己是从什么时候开始不满足这个机关干部处长的宝座了，他自己也不知道，只是每天都在渴望着副厅长、厅长的帽子，渴望着有朝一日自己也能拥有一辆专车。可惜，他仝世举苦苦等来的却是一场空。他不明白，组织部几位部长为什么还让他待在机关干部处长的位置上？更让他想不通的是，连一向被认为是不受领导重视的研究室孙主任，都被提拔到民政厅当副厅长了，可就没有他的份儿！这简直就是当着所有的省直机关干部面，打他仝世举一际响亮的耳光啊！他想骂，骂不出；他想哭，又哭不出。

连日来令他更加恓惶不安的是，部长们是不是要在组织部内部，挪动他这个机关干部处长的位置啊？要真是那样，他简直不敢想象。难道他仝世举在什么地方得罪了上面？这些天，他吃不下，睡不好，日夜苦思冥想查找原因。

突然，他担心起提拔王学西的事来了。为了王学西的提拔，他算是费尽了心机。想到这，他又不由自主地想到了贾士贞。平心而论，自从贾士贞借调到省委组织部那天起，他就觉得这个年轻人不是一般的等闲之辈，居然在报到途中就能制造出那样惊天动地的新闻来！贾士贞不仅聪明过人，还有一种从骨子里透出来的与众不同的气质。这样的人在省委组织部，天时、地利、人和一旦具备，将来还了得！让仝世举愤怒的是，他贾士贞竟敢在王学西的考察材料上多嘴多舌。万一哪天这小子真把王学西的事捅到领导那里去，领导再认真起来了，那对他仝世举可是致命的一击。而且即使这事贾士贞不说出去，只要他还留在组织部，凭他的聪明才智，年纪轻轻的必有飞黄腾达、官运亨通的那天，或许那时自己就要大难临头了。所以当时仝世举思来想去，决定趁几位副部长不在的时候，绕了个弯子，得到了郭部长的默许，轻轻松松地把贾士贞给打发掉了。

不过，除掉了贾士贞，他心里总不是那么踏实，连他自己也不明白为什么。在组织部干了这么多年，无论是论资历，论职务，还是论年龄，贾士贞与他相比悬殊太大了，他们之间根本就毫无竞争而言，可他怎么就容纳不下一个年纪轻轻的贾士贞呢？贾士贞被退回乌城地委党校之后，他还特地给乌城地委组织部机关干部科打了电话。他没有指出贾士贞的任何缺点错误，只说是因为省里要搞机构改革，各部门都要精简人员，所以，部领导研究决定，省级机关干部考察工作已经告一段落，贾士贞可以回到乌城地委党校原来的工作岗位了。当时接电话的干部科长心里在想，按说，过去类似这样的情况，省委组织部至少会建议地委组织部调用此人，或者安排到地委机关其他合适的单位，而仝处长不但没有提出这些要求，却提出让贾士贞回到地委党校原来的岗位上……既然是这样，接电话的刘科长也就如实向领导汇报了，几位部长听了之后都未加任何意见，这事也就自然地过去了。

贾士贞回来了，仝处长也给乌城地委组织部打过电话了，但并没有人给乌城地委党校打电话。领导没交代，谁又去干这种事呢？这又不是什么讨当事人好的事。贾士贞当初是地委组织部通知借调到省委组织部的，不仅工资在原单位照发，而且一切福利待遇不变。贾士贞回来后已经多日，虽然机关里也有人传说他被省委组织部退回来了，可乌城地委党校并没有接到通知，领导们更不相信，自然也就没有人过问贾士贞是否要回到地委党校上班的事了。

经过一场悲痛伤心的折磨之后，贾士贞却过上了无人管、无人问津的自由自在的生活了。可这种生活不仅无滋无味，更是一种无聊的煎熬。虽然工资一分钱不少，但是每每想到在省委组织部那段时间的工作、学习、生活，心里还是十分留恋和向往的。尽管遇到了仝处长这样的领导，可他对组织部这样崇高的部门还是充满渴望的。回来的这半个多月，他每时每刻都还像置身在省委组织部一样：驼副部长对他的关心；唐雨林兄长般的指教；还有省委那雄伟壮观的大门……一阵阵难以抑制的兴奋，顿时淹没了心中令他悲痛欲绝的愁苦和迷茫！

他觉得自己非常适合那种工作，简直是如鱼得水。省委组织部这块金字招牌的分量，他很清楚，虽然现在自己只是一个任人使唤的临时工作人员，但一旦在省委组织部镀了几年金之后，未来会是什么样子，还是很难想象的。仝处长当年不也只是莫由机械厂的一名翻砂工人么！据说他被借调省委组织部时已经三十五六岁了，可是若干年之后，居然由一个翻砂工人变成了省委组织部机关干部处长了，而且即将戴上副厅长这顶万人之上的高级领导干部的红帽了。如果不是抓住了机遇，他仝世举说不定现在只是一个到处求人找工作的下岗工人呢！

人哪！你千万别瞧不起那些小人物，其实每个人的心里都是一个宇宙，阴阳造化，相克相生，深奥隐秘，没有穷尽。有的人遇到挫折会泰山压顶不弯腰；有的人碰到困难会从此一蹶不振，甘愿沉沦。

生活就像天上变幻着的云彩，永远不可能是一个样。人，也不会永远是一种情态。经过这次坎坷打击之后，贾士贞觉得自己似乎成熟了许多。他渐渐地意识到了人与人之间的复杂关系。如果他不遇到仝世举这样的领导，不碰到王学西那样的考察对象，他现在很可能是另一番景象了。

炎热的夏天已经到了，贾士贞每天呆呆地坐在房间里，望着热风下斑驳的树影，夕阳西下，玫瑰色的暮霭照在窗台上……

大自然就是这么复杂，自然界有些现象谁也解释不清，因为解释不清，所以统统归结为命运，因此便任凭命运摆布？

这些日子里，贾士贞想了太多。令他想得最多的还是在去省城途中翻车的事。奇怪的是，那次车祸并非是他逃过一劫，而是他偏偏遇上了王学西这个克星，偏偏王学西又和仝处长有着千丝万缕的联系！冥冥之中，贾士贞总是感觉，虽然他被省委组织部退回来了，但是他和仝处长，和省委组织部，和王学西之间的故事还远没有结束。还有那个和王学西截然不同的另一个男子，他不仅用自己的轿车送受伤的旅客，还在现场那样果断而干练的指挥！他觉得他们之间还会有重逢的日子……

一阵刺耳的电话铃声搅碎了他的思绪。自从回家之后，贾士贞不知道为什么，他是那样害怕电话铃响，他明明知道，他目前的处境，不会有谁给他打电话，除非是父母亲的安慰，玲玲的叹息。老实说，刚回来那几天，面对父母的安慰，贾士贞委屈过，伤心过，也流泪过；面对玲玲的埋怨和不理解，他后悔过，愤愤不平过，夫妻俩也争论过。但是，日子还是要过下去的，时间是医治伤口的最好良药，贾士贞就是在这样的状态下一天一天，艰难地度过的。

看着响个不停的电话，不知为什么，贾士贞迟迟没有接。有谁能真正理解他此时此刻的心情呢？

电话响了很久，贾士贞看着那烦人的电话，无奈地拿起了话筒，可电话里是一个陌生人的声音。贾士贞愣了好一会儿，才惊讶地说：“喂……请问……”

第十六章　奇怪的电话

生活往往就是这样的不可思议，经历了一场痛苦的打击后，贾士贞犹如失去航标的一条航船，在迷茫的大海上不知所往地漂泊着，他不敢想象自己的未来，更不敢有任何企盼，可就在他极不情愿地接这个电话的一瞬间，他的命运却发生了根本性的改变。

也许正应了这样一句话：一个人的命运就如同晨曦和晚霞，绚丽多彩而又瞬息万变。

“喂，请问这是贾士贞同志的家吗？我是省委组织部……”

什么？贾士贞全身的肌肉陡然间紧缩起来。他怀疑是不是自己的听觉出了毛病，省委组织部早已成为他不堪回首的记忆了，还有谁会记起他这个已经被踢出门的临时借调人员呢？贾士贞竭力抑制着自己狂跳的心脏，尽力使自己平静下来。这时电话里再次传来对方那和蔼而亲切的声音，他还是怀疑自己的神经发生了错乱，低声说：“我是贾士贞，请问你是哪里……”

“噢，我是省委组织部，我姓卜，叫卜言羽。”电话里的声音并没有让贾士贞产生什么特殊的联想和记忆。因为他在省委组织部那段时间里，除了出去考察干部，就是关在办公室里写考察材料，打交道的就那么几个人，他自然不知道卜言羽是哪个部门的，也不知道卜言羽是何许人也。此刻，他打电话到他家是为何呢？

正当贾士贞犹豫疑惑时，卜言羽说：“喂，贾士贞同志，驼副部长让我给你打个电话，让你明天来省委组织部一趟。”

什么？驼副部长让我到省委组织部来一趟？这句话贾士贞并没有说出

口，只是热血随之鼓动起来。片刻之后，他又开始怀疑是否有人故意搞一场恶作剧。自己已经被省委组织部拒之门外了，还去干什么？那是他最痛苦的伤疤，还没有愈合，为何还要去拨弄它。难道有谁要在他的伤口上再撒一把盐不成？贾士贞握着听筒，头脑里产生许多奇怪的想象。沉默，令人难以想象的沉默。这哪里像打电话，简直是一场无声的剧场，像一场没有喝彩的马拉松。贾士贞握着听筒，记忆的潮水骤然间卷起翻滚的波澜，随之，驼副部长那和蔼可亲的笑容则定格在他的眼前。

在那几个月的工作中，他很少能见到驼副部长，可那是他见到过的最大的官，也是留给他印象最好的领导。直到现在，他才忽然觉得，决定让他离开省委组织部时，除了仝处长，并没有任何领导找他谈过话。当然，让一个借调人员回到原单位去，也未必要部长亲自找谈话。那这次？难道驼副部长还要把他叫回组织部补谈一次话不成？如果是这样，那就太没有那个必要了。在这一瞬间，他头脑里翻腾着复杂的波澜。

贾士贞自己也弄不清，这半个月来，自己到底是沉沦了，还是成熟了。但是有一点，他似乎有些明白了：人世间，每一个人的命运哪能都那么事事处处如愿呢？人，往往都是在无数的痛苦和坎坷、矛盾和艰难中不断成熟起来的、坚强起来的、成长起来的。现实生活，给人带来的并不都是美好和快乐。

“喂，贾士贞同志……”卜言羽终于打破了贾士贞的茫茫思绪，“你怎么了？我说的话你听清楚了吗？明天，明天驼副部长请你到省委组织部来一趟。我可是通知到你了，你要是不来，那是你的事了。”

贾士贞赶紧刹住沸腾的思绪，冷静地说：“卜同志，我不知道该怎么称呼你，恕我冒昧，我能问一下，驼副部长找我干什么吗？”

“对不起，贾士贞同志，领导没有告诉我，我也就无可奉告了。”停了停，卜言羽又说，“好了，再见，我们这个电话打得可够长的了。”

挂了电话，贾士贞没有做出任何反应，他躺到床上，梦幻一般地开始回想着刚才和卜言羽通电话的全过程。

这些天来，他和省委组织部之间的联系，就像断了线的风筝，自己是亲眼看着这只风筝渐渐飘向远方的，而刚才卜言羽在电话里所传达的驼副部长的通知，却像是一根结实的长线系在了他这个风筝上。

至于驼副部长叫他去省委组织部谈什么？他无法找到准确的答案。他不愿意去想，往好处想，那只会给自己更加沉重的打击；往坏处想，又觉得有些不忍心，毕竟自己现在已经是遍体鳞伤了。可是驼副部长叫他去省委组织部一趟，这是现实的，是千真万确、不容置疑的事实。经过一番思想斗争，贾士贞还是决定明天去省委组织部一趟。是虚是实，他必须弄个明白。

做出这样的决定后，贾士贞也开始兴奋了，他对自己的心理也有点莫名其妙，只是觉得有一种热血沸腾的感觉。作为一个男人，总不能这样沉沦下去呀！此刻，贾士贞觉得在房间里再也待不住了，他从房间走到客厅里，下意识地看看墙上的石英钟。时针指向五点半，玲玲就要下班了，他头脑中立即跳出一个问题：明天去省委组织部的事告不告诉玲玲？告不告诉父母？容不得贾士贞过多地考虑，他立即在心中暗暗地决定，在没有弄清驼副部长找他干什么的情况下，还是不把这个消息告诉玲玲和父母，他不愿意再给自己和家庭增添什么波澜了，现在家里的任何人都经受不了意外的折腾了。至于明天去省委组织部的事，他决定编个理由，不声不响地去一趟，其他的事情，看看驼副部长说些什么话，再做决定。

就在这时，母亲打来电话，说他们已经把岚岚接过去了，让玲玲下班后，两口子去父母那里吃晚饭。

自贾士贞回来之后，父母亲一方面安慰儿子，一方面背着士贞劝玲玲，希望她多多体谅士贞，帮助他度过这段困难时期，所以，他们三天两头就把儿子和媳妇叫过去吃饭，为的是让儿子宽宽心，缓解缓解寂寞苦闷的心情。

贾显达是个在官场上混了一辈子的人，他没有经历过儿子这样莫名的坎坷。尽管老伴把儿子的不顺利归结是他的那句不吉利的话，可他在想，儿子的这次借调，那是省委组织部常务副部长驼铭的关系。但退回来，是谁的关系，就不可而知了，越想越觉得其中必有什么奥妙，不知这到底预示着什么。

玲玲准时下班了。这些日子，玲玲的心里并不快乐，上班心不在焉，担心同事问她丈夫被退回来的事，回到家里看着丈夫闷闷不乐的样子，心里有气也不敢发，一来二去，夫妻俩自然少了交流和沟通。丈夫回来后的第二天，她在不经意中伤了士贞，两人三天没说一句话。当贾士贞向妻子诉说自己是为了坚持正确意见而惹恼了仝处长时，玲玲当然出于好心，大发一番感慨："人生，就像人们所说的那样，不过是一场疯狂的角逐，一切都不过是逢场作戏罢了！既然如此，为什么就不能宽容地看待一切，包括宽容地看待领导和周围的同事呢？如今的社会，干吗要处处认真呢？‘世界上怕就怕认真二字’，这是‘文化大革命’中运用最多的语言。古往今来，官场上认真的人有几个是好下场的？”玲玲越说越激动，干脆劝丈夫干什么事都别太认真了，要学会中庸之道，“中庸之道也是一门学问，更是自己的生存之道。与其认真，不如随和。采菊东篱下，悠然见南山，与世无争，随遇而安。如果当初在省委组织部时能够做到这样，说不定……”

贾士贞气得脸都紫了，没等玲玲说完就大发雷霆了，说玲玲堕落、市侩。玲玲气得跑回了娘家，后来父母拉着儿子，亲自去把儿媳接了回来。从那以后，玲玲回家再也不提士贞工作上的事了。

玲玲一进家门，正在卖力拖地的贾士贞赶忙放下拖把，像迎接贵宾一样做了个“请”的姿势，多日阴云密布的脸上，也已是晴空万里了。这让玲玲大感意外，呆立了好久。丈夫除了情绪有所变化外，看不出还有什么异常的反应。玲玲便笑着说：“今天太阳从西边出来了？”

贾士贞佯装没听见，看看站在门口的妻子，居然亲自动手给玲玲拿过拖鞋。他一边催妻子换鞋一边说：“快，梳妆一下，换换衣服，爸妈让我们过去吃晚饭呢。”

“遇到什么喜事了，天空放晴了？”玲玲换着鞋子说，“又不是去相亲，还打扮什么？岚岚呢？”

不仅玲玲发现丈夫的情绪发生了变化，父母也同样感觉到儿子的眉宇间透着丝丝的快乐。作为父母，老两口只希望儿子不再整天愁眉苦脸的，至于将来的工作，去哪还不都一样！难道非要到省委组织部吗？

这是一个充满欢乐的晚餐，这是一个幸福甜蜜的家庭！贾士贞并没有意识到自己的情态有什么明显的变化。难道有什么事情值得高兴吗？卜言羽的电话？他并没有告诉他驼副部长找他干什么啊！总之，由于贾士贞脸上的乌云不见了，这个家庭里又充满了欢乐。

晚餐后，贾士贞和玲玲牵着女儿，告别了父母，悠闲地走在大街上，一切都是那样熟悉。夏季的炎热，使喧闹了一天的乌城大街上平静了许多，不过路边仍然有不少挥着扇子纳凉的人。此时，夜色已笼罩了整个城市，万家灯火，天空，一道流星划着银色的弧线，消失了。

怪！贾士贞这才意识到今天自己的心情和往日明显不同。在此之前，烦躁炎热的天气只会让他默默无语，心事重重地走在前面，急着赶回家；而此时，贾士贞不知是什么时候一只手拉着妻子，一只手牵着女儿，把这炎热的高温早已抛之脑后了。

乌城，我本不该离开你，这里有我的童年，有我流逝了的青春和欢乐！此刻，我又回到了你的怀抱。

不知不觉已经进了家门。贾士贞把女儿哄睡了，玲玲洗完澡，穿着淡粉色的吊带裙，靠在床头看电视。贾士贞的心里突然生起一股强烈的欲望，他深情地注视着妻子那白皙细嫩的肌肤，令他醉心的部位毫无阻拦地暴露在眼前。多少天坏心情的抑郁，多少日夜能量的积蓄，就在这一瞬间，他那处于沉睡中的本能被唤醒了，他不顾一切地冲上前去，掀开玲玲的吊带裙，紧紧裹住正在看电视的妻子。妻子毫无思想准备，丈夫突如其来的疯癫，让她感到意外。

确切地说，他们从恋爱到婚姻，一直是甜蜜而浪漫的，性生活的质量也是很高的，这也正是他们彼此吸引，彼此牵挂的原因。尤其是当她得知丈夫被借调到省委组织部工作后，她的心情特别阳光，性要求也特别强烈。那段日子里，她尽自己所能地抽时间围着他嬉戏，千方百计地变着各种花样玩耍，她几乎时时都处在角色之中，随时伴他进入高潮。丈夫走后，她孤枕难眠，几乎是掰着手指计数度过了那一个个寂寞难挨的夜晚。后来，她索性把孩子交给了公婆，自己直奔省城探望他去了……如今，丈夫回来这么久了，他们还没有一次令她满意的性生活。

女人啊女人，就是受不住男人那雄狮扑食般的威猛，特别是她喜爱的男人！瞬间，她就兴奋了，迷离着双眼，口中呢喃着丈夫的名字，瘫软着身体，迎接着；丈夫一展往日激情中的雄风，扯下她身上唯一的遮掩，张开宽大而挺拔的身体，如同熟练的水手，荡漾在玲玲身上。

第十七章　瞬息万变

天还没亮，贾士贞就悄悄地起床了。他想在天亮之前就乘上早班汽车，不希望遇上任何一个熟人，他不知道驼副部长到底要对他说些什么话，他也没有告诉父母和妻子，只是说整日在家闷得慌，要去找同学散散心，当然，这也是父母和妻子巴不得的事。

上午十点钟，贾士贞站在省委大门前，内心感慨万千，往日的一切，至今还历历在目。他知道，这个大门不是任何人都能随便出入的，当初，他第一次进入这座大门时，卫兵挡住了他，但是因为他带着到省委组织部报到的介绍信，自觉底气十足，理直气壮。而他在省委组织部工作的那些日子里，好像卫兵们也就自然知道他是这个大院里的工作人员了，进出无阻。可是现在他的身份不同了。

贾士贞的心里很是复杂，难道这座大门要永远把他拒之门外吗？他下意识地摸摸口袋，身上没有任何证件，只要他走到卫兵面前稍一犹豫，卫兵就一定会让他去传达室办理出入手续的。想到这里，贾士贞振作了一下精神，昂首挺胸，头也不回地朝大门里走去。卫兵目视前方，并没有看他，他也就大大方方地进了大门，加快了脚步。左拐弯二十来米，省委组织部那幢红楼便出现在了眼前。这时，贾士贞突然放慢了步伐，心脏却加速了跳动。他怕见到省委组织部的熟人，尤其害怕碰上仝处长。正在此时，一辆奥迪轿车在省委组织部大楼前停了下来，他躲又无处躲，藏又无处藏，幸好，车上下来的人没往他这边看，径直进了大门。他不敢再在门前停留，大步进了省委组织部的大门，一口气跑了三楼，来到了3003室驼副部长的办公室门口。

驼副部长的门开着一条缝，贾士贞心头一阵惊喜。他之前很担心驼副部长不在办公室，因为他可是连去机关干部处办公室打听一下的勇气都没有啊！就要见到驼副部长了，他又紧张起来。努力镇静了一下后，贾士贞抬起右手，脑海里不停地闪现着驼副部长第一次找他谈话时的情景。那时驼副部长是那样和蔼可亲，可现在，自己却是以这样一个尴尬的身份来见他，他会怎样看待自己……

室内传出了驼副部长接电话的声音，贾士贞不再犹豫了，他怕有人来找驼副部长，却看到他站在这里，那任何人都会用一种怪异的目光看他的。他来不及多想了，右手在门上轻轻地敲了两下。还没听清室内是否答话，他已不自觉地推开了门。

驼副部长见是贾士贞来了，边通电话，边向他招招手示意他进来。

贾士贞胆怯地进了屋，轻轻地关上门，让门依然留着一条细细的缝。

驼副部长放下电话，目光在贾士贞身上停留了一会儿，指着对面的沙发说："坐，坐吧！怎么这么早就到了？"

看着驼副部长那和蔼可亲的笑容，贾士贞心头一热，好像什么东西堵住了他的喉头，他没能回答驼副部长的问话，只是点着头，觉得一股热血在往上涌。

"来，坐下说。"驼副部长离开座位，满面笑容在对面的单人沙发里坐了下来，"这么紧张干什么，我知道，这些日子你一定很痛苦。是啊，生活就是如此不可思议。"驼副部长笑了笑，又接着说，"所以，叫你来一趟……"

驼副部长这话犹如一把刺向他心脏的利剑，令他整个身体好像一下子痉挛起来。

"士贞同志，你回去有半个多月了吧？"驼副部长说，"我想，这次人生经历对你今后的成长或许有点好处。一个人的一生哪能不遇到一些意想不到的坎坎坷坷啊？好吧，这些话我就不多说了，以后有时间我们再慢慢聊……"

驼副部长这话又犹如一针强心剂，令他心头一震，眼前一亮，仿佛心中的潮水腾地在他眼前升起一道绚丽的彩虹！

"前段时间算是给你假期回去休息休息，因为你从借调到省委组织部，有五六个月没回去过了，休息一段时间是应该的。"这时，办公桌上的电话响了。

驼副部长去接电话，贾士贞赶紧回味一下驼副部长刚才的那几句话，甚至一字一句都在他头脑里反复回响着。

驼副部长放下电话接着说：“省委组织部已经决定，把你正式调来！”

听着驼副部长这低沉而洪亮的声音，贾士贞心里如大海的波涛在翻涌，他有些不相信自己的耳朵，睁大惊疑的双眼，目不转睛地看着面前的驼副部长。

“这是你的调令。”驼副部长随手从办公桌上拿起一张公文递向他，贾士贞慌忙伸出双手接了过来。两只手竟然不由自主地颤抖起来。幸好驼副部长转过身去了，贾士贞努力控制着自己，赶紧瞥了一眼调令上的内容。

“好吧，回去把手续办一下，抓紧回来上班。”

贾士贞也觉得该告辞了，很恭敬地站起来，说：“那驼副部长您忙吧，我走了？”

全身的热血一下子沸腾起来，贾士贞此刻觉得天地似飞轮般在旋转。

他出了驼副部长的办公室，冷静了一下，驻足认认真真地看着上面盖有中国共产党莫由省委组织部鲜红大印的调令，往日那些令人痛苦伤心的思绪，顿时消失得无影无踪。是啊，谁又能想到命运会再一次把他的人生推向高潮呢！

贾士贞没有在省委组织部停留半分钟，也没有见任何人，腾飞似的奔下三楼，出了省委大门，招了一辆的士，去了长途汽车站。

傍晚，疲倦的太阳已经坠落到西方的山顶上了，热气蒸腾了一天的乌城，犹如一个大蒸笼。这座城市的人们像觅食的鸟儿，还在四处奔忙着，无论是公共汽车上，还是慢车道上。

贾士贞出了车站，心头荡漾着无比欢欣的情绪，昂首挺胸，四处翘望，一张张笑脸，平凡而激动人心的场面，握手、拥抱、狂欢。啊！重逢让人间多么美好！重逢发出令人喜悦之火花！重逢多么神奇，多么妙不可言！好像亲人就在出口处等待他一样。虽然暮色已经降临，可是整个乌城已如同万花怒放的彩色世界。显然，他的心情已沉浸在一片美好的甜蜜之中了。突然，他自问着：人生，怎么就像戏剧一样，悲喜之间转变得这样快呢？

他不时停下脚步，望着远方高耸云端灯光灿烂的广播电视塔，将自己汹涌的心绪漫散到浩渺的夜空中……

贾士贞回到家里，玲玲还没有下班，他取出省委组织部的调动通知，仔细地看了又看。心潮难平的他压抑着内心的喜悦和兴奋，双手举着这张决定他人生命运的调令，一次又一次，小心翼翼地把它端正地放好，从客厅到卧室，来回多次，却不知道把它放到哪里好，最终还是放到了客厅的茶几上。随后他把茶几上的所有东西都收拾得一干二净，让人无论在什么位置，都会一目了然地、清清楚楚地看到它，看到那枚鲜红的中国共产党莫由省委组织部大印在闪闪发光。

做完这一切，贾士贞才脱光衣服，哼着自由小调进了洗浴室，凉水如同倾盆大雨冲了下来，他顿时有一种痛快淋漓的感觉。

就在贾士贞痛快淋漓、心花怒放的时候，玲玲回来了。她一进屋，就感到家里陡然间有一种生机勃勃的气象，目光迅速地在客厅里扫一眼，茶几上的那张纸跳入她的视野。玲玲忘了换鞋子，快速走到茶几前，拿起那张纸一看，不知是惊讶还是惶恐，连着大叫了两声“士贞”，她不敢相信眼前的事实。推开卧室的门，玲玲随即转身又来到书房，还不见贾士贞，又跑到卫生间。拉开卫生间的门，只见丈夫光着身子，一动不动地站那里，任凭喷头的水冲淋下来。

看着眼前的丈夫，玲玲不顾一切地脱去衣裳，裸着身子，和淋在水中的丈夫搂在一起。不知过了多久，士贞抱着玲玲进了卧室，把她放到床上后便犹如猛虎下山，直奔主题。难以抑制的狂潮顷刻间飘洒在如风摆柳的妻子身上，同时，自己也如入云端。他们的灵魂在九天之上紧紧地拥抱着，相互呼唤着对方的名字……

第二天上午一上班，贾士贞便去了乌城地委组织部。谁知介绍信一换，调动手续一办，消息就电流一般传开了。

当天全家人聚在一起，祝贺士贞调进省委组织部，父母高兴得就不用说了，姐姐贾育静，姐夫卢大林都来了。

刚端起酒杯，电话铃就响了。卢大林拿起电话，也没听便递给了贾士贞。

放下电话，士贞把电话内容又重复一遍。卢大林说：“组织部太也势利眼了，这么多年也不请，看到士贞调到省委组织部了，马上就来请了！”

贾显达瞥了一眼女婿说：“也不能这样说，过去平白无故地，人家当然不可能请士贞了，现在要工作，又是上下级的组织部门，从礼节上说，也是很正常的。”

贾士贞调任省委组织部的消息，一天之内便在乌城地区机关传开了。除了地委组织部以外，那些苦于找不到省委组织部关系的干部们，也都在开动脑筋，希望找到一点关系，乘此机会可以结识一下贾士贞。

没多久，电话又响了，贾显达拿起电话，又是找士贞的，居然是须臾县委办公室秘书柳也根打来的。柳也根是贾士贞读师专的同班同学，听说士贞调省委组织部工作了，一定要表示一下祝贺。士贞一边接电话一边想，他前阵子回来那么长时间也没一个人找他，刚办了调动手续，居然县里同学都找上来了？他先是支支吾吾地搪塞，但对方似乎是不达目的决不罢休。无奈之下，贾士贞只好答应柳也根的邀请了。只是柳也根说要把他请到县里去，但由于第二天地委组织部已经安排了，所以只好排到第三天了。

丰盛的晚宴，欢乐的气氛。全家人共同举杯，享受天伦之乐。席间，乌城地委办公室的邱中幸、贾士贞师专同学，也打来电话说地委办公室一位副秘书长要宴请贾士贞。

原打算只和地委党校那帮关系不错的哥们儿，和父母亲、姐姐好好聚聚的贾士贞，居然成了热点人物了。好好休息几天的愿望也破灭了，现在他只想着到地委党校换了介绍信，办理好户口迁移和党组织关系介绍信，就抓紧时间回省委组织部了。

短短的半个多月里，儿子经历了如此大的变化，这让贾显达的种种推测又有了新的方向。凭他多年组织部的经历，儿子的事并没那么简单，说不定背后发生了一场权力的斗争。当然，他认定，最终还是驼铭从中起了决定性的作用。记得当时他再三提醒儿子，到了省委组织部千万要谨慎小心，不可忽视身边的任何一个人，他怎么就全都抛到脑后了呢？贾显达的心里一直在琢磨着这件事。

第十八章　曾是邂逅人

第二天下午五点，地委组织部来人接贾士贞一家。大家一起举杯，欢声笑语，觥筹交错，称赞老部长教子有方。

宴请结束后，贾士贞刚到家门口，只见门前站着两个人。没等贾士贞问话，两人便主动迎了上来。

原来是他高中的同学兼表兄胡耀先，还有他妻子牛琴。贾士贞一时惊喜万分。

胡耀先紧紧抓住贾士贞的手，笑着说："你不知道，你调省委组织部的消息，如同春风一样，已经吹遍整个乌城大地了。"

贾士贞晃着他的手说："你又乱说了，我只是一个小人物，吹捧我干什么呢！"

进屋后，两人寒暄了一番，贾士贞便问表兄现在的工作情况。

胡耀先没想到他和士贞的谈话这样快就进入了主题，就把心中的苦衷倒了出来。贾士贞心想在县里能当到乡党委书记，已经很不错了。谁知表兄仍不满足，可见"官"这玩意儿对人们诱惑力有多大！胡耀先自是听说县委书记周一桂准备宴请贾士贞，他的心思哪里还要明说呢！

临走时，胡耀先让爱人牛琴把纸袋给士贞，说："表弟，你在省城工作，现在已经是信息时代了，给你一个BP机，是中文的，省城的呼号，单子都在盒子里。我们就先走了，明天见吧！"

"表兄，你这是干什么！把我当外人了。"

胡耀先笑着拍拍贾士贞的肩膀说："外人还拿不出手呢！其实就是个小玩意儿，现在都九十年代了，你看城里的人，个个都带着这个。"

送走了胡耀先和牛琴，贾士贞夫妻俩拿出袋子，打开盒子一看，是一只精巧的BP机。玲玲爱不释手地摸着，贾士贞再一看，袋子里还有一个纸包，随手取出来，打开报纸一看，吓得他张着嘴半天没说话。玲玲凑过去一看，也愣愣地望向丈夫。过了一会儿，士贞才镇静地将报纸重新包好。

第二天上午十点钟，柳也根专车来接贾士贞。车一到，他便风风火火地不让谈客套话，说是周书记、吴县长已在宾馆坐等了。贾士贞叫玲玲准备出发，可玲玲却把他拉到房间里说她不去了，他说那些人她都不熟悉，也不愿意去受那罪。士贞心想也有理，就不勉强了。

一上车柳也根就自顾个地说了些恭维贾士贞的话，随后，贾士贞便问他们是怎么知道他调到省委组织部的。柳也根回答说，是县委书记周一桂在市委组织部听到的，并听说是乌城师专毕业的，回来一问，才知道是老同学，当即就打了电话。

贾士贞问柳也根，现在在县委办做什么工作，柳也根说在县委办公室做秘书。二人说着话的功夫，奥迪轿车已缓缓驶进了须臾宾馆。

下了车，热浪顿时扑面而来，柳也根在前面引路，缓步登上台阶。自动感应玻璃门徐徐展开，一股凉爽清香的空气霎时驱散了周身的热气。二人正要往楼梯走过去，只见从二楼楼梯上下来几个人，走在前面的是一个四十多岁的高个男子，身材魁梧，风流倜傥。蓬松的分头自然而得体，黑色的T恤衫束在奶白色的西裤里。一瞬间，贾士贞愣住了！他目不转睛地盯着这个身材魁梧的高个男子看着，有点似曾相识的意味，这熟悉的五官和那非凡的举止……这时，高个男子快步走下楼梯，面带笑容，容不得贾士贞多想，两人已经到了彼此面前。双方同时伸出右手，就在他们握手之际，那个高个男子抓住贾士贞的手猛地用力抖起来，睁大那双浓眉大眼，久久没有说出话来。

贾士贞突然兴奋起来了，异常激动地说："我们见过面，那次……"

"怎么？"高个男子惊叫起来，"原来，哎！怎么会是你呀，贾科长，你……你你，这不是在编故事吧！"高个男子激动得像孩子似的手舞足蹈起来。

眼前这奇特的一幕让周围人目瞪口呆。这一切告诉他们，两人早有交往，而又各自不知道对方，否则，县委书记周一桂又何必费那么大劲，让办公室秘书柳也根卖着同学的面子去请贾士贞呢？

就在刚才高个男子从楼梯上下来的那一刻，贾士贞无须别人介绍，就判断出，他就是县委书记。不过也正是那一刻，他有点不相信自己的眼睛。时间已经过去半年多了，当初去省城报到途中的那场车祸，不仅每每想起来还有些胆战心惊，而且更让他感到莫名其妙的是，借调到省委组织部工作的第一天居然碰上车祸时遇到的那两个人——王学西和老廖。今天竟然又意外碰上车祸中遇上的另外一个人！这世界真的太奇妙了，自然界的许多现象是否都有某种说不清的预兆呢？人们常说："在这个世界上除了两座山不会碰头，只要活着的人，在某一个特定的情况下，都有可能会相遇的。"贾士贞真的相信了。当然，周一桂与王学西两人在当时的所作所为，可谓是有着天壤之别，本质的不同！

他们的异常举动，让柳也根惊恐不已。本来柳也根正准备上前介绍县委书记周一桂和刚刚调入省委组织部的贾士贞相识，现在哪里需要介绍啊。他清楚地记得，周书记为了要请贾士贞，单独把他找到办公室，反复盘问了半天，还征求了他的意见。这一切都说明周书记根本就不认识贾士贞这个人。可是，眼前的现实，却让他又不得不相信他们之间并不陌生，而且有过不寻常的交往。

周一桂和贾士贞的手一直紧紧地握在一起，两人似乎都意识到，他们那次不寻常的相遇深深地保留在各自的心中，无须他人知道。此时，他虽已判断出，这个曾经在那场车祸中积极救人的高个男子就是这里的县委书记，但他并不知道他的名字叫周一桂。

周一桂向贾士贞介绍了县长吴士彪，县委组织部长殷惠仁。贾士贞怎么也没有想到他的须臾之行居然是这样精彩的一幕。

大家上了二楼小会议室，周书记把贾士贞让到正面中间的长沙发上坐下来，大家也在旁边入座。周一桂表现得异常激动和兴奋，贾士贞也有说不出的快乐。

周一桂看看大家说："今天有幸能请来我们省委组织部的士贞同志。"他说到此处，停了下来，看看贾士贞，"请士贞同志别见外，这样称呼是我们党的优良传统，大家知道全党都称'小平同志'。士贞同志是我们乌城人的杰出代表，今天士贞同志能来我们须臾这样的穷县，是我们的荣幸。我们县委、县政府主要领导都放下手中的工作，来欢迎士贞同志的到来！"

这时，一个服务员端着一盘切好的西瓜进来了。

周一桂说："请士贞同志尝尝我们须臾的特产——须蜜一号。请！这是在省里获得金奖的优良品种西瓜，具有香、甜、嫩的特点，在所有的西瓜品种中独占鳌头。"说着双手拿过一块，恭恭敬敬地递到贾士贞的面前。

午宴虽然很是丰盛，但周一桂始终控制着整个酒席进度的节奏，他既不让贾士贞多喝酒，也不让场面过于尴尬。看得出是位各种场面都能力挽狂澜的领导。

饭后，众人簇拥着贾士贞到宾馆房间休息，进了门，周一桂就把大家打发走了。房间里只剩下了他和贾士贞，他们聊了好久，但谁也没有捅破那场车祸中相遇的事。只是临别时，贾士贞紧紧地握着周一桂的手说了一句没头没脑的话："看来咱俩真是有着一定的缘分，缘分也许就是天意。"

下午，贾士贞坚持要回去，周一桂也不再挽留。柳也根虽然感觉到周书记的态度发生了很大变化，但并不知道其中缘由，只好按照领导的意图跑前跑后。

临走时贾士贞说要向胡耀先道别。这时，周一桂才知道胡耀先原来是贾士贞的同学。于是，叫柳也根给胡耀先打了个电话，随后便驱车去见胡耀先。

见到了胡耀先，贾士贞笑着说："胡兄，实在抱歉，我因有事，马上要赶回去，有些事恕我不能明说，一切顺其自然吧！还有，你昨天报纸里包的什么东西忘记带走了。"说着，贾士贞把纸包交还给了胡耀先。

胡耀先的表情略显尴尬，可又不便明讲，只是牢骚地说："士贞，现在我们国家的干部体制实在是太落后了，哪里还有什么伯乐啊？哪里还重视人才啊？全凭关系，全凭某个掌权人的一句话！去年，我想既然自己竞争不过人家，还不如去援藏，再苦再累不就是三年吗？现在我还年轻，像我们这些乡党委书记，只要组织上批准了去援藏，就能提拔为县委副书记了。如果在西藏干得好，说不定还能给转正呢！我向组织上提出了申请，可没有批准。后来才知道，当时县里有两个局长，还有两个乡党委书记都是我们县里副县级后备干部人选，其他人根本就挨不上边！那些所谓的堂而皇之的组织原则，干部路线，好像他们用人都是按照'四化'标准似的，其实那都是哄骗三岁孩子的。士贞，你在省委组织部，难道看不到吗？就说我们县里吧，哪个乡镇党委书记、乡镇长，县里部、委、办、局一把手的调整，不都得周书记同意才能通得过！什么叫组织，什么叫常委会，说到底还不就是一把手的一句话嘛！你看，现在从省到县，政工副书记不管干部，干部都由一把手来管，一把手什么权都可以放，就是不放任用领导干部的大权。”

贾士贞默默地听着胡耀先的一番话，想到省里正是这样。侯向主持省委的全面工作，并分管干部工作，而那些厅局长们则也效仿着省委的分工，一把手分管人事和财务。想到这里，他有些犹豫了，不知该如何去帮助眼前这个表兄胡耀先了。

周一桂说什么也要亲自陪送贾士贞回家，贾士贞觉得多此一举，可怎奈盛情难却啊，只好客随主便。

一路上，二人仍没提及那次车祸相遇之事，但是，在贾士贞的脑海里，却不停地回放着事故现场的画面，有的镜头，他会用大特写定格的手法来回味，王学西、周一桂两个不同人物的形象，更加清晰地浮现在他的眼前。但令他想不明白的是：如果说那场车祸就算是该自己倒霉，那么又是什么东西让他一到省委组织部就去考察王学西；在正式调进省委组织部临行前的今天，又为何不期而遇周一桂？冥冥之中是一种什么力量，竟运用这种奇妙的方式，让他们相识相知，还把他们的命运交织在了一起。

“士贞同志，你到了省委组织部，一切都要重新打基础，有什么困难，或者说有什么需要我办的事，尽管对我说，我一定会尽心尽力办好的。”周一桂再一次抓住贾士贞的手，用力握了握，“我记得有这样一句话，凡是有不平常的开头，必然会有不平常的结尾。但愿我们俩都……”周一桂没有说下去。

贾士贞默视着窗外，用力握紧周一桂的手，久久没有松开。

落日，收回了那最后一抹余晖，满天的红霞变成了迷茫的暮霭。

一台亮着刺眼灯光的小轿车缓缓地在贾士贞家的楼下停了下来。贾士贞和周一桂下了车，两只手再次紧紧地握在了一起。

“周书记，上去喝杯茶再走！”

“不了，士贞，后会有期。”周一桂说着，转身上了车。

小轿车徐徐驶出了院门。贾士贞站在那里不停地挥着手，望着西方天际苍茫的暮色，久久不肯离去。

晚饭后，贾士贞把今天到须臾县的事，以及那次车祸中遇到的那个帮助指挥处理伤员的人，正是须臾县委书记周一桂的事说了一遍，听得玲玲汗毛直竖、瞠目结舌。

她不相信现实生活里竟真的会发生如此巧合的事。在她的印象中，这类事情只有发生在小说、戏剧里，那是作者为了吸引读者和观众才杜撰出来的。可现在，现实生活中竟真有这样的事发生，而且就发生在她的丈夫身上！玲玲不知是兴奋还是茫然，居然半天没说一句话。

其实，贾士贞还没有把王学西其人的所作所为和王学西与仝处长之间的关系，以及仝处长为了王学西得到提拔，在考核材料上做手脚，以及他因进谏王学西考察材料的虚假而挨了仝处长批评等事告诉给玲玲。她只听了丈夫讲今天邂逅周一桂的事而已。贾士贞看着玲玲惊讶的表情，真的不敢再把那些事都告诉玲玲了。

夫妻俩上了床，围绕这个话题，谈至深夜。不知什么时候，玲玲入睡了，发出了均匀的鼻息声，而贾士贞却无论如何也难以入眠。头脑里越想越乱，问题越想越多……

在这半个多月的时间里，自己似乎成熟了许多。特别是在他被省委组织部给退回来的那段日子里，苦闷、彷徨，日夜在蹂躏着他，那是他有生以来最黑暗的时日。也许正是因为从这段时间里走过，他才更加成熟了起来！是的，人，活在这个世界上，怎可能处处是阳光、鲜花和掌声呢？什么不可预料的事情都有可能发生。矛盾和斗争，坎坷和荆棘，甚至灾难和死亡……天堂和地狱之间也仅是一步之遥而已。人生在世，就要以善良、忠厚、诚信和正义为本，为他人、社会创造福祉，从而，体现自我存在的价值，无愧于我在党旗下所发出的誓言！

第十九章　重回省委组织部

在流火七月的最后一天，贾士贞悄悄地回到了省委组织部。他依然住在原来那间过渡宿舍里。

这是一套两居室的套房。说是两居室，其实，除了厨房和卫生间，只有一间卧室及一个小房间。大房间里放着公家的东西，门是锁着的；小房间只有七八个平方，贾士贞过去就是在这样的环境下住了五个多月，直到他被退回乌城时才交出钥匙。那时，他对这样的房子感到不满意，可当他现在重新回到这间房子里的时候，他觉得非常满足了。因为一想到自己已是省委组织部的正式人员，他心里的满足和自豪感便占据了主导，更何况，住在这样的过渡房里是为了等待分房呢。

贾士贞重回省委组织部后，办理手续很简单，只是把乌城转来的手续交到办公室就行了，但是领导一直没有明确他到哪个处去工作。每次到办公室来，他总是匆匆地来，又匆匆地走了。按说，他怎么也应该到机关干部处去见见领导和同志们，然而，他每次经过二楼楼梯时，总是有些胆战心惊的，特别害怕见到仝处长。他巴不得一下子有了自己的办公室，马上投入到组织部紧张而又没完没了的工作中去。尽管他离开机关干部处才半个多月，可是好像这里的一切都非常陌生了。省委组织部刚刚提拔出去五位处长，不知又有哪些人升为处长，也不知还有哪些人又提拔为副处长了。

贾士贞从三楼来到二楼，突然觉得自己怎么如此小家子气呢？仝处长批评了自己，并把他退回了乌城，并不能认为这就是仝处长的私心所为呀！即便是仝处长有私心，难道就为此而结下怨恨了吗？那以后在组织部里还怎么工作呢？在这一瞬，贾士贞在心里反复斗争着。如果自己连这点事都不能宽容的话，那一个人在这个世界上还能有立足之地吗？于是，贾士贞转身向机关干部处走去，刚走到办公室门口，迎面碰上了唐雨林。贾士贞的心里一阵激动，只听唐雨林低声说："士贞，你来了！"说着，拉着贾士贞进了对面的办公室。

这里就是贾士贞曾经工作过的那间办公室，他的那张办公桌依然静静地立在那里，他的目光在自己那张办公桌上停留了一会儿，感到几分亲切感，好像办公桌正在向他微笑。抬头看看唐雨林，千言万语，不知从何说起。不！确切地说，他知道，省委组织部的办公室里，从来都不是聊天、拉家常的地方。所以两人都会心地笑了笑。唐雨林是那样的真诚，贾士贞是那样的激动。

"调动手续都办好了？"唐雨林问。

贾士贞点点头，唐雨林突然拍拍他的肩膀小声说："去看看仝处长，不管将来到哪个处工作，老领导嘛！"

贾士贞深情地看了看唐雨林，内心充满了感激之情。他觉得，唐雨林比自己成熟多了，俗话说"大肚能容，容天下能容之事"。看，唐雨林根本就没有提及他被退回去的事，好像贾士贞只是理所当然地回去办理调动手续刚刚回来一样。贾士贞朝唐雨林点点头，转身走了出去。到了走廊里，他平静了一下自己刚刚矛盾的情绪，来到了处长室门口。门是关着的，贾士贞犹豫了片刻，轻轻地敲了两下，屋里传来了仝世举的声音："请进！"

贾士贞轻轻地推开门，只见仝处长依然在低着头看东西，他向前走了几步，恭恭敬敬地站在仝处长面前，低声说："仝处长好……"

仝世举并没有什么异常表情，但在他抬起头的一刹那，贾士贞多少感觉到仝处长的目光里带着几分惊愕，随即又恢复了常态，嘴角收缩了几下："你来啦！先别忙着上班，休息两天，把手续办了，还坐原来的办公室吧！"

贾士贞心里一愣，立即稳定一下自己的情绪，不知是由于他的思想准备不足，还是其他什么原因，他想，此刻自己的表情一定是难堪的。其实，在此之前，他不是没有想过，说不定领导还会让他到机关干部处工作。毕竟在外人眼里，或者说在组织部内部的许多人眼里，机关干部处是最重要、最体面，也最受领导重视的地方。就像机关里的干部，谁不想到组织部工作，在组织部里，谁又不想到机关干部处工作呢？至于贾士贞心里的那些隐秘，或者说他和仝处长之间的不愉快，部长们当然不会知道，而仝处长呢？哎！也许他有他的难处，他有他的想法。

稍作犹豫之后，贾士贞立即换出一副坦坦然然的而又恭恭敬敬的笑容："仝处长，希望领导以后还多教育，多帮助！"

"就这样吧，安排好之后，就来上班，具体工作老唐会对你说的。"仝处长又低下了头。贾士贞正要转身，突然，他发现仝处长的两鬓又添了不少白发。一种说不清楚的恻隐之心出现在心头。哎！人啊……

出了仝处长的办公室，贾士贞没有见到唐雨林。他在回去的路上反复思量着刚才的事，他才觉得，幸亏遇上唐雨林，若不是唐雨林的点拨，他定不会主动去见仝处长；而仝处长知道他来组织部了，却迟迟不见他，又是怎样想的呢？

唉，自己什么时候才能成熟起来！贾士贞在心里埋怨、责备着自己。

第二天一上班，突然传出一个意想不到的消息，郭浩调省政协任副主席，西臾地委书记钱国渠任省委组织部长。

组织部到底是组织部，虽然部长换人了，但是人人都像什么事也没发生一样，一切都有条不紊地进行着。

现在贾士贞才知道，吕建华和唐雨林都被提拔为机关干部处副处长了。贾士贞暂时还没有明确的职务，但驼副部长告诉他，因为他在乌城地委党校时有中级专业技术职称，按照有关规定，就把他中级职称对应正科级干部工资了。这让贾士贞心里暗暗高兴。

下午上班后，贾士贞正忙着帮助唐雨林搬办公桌子时，省区划设置办公室王学西进来了，大家见了王学西都站了起来，先后同王学西握过手。王学西那黑白参半的大背头梳理得发着亮光，摩丝的痕迹十分清楚。黝黑的四方脸上露出得意的笑容。他说："组织部又出了一批人才，机关干部处的新班子更年轻、更精干了。我今天特地来拜见和恭贺大家啊！"

唐雨林忙介绍着："这位是省区划设置办公室王主任，这位是吕建华副处长。"

王学西握着吕建华的手："吕处长我们见过！"

贾士贞站在一旁看着王学西的表演，心里有点好笑，他不知道，像王学西这样的人，表现这么差，品德这么恶劣，组织部领导和省委领导怎么会不知道？可见干部考察制度存在着多大的缺陷！贾士贞正想告辞，王学西已经转身，拉着贾士贞说："咱们是老朋友了，听说你已经回过乌城了？"

贾士贞有些惊奇，省城那么大，机关那么多，你王学西怎么偏偏注意上了我？如若不是，你又怎么会问我"回过乌城了"？他不会早就知道我被退回去的事吧？贾士贞不想再和他多罗嗦，害怕再为自己惹出什么麻烦来。对于王学西来说，他当上正厅级的内幕，贾士贞并不知晓，但对于起草王学西那份考察材料的前前后后，区划设置办公室群众对他的反映，贾士贞是清楚的很。世间，有像王学西这样的人也不足为怪，什么人没有啊？但令贾士贞想不通的是，组织部门是干什么的，为什么会把这样的人提拔起来，不仅提拔为副厅级，现在又提拔为正厅级。可见不仅干部考察制度有缺陷，在选拔、考察、任用领导干部的具体运作上也存有很大的漏洞。现行制度不改革，那就只会被像王学西这样的人钻了空子！

次日早晨上班后，接到办公室通知，九点钟新任部长要和大家见面。

九点还差十分，组织部全体工作人员已在会议室坐好，等待新部长的到来。不一会儿，驼铭陪着一位戴眼镜的中年人朝会议室走来，后面跟着两位副部长。

进了会议室，大家一齐把目光投向新来的组织部长。正副部长们走上主席台，新部长坐正中，驼铭在他左边坐下，另两位副部长依次在左右而坐。驼铭环视一下台下，试了试扩音器，然后说："同志们，现在开会。首先让我们以热烈的掌声欢迎省委常委、省委组织部长钱国渠同志！"

台下顿时爆发出经久不息的热烈掌声！

驼铭说："钱部长担任过县委书记、地委书记，有丰富的领导工作经验，是一位优秀领导干部，现在省委又赋予他更加重要的职责，我们一定要在钱部长的领导下，努力工作，开创我省组织工作的新局面！现在欢迎钱部长给大家讲话！"

钱部长朝台下看看，站起来向大家挥挥手，气宇不凡，风度翩翩，十分老练而沉稳。看上去钱部长也就在四十七八岁上下，红光满面，笑容可掬，头发蓬松而乌黑，像是刚刚修剪过，上身穿一件黑色T恤衫，显得很有风度。出人意表的是，省委组织部长在台上面对下属，和大家问好时，竟然站立起来致意，充分展示了他那特有的修养和礼节。台下又是一阵热烈的掌声。

谁也没有想到，这位新任的组织部长既是一位颇有风度的领导者，又是一位出色的演讲家。不仅理论、思维、逻辑很是专业，而且还不用演讲稿。短短的二十多分钟演讲就受到大家的热烈欢迎。演讲结束后，他主动走下主席台，和同志们握手，大家都说这是前所未有的。

作为机关干部处的小人物，主要工作就是考察干部，撰写考察材料。省级机关少说也有七八十个厅局，每个厅局的领导何止三五个，再加上那些非领导职务，算下来也有千人左右。除此之外，还有对后备干部的考察，配合中组部下来的人员，考察部省级领导的事务工作等等。机关干部处十来个人，整日忙得团团转，晚上加班、双休日开会已经习以为常了。

贾士贞上班已经几天了，每天早上他都早早地就来到班上，先是打扫仝处长的办公室，接着又把他所在的办公室打扫得一尘不染，直到拖完走廊、楼梯，同志们才陆续来上班。但除此之外，他一直没有什么具体工作，贾士贞心里有点不那么踏实，好像自己调到省委组织部只是一个清洁工似的。

这天下午，机关干部处召开全体干部会议。仝处长就前段时间处里面的工作进行了总结；宣读了顾副处长调出和新任命两名副处长的文件；介绍了三位处长工作分工情况；对下一步处里的工作进行了安排。最后，唐雨林副处长宣布一项任命决定：

任命卜言羽为组织部办公室主任科员；贾士贞享受正科级待遇。

唐副处长宣布任命文件后，又做了简单的补充说明：卜言羽的主要工作是钱部长的秘书；贾士贞享受正科级待遇，是因为他原来在乌城地委党校时已有中级技术职称，仅仅是工资对应正科级而已。

这是贾士贞没有想到的。无论怎么说，省委组织部的正科级干部对于他来说，已经是炙手可得的了。现在仔细想想，卜言羽，就是那个给他打电话的人，虽然只是个主任科员，可做的工作却是省委组织部长的秘书，那可是了不得的位置啊！他到省委组织部后，经常听说哪任哪任省委书记、省长的秘书官运亨通，可想而知，省委组织部长的秘书也不同寻常了。

新提拔的这五位正处长，大都是年轻干部。像仝世举这样的老处长已经不多了。大家也不明白，这次干部大调整，怎么就没有仝世举呢？现在，不仅贾士贞明显感觉到仝世举的心里不痛快，整个省委组织部里的人都感觉到了。刚才开会时，仝处长的脸上连一点笑容都没有，好像遇到了塌天大祸似的。贾士贞心想，在这个时候自己可千万要小心谨慎，不要自找苦吃。

第二十章　宏门大酒店的“鸿门宴”

转眼，贾士贞回到省委组织部上班已两个月了。早上，他刚打扫完卫生，唐雨林就把他叫到处长室。

原来，全处长向贾士贞交代了一个临时任务，让他随驼副部长到外地参加一个会议，具体情况让他和驼副部长直接联系。

到了驼副部长的办公室，贾士贞才知道，这次是让他跟随驼副部长去参加由江山市委召开的、公开选拔处级领导干部的会议。本来驼副部长应该带上两个干部处的同志参加会议的，但是干部处的人全都下基层了，就只好带上贾士贞一个人去了。

贾士贞弄不清楚，这到底是驼副部长的意图，还是处里的推荐，不过怎么都算是一次机会，一次让部领导多了解自己的机会。

在他与驼副部长一起听江山市委组织部汇报时，贾士贞得知，原来江山市委早在两年前就采用这种公开选拔的办法选拔过副处级领导干部。实践证明，采取这种办法选拔领导干部，不仅给了政治坚定、专业突出的干部平等竞争的机会，同时也拓宽了组织部门选拔优秀领导干部的来源渠道，对干部队伍重知识、讲实绩、树正气也起到了积极的引导和有力的促进作用，而且还得到了广大干部和人民群众的认可和好评。这次他们还是本着公开、公平、公正的原则，准备选拔一名县长、一名区长、三个局长。贾士贞不仅听得很认真，很仔细，还做了完整的记录。

晚上，到了下榻的宾馆，他怀着激动的心情，将长期以来堆积在心里的种种设想，逐条进行整理，清晰而详细地写成文章，他准备在适当的时候向领导谈谈自己的看法。

这时，驼副部长的司机鲁兵推门进来说，驼副部长叫他过去，贾士贞随后来到了驼副部长的房间。

驼副部长正在看报纸，听到声音，他放下了报纸，脸上没有任何笑意：“坐坐吧，小贾。”

陪同组织部领导单独出差，这还是第一次。毕竟职务悬殊太大，贾士贞感到紧张而又拘谨。

“小贾，现在工作怎么样，理出头绪来了吗？”驼副部长脸上露出点笑意说。

贾士贞笑笑，说：“我在努力学习，尽快让自己适应组织部的工作。”

“我知道你有自己的想法和见解，甚至有一股热情想把工作做得更好，但是要有一个过程。比如组织部考察、选拔、任用一个干部怎样才能有一个很好的、完善的科学的机制，这不是某一个人苦思冥想，就能得出一个公式办得到的。多少年来形成的制度、习惯，哪一个人想一下子破了这个规矩，那是不可能的。如果强行去破，那必然会碰得头破血流。”驼副部长严肃地看着贾士贞说。

贾士贞不停地点着头。不言而喻，他猜想，一定是驼副部长听到什么了。无论当初是谁主动提出把他退回去的，他断定，仝处长起到了决定性的作用。那时驼副部长不在家，到底仝处长说了他什么，他是不可能知道的，但是驼副部长的一番话，对他来说，是一次意味深长的教育。

“有些事，也许你是正确的，真理也在你手里，但是轮不到你来说。”驼副部长接着说，“组织部就是管干部的地方，但任用一个干部绝不是你或者我说了算的。组织部门不是研究所，不可能有学术上的争论，更不可能百家争鸣、百花齐放，主要是服从，而且是绝对的服从。”

贾士贞默默地看着驼副部长，在认真地听着。他感到驼副部长和他谈的都是真心话，对他以后的成长是有好处的。同时，他也想到了自己被退回去，又能重新回到省委组织部，肯定是驼副部长起了关键性的作用，可驼副部长却从没在他面前提起过此事。想到这里，一股感激、崇敬之情从心底油然生起……

他既像个彬彬有礼听着老师讲课的小学生，又像个聪慧机敏聆听家长教诲的乖孩子。

江山市委的会议开了两天，主要是总结过去公开选拔副处级干部的经验，提出下一步公开选拔几个正处级干部的意见；研究制定了一整套规则和实施办法。首先是广泛宣传、发动，只要是符合条件的人都可以报名，然后进入资格审查，在文化考试的基础上进行考核，并通过报纸、电视在群众中公示。凡是对公示名单提出异议的，由组织、纪检、审计等相关部门组成专门机构，进行审查，并将结果进一步公示。最后按照一比五的比例进行公开答辩，由评委共同决定录取对象。对于因名额限制成绩优秀而没能录取者，进入组织部门的人才库，可以在必要时推荐录用。

这一次会议，让贾士贞开阔了视野，开阔了眼界，无论理论水平还是实践能力都产生了质的飞跃。

回到部里上班的第二天下午，仝处长把贾士贞叫到他的办公室，满面笑容地给贾士贞倒了一杯水，并告诉贾士贞他已同办公室商量好，决定把他现在住的那套房子大房间里的东西都搬走，那个两居室的房子就正式分给他住了。贾士贞自是十分感动，一番感激领导关心和表忠心的话。谈了一会儿，仝处长又绕回到王学西的考察材料上来了。仝处长对他说，这事都怪他方法简单了点，王学西的情况他是了解的，这件事情已经过去了，就不要再提了，假如有人问及此事，不要把当时那些说不清的事说出去。

“仝处长，我当时刚到组织部，工作上很多事都是外行，说错了话，还请仝处长多多原谅，在这里向您表示深深的歉意！请仝处长放心，这事已经过去那么长时间了，王主任已经是正厅级领导了，我一定会处理好各方面的关系的。”

仝处长笑呵呵地说：“好，今晚下班我们去宏门大酒店吃饭！”

走出仝处长的办公室，贾士贞又不安起来。他不知道为什么仝处长要约他去大酒店吃饭，他也从没陪仝处长出去应酬过，更不知道是谁请客。更令他担心的是，今天除了仝处长，不知道还有什么样的重要人物，万一仝处长看出他和宏门大酒店华祖莹之间的什么破绽，那岂不是被仝处长抓住把柄了。可转念一想，自己不是没做贼吗？心虚啥呀！

按照仝处长说的时间，晚上下班后，贾士贞提前半个小时走进了了宏门大酒店。

贾士贞一进大厅，便见对面楼梯走下来一个女人。看到那熟悉的容貌，窈窕可人的身段，贾士贞的心脏一阵乱跳，他极力想避开她。而这时，那女子已经走下了楼梯，愣在那里。顷刻间，那女子快步地走上前来目不转睛地注视着贾士贞，低声地说：“你……怎么会是你……”

贾士贞立即躲开她那深情而又惊疑的目光，平静了一下自己狂烈跳动着的心脏说：“你好，华小姐！”

“你……你怎么来了？”华祖莹伸出来的手，又缩了回去。她像想到了什么似的，接着问，“你……不是被……退回去了吗？”

“是啊！”贾士贞笑了笑，“难道被退回去了，这省城就不能来了？这宏门大酒店就不能进了？”

华祖莹自知她的话唐突了些，可贾士贞到底因为什么被组织部退了回去？为什么临走时都没向她打声招呼？他是被冤枉了？还是真的犯了什么错误？这些问题一直在她头脑里缠绕着。此刻，突然间见到他，这令华祖莹思念、惦记他已久的心怦然加快了跳动。她觉得有很多话要对贾士贞说，可此处又不是说话的地方，她随口出说：“是有应酬，还是……”后面的话还没有说下去，她就感到脸上一阵灼热。

贾士贞看着华祖莹，说：“我们找个地方坐几分钟好吗？”

华祖莹点点头，一边转身一边像招呼客人一样，请贾士贞上了楼。

既然华祖莹已经知道他曾被退回乌城，贾士贞也就不再隐瞒了，但是他没有把其中的内幕告诉华祖莹，只是轻松地搪塞过去了；至于说今天到底是谁请客，贾士贞说他真的不知道，而是他的顶头上司仝处长叫他来的。他说之所以提前过来，主要是想看看华小姐，毕竟他们有几个月没有联系了。华祖莹认真地听着，被贾士贞对她的挂念之情深深地感动着，情绪很是高涨。

看看时间，华祖莹催促贾士贞赶快去应酬领导，一会儿，她会视情况见机行事，前去救驾的，绝不会让他在酒桌上难堪。

刚走到大厅，只见一辆奥迪轿车缓缓地停在了一楼大厅门外，车门一开，王学西和仝处长下来了。果然不错，今天又是王学西请客！

贾士贞的头脑里立即跳出一个疑问：王学西和仝处长为什么叫他这样一个既无身份，又无地位的工作人员参加呢？于公于私都是沾不上边儿的啊？

当他走下楼梯时，王学西远远地就伸出了手，狂笑着说：“贵客，贵客！”并一把抓住贾士贞的手，一边用力抖着一边说，“士贞同志，可是我们省委组织部的希望啊！你能回到组织部，我王某非常高兴！今天我特向你表示恭贺啊！也算是为你接风啊！”说着又转身对仝世举说，“仝处长，你不要见外，你手下能有这样的精兵强将，说明你领导有方啊！”

王学西虽然满嘴痞话，但贾士贞还是能听出弦外之音的，不管今天的宴请是否专门为他举行的，起码说，在王学西的心里并没有轻视他这个小人物。可王学西这样做到底又是为什么呢？世界上没有无缘无故的爱，也没有无缘无故的恨。诚然，省委组织部的部长们，王学西可能请不动，但那么多副处级以上的干部，还有那些老科级干部，他为什么不请，而偏偏请他这个组织部里的小卒子呢？

贾士贞疑云陡升。应该说，自那场车祸相遇之后，在王学西和贾士贞两人的心里，相互都深深地刻下了对方的名字。与其说今天是专门为了恭贺他调回省委组织部，还不如说是他王学西设下的“鸿门宴”！或许，王学西只有在得知贾士贞被退回乌城的那半个多月里，才算真正了却了他的心头之患！又或许，一切都是自己多虑了，贾士贞这样开解自己。

王学西身后突然传来了那满嘴黑牙汪永的声音。这个不受群众欢迎的家伙，竟在王学西的运作之下，当上了副厅级的纪检组组长了。在他身边站着的还有那个大个子光头顶廖处长和小张小李两个漂亮的年轻女子。

这时，一位靓丽女子迎了上来，引导众人上了二楼。贾士贞瞥一眼周围的人，他有点相信了王学西刚才的话，也许今天的盛宴真的是为他所举行的。不安的心又开始忐忑起来。

进入包间，王学西在首席上坐定，拉着仝处长和贾士贞在他的左右就座。菜已经摆好，服务员捧着三瓶贵宾五粮液进来了，一看这架势，贾士贞就害怕了起来。

酒席刚一开始，王学西就端着满满一杯酒，讲了一番痞话算是祝酒词，他不容任何人讲话，都必须先把酒喝光。贾士贞不肯喝，可仝处长拉下脸来命令他喝，没办法，他只好喝干了。

虽说贾士贞并不是那种嗜酒如命的人，但若是真的认真起来，半斤酒还是没问题的。谁知今天在王学西的霸道，仝处长的权力下，不知不觉两瓶五粮液都喝了个精光。这时，仝处长的手机响了，他抓起手机，大声叫了半天，因室内吵闹声太大，仝处长只好捂着耳朵出去了。过了一会儿，回到席间，双手作揖道：“王主任、诸位，实在抱歉，我有急事要先走一步。”说着举起酒杯，“感谢王主任的盛情！”放下酒杯时又说，“一切都由士贞代我多敬敬各位，望各位海涵！”

仝处长一走，人人都把目标集中在了贾士贞的身上。他自知今天难以下台，已到了非喝不可的地步，可是此时的他已经头重脚轻，两腿都不听使唤了，还哪能经得起这一群人你软我硬的敬酒啊！

华祖莹对今晚来此赴宴的贾士贞总有些不大放心，几次来到包间门外，但几次都是欲进又退。当她再次来到这间包间门口时，正碰上里面出来一个黑牙齿的男人，和另一个弄不清是什么人，但肯定不是席间的人鬼鬼祟祟地在研究什么。她装作毫不在意的样子，慢慢从他们身边经过，断断续续地听到黑牙齿的男人说：“他已经……差不多了……你把他放到屋里，脱光衣服，选一个……最漂亮……”

华祖莹不敢停留，生怕引起他们的怀疑，往前走了几步，随即又回过头来，只见那个男子从黑牙齿的人手里接过钱，也没看是多少，就兔子一样地跑下楼去了。

华祖莹疑窦顿生，凭她的直觉，这两个人一定在进行一桩不光彩的交易。她认出那个黑牙齿的男人，他不就是刚才和贾士贞一起吃饭的那个人嘛！那另一个男人又是谁？华祖莹盯着看了半天，那个黑皮肤瘦高个子已经出了大厅的旋转门。

如今干什么买卖的人都有，卖淫、嫖娼、吸毒、贩毒。华祖莹不敢再继续想下去。在这些肮脏的交易面前，她一个打工妹管得了吗？然而，华祖莹的心里，怎么也放不下这件事。她一阵胡思乱想，不知道今天自己为何如此忐忑不安！她哪里意识到自己正是在为贾士贞担心啊！她一个人胡思乱想了一会儿，还是放不下心，便匆匆下楼去了。

出了大门，华祖莹到处看了一圈，不见刚才那个黑皮肤瘦高个子，又返回了酒店，找到一个男青年，低声耳语了几句后说：“小梁，谢谢你……”华祖莹一抬头，只见那帮人拥着贾士贞出了包间。华祖莹立即转身退到小梁身边，又和小梁说了几句话。这时他们一群人已经走到了大厅，看样子，贾士贞已经醉得差不多了，走路的步子东倒西歪的，目光还有些呆滞。华祖莹看他们出了大厅，便和小梁从旁边的推拉门跟了出去。随后一辆桑塔纳轿车过来了，车还没停稳，下来一个人。华祖莹一看，正是刚才和黑牙齿鬼鬼祟祟的那个瘦高个儿男子。只见他把贾士贞扶上了车，其他人便立即散去了。这更让华祖莹疑惑起来，她没犹豫，立即招了一辆的士，拉着小梁，钻进了车里，紧跟着那辆桑塔纳轿车。

第二十一章　惊心动魄的一幕

桑塔纳车开得并不快，出租车几次要超过去，都被华祖莹制止住了。

十几分钟后，桑塔纳车进了一条小巷，在一幢楼房前停了下来。只见瘦高个子搀扶着贾士贞下了车，向门口走去，桑塔纳轿车掉转个方向开走了。

华祖莹和小梁下了的士一看，原来是桑拿按摩中心。

这时，只听贾士贞含糊不清地问："这……是哪……哪里……干……干什……么……"

华祖莹叫小梁跟了上去，自己则朝四周看了看。她突然警觉起来，如今有些所谓的桑拿按摩，名为按摩，其实背后是在干着不光彩的勾当。

华祖莹从没有到过这类地方，也不知道这些地方是怎样进行色情交易的，但凭她对贾士贞的了解，她不相信贾士贞是个连这点道德规范都不懂的人。退一万步说，就算他是个好色之徒，可他已经醉成了这个样子，怎么能来这种地方呢？难道……难道有人要加害他不成？华祖莹不敢想下去了。不知道是好奇，还是什么原因，今天她要弄个明白！

看看周围没有什么动静，华祖莹走进了桑拿按摩中心的大门。

华祖莹左右看了看，不见小梁和贾士贞，正当不知所措之时，小梁从楼上匆匆地跑了下来，在她耳边低低地说了几句，两人便匆匆地朝楼上跑去。

上了二楼，左转弯刚走两米远，到了一个隔离区，铁门旁一个看守似的男人拦住了他们。小梁近前几步说："已经同你们老板说好了，有生意……"边说边瞟着身边的华祖莹。

男看守看着面前这个如花似玉的美女，嬉笑着打开了大门，“请，请！”

隔离区里面有好多房间，小梁辨别了一下便推开了一间房门。只见室内灯光昏暗而迷离，一个裸着白嫩肉体的妖艳女郎正在给床上一个裸着半身的男人脱裤子。

看着眼前这一幕，华祖莹刷的一下被羞红了脸。

女郎见有人进来，刚要喊叫，小梁上前一把捂住了她的嘴。

华祖莹低声地说：“不要叫，给你钱，赶快穿好衣服，没你事了。”说着，将二百元钱塞在女郎的手里。随后，抓起一件衣服遮在了床上赤裸的男人。华祖莹看了看，此人正是贾士贞。她向旁边一闪身，朝小梁招招手，小梁迅速给醉如烂泥般的贾士贞穿上了衣服，一转身背在身上，疾步奔出了房门。

来到隔离区的大门前，华祖莹快步上前塞给男看守一张百元钞，以不可置疑的口气说：“这人病得不轻，要赶快送医院，快开门！”

男看守得到了钱，又怕真的出了人命自己惹麻烦，二话没说，麻利地打开了门。小梁背着贾士贞在前，华祖莹紧随其后下了楼。

走出桑拿按摩中心，华祖莹急忙拦了一辆的士，边付款边对小梁说：“你先把人带回宏门大酒店，放在沙发上，我一会儿就回去。”

看着的士载着小梁和贾士贞走远了，华祖莹便在桑拿中心门外找个隐蔽处躲了起来，她要观察一下这里到底还有什么情况。

大约不过十来分钟，一辆警车在桑拿按摩中心门口停了下来，车上迅速下来几个身着公安制服的警察，直奔桑拿按摩中心的二楼。

看着眼前这一幕，华祖莹一下子惊呆了。她深深地吸了一口气，用一只手紧紧地按着怦怦狂跳的胸口，嘴里默默地叨念着：是谁导演的这场闹剧？难道人与人之间的关系竟然这样险恶？此时，她已经是一身冷汗！

是的，倘若不是她事先发现其中的蹊跷，不是她巧妙的从中周旋，说不定贾士贞今晚就被带进了公安局，而公安局的电话也有可能连夜打到省委组织部领导的家里去。明天，贾士贞面临的将是身败名裂的谣言和“双开”的处分！

来不及多想，华祖莹上了的士，迅速地赶回了宏门大酒店。

华祖莹连夜将贾士贞送回了他的宿舍，好不容易把他弄上了二楼。打开宿舍的门，华祖莹把他放在床上，正帮他脱着皮鞋，“哇……哇……”贾士贞大口呕吐起来，华祖莹急忙拿过痰盂。痰盂内外都是贾士贞吐的胃里的酒菜，室内弥漫着刺鼻的酒臭味。华祖莹赶忙倒了一杯温水，先让他反复漱了漱口，又拿来毛巾为他擦了又擦，把他扶上床，立即又倒了痰盂，拖净地板。再看贾士贞，早已睡着了。

窗外似乎透出几分蒙蒙的晨曦，贾士贞一觉醒来，只觉得头昏沉沉的，微微睁了睁沉重的眼帘，看看周围。怎么会躺在自己的床上呢？他竭力回忆着昨晚的事。可是怎么也想不起是如何出的宏门大酒店，又是怎么回到的家里。奇怪呀，自己分明是在宏门大酒店喝多了酒的，怎么现在却躺在了自己的床上……

卧室的门被轻轻地推开了，贾士贞一愣神儿，只见一个模糊的影子出现在了门口。

“你睡醒了？要喝点水吗？”

一听到这个语音，贾士贞惊恐不安地下了床，说：“华小祖，是你？这……这是怎么回事？”

华祖莹退到门外，贾士贞跟着来到客厅，看看沙发，他才知道华祖莹是在客厅里睡了一夜。

“士贞，你昨天晚上醉得太厉害了！”华祖莹看着贾士贞对她在这里过夜大惑不解的样子，接着说，“难道你一点都不记得了吗？”

贾士贞努力想了想，摇摇头说：“我记得好像……上了一辆的士………哎，祖莹，到底是怎么回事？”

华祖莹想了想，没有立即回答贾士贞的话，而是倒了一杯水递给他。贾士贞喝了两口水，突然发现卫生间门口放着拖把，再想一下，他隐隐约约地记起昨夜自己吐了酒，一时尴尬得无地自容，赶忙避开华祖莹的目光，说：“祖莹，我昨天晚上到底出了什么洋相？”

“士贞！”华祖莹也不知道自己为什么突然这样称呼贾士贞，她只觉得心头一热，“你呀，昨天晚上喝多了酒不说，伤身体也不说，差点出了大事啊！”

贾士贞疑惑地睁大眼睛，愣愣地看着华祖莹，更加不安起来了。

该不该把事实真相告诉给贾士贞？这是华祖莹昨天晚上就开始考虑的问题。她最终决定还是要把事实真相告诉他，目的不是让他记住谁的仇恨，而是为了让他在这复杂的人际关系中时时刻刻注意保护好自己。

华祖莹稍犹豫了一会儿，便把昨天晚上她看到的情景，以及她和小梁怎样把他从桑拿按摩中心背出来的事详细地说了一遍。事情讲完，贾士贞已吓得魂飞魄散了，昨夜的醉意早已消失得无影无踪。他不顾一切地抓住华祖莹的双手，含着泪激动地说："祖莹，你是我的大恩人啊！要不是你及时救了我，说不定我已经成了遭人唾骂、身败名裂的罪人了，成了省委组织部的败类了，从此，背上这永远也洗不清的黑锅了，回不了家乡、无颜见爹娘不说，更无法面对妻子和女儿了……"后怕带着惊恐，惊恐夹着惊喜，贾士贞怀着无限感激之情差点哭出声来。

"士贞，我告诉你真相，不是为了让你感谢我，也不是让你记谁的仇，而是希望你在今后的工作、生活中要处处小心，事事谨慎。因为在这个世界上什么事情都有可能发生，而且是随是随地就可能发生。俗话说'害人之心不可有，防人之心不可无'啊！"

华祖莹这番超越普通朋友、胜似亲人的忠告，令贾士贞十分复杂的心情渐渐地平静了下来。但他怎么想也不明白，为什么会发生如此荒唐的事？他认定，一定是有人预先谋划好了的，要置他于死地啊！是的，如果这个阴谋真的得逞了，那他……后果不堪想象。如果不是华祖莹冒险搭救……想着想着，他的眼神停在了华祖莹的脸上。

这是一张令他倾心、喜悦，经常为之幻想而冲动过的脸；这是一张唯一令他一度几乎冲破婚姻家庭道德底线的脸，然而，在这张总是充满阳光，带着柔情蜜意微笑，给人无比温馨的脸庞后面，竟蕴藏着他想不到的正义、善良、机智和果敢！他像是在欣赏一件精美的艺术品，看得那样专注，那样投入，那样的痴迷。此时此刻，他对眼前这个靓丽而富有道德、品位而富有知识的女性，已不再是昔日那一点点的爱慕之情了，而是腾升为无限敬仰与感激了。

贾士贞虽然不是江湖上的落难英雄好汉，但他是受过高等教育、是非分明的时代青年啊，他自然懂得"滴水之恩，涌泉相报"的道理。他起身来到了华祖莹的面前，恭恭敬敬地鞠了一躬。这一举动令华祖莹一时手足无措，慌忙拉着他，说："士贞，你……你……你这样……我会不高兴的……"

"不，祖莹，"贾士贞深情地看着华祖莹，"你不仅救了我这个人，还救了我的人生，我的政治前途，还有我的家庭。你的恩情我恐怕这辈子也报答不了的！今后，只要你需要我，我贾士贞就是上刀山，下火海，也在所不辞！”贾士贞双手抱拳继续说，“也许咱俩在冥冥之中有一种缘分，这种缘分的开始虽然是这样的不寻常，但愿它永远！永恒！”

太阳已经冲破了东方的地平线，它把光明和温暖又带给了世间万物。

华祖莹深情地看着贾士贞，她就要告辞了。她对贾士贞只有一个要求，要求他不要送她出门，她怕别人看见一个女孩子大清早从他家里出来，给他造成误会和麻烦。

看着华祖莹如此情真意切，贾士贞的眼睛再次湿润了。他知道，这是华祖莹的良苦用心，因为他再也经不起任何打击了。

华祖莹出了门，贾士贞只能从留下的一条门缝里看着她匆匆而去的背影，将自己澎湃的思绪和泪水一起藏进了波涛汹涌的心海里。

贾士贞连早餐也没吃，依然是第一个迈进省委组织部大门，依然是从仝处长的办公室到走廊、楼梯，一丝不苟地搞着卫生。他，准备开始新一天的工作了。

第二十二章　代理秘书

市民们在寒冷中度过了元旦，现在，又开始忙碌着迎接春节了。机关里上上下下也呈现出总结成绩、考核过去一年工作的繁忙景象。

这天上午，省国税局局长打电话给钱部长说，全省地县国税局长总结大会，请钱部长代表省委、省政府看望大家。钱部长不好推托，也就答应了下来。

可钱部长的秘书卜言羽因患感冒没上班，钱部长又不喜欢带办公室主任或者其他的处长，驼铭便建议他带上贾士贞做他临时秘书。于是，贾士贞就以钱部长临时秘书的身份随行了。

随行秘书的职责和规矩，贾士贞心里是清楚的，比如，帮领导拿公文包；跟在领导身边要保持一定距离；上车时为领导开门；下车时要先下车，而且要快步从车头绕过去为领导开门等等。

贾士贞夹着钱部长那十分气派的黑色公文包，跟随钱部长下了楼。奥迪轿车已经在大楼门前候了。贾士贞跑上前去拉开车门，把右手放在车门上，看着钱部长上车后，他才坐进前面副驾驶的位子上，并看着驾驶员说："去国税局。"

这时，省国税局的四位正副局长们早已在楼下恭候了。见钱部长从小轿车里出来，个个粲然欢笑，握手问安。随后，众人簇拥着钱部长走进了会议室。

省国税局蒯局长向大会做简单介绍后，带头鼓掌，整个会场随之响起了热烈的掌声。钱国渠朝台下挥着手。

这时坐在台下的贾士贞正注视着钱部长，不知道他的讲话稿在哪儿，也不知道该不该把公文包递给他。正在犹豫时，钱部长讲话了："同志们，我代表省委、省政府在春节到来之际，来看望大家。同志们辛苦了！"会场内顿时是一阵雷鸣般的掌声。

"同志们，在过去的一年里，我省的国税工作……"钱部长的讲话，既精练，又简短。

讲话一结束，钱部长便要告辞了。蒯局长挽留说要请部长和大家共进晚餐，钱部长说还要参加省委党校中青年干部培训班的结业典礼，于是大家又是鼓掌欢送。钱国渠向大家挥着手，在蒯局长的陪同下出了会议室。

钱部长的轿车驶进了省委党校，学员们夹道列队欢迎，随后合影留念。在结业典礼仪式上，钱部长同样是没有讲稿，语言流畅，侃侃而谈。

结业典礼仪式结束后，几个来自西臾地区的学员挤上前，亲切地和钱部长交谈着，令其他学员很是羡慕。

只见钱部长睁大了眼睛注视着他们，还不时地握着他们的手说："好，好，好！"有的学员甚至握着钱部长的手久久地不愿松开；也有的学员居然不敢相信这是真的，还转过身去仔细看着刚刚和省委组织部长握过的手，好像还带着他那特殊珍贵的体温似的。

贾士贞算是第二次走进省委党校的大门了。上一次是来考察党校拟提拔的两个处长，回到组织部他向仝处长汇报了考察的情况，但不知为何都不了了之了。转眼时间已过了几个月，仍没下文。

这时，贾士贞腰里的BP机震动了起来，他看了看，是须臾县打来的，便悄悄地出去找电话。

到了总服务台，服务员听说贾士贞要打长途电话，说什么也不肯给他打。他只好亮出了自己的工作证，可总台小姐愣是不认什么省委组织部。这时干部处长尤达金过来了，一听此事，把总台小姐狠狠地骂了一顿，拿过电话机对贾士贞说："打，随便打。这些人太不懂事了，省委组织部的领导用电话还推三阻四的，真不像话。"

接电话的是表兄胡耀先，可他只说了两句话，就把电话给了须臾县委书记周一桂。周一桂说春节快到了，他一定要在春节前来省城拜个早年。贾士贞推了好一会儿也推不掉，也就只能随他了。

贾士贞挂了电话，尤达金走上前来说："贾科长，我替你把读省委党校本科的手续办妥了，只要你平时抽时间看看书，考试时我给你画好重点，保你两年拿到本科毕业证书。"

贾士贞有些内疚地看看这位头发已经挂些银丝的干部处长，说："尤处长，谢谢你。如今已经九十年代了，以前的那些知识明显感到不够用，我报名了，就一定好好学。麻烦您一定帮我弄一份具体听课和考试的时间表。"

没等尤达金说话，贾士贞又说："尤处长，你们党校没有英语培训班吧？"

尤达金摇摇头，"党校这地方你不是不知道的，干部培训在某些程度上只是镀镀金，学外语干什么？"

贾士贞笑笑，没有说下去。

吃过晚饭，李校长同钱部长说了一会儿悄悄话，大家便告别了。

轿车在灯光如昼的大街上行驶着，贾士贞这代理秘书的随行工作也要结束了，他心里真是无比地畅快。

"小贾，省区划设置办公室的那个王学西是你们考察的吗？"

贾士贞一愣，忙回过头看着坐在后座位上的钱部长。借着路灯映入车窗内的光亮，他看到了钱国渠眼镜后面那双令人胆寒的目光，一时摸不清部长的用意，但又容不得他多想，忙回答说："是我和唐雨林副处长考察的。"贾士贞侧着身子，似乎还在期待着回答钱部长的问话，可钱部长却头枕靠背闭上了眼睛。

大寒时节的夜晚，街上的车流量很小，轿车在无声无息地快速行驶着。

十几分钟后，轿车在钱部长家的楼下停了下来。贾士贞麻利地下了车，拉开车门，护着钱国渠的头，看着钱部长下了车。他夹着公文包跟在后面，一直把钱部长送到家门口，交还了公文包后说了声："钱部长，再见！"这才满意地下楼去了。

第二天晚上下班，贾士贞按照周一桂发在他BP机上面的地址，如约来到了天乐宾馆518房。二人一见面，周一桂便紧紧地握住贾士贞的手，如同多年没见的老朋友一样激动。

这天晚上，贾士贞就住在宾馆，他们二人谈了很多。

早晨上班了，贾士贞来到了市县干部处处长顾彪的办公室，他说家乡有一位县委书记想见见顾处长，顾彪欣然同意下午在办公室与其见面。

下午四点钟，贾士贞在省委大门外接到了周一桂。周一桂跟在贾士贞后面进了省委大门，心绪不宁地朝省委组织部大楼走过去。

贾士贞边走边想，此举不知会不会令顾彪对他有什么看法；也说不清自己这回到底充当了一个什么样的角色。进了组织部的大门，他的心脏扑腾了起来，他忙低下了头，一口气爬上了三楼，来到顾处长办公室门口。顾处长办公室的门开着，他一眼望见顾彪坐在那里，他停下脚步，准备让周一桂走在前面。这时，顾处长看到了他们，笑着迎了上来，紧紧地握着周一桂的手，热情地把他们让到沙发上。

此时，周一桂已没有了县委书记的威风，很像一个初见老师的学生。

顾彪要倒水，周一桂说不喝水，坐一会儿就走。顾彪只能像领导一样，问了周一桂一些县里的简单情况，便说基层领导很辛苦，工作难度大等之类的话。周一桂说，希望顾处长有时间到县里看看，也不敢多说，就准备告辞了，为了加深印象，还取出名片递给顾处长。

顾彪说有机会一定去须臾县学习，让周书记有事就给小贾打电话，只要能办得了，他一定照办。

送走了周一桂，贾士贞又回到办公室。这时，唐雨林接到王学西的电话，来找贾士贞。贾士贞顿时联想起那天车子上钱部长的问话，一时间汗毛陡立。现在的他哪里还敢再同这号人多罗嗦，沾自己一身臊啊！于是他就云里雾里不着边际地说了一通，弄得唐雨林也摸不着头绪走开了。

以往，贾士贞只是碍着仝世举的面子，不想为了一个王学西让仝世举对他有看法。但现在不同了，他明显感觉出上层大领导对王学西的重视态度，虽然说不清是褒是贬，但此时还是拉开一段距离为好。于是，他拉下脸来，打着官腔，给王学西回了个电话。

电话那头儿的王学西听着贾士贞竟然这样的口气回话，心里很是不愉快，浓眉倒竖，黑脸拉得长长的。可他转念一想，如今的官儿，只要自己不出什么问题，是谁也奈何不了的。你组织部看不惯我，就能动得了我吗？你要是真把我弄到哪个职能厅局的领导位置上去，那我还巴不得呢！写信告发我又能怎么样？省纪委那位老乡不是都给我顶住了么！有的信件不是已经到了自己的手里了吗？只要有权在手，我就有钱，有了钱权就更稳固，就可以左右逢源！想着想着，王学西心里再次涌起对仝世举的无限感激之情。手，不由自主地抓起电话，拨通了仝世举的号码。“嘿……嘿嘿……仝大人。”

电话里传来仝世举冷冰冰的话语：“我……最近……很……忙……

没……没时间！”电话便挂断了。

坐在老板椅上的王学西，手里拿着那个还在“嘟，嘟，嘟”响个不停的话筒，百思不得其解地叨咕着，“今天，今天这……这都是……怎么了，我这热脸怎么到处碰冷屁股呢？”

其实，这个中的原委连仝世举也没完全搞清楚。

自从钱部长上任省委组织部长后，机关干部处长虽然还是他仝世举，可是他明显感到钱部长对他是不冷不热的，许多重要人事问题都绕过了他这个正处长，而是直接找副处长们商量了；令他更加寝食难安的是，钱部长已经知道了他和王学西的关系，如果钱部长再知道他为王学西改过年龄，改过学历的事，那就更糟糕了，就算组织上不处分他，他这个处长的位置恐怕也无法再坐下去了。这些天里，他恨自己过去没坚持住原则，给王学西的花言巧语忽悠住了，现在他后悔已经晚矣！

下午，贾士贞居然收到钱部长亲自打给他的电话，说秘书小卜的病还没好，让贾士贞陪他去莫由大酒店参加一个团拜会。

贾士贞放下电话，可谓是受宠若惊，激动得心脏都要跳出来了！想想郭浩当部长时，别说让他陪着外出、给他打电话，就连认认真真地和他说上一句话都没有过啊！郭部长总是那样黑着脸，就像哈尔滨冬天的冰雕——冰冷而僵硬。

三点整，贾士贞已经一切准备就绪，站在三楼部长室的门口等候了。门一开，只见钱部长西装革履，神清气爽地走了出来。贾士贞微笑着迎上去，接过钱部长的黑色公文包，跟在后面下楼去了。

上了车，驾驶员小祁笑着说：“贾科长，又劳您大驾了！”

贾士贞的脸一下子红到了脖子根，他瞥一眼后座的钱部长，伸手抓住小祁的胳膊说：“小祁，组织部的人岂能胡说八道！”

小祁一边发动车子，一边笑着说：“怕什么，这是在车上，又不是组织部的办公室。”

钱部长也笑起来了：“小贾多心了，哈哈……”

钱部长这一笑，车内的气氛轻松了许多，贾士贞的心里也随之漾起了一阵美好的涟漪。

莫由大酒店可是省城八十年代初的重要建筑物之一，高四十五层，位居全省高层建筑之冠。它是由一位老华侨投资兴建的，集客房、餐饮、娱乐于一体，莫由省接待中央首长和外宾都在这里。

奥迪轿车缓缓地驶入了莫由大酒店的一楼平台，两个身穿大红迎宾服的青年迎上前，彬彬有礼地拉开了车门，钱部长下车后直奔酒店大厅门口，贾士贞则紧随其后。

钱国渠是国字形脸，浓眉大眼，高鼻梁，厚嘴唇，天庭饱满，地阁方圆；他身材魁梧高大，年轻气盛，又一路龙行虎步，威风凛凛。出没在这种高档次的地方，自显身价百倍。

一个身披大红绸带的靓丽迎宾小姐迎上前来，微笑着把钱部长和贾士贞引领上了二楼会议室。

会议室的装修和设置很像中央首长会见外宾的地方。鲜红的地毯，高档的沙发，正面墙上是一幅大气磅礴的巨型山水画。

众人一见省委组织部长走进来了，不约而同地站立起来，上前和钱部长握手。钱国渠环视了一下在场的人，大多是省属大型国有企业的老总，有几个是省经济主管部门的主要负责人。

春节团拜会，是最轻松、最活跃、最愉快的集体活动。大家以歌功颂德为主，畅谈在过去一年中所取得的成就；相互祝贺新春快乐；然后是同举杯，共祝愿，很快就结束了。

省委组织部办公室里还是那样静谧安详，但是办公室的人已经很少了，按农历说，今天已经是二十八了，后天就是年三十了。

趁着办公室没人，贾士贞给卜言羽打了电话，卜言羽说病情已经好多了，只是因为咳嗽，跟在部长身边不成体统。贾士贞说晚上来看看卜秘书。两人约好之后，只待晚上相见。

吃了晚饭，贾士贞匆匆来到卜言羽家中。卜秘书一看贾士贞拿着那么多东西，还误以为贾士贞给他送礼呢。贾士贞忙说："卜秘书，你感冒这几天，钱部长让我代替你的角色，临近春节了，所到单位都很盛情，你的这份礼物我都一一代为收下了，现在都转交给你吧！"

卜言羽一听，慌忙说："贾科长，这不行，人家这些东西又不是给我的，既然你去了，就是你的。"

贾士贞笑笑说："老弟，不要推辞了，这点小事在哪说就哪了，万不可弄出笑话来，你我之间来日方长。"说着便站起来告辞了。

送走了贾士贞，卜言羽一边翻看这些礼品，一边想，这个贾士贞确实非一般人物。当时部领导让他打电话通知贾士贞来省委组织部见驼副部长，他真的不知何事。那时虽听说省委组织部借用一些人员，但他不知道还有一个贾士贞。后来也多少听说一些关于贾士贞的事，有人在背后说他和仝处长闹得很不愉快，至于为什么，卜言羽就不清楚了。然而，今天贾士贞第一次登门，倒是给他留下了很深的印象，甚至令他觉得他将来必定是一个有作为、能够成就一番事业的人物。当然，这些他今天都没有说出口，卜言羽自知自己的特殊身份，他这个省委组织部长的秘书，一举一动不仅影响到省委组织部的声誉，也关系到省委组织部长的形象，全省那么多干部的目光都在盯着他呢！

平心而论，卜言羽没有想到在他感冒这几天钱部长会找人代替这秘书一职。即使找人代替了，他怎么也不会想到这个“代理秘书”就是贾士贞，而且这个代理秘书会把这段期间这些单位递送的礼物原原本本地转交给他。不给他才是正常的，因为谁都不可能知道这件事，甚至连钱部长也永远不可能知道。想到这里，卜言羽感慨道东西是小事，任何财物都是身外之物，不过就是这件小事才反映了贾士贞这个人的坦荡胸襟，令人敬佩。一种无形的东西在深深地震撼着卜言羽。

一年一度的春节到了，人们放下工作，沉浸在欢乐和幸福之中。贾士贞又回到了乌城。

过去，贾士贞只把工作当做是一种生存的手段。就算不求进取，也活得自在、快活，没有压力，没有责任。可是现在不同了，他成为省委组织部最核心的机关干部处一名骨干，从事高尚而神圣的工作。他再也不能像以前那样自由、散漫了，工作上要谨小慎微。因为有许许多多的纪律在约束着他，他未来的路也才刚刚开始。

春节后的第三天，贾士贞正准备出门。门一开，只见桑延华站在门口，两人又是激动又是握手，好像久别重逢的老朋友。坐下之后，桑延华说在贾士贞被退回的那段日子里，他曾经多次打过电话去组织部，得到的消息让他简直不敢相信。他说当时很想帮助他，却不知道该做些什么。

贾士贞笑而不提那场不愉快的往事，如今桑延华已经是省财政厅副厅长了，两人的友谊似乎更深了。桑延华说他这次之所以能够提拔到省财政厅副厅长，除了得益于自己的专业对口，他贾士贞从中起到的重要作用也是不可忽视的，这一点他心里都有数，是永远不会忘记的。

但是，作为贾士贞，却由此深深思考着一个干部到底是怎么提拔起来的。王学西的提拔和桑延华的提拔，在关键时刻是如何形成决议的？

第二十三章　突然而至的考察

春去秋来，日月更迭。转眼间，贾士贞在省委组织部已经到了第二个年头。

省委组织部永远是繁忙的，年复一年，日复一日，永远是这样的老一套，好像世界什么事也没有发生。

是的，生活永远是这样在继续着，重复着。可是，生活中的每一个人却在不断地失去自己最珍贵的东西；当然，也有的人得到了美好的东西。但不论怎么说，人的痛苦是在时时发生的，而生活永远是美好的。

这天，省委组织部发生了不大不小的变化。贾士贞被任命为机关干部处副处级组织员，而仝世举却被免去了机关干部处处长职务。让人感到奇怪的是，过去省委组织部的处长们提拔为副厅级领导时都是先谈话，后免去处长职务，因为副厅级干部是省委管理的干部，而处长则是组织部内部管理的干部。可仝世举的处长职务被免去后，大家谁也不知道他到底调到哪去了。

接任机关干部处处长的是从市县干部处长位置调回来的顾彪；吕建华调去了市县干部处任副处长。

按照钱部长的指示，省委组织部要对省区划设置办公室的领导进行一次考察。这个任务是钱国渠直接交给新任处长顾彪的，具体由副处长唐雨林和贾士贞负责。但是这一次唐雨林心里没有底，他无论如何也想不通其中的内涵是什么。然而，贾士贞却因为那天从省委党校回来时，在车子上钱部长曾满脸严肃地问起过王学西的事而猜出了八九分，这分明是对着王学西而来的。可这是个人的猜测和领悟，贾士贞哪能对唐雨林说呢，只是自己做到了心中有数。他建议唐雨林在第一天开大会时，请顾处长出场，原因是前次考察时处长仝世举出场了。

没人刻意安排，决定去省区划设置办公室考察的时间正值清明时节。在中国，清明节是祭祀的日子，人们都会在这天祭祖扫墓。这天一大早就下起了蒙蒙细雨，正应了诗人杜牧“清明时节雨纷纷，路上行人欲断魂”的诗句。

头一天，唐雨林已经给人事处长老廖打了电话，老廖当即就去向王学西汇报了。

王学西先是一惊，但转念又一想，省委组织部很可能是冲着老廖的那份报告而来的。老廖这人官瘾太大，别看他平日奴颜十足，见了领导说话像噎住似的，但是王学西太清楚了，他心眼小，容不得别人当官，总觉得自己在部队是正团职，就是老资格了。王学西心想，你那正团顶个屁，在机关里你懂得官是怎么当的？老子在部队时不过是个连指导员，可如今已是正厅级了。但是王学西表面却要让老廖看出来，他对他老廖是负责任的，所以前两天就让老廖自己写了一份报告，安排他为党组成员。喜得老廖忙了两个晚上，白天偷偷地写，生怕别人发现。材料搞好后，王学西自己不去送，却封起来让老廖自己送到组织部。王学西当然是别有用心，想一箭双雕，一是让老廖不怀疑自己的口是心非；二是让组织部的人怀疑这种事怎么让当事人自己办呢？

老廖汇报了组织部要来考察干部的事之后，心里也有些激动，说不定这次真的是来考察他的党组成员呢！他拿着水壶给王学西倒水时，两手颤抖得控制不住，王学西在那一瞬间，感到用这种人实在也有些愧对全体职工。大小是一个正厅级单位，上下也有近百号人，哪个不比这样的人强呢！但不管省委组织部的人士为什么而来的，接待省委组织部机关干部处的领导规格是要一流的。他想，抓住这个重要的机会，巴结机关干部处的几个处长，说不定还能有机会和钱国渠套近乎，那可就天遂人愿了，他干到六十岁时还可以争取去省人大或者省政协，可以继续干到六十五岁。他此时的心态和当今那些不愿失去权力的领导一样，到了人大、政协，虽然没了实权，但还有专车享受。还可以在一些场合活跃一阵子，那时多少还是个官样子，从官变成民也好有一个适应的过程吧。

虽然仝世举后来对他的态度发生了很大的变化，但他还是非常理解仝世举的，毕竟他的副厅级是仝世举一手帮他运作的，更何况仝世举在他提拔正厅级时也起到了关键性的作用呢？说实在的，当他听说仝世举的机关干部处长被免掉时，他心里也不是滋味。过去有仝世举在，他的心里很踏实，而现在，他觉得自己简直像踩在海绵上一样，心里有几分惶恐，不免又怀念起仝世举对他的好处来。

到了晚上，王学西躺到床上还在想这事，只是越想越不对劲。过去组织部有什么事都是先和他这个一把手通气啊，怎么这次连半点消息都不透露给他呢？

今天一早起床，见外面下着不紧不慢的细雨，才想起今天是清明节，不觉心中有一种即将祭祀扫墓的凄凉之感。心情越发沉重起来，一种不祥的预感袭上了他的心头。

奥迪轿车冲破连绵雨帘，王学西目不转睛地看着轿车前窗的雨刮器机械地来回摆动着，好像自己的心脏被刮来刮去。甚至总觉得自己现在并不是去上班，而是去扫墓！王学西过去从来不准时上班，无论是原来的二级局还是现在的正厅级，他总是这样，有事没事开着奥迪去省政府转一圈，或者在家睡个懒觉，天天中午喝二两。王学西开会说话爽快，往往是九点半打个电话到办公室，说十点开会，十点一到他便来了，开会时一、二、三、四、五，讲完就散会。而今天，他第一个来到办公室，想打电话给机关干部处摸摸底，几次拿起电话来又放下了，不知道电话该打给谁。突然，他想到了贾士贞。

他不止一次地后悔过。那次路遇车祸，偏偏自己把贾士贞当成了司机，早知道他是省委组织部的，那他一定第一个把贾士贞送去医院呀！而且，他还会亲自陪同贾士贞到医院，亲自为他安排好一切。那样说不定他和贾士贞之间早已成为好朋友了！想起这些，真是后悔莫及。有道是，早知今日，何必当初！可世间哪里有后悔药卖呢！

更让人奇怪的是，他让老廖乘着他的奥迪轿车亲自去了省委组织部接人，可唐雨林他们居然自己来了。老廖当即打电话给王学西告知此事，王学西把他狠狠骂了一顿说，好事也让他这种人办坏了，还能干点什么？抱粗腿、舔屁股？老廖有点莫名其妙，这些年来他对王学西那是百依百顺，但还从没有看到王主任发那么大的火。老廖放下电话，王学西带上纪检组长汪永冒雨站在大门口迎接唐雨林一行。

顾彪、唐雨林、贾士贞、江碧玉四人来到省区划设置办公室大门口，王学西和汪永迎上去想握手，四人却冒雨一头冲进大门里，只听见汪永露出满口坏了的黑牙齿说："这……这……这……啊！"

这时老廖已经赶回来了，开了车门，看到王学西呆若木鸡地站在雨里，哆哆嗦嗦地说："王主任，您这是……"

老廖迅速脱下自己的西装，往王学西身上披，只见王学西一挥手，甩了老廖一个踉跄。

进了大厅，顾彪四人站在那里看着刚才的一幕，唐雨林风趣地说："王主任真是不管风吹雨打，胜似闲庭信步啊！"

说时迟，那时快，只见王学西用手一抹，不仅抹去了脸上的雨水，还如果变脸一样，抹去了刚才的表情，由一副黑脸变成晴空万里的笑脸。

顾彪感到王学西十分滑稽，不愠不怒地说："王主任怎么啦！"

唐雨林急忙说："这位是我们机关干部处顾处长！"

王学西浓眉飞翘，脸挂笑容说："顾处长，久仰久仰！久闻大名，如雷贯耳！"也不知他何时学来的这句江湖套数，弄得大家哄堂大笑。

谁知顾彪不理他那一套，一边走一边说："走吧，开会去！"

按惯例，组织部来人都要先和一把手单独交谈之后才开大会的，王学西以为顾处长一定也会这样做。于是一行人上了电梯，和上次一样在四楼下了电梯，来到那间小会议室。椭圆形的会议桌上依旧是两盆盛开的鲜花，桌上水果清香四溢。可是刚一进门，顾彪就站住了，说："会场呢，不会在这里开大会吧！"

王学西走到他面前说："顾处长总得先休息一下吧，我们先交换一下意见！我是盼星星盼月亮，好不容易把你们盼来了……"

顾彪笑了起来，说："是盼太阳吧！要是盼来太阳，你就不会被雨淋成这样子了！"

这样一来弄得王学西尴尬起来了，黑脸上的三角肌连连痉挛了几下，却又强颜讨好地说："是啊，盼出太阳偏落雨……"

大家说笑间来到三楼会议室，一进门，室内自动鼓起掌来，顾彪有些茫然，觉得王学西这人太有些形式主义了。再一看台下那四五十个人，人人面前都摆着席卡。主席台上也摆着那么多席卡，顾彪回头说："那咱们就不客气了。"说着带头走上主席台。

四个人走上主席台后，却没有人请王学西，他尴尬地站在那里，向台下扫了一眼，又看看主席台，觉得今天总不是滋味。难道在省区划设置办公室，他这一把手说话不算了？老廖在部队就是这种角色，他是最能破译领导心态的，于是哆哆嗦嗦地走上主席台，在唐雨林身边弯下腰，低声说："唐处长，王主任坐哪儿？"

唐雨林没回头，目光落在台下众人身上说："随便！"

老廖跑下主席台，在王学西耳边低声细语了两句。王学西犹豫了好半天，才懒懒地走上主席台，在最边上的一张椅子上坐了下来。

没有人主持会议，顾彪只简单地讲了考察干部的方法，也没有领导述职，随后便开始民主测评。

顾彪一直等到中午十一点半，大家投票结束了，四人当面开了票箱，清点了测评表，然后包紧，封好，让唐雨林在封口处写了时间，四个人都签了名，由顾处长带回。

这时，老廖来请他们四位赴宴。顾处长说："谢谢，我赶回去有事，他们三人就在这里吃工作餐吧！"

王学西心情更加沉重，看着顾处长往电梯走去，还是跟了过去，强添笑脸说："顾处长太廉洁了！"

老廖哈着腰，呆呆地站在一边，王学西瞪了老廖一眼，黑着脸说："用我的车子送！"

谁知在说话间顾彪已经进了电梯，待老廖跑到电梯门口，电梯门已经关了起来，他只好转身跑下楼去。

王学西怕自找没趣，便弃下丰盛的酒肉酴醾，陪唐雨林他们吃了工作餐。饭后，他还是觉得信心百倍。他的人生最高愿望实现了，一时间不顺心的事在所难免，就像这天气一样，瞬息万变。

想当初他王学西由正处爬上副厅的那些日子，他和仝处长之间的关系还没有现在这样亲密，时时都把那颗不安的心悬在半空中，但一切还不是水到渠成了。而上次由副厅转正时，虽然也有些惶恐，但毕竟有仝世举从中斡旋，特别是仝世举还亲自出马，那气氛让他激动不已。而且他认定了，他的这个正厅级主任并没有多少竞争对手，哪个副厅级领导愿意到这样的单位呢？所以，他也平步青云闯了过来。

这次，这个顾彪倒是如此的冷酷，如此的不近人情，这种压抑的、令人沉闷的气氛简直与前几次是天地之别！但他想，难道一个才上任才一年的正厅级主任会随便给免了？他在心里暗笑顾彪，暗笑钱国渠。

这时，送走了顾处长的老廖，返回来了。但大家早已用完了工作餐，王学西无暇顾及其他，便随口叫他自己到外面弄点吃的。尽管王学西在不断给自己鼓励，但他对之前的灰色念头还是感到几分恐惧和不安。

思前想后这么多，王学西又露出笑脸取出中华烟，硬是让唐雨林和贾士贞抽。然后，在屋里踱着步子说："今天要好好陪三位领导学习'54号文件'！"

江碧玉知道是打扑克，笑着说："我不会。"

王学西说："真的，不学文件，在组织部怎么工作，来练习练习！"

这时老廖来了，居然右嘴角还沾着一颗饭粒，大家见到都笑了起来。王学西陡然间黑下脸来嗤之以鼻对着老廖。

江碧玉捧腹大笑说："还是你们四人学吧！廖处长和王主任，我们处里两个处长对门。"

王学西又换了笑脸："好，今天不白打，谁输了钻桌肚！"

唐雨林说："王主任，你老人家是老革命，正厅级啊！输了也钻？再说了，老廖个子那么大，肚子那么圆，能趴得下来吗？"

王学西说："谁输谁钻，不钻是这个！"说着用右手比划着王八的动作。

唐雨林觉得王学西似乎有点情绪，玩扑克不过是玩玩而已，输了赢了都只是乐乐，真的要钻桌子，或是在脸上贴纸条都有点不太雅了。总不至于像某厅的两位处长，打牌打到半夜，双方吵起来，又动了手，两人告到厅长家，厅长一听，把他俩骂得狗血喷头。

平日在办公室打牌，大家都聚在主任办公室外间，四张单人沙发一张方茶几，王学西一打牌，总有几个人站在他后面，有些人觉得这是和王主任套近乎的最好办法，还有人说某某某的副主任就是陪王主任打牌打出来的。为此，机关里每年都举行几次扑克牌比赛，王学西总是和汪永联手，常常杀得机关里昏天黑地，甚至编出种种理由给予参赛人奖励。久而久之，有人就传出笑话，说王主任"五毒俱全"。还有专人诠释是哪"五毒"：吃、喝、嫖、赌、吹。前四毒不用解释，只是这"吹"难理解，有人便把王学西历年来在各种会议上的讲话编成小册子，大家才发现，王学西的讲话都是一种腔调，大话、空话，什么"再上新台阶"，"审时度势，争取更大胜利"，什么"创更大业绩，鼓更大干劲"，"把新时期全省工作推向更高阶段"。下面人把这些都当做一种笑料，说王学西有大跃进年代的吹牛细胞，中央任何一个领导的讲话也从没有他口气大。所以就把这“吹”字归入他的五毒之中了。

后来这事七传八传，传到王学西的耳朵里了，他非但没有生气，反而在一次酒后狂妄道：“领导就是要有这种雄才大略，现代化的领导者，不善于表述怎么行？表述就是演讲，改革开放造就了千千万万有才干的领导者，领导者关键是博大精深的理论和决策，小平同志南巡就那么一走，就那么几句话，成了马克思列宁主义的精髓，成了中国改革开放的伟大理论。我的讲话，也是一种理论，只是还没有被人们重视，这种理论若产生于1958年，早成气候了。”岂不知他自己的这番话又走了调。

这次考察干部王学西虽然感到意外，而且顾彪也不把他放在眼里，但他心里想，唐雨林和贾士贞这两个年轻人他是一定能抓住的。他现在虽然心事重重，但却抓住时机，和他们打牌，利用打牌的机会，继续联络感情。

王学西的心思并不在牌上，所以打牌时常走神，自然出师不利。第一局下来，输得很惨，唐雨林和贾士贞打完了“A”，他和老廖还只打“4”。无需多说，王学西趴到地上就钻，偏这地上铺的羊毛地毯，他穿的又是花呢裤，钻得特别吃力，爬了半天，才从那小方桌下钻出来。轮到老廖钻时，他肚子太大，桌下钻不进去，就把桌子顶了起来。王学西看看老廖又好气又好笑，吆喝着说：“这算什么，趴下！四肢发达头脑简单，看你那肚子，就不能少吃点饭。”

吓得老廖急忙跪下，只听老廖惊叫一声，大家低头看去，只见老廖那光秃秃的头顶上流着血。再仔细一看，桌子反面有一根半寸长的铁钉。

唐雨林说：“这还了得，听说铁锈容易得破伤风！”

吓得老廖全身颤抖，双手捂着光头顶去了医院。

第二十四章　人无完人

自从仝世举被免掉机关干部处长之后，不知为何，贾士贞再也没有见到过他。尽管为了王学西的考察材料仝处长几乎不顾一切地批评他，甚至贾士贞也怀疑过当时他被退回乌城也与仝处长有关，但是，当贾士贞看到仝世举的免职通知，又听说并没有给他任命新的职务时，他的心里反倒有些同情仝处长了，好像往日的怨恨和不快都抛到脑后了。谁能没有缺点，谁能没有过错，仝世举不过只是一个省委组织部的机关干部处长，古往今来，哪一个帝王，哪一个伟人不会用错人，想到这里贾士贞的心里也就平静、宽容多了。他甚至担心，仝处长此时此刻不知怎样了。就在刚才，他听说仝世举要去省农垦局任副局长，据说这个单位虽然不能和组织部、人事厅、计经委相比，但是这个单位的效益好，领导们的住房都是近二百平方米。贾士贞心想若是这样，对仝处长来说，也算过得去，也算是一个安慰吧。

下午快下班时，贾士贞正准备去办公室收拾一下东西，刚进省委大门，只见仝世举低着头懒洋洋地往组织部走去。贾士贞犹豫了片刻，还是快步赶了上去，听到声音，仝世举连头也没回。这时贾士贞才发觉，仅仅几天时间，仝处长似乎苍老了许多，满脸憔悴，前额的白发明显增多了。

“仝处长！”贾士贞轻轻地叫了一声。

仝世举显然吃了一惊，回头看看贾士贞，脸上的表情有几分尴尬，他停止了脚步，勉强露出点笑意，说：“士贞，对不起，我一直想找机会向你表示歉意！”

“不，不，不，”贾士贞慌了，“仝处长，您不要这样说，您永远都是我的领导，倒是我对领导有不到之处，务必请仝处长谅解！”

“小贾啊！我知道你的一些想法是正确的，我在省委组织部那么多年，经历了许许多多关于领导的选拔、考察、任用上的事，我必须那样做，你想想，干部问题能让大家讨论吗？不可能！”仝世举显得几分激动，贾士贞从没见过他如此爽快地说过话，现在好像变了一个人似的。“自从有组织部以来，干部问题就是谁有权谁说了算数，现在有人提出干部人事制度改革问题，可是怎么改？大家都只是说说而已，谁愿意放弃自己手里的权？”

贾士贞觉得仝处长的话虽然有道理，但是似乎带着点个人情绪，显然是因为上面对他的安排不满意，在发泄着心中的怨气。贾士贞自然不敢和仝世举谈论这样十分敏感的问题，只是笑而不答。

仝世举又说：“有人提出：公开、公平、公正。这不光是群众的希望，组织部的干部又何尝不希望这样做呢！”

贾士贞点着头，心里有满肚子的话要说，可他立即感觉到，此时此刻，他和一个已经免了职的机关干部处长说这话又有什么用呢！

“小贾，不管你对我有意见也好，有怨恨也罢，但是我还是要劝你一句，在组织部门只有服从，领导的意见永远是正确的。”仝世举情真意切地说，“有句顺口溜叫‘说你行，你就行，不行也行；说你不行，你就不行，行也不行’。其实组织部就是这样的，不过，现在看来，组织部的工作也必须改革了。”

贾士贞没有想到平常从不外露的仝世举今天也会说出这些话来，要知道组织部里的人都牢记着这样一句话：“知道的不传，不知道的不打听。”可仝处长刚刚免职，就违反了这些行规了。

这时仝世举似乎也觉得自己的话多了些，于是不再言语，迈开步子往省委组织部的大门走去。

贾士贞回到办公室，已经过了下班时间，只见唐雨林一个人还在办公室。刚才见到了仝世举，让他心中总是有些说不出的感慨。这时唐雨林抬起头，看了一眼贾士贞，严肃地说：“领导找仝处长谈话了！”

贾士贞一愣，刚想说看到仝处长了，可话到嘴边又吞了回去。唐雨林又说：“安排到林垦总公司！”

“林垦总公司？”贾士贞吃惊地看着唐雨林，“就是那个刚成立不久的林垦总公司！”

唐雨林点点头。看得出，唐雨林对仝处长的安排，也不知道内幕。

“什么职务？”贾士贞问。

“副总。”唐雨林说，“前几天一直传说他到农垦局当副局长，怎么突然变了？林垦总公司虽然是正厅级，可是这个单位刚成立，又是企业，老仝能接受得了吗？”

贾士贞刚想发表一番感慨，又立即刹住了心中要说的话，不敢妄加评论，担心言多必失。但多少也有点同情仝处长，多少年来一直抱着美好的希望，一直在众星捧月中生活着的省委组织部机关干部处长，怎么能接受得了这样沉重的打击呢！

省委组织部在省区划设置办公室的干部考察工作结束后，再也没有什么消息传出来。王学西每天都处在诚惶诚恐的等待之中，等来的却是仝世举到林垦总公司任副总经理的消息。他知道，尽管林垦副总也是副厅级，但是这个副厅又怎么能和省委组织部机关干部处长相比呢？他不觉在心中暗自为仝世举鸣起不平来。想想不知命运如何的自己，他很想找个机会和仝世举喝两杯，一则是安慰他，再则也算感谢他这么多年对自己的关心和帮助吧！

这种念头一出现，王学西又犹豫起来了。仝世举后来对他明显冷漠起来，处处躲着他，他虽然吃不准这其中的原因，但心里也多少猜测到八九分。如果在这个时候冒冒然去找他，说不定仝世举会让自己难堪也说不定。这种惶惶不可终日的日子是王学西从没有过的，难道自己真的走到了人生的低谷了吗？

这天一上班，顾彪便叫来唐雨林和贾士贞，三个人共同拆开省区划设置办公室的民意测评表，很快统计结果出来了，参加投票共50人，投王学西称职票19人，弃权5人，不称职票26人，占52%，投汪永不称职票30人，占60%。和上次的结果相比，居然是惊人的相似。

三个人静了一会儿，顾彪问：“上次考察干部时测评结果是多少？”

唐雨林看看贾士贞，贾士贞急忙躲开他的目光，唐雨林说：“测评表没有统计，给仝处长收起来了。”

顾彪沉默了一会儿，严肃地说：“以后考察干部的测评表，在原单位就地包好，加封，由考察组每个人签名带回，大家回来当面拆封统计，作为考察材料的附件。”

顾彪又拿起桌上的考察材料，看了看说："王学西的考察材料你们都修改了吗？"

唐雨林和贾士贞点点头。

顾彪说："小贾，王学西上次的考察材料是你写的吧！"

贾士贞点点头说："是。"

唐雨林说："我看过，后来交给仝处长，他亲自修改了，又返回让贾士贞重新抄了一遍。"

顾彪问："原稿呢？把原稿找出来，钱部长要亲自看看。"

贾士贞一边转身一边说："我找找看！"

贾士贞一边走一边想，钱部长一定听到了什么，否则堂堂省委组织部长要亲自看那材料干什么？从省委党校回来的那天晚上，钱部长突然问起王学西是谁考察的；而这次考察王学西又刚刚在仝处长免职之后……想到这里，贾士贞的心里不觉有些恓恓惶惶起来。

一会儿工夫，贾士贞拿着那份仝世举修改过的材料，交给顾彪。顾彪对照一下两份材料，脸色一下子铁青下来问："王学西到底哪年出生，什么文化程度？"

贾士贞说："1938年4月出生是他档案中的依据。"

顾彪说："为什么改为1940年10月？"

"还有，"顾彪又说，"王学西到底是初中毕业还是高中毕业？这可不是笔误！"

大家低着头，谁也不说话。

又看了一会儿材料，顾彪看着唐、贾二人说："你们别多心，这事与你们无关。难怪钱部长那么认真，非要把当时的原始材料找出来。现在我也没有别的办法，只好把这些材料全部交给钱部长了。"

贾士贞至今都还清楚地记得，那天晚上是他把省区划设置办公室领导班子的测评表带回来的，而且自己还偷偷地做了统计。当时是51人参加投票，27人投了他不称职票，占52.9%，前后相隔一年多点时间，数字却没有什么变化，但这事他怎么也不能说出去，将成为他心中永远的秘密。

一个多星期后，就传出消息，王学西将要被免去省区划设置办公室主任的职务，留作正厅级巡视员。

早上八点半时，贾士贞拨通了省区划设置办公室的电话，王学西办公室无人，他只好拨通了人事处的电话。一听知对方是老廖，贾士贞还没开口，那边就结结巴巴地贾处长长贾处长短的，他喉咙始终像含着一口痰，难受得让人觉得想吐。

贾士贞有点讨厌这个老廖，不想和他再罗嗦下去，只说，让他马上通知王主任，上午九点整到蒋习宇省长办公室，并再三叮嘱，不得有失误。接着他又强调说，万一有特殊情况，一定要立即打他的寻呼。

过了一会儿，贾士贞正准备和唐雨林去蒋省长办公室，他的BP机响了，他立即回了电话。原来是王学西，他想问一下去蒋省长办公室有何事。贾士贞只轻描淡写地敷衍了一下。王学西满腹疑虑地挂了电话。他从来没有像现在这么宿命和消沉，他知道贾士贞一直没有忘记那次车祸的事，他甚至感到组织部所有的路都堵死了。一时间觉得悲喜、沉浮、恩怨、得失，仿佛都有谁在暗中做了安排。万般都是命，半点不由人啊！

当贾士贞和唐雨林来到蒋省长办公室时，驼铭已经在蒋省长的对面坐下了。随后，王学西也来了，这个官场上精到得法的王学西一看这阵势，顿时脸色苍白，往日的威风陡然间荡然无存。

蒋省长迎上去，握着王学西的手说："老王啊，请坐，请坐。"

接着驼铭也站起来和他握手，唐雨林和贾士贞也都站了起来，但没和王学西握手。因为王学西甚至连看都没看他们俩，不过他们还是注意到，王学西那张黑脸突然间变得红黑如枣了。

大家坐下之后，蒋习宇的目光在每个人的身上扫了一下，最后落在王学西的身上说："老王……"说了两个字就停下来了，拿起桌上的香烟，扔一支给王学西，又对大家说："你们谁抽？自己动手！"

王学西感到室内的空气似乎有些稀薄，压抑得气都不够喘，心跳得全身都在颤动。目光盯着蒋习宇，只见他的脸上没有什么特殊的异常表情，反而比往日更加温和些。

蒋习宇右手夹着烟，却没有点，说："老王，今天请你来，是关于你的职务问题。"他不紧不慢，态度不冷不热。王学西慌了，他的心里疑疑惑惑，有点像老鼠在啃着。

"今年五十八岁了吧！"蒋习宇又说。五十八岁，他多么怕提这个岁数啊！他的心更加慌乱起来，没等他回答，蒋习宇又说："老王啊，省委考虑到你的具体情况，决定让你退出主任的领导职务……"

王学西像是被蜂子蜇了一下，黑脸一下子失去了血色，苍白得灰黄而凄凉。

“省委决定由民政厅卢永祥同志接替主任职务。”蒋习宇轻轻松松地把这个重如千斤的话题点出来，他还是那样和蔼可亲，还是那样笑容可掬。

王学西差点窒息过去，憋了半天，才吃力地吐出几个字：“那我……我还有……两年呢！”

蒋习宇大笑起来了，在这一瞬间，王学西恨透了面前这个一省之长，他真的巴不得有支枪，不顾一切地朝他射去。

蒋省长又说：“还有两年时间，就是请你带带永祥同志嘛！你是一个老共产党员了，又是省人大代表，共产党员生命不息，战斗不止嘛。”

王学西头脑清醒了些，他在心里冷冷地嘲笑蒋习宇，大骗子，不让你当省长你还会卖狗皮膏药！他的黑脸越拉越长，越来越难看了，心里慌慌张张地说：“职务没了，办公室也没了，带什么？”

蒋习宇听出他的话带着情绪，又安慰说：“怎么没职务，怎么没办公室，待遇不变，巡视员不是职务嘛！”

蒋省长没等王学西反应过来，又说：“老王啊！你是一个老同志了，我说一句难听的话，你别不高兴听，当官是一时的，做人是一辈子的呀！不担任领导职务了，有时间想想这几年的工作、为人。你那里的群众对你还是有些意见的，我就不多说了。”

现在王学西终于明白了，突然想到省纪委的老乡透给他的信息：接到不少人民来信，反映他工作上的，生活上的，经济上的一些问题。联想到仝世举的安排，他有些紧张了，有些心虚了。

贾士贞抬头看看王学西，两人的目光相遇了。贾士贞突然感觉到他的目光里渗透着恶狠狠、阴辣辣的意味。在这一瞬间，王学西不知为何，又把一切仇恨想发泄到这个只是一个副处级组织员的贾士贞身上了。自从那次车祸相识之后，好像贾士贞一直处处在和他作对！好像他们之间压根就是冤家对头似的。

旋即，王学西振作一下自己，说：“我就干脆提前两年退了吧！正好我的身体不好，留着那个巡视员碍着人家的事，卢永祥可是个很能干的难得人才！要我带什么？”蒋习宇知道他的话中有话，甚至带着几分嘲讽。王学西心里暗暗在骂省委组织部，你们又是怎么选拔、考察干部的，卢永祥是什么好东西？他走过的单位谁不知道，那是一个大流氓！不信等着瞧吧。

当然，卢永祥究竟是什么样的人，一个省长也未必清楚，省委常委讨论干部时只是听听组织部的汇报，那都是摆到桌面上的官话、套话、好话，甚至是假话。然而，即使卢永祥真的是那样一个人，一个省长岂能听你王学西一句话，就改变省委常委的决议！但是贾士贞多少听到一些关于卢永祥这个人的为人和品德。民政厅的群众没一个不骂卢永祥的，甚至说不知哪个领导吃错了卢永祥的药，把这样的人提拔到厅级干部的岗位上来，对党的事业、对群众也太不负责任了。可是贾士贞却无法改变这个现实。人微言轻，他根本没处说，说也没人听。何况已经有了仝处长给他的深刻教训了呢。

“学西同志，不要有情绪嘛。六十岁退休这是国家的规定，省委怎么能提前两年让你退休呢。”蒋习宇严肃起来了。

王学西低着头，自己爬上正厅仅仅一年，还没来得及施展自己的才能和抱负，心里实在不是滋味。没想到自己的政治生涯在毫无思想准备中就结束了。省人大代表算什么，连空壳也不是，人大代表无级别，没有职务工资，随着他的职务被免去，人大代表也就寿终正寝了。他的心里愤愤不平的是，至今还没有哪一个正厅长五十八岁就下来了的，而且在正式谈话前没有吹出半点风，这突如其来的暴风雨式的心理冲击他有些受不住了。倘若是个副厅长，到了五十八岁，明确个正厅级巡视员，虽然是非领导职务，那也算有个面子，解决正厅级待遇问题，那是理所当然的，而他这明明是一种惩罚嘛！

他记不清自己是如何出了蒋习宇的办公室，又是如何出了省政府这座大楼的，他的奥迪车停在院子里，往常他上车后总是得意地告诉驾驶员去哪儿，可今天，他上车后往后一靠，却一句话也没说。驾驶员引擎发动后，还不见他发话，便说：“主任，去哪儿？”

“操他妈个×！回家！”王学西骂道。

第二十五章　调离机关干部处

春去秋来，寒暑交替，莫由省委大院内的垂柳飞了两次花，高大挺拔的梧桐树也落了两次叶。不知不觉，贾士贞在省委大门已出入了一千多个日日夜夜，现在，他到省委组织部已经三年多了，玲玲也早已调到省文化厅工作。经过三年多的工作、学习、锻炼，使得贾士贞更加成熟而老练。虽然他还只是一个副处级组织员，但是，在领导眼中，他已经成了省委组织部的一名骨干。

只是机关干部处长换了人，顾彪在半年前调到省委党史工作委员会任副主任，党史工作委员会是个厅局级单位，事情不多，虽然顾彪不太满意，但想想总比仝世举要强得多了。两任机关干部处长的安排都出人意料，却没人知道其中的原委。现任机关干部处长章炳雄是钱部长亲自点的将，只有三十六岁，既年轻，又富有朝气，此前在西臾地委做副秘书长。

这天上午，贾士贞去处长室请示工作，敲了两下门，听到章处长在打电话，正想离开时，听到章炳雄在电话里说："是他考察的，两次都是他，噢，责任不能全在他。好，好……行，我马上就把他原来的考察材料找出来，送到哪？噢……好……"

贾士贞心里突然咯噔一下子，这个电话里显然指的是他，而且他感觉这件事很可能指的是党校的尤达金。他想了想，一定是尤达金的提拔有人提意见。应该说这是预料之中的事。正在这时，章炳雄朝门口走来。贾士贞一时慌了，他想退回去，但已经来不及了，万一章处长发现他站在门口，那么章处长肯定会认为他是在偷听，进去也不行，在这一瞬间，他真的尴尬到了进退两难的境地。章炳雄刚要到门口突然又返回去了，贾士贞这才松了口气，本想赶快退回去，却轻轻敲了敲门，章炳雄说了声："请进！"便坐到位子上。

没等贾士贞说话，章炳雄问："小贾，尤达金和章以平两个人的测评结果在你那儿吧？"

贾士贞愣了半天，想了想说："当时我单独用一张纸，把这两个人的测评情况写在上面，请领导定夺的，因为……"

"我怎么没有印象？什么结果？"章炳雄问。

贾士贞犹豫起来了，吞吞吐吐地说："章处长，这两个人的测评结果……"

"怎么了？"

"章处长，我们把当时的票封存好，怕领导检查，就保存起来了，从没有人动过，要不要请您再看看？"贾士贞有些为难地说。

"好，你去拿来。"

贾士贞转身回到办公室，找到封存好的测评表格，此时他的心里有说不出的难受。为了这两个人的问题，贾士贞确实左右为难，他知道，这两个单位的群众对尤达金和章以平的意见很大，但是，领导点名考察，一次不行，再次考察，贾士贞也许是因为王学西的事深深地教训了自己，他不敢再进谏了。章处长年轻气盛，贾士贞有些害怕。只好把许多事都隐藏在心里。俗话说，为官之道，贵在用忍。现在，领导要查这两个人当时的考察情况，他真的有些胆战心惊。这次问话他什么也没说，该承受的他都决定默默地承受着。

章炳雄看着统计结果，皱皱眉头，过了一会儿说："士贞，就放在我这儿吧！"

贾士贞尴尬地退出处长室，心里总是有些不安，不知到底出了什么事。

第二天下午，贾士贞还在为尤、章二人测评事情烦恼，他觉得章处长的态度怪怪的，不知道是什么意思。这件事虽然已经过去四五个月了，但他清楚地记得，当时正因为这两人的测评结果不正常，所以他和江碧玉反复商量后，决定在考查材料上就回避了，而把结果另写在一张纸上报告给章炳雄。因为他知道这两个人和章处长有一定的关系，章处长年轻气盛，万一惹怒了领导，那可是吃不了兜着走！同时他也害怕再出现第二个王学西事件。可是现在处长却说没有印象。

正在这时，唐雨林来找他，说驼副部长让他马上去一下。贾士贞感到气氛有些不正常，忐忑不安地来到驼副部长办公室。驼副部长虽然客气，但脸上有些异样的表情。驼副部长看了看他说："小贾，尤达金和章以平是你考察的？"

"是。"

"这两个人到底怎么样？"

"驼副部长，有些话我不想多说，也不想推脱责任，既然这两个人的问题，终于发生了，现在我只能把责任承担下来。不知道到底发生了什么事？"贾士贞觉得自己在不知不觉中被推到了一个无法脱身的旋涡当中，而且越陷越深。有些事他不是不讲，他害怕要是讲了，惹来的麻烦更大。

"一个干部，刚提拔不久，告状信就跟着来了，甚至写到中组部，中纪委！"驼副部长脸上带着几分寒气，"如果真的如告状人所说，那么我们省委组织部、省委在考察、选拔、任用干部上就确实存在问题。你想，一个干部处长连机关党委委员都选不上，群众基础那么差，怎么能提拔呢？你在考察干部时就没有发现这些问题吗？"显然驼副部长有些不高兴。

"驼副部长，我们考察干部时应该说还是能听到一些群众的真心话的，群众确实也信任我们，认为我们通过考察能够把德才兼备的好干部选拔上来。可我们的任务呢，从我们考察到常委会，这其中经历了一个复杂的过程。而我们要做的事只是那几页考察材料，那两三千字的评价，而且那些考察材料几乎千篇一律，况且对于已经被确定为考察对象的干部，人人都说成绩是主要的，所以凡是被考察对象，谁都能找出一大堆成绩、优点。"贾士贞说了半天，突然觉得有些过火了，立即刹住后面的话。

"是啊，小贾，你说得太有道理了，没有很好的制度来制约，靠哪一个人是无法来克服这样失误的。"驼副部长突然间换了一种态度，继续说，"那有些情况，你为什么不反映呢？"

"驼副部长，从理论上讲，你的批评非常正确，但是在实践当中，我们向谁说，谁又会听我们说，难道我们说的就是正确的吗？也许同样一件事情，不是贾士贞和江碧玉，而是另外的人又是什么看法呢？随意性太大，而且组织部考察人员的素质、职业道德也是有很大差别的。这些日子，我一直在思考这些事情。"贾士贞想把这两次考察尤达金的经过都如实告诉驼副部长，但他不得不缩了回去，权衡再三还是忍住了。宁愿自己承受误会和批评，也不能再把这件事的矛盾扩大化，否则就是真的把自己推上风口浪尖了。

“那么当初在这两份考察材料上为什么没有把民主测评结果写上去呢？”

“这……驼副部长，这事如果能不追究就不要再追究了，如果一定要承担责任，那就由我来承担吧！”

“你不知道，这件事侯书记挺认真的，让我们一定要查清楚，该谁负责就由谁负责。”

驼铭不再说话了，看得出他在深深思索着什么，过了一会儿，他说：“这事还是我来承担吧！我不能把责任推给你们，你们也不应该承担这样的责任。”

晚上回到家里，贾士贞的心情一直好不起来。现在他才感到省委组织部在外人眼里威风赫赫、耀武扬威，其实哪里能那么事事都称心如意，现在他就有如履薄冰的感觉。虽然由一名普通教师成为一名副处级干部，可是真的没有当初在地委党校当老师时生活得自在快活。官场上的微妙和玄机只有身在官场的人才了解其苦衷。

表面上贾士贞还是忙忙碌碌，出入在省委组织部，可他总是不那么踏实，好像要发生什么事一样。

周一桂打来电话，贾士贞因为心事重重，无心深谈，便敷衍过去了。三年了，周一桂还在县委书记的位置上干着，也许他心里有许多话想说，但是却又不知道该怎么表白。其实贾士贞心中早就明白他的心思，可他总是找不到适当的机会和方法。是啊，王学西那样的人居然都能提拔到正厅级，而周一桂这样的县委书记干了那么多年，却始终当不上地委副专员，地委常委！

不知为什么，这些日子里，贾士贞常常无端地烦恼。想到驼副部长虽然没有继续追究尤达金和章以平的事，但他仍是满肚子苦水，只是他接受了当初和仝处长之间的教训，让自己成熟起来。

晚上刚吃完晚饭，卜言羽连电话也没打，突然登门拜访了。在省委组织部，贾士贞和卜言羽算得上朋友了，虽然官场上不主张在本单位交朋友，但是贾士贞和卜言羽之间通过几次交往，两人不知为何却有了一种默契。虽然卜言羽身为省委组织部长的秘书，工作上经常身不由己，但是两人还是时不时地找机会聊聊天，哪怕是短短的几分钟。然而像今天这样突然不宣而至，还是第一次，凭贾士贞对他的了解，卜言羽的突然到来，必然是有要事，而且一定与他有关。

卜言羽向玲玲打声招呼，便拉着贾士贞进了小房间，随即便把门关上了。没等贾士贞说话，卜言羽就告诉一个令他胆战心惊的消息。

有人举报贾士贞在某天晚上，去一个桑拿按摩中心。不言而喻，谁都知道那种地方按摩是假，嫖娼是真。

这个消息来得太突然了，贾士贞毫无思想准备，而且这个事情已经过去两年多，怎么会突然有人举报得那么清楚。贾士贞不知道怎么向卜言羽解释这件事，也不知道卜言羽会怎么看待他。老实说这种事情，对于一个干部来说，比经济上的问题还要难听得多，丢人得多。听了这个消息，贾士贞半天说不出话来，卜言羽一个劲地安慰他，还说事隔那么长时间，既然当时没抓住证据，组织上是无法定论的。不知过了多久，贾士贞终于含着泪说："卜秘书，我只能对天发誓，对你，真人不说假话，我绝对没有干那事！当时就是有人阴谋陷害。只是这种事，太丢人了，领导会怎么看待我……"

卜言羽走后，贾士贞把自己关在屋子里很久。直到玲玲开门时，他才心事重重地找个理由，总算把玲玲搪塞过去了。有些事，他不能帮着别人往自己身上抹黑。

其实，作为贾士贞，也不必如此担心。这件事虽然过那么长时间了，但是华祖莹是最好的见证人，还有那个小梁，只是这种事在调查过程中绝对不会找他本人的，那么调查的人又怎么会去找一个毫无相关的华祖莹呢！

躺到床上之后，贾士贞哪里还能睡得着！他失眠了。茫茫的思绪把他带回到那次由仝处长出面，约他去宏门大酒店的宴请。显然，王学西是东道主，而宴请的主角，虽然表面上是仝处长出面了，但实质上王学西却是冲着他的。后来贾士贞判断，那确实是道道地地的"鸿门宴"。

贾士贞是深知知酒这东西虽然世人离不开它，可它却会给世人引出许多祸事来这个道理。但当时碍着仝处长的面子，他实在是没有办法。另外，也是因为他曾经因王学西的事直率地进谏仝处长，以至双方产生了隔阂，既然仝处长不计前嫌，让他多喝几杯酒，那是领导看得起他。再加上贾士贞本身又是一个重情义、知礼节的人，他凭着年轻气盛，甚至不顾身体，听从王主任他们的摆布，以至把自己弄成那样子。后来发生的事，要不是华祖莹告诉他，他几乎没有什么记忆。事隔那么长时间，谁还能知道这件事，他觉得仝处长总不至于干这种事吧！何况仝处长在酒宴中途又因事离开了呢。这样仔细一想，他不敢再想下去了。

陡然间，贾士贞有些豁然开朗了，假如领导要认定这件事的话，必然要和他见面，那是要“双开”的事，到那时，华祖莹会把事情的真相说清楚吗？

一夜未眠的贾士贞，依然早早来到办公室，他开始观察领导们的动静。可是一连多日，都不见任何异常情况发生，卜言羽也再没有任何反应。

就在这时，贾士贞被通知，调去研究室任副处级组织员了。

事情来得太突然，不过贾士贞很快就想通了。如今的贾士贞早已不是当初的贾士贞了。当初，当仝处长告诉他，省委组织部决定把他退回乌城地委党校时，他简直有些承受不了，什么叫万念俱灰？他当时就是那种感觉。在那段时间里，他沉沦了，差点堕落下去。但现在，他能全然平静地看待自己，看待周围的一切了。

当然，贾士贞也想过，这次工作变动是否与举报他嫖娼一事有关，只是答案不得而知。但是，他坚信，如果任何一个领导只要怀疑他是否真有嫖娼事，那就必然会进行认真调查的，因为这并非关系到他一个人的政治生涯问题，而是关系到省委组织部的声誉问题。

现在摆在贾士贞面前的是，如何正确对待自己，如何干好本职工作的问题。他越来越坚信，任何一个人，只要他自己不倒，别人是打不倒的。

贾士贞调研究室不久，驼副部长召集机关干部处、地县干部处和研究室副处级以上干部会，研究举办一次全省地县干部科长干部考察工作研讨会。研讨会的主题主要是在新时期如何考察、选拔好领导干部。研讨会的形式为专家讲授，大家研究讨论的办法，驼副部长最后指出，这次研讨会由研究室主任魏晓明负责，贾士贞协助魏主任。尽快准备，条件成熟便发通知。

会后，魏晓明和贾士贞商量，研讨会共四天时间，第一天上午动员，由驼副部长主持，钱部长讲话，专家讲授决定请两位，一位讲党建，一位讲组织工作，具体讲授专家由贾士贞落实。钱部长的讲话也由贾士贞拟稿。省委组织部机关干部处，地县干部处各推荐一名领导主讲，研究室和全省十一个地市，每地区推荐一位同志发言。

贾士贞虽然第一次接受这样的任务，但他满怀信心要把这次研讨会组织好。临下班时便给石渊打了电话，只说让他约周道之处长晚上见面。

三人在一家饭店见面了，石渊点了菜，要了两瓶啤酒，贾士贞把组织部举办研讨会的事说了，希望周处长能在研讨会上重点讲授。周道之一听，也觉得机会来了，在省报搞这么多年理论研究，只恨怀才不遇，如今有这样的机会，他当即表示不仅要讲好这一课，还要一鸣惊人，并说，钱部长的讲话稿子他也包下来了。

讲授专家落实后，贾士贞先向魏晓明做了汇报。魏晓明其实是个粗人，原是部队副团职参谋转业的，过去在机关党委挂个虚职，资格老了，自然安排个主任，可是他既不能写也不能编。至于《莫由组织工作》杂志，魏晓明只能挂个空有其名的编辑部副主任，发什么稿子，他从不过问。

一切准备工作就绪了，通知一发，各地便报到了，研讨会便在组织部培训中心举办。参加研讨会的人，加上省委组织部的同志，超过了百人。

上午八点半，举行开幕式，主席台上就座的有钱国渠、驼铭、魏晓明，当天上午发言的是省报理论处处长周道之。

周道之今天来得很早，他把时间掌握在钱部长出席之前。钱部长和驼副部长一到，贾士贞便抓住时机，把周道之介绍给两位部长，并介绍了周道之在党建理论研究方面的造诣。周道之把早已准备好的名片交到钱、驼两位部长手里。

钱部长讲话的题目是“把握时机、迎接挑战，做好新时期的干部考核、选拔工作”。钱部长在两天前接到这篇稿子之后，初读一遍，不禁拍案叫绝，再一细看，觉得此文有理论，有高度，句句入木三分。原不知此稿出自何人之手，电话问了魏晓明，他说是贾士贞写的，这让钱国渠对贾士贞更加刮目相看了。他在讲话时，时不时地看看坐在台下的贾士贞。

钱部长讲话之后，休息十分钟。这时贾士贞走上主席台，钱部长大概是对自己今天的发言十分满意，居然余兴未消，看到贾士贞过来了，说：“小贾，研讨会准备得很好啊！我们省委组织部有人才啊！”

休息之后，便由周道之发言，他发言的题目是“党的建设与领导干部素质的哲学理论”。

钱国渠原来准备等周道之发言之后找适当机会就离会的，却没有想到周道之发言的题目一下子把他吸引住了，便想听听省报这个理论处长的发言。他先是双手捧着公文包，一听周道之的几句开场白，就深深地扣住了他的心弦，干脆放下了包。谁知周道之不仅才华横溢，而且有着超群的演讲才能，钱国渠越听越入神，越听越有兴趣，周道之的讲话不断引来台下的阵阵鼓掌。直到过了十一点半，他才迅速收缩了演讲。大家都拥上前来，争着和周道之握手，称赞周处长讲得精彩、绝妙。

贾士贞当着魏晓明和驼副部长的面把那装有六百元报酬的信封交给周道之说："周处长，按专家的授课标准，远远不够，只能表示一点心意。"

周道之坚决不收，说他也难得讲课，也不算什么专家，也就不存在什么劳务费了，如果你们一定给，那就只能捐给希望工程了。

研讨会结束的前一天，钱部长的讲话稿在省报新开辟的理论版，公仆论坛专栏里全文发表了。贾士贞从报社搞来一百多份报纸，给参加会议的每人发一份，又专程给钱部长送了一份。正巧钱部长办公室没有别人，钱部长兴奋地说："小贾啊，周处长是一个人才呀！什么时候约他见个面。"

贾士贞略一犹豫说："钱部长，你不说，我也不好多说，毕竟我们组织部是管干部的部门！"

钱国渠看着他说："你说，这又不是开会，也没别人，随便说说。"

贾士贞说："我以为像周处长这样的人，省报早该起用了，作为莫由这样一个省，还是很需要这样一个有理论水平又懂业务工作的领导干部，再说报社的班子也老化了。"

钱国渠说："是啊，可见我们选拔干部的方法、机制都有问题，渠道还是不畅通的。你的意思我知道了。"

第二十六章　论文发表之后

人活在世界上，大有大的难处，小有小的苦衷。命运，总是不可能处处如你所愿的。一个人，往往是在经历了无数的痛苦后，在重重的矛盾中，在艰辛的苦难煎熬中成长和成熟起来的。

贾士贞愉快地开始了新的工作。尽管他时时都在想到举报他的嫖娼一事。他十分渴望组织上能够尽快帮助他查清这个陷害他的事件，还他一个清白。可是，组织上对于匿名信一向不重视，不去查，更何况事情已经过去了这么长的时间呢？这样的举报信当然不会是仅仅写给省委组织部领导了，说不定省纪委、省公安厅，甚至省委、省政府的有关领导都有可能收到了。这事不想则罢，贾士贞越想心中越是怒不可遏！

至于领导为什么把他调到研究室工作，贾士贞并不想去过问，可却有些人居然把这事传到社会上去了，而大部分的传说又都是对他贾士贞极为不利的。

有一种说法更是让他愤愤不平。说他不仅和仝世举没有搞好关系，而且和后来的处长章炳雄也搞不好关系……贾士贞觉得这事真是天大的冤枉！就算他为了王学西的事，大胆进谏，和仝处长闹得很不愉快，可他事后吸取了教训，在后来的工作中处处谨慎小心，并没有再出现什么差错啊？至于尤达金和章以平两人的提拔问题，他也是直接和章处长汇报过群众反映的，而且私底下也曾认认真真地和唐雨林说过，哪怕是后来驼副部长在追究这件事的时候，他也是主动把责任承担了过来。到底问题出在哪呢？

事实上，贾士贞早已经察觉到章处长有把他推出机关干部处的意图。但那时也许是章处长有感而发，现在只不过是应验了他的话而已。

那是章处长到任后不久的一天上午，《莫由组织工作》杂志上登出贾士贞的一篇论文，题目是“公开选拔任用厅局级领导干部是干部人事制度改革的必然趋势”。文章不仅加了编者按，还有钱、驼两位部长的批示。这顿时就在省委组织部议论开了。

过去几年里，有些地方也曾公开选拔过科级领导干部，也有一些地区公开选拔过副处级干部。最近，虽然江山市委讨论了公开选拔几名正处级干部，但却引来了一些争论，尤其是公开选拔县、区长的时候，人大就有不同意见。他们说，如果这样选拔领导干部，那还要人大干什么，要人大代表又干什么？一石激起千层浪，省委组织部里也有人不点名地说：“现在居然有人在省委组织部内部提出要公开选拔厅局级领导干部，而且还写文章说：随着政治、经济和改革的深入发展，应该让各级领导干部的选拔工作基本走上公选的道路。”

章炳雄在省委组织部是最忙的一位处长，他平常很少有时间看报纸，更不要说这样长篇大论的文章了。直到组织部机关里几乎人人都看过了贾士贞的文章，他才翻开杂志，一看就拉长了脸，扔下杂志就出了办公室。他一边走一边想，觉得贾士贞是在故意哗众取宠，处处想出风头。一个刚到省委组织部不久的年轻人，居然敢对领导确定的考核对象提出否定意见，现在又写了这样一篇文章，他的目的只有一个，那就是想出风头、作秀。这实在不是一个等闲之辈能做出来的事，一个职位低微的年轻人，为什么处处出风头呢？说白了，不过是为了压倒别人，爬到别人的头上去。章炳雄越想越觉得不对劲，他万万没有想到，省委组织部竟出了个贾士贞这样的人物，而且眼看就成了他最强劲的竞争对手。

来到三楼，章炳雄正想敲驼副部长的门，又犹豫了一下，也许他认为驼副部长和贾士贞关系不一般，所以转念又来到钱部长的门口。他是钱部长从西臾调来的，这是人所共知的事，至于什么关系，当然没有人知道。

据说章炳雄当年读书时聪明过人，从小学到高中，学习成绩都是名列前茅的。他容不得别人比他强，从孩提时代起就是这样，现在，就像是回到了上学时，尤其是在中学时，他不愿意有一个同学高出自己0.5分，排名在自己前面。他不明白，他的这种心理为什么会在贾士贞身上膨胀起来。

正好这时部长办公室的门开了，一位陌生的人走了出来。章炳雄随后敲了敲门，走到钱部长的面前。

“有事啊？炳雄？”钱部长有些心不在焉地说。

“没……没什么事……”章炳雄有些吞吞吐吐地没有说下去。

钱部长像是在找什么材料，一边翻看文件，一边随口说：“怎么扭扭捏捏的，有话就说，怕我吃了你？”

“钱部长，我想建议调整一下处里的人……”章炳雄总感到今天谈话有些底气不足，不像往常那样沉着和踏实。

“调整处里的人这点事还找我，和驼副部长说说不就行了吗？这些事我早在部长会上明确过了，驼副部长是常务，他说了就算。”

“噢！”章炳雄搓着手，半天没说话。钱部长找到一份文件，看了看，将文件放下来，说：“坐，站着干什么，我觉得你好像有什么事，怎么，碰到什么不顺心的事吗？”

“不、不、不，怎么会呢？”章炳雄竭力放松自己，像让自己坦然一些。随便一些。

“怎么样，这个机关干部处处长还适应吗？”

章炳雄笑了笑，心里突然一亮，感到机会来了。钱部长不说这话，他怎么也不能突然说身边一个同志的缺点啊！这样会让领导会觉得自己不够处长的格，也觉得自己心胸狭窄，容不得人。

“有钱部长这样的好领导，我绝对会适应的，也一定会干好的。”章炳雄突然有些激动地说，“我的运气确实好啊，能遇到这么好的领导。”

“谁叫你和我有这个缘分呢！”

“钱部长，我认为组织部的同志主要是踏实工作，按照领导的意图办事，一旦为了出风头，那目的就不那么纯正了，这也不是组织部干部应该具备的素质。”

钱部长抬起头，认真看了看章炳雄，犹豫了一下说：“你的意思是不是指小贾，贾士贞的那篇文章？”

章炳雄微微一笑，他觉得自己笑得有些别扭，换了个姿势说：“我认为改革开放是大势所趋，组织部的工作当然要适应新的形势，可是说厅局级干部都来公选，那还要组织部、常委、人大干什么？那不乱套了吗？”

“你别说，小贾是个人才，不比当年的你差。”钱部长笑着用右手在空中挥了挥说。

章炳雄目不转睛地看着钱部长，钱部长的话重重地敲在他的心坎上，让他听了很不舒服。他万万没有想到，钱部长竟然这样评价贾士贞，心想，不就是一篇文章吗，耍笔杆子，有什么了不起，章炳雄突然说：“谈写文章，中国那么多作家，一写就是几十万字一本书，有什么了不起，让他来组织部是做什么的？组织部可不是写文章的地方。”

钱部长说：“炳雄，这可不是你机关干部处长该说的话呀！一个国家的发展需要各方面的人才，你能说让陈景润给病人看病，看不好病他就不是人才？”

“他有理论研究能力，让他去研究室，可以发挥他的专长。”

钱部长看看章炳雄，又说：“你是不是对小贾有什么看法，如果他有什么缺点你这个处长可以找他好好交换，也可以批评，我觉得他还是不错的。”

章炳雄本想把贾士贞当初居然提出否定提拔尤达金的意见，作为一个问题向钱部长反映的，可是一想，又觉得不对劲，现在关于反映尤达金和章以平的事还没有了结，那不正说明贾士贞当初做的是正确的吗？他只好把到嘴边的话又咽了回去。

“炳雄，关于党校尤达金和矿务局章以平两人提拔的事，是怎么说的？”钱部长突然转换话题，“侯书记又在催报告结果。”

“其实这件事并不复杂，谁都有对立面，我想把当时实际情况汇报一下，以后接受教训吧！”

“如实汇报是对的，要有充分的理由能解释清楚。比如尤达金为什么连党委委员都没选上？为什么这两个人的测评结果都没有写在考察材料上？”钱部长认真地说，“还有，对他们是不是要变动一下工作？缓和一下群众的矛盾？”

“钱部长，如果说到测评结果的问题，这主要责任在贾士贞。”章炳雄不知为什么脱口而出，但他的心里突然怦怦跳了起来，随后又说，“当然我也疏忽了，这事……”

“那当时是否有测评的表格？”

“当时有，后来找不到了，现在更找不到原始东西了。”

“这些东西不应该当时就销毁吧！”

“是的。”

“小贾怎么这样毛躁呢，平时看并不是这样的人嘛！”

“我们接受教训吧！”章炳雄说着，马上又转了话题，“关于他们两人的工作调整问题，我们考虑一个方案，请领导定夺吧！”

章炳雄和钱部长谈话之后，心里并不开心。现在他感到，在钱部长的心目中，贾士贞的位置不一般，但他不甘心，于是把贾士贞找到办公室，说：“小贾，你的这篇论文可是一颗重磅炸弹啊！差点把省委组织部炸得地塌土平啊！”

贾士贞一听，觉得不对劲。这几天他已经感到章炳雄对他不冷不热，不愠不怒了，现在他的这番话更让他不尴不尬起来。他笑着说：“章处长，您别笑我了。我知道您是西臾地区有名的大才子，我哪里敢在您面前班门弄斧啊！我敢说，不久的将来，您将成为莫由省的一颗政治明星。”

“你这是在刺激我啊！”章炳雄拉长了脸说，“我想你有这样雄厚的理论基础，往后那些事务性工作就让他们多干点，你可以多做些理论研究，弄出些理论来指导我们的工作，我会支持你的！”

贾士贞突然明白过来了，章炳雄对他采取晾的办法了。他哪里想到，自己一篇文章怎么会惹出如此的祸端来！他当然还估计到，不让他工作，让他去研究理论，那他又会公开地说，贾某某现在总是埋头写文章，为自己出成果，不做工作。这顶帽子不大不小，正好戴在他的头上。听完章处长的一番话，贾士贞非常冷静，笑笑，没有丝毫的情绪，说：“处长叫干什么就干什么，我一定努力做好工作！”

隔了两天，驼副部长把章炳雄叫到办公室，商量关于尤达金和章以平人民来信的调查报告，以及他们俩的工作调整问题。

章炳雄亲自修改了调查报告，反复强调基层党组一次又一次推荐，两人表现如何突出，群众基础如何好，只是由于坚持某些原则，得罪了少数人等等。驼副部长看了后虽然感到通篇空话假话，可是又一想，也只好如此了，否则又有什么好办法呢？就指出几点修改意见，让他再改一改。

接着章炳雄又谈了关于尤、章二人工作变动的问题。章炳雄建议尤达金到省委党史工委任副主任，章以平调农水办任副主任。

驼副部长说这样不妥当，这样做，反而在某些程度上比原来安排得更好了。章炳雄说他们又没犯错误，总不能降职吧！驼铭说这就是现行干部制度的片面性，大锅饭，能上不能下的弊端。但是，王学西怎么由正厅级主任变成巡视员了呢？章炳雄一时无话可说。商量了半天，只好把尤达金调党史工委任副巡视员，章以平任省区划设置办公室副巡视员。章炳雄虽然满心不快，但也不敢反对驼铭的意见。

就这样，部领导也许是真的采纳了章炳雄的意见，没多久就把贾士贞调去研究室进行理论研究了。

谁知道贾士贞去研究室上班不几天，他的那篇论文就在《光明日报》理论版发表了，接着又被《环球》杂志转载。这着实又让他兴奋了一阵子，可事情并没有想象的那么美好，除了那加起来不足两千元的稿酬以外，引来更多的却是一连串的麻烦，他甚至不敢再写文章了。

贾士贞到研究室之后，工作比在机关干部处轻松多了。他把大量时间都用在了读书上，至于《莫由组织工作》杂志，是双月刊，他只需用心把自己分管的版面编好就行了。他曾经向研究室两位主任建议过，要到市县搞一些调研，写一些调研报告，但一直没有得到明确的说法，当然领导不发话，他也就不能擅自行动。所以每天只好按时上班，到时下班，过着机关里的平庸生活。

这天下午，他突然接到华祖莹的电话，一时有些手足无措。因为这次工作变动他还没来得及告诉她，想必她是把电话打到机关干部处去，才又打到这里来的。

贾士贞决定晚上去见见华祖莹，他觉得华祖莹真的算得上是他的救命恩人。自从那次事件之后，贾士贞一直没有找到合适的机会，表示对她的感激之情，偶尔通通电话，也只是问好而已，或许那种无法言表的真情实感里多少夹杂着一种特别的东西，但谁又过多计较这些呢。两人都在努力地克制自己，尽可能不单独见面，避免不必要的麻烦和是非。此刻，贾士贞无法知道，他和华祖莹之间到底是一种什么样的缘分，又会有什么样不平凡的结局。但是不管怎么说，他只觉得自己这颗激动的心再也压抑不住了，他必须马上见到她。

第二十七章 只能如此

经过那次惊心动魄的“鸿门宴”事件，贾士贞和华祖莹之间的友情变得更加纯洁了。在贾士贞心里，华祖莹俨然已成了他政治生涯上的救命恩人，这令他对华祖莹更加恭恭敬敬，既严肃又认真起来了。

这天晚上贾士贞如约走进了华祖莹的房间。多日不见，两人都有些兴奋不已，华祖莹认真地端详着他，似乎像要把他印在心里一样。贾士贞坐在她对面的椅子上，也在认真地打量着她。两人一句话也没说，有点此时无声胜有声的感觉。

岁月的流逝，并没有冲淡华祖莹和贾士贞之间的特殊友情，因为他们各自的心底都有着对对方那不平常的记忆。她对他是那样的痴情与执著；他对她是那样的感激和敬仰。他们时而娓娓细语，时而相互默默凝视，时而久久沉默，时而又是感叹不已。不知不觉三个小时过去了。他准备告别了，可她却很是舍不得他离去。

她眼含热泪，把他按坐在椅子上，毫无头绪地告诉他说，因为自己出生在一个普通的农民家庭里，爸爸妈妈能把她供到大学毕业已经很不容易了。她家也没有什么亲属是当大官的，进机关或者好点的事业单位更是不可能了，所以，她只好选择来这里打工，给自己积蓄点经济实力，虽然她现在还没存下多少钱，但已经足够她的路费了，所以，她决定自费出国留学。凭她这几年的从商经历，她决定报考美国的重点大学，攻读MBA。不论怎么苦，怎样难，她都要完成自己的学业，实现自己的理想。

华祖莹要去美国攻读MBA，这个消息太令他感到意外了。但贾士贞也从内心感到高兴，同时，他又为她面临着的许多困难而担忧！当然，如果华祖莹真的能去美国哪一所名牌大学读MBA，那将来不仅她的个人前途无量，对国家来说也是有一定贡献的。可是贾士贞知道，去美国读MBA，和其他理工科专业留学不一样，不仅读书费用昂贵，而且美国对中国读MBA的留学生基本不给奖学金的。这样算来，两年MBA读下来，大约需要人民币近百万元，这对于一般的中国家庭来说，简直是天文数字啊！

贾士贞默默无语，全神贯注地看着眼前这位有恩于自己的女性，想到她即将只身孤影远涉重洋，踏上新的求学之路，心里甚为伤感和无奈。

他说，她对他有着永远报答不完的恩情，特别是那天晚上他醉酒后被人弄到按摩中心的事，他将终生难忘。他还向她诉说有人写举报信，检举他那天晚上“嫖娼”。

“士贞，这是关系到你的政治生涯和人生前途的大事，你一定要让组织上彻底查清，也看清到底是谁在陷害你！”

“我不是没有想过这事，可即便是有人写举报信，组织上不找我，我又有什么理由去找组织上谈及此事呢？如果领导问我自己是怎么知道的？那我又该怎么说呢？只能是等待组织上找我时再说了。”

贾士贞沉默了许久，突然说：“祖莹，你能有这样的雄心壮志，令我非常敬佩，现在，我们国家已经在逐渐重视管理人才的培养了，我一直在利用这个机会学习英语呢。而且，我们莫由省已经选送了几批正处级领导干部去美国，培训半年左右，回来后就提拔到各级主要领导岗位。”

“那太好了！士贞，你一定要努力争取……”

贾士贞有些兴奋，“我读师专时英语虽然还可以，但是，毕竟毕业已经十年了，在地委党校当老师时又用不着，都还给老师了。”

“士贞，你一定行。我可以帮助你。”

贾士贞觉得和华祖莹的这次谈话非常愉快，也非常兴奋。甚至觉得她给了他许多精神上的鼓舞。

华祖莹默默地注视着他，没有讲话。过了一会儿，她站起来，给他的杯子里加了点水，红着脸，说：“你坐一下。”她转身走进了卧室，拿出一盒录音带，又站在了贾士贞的面前。“士贞，此行一别，不知何时再相见，我没有什么礼物好送给你，这是我前一段时间录下来的一首歌曲，权当是我送给你的一份礼物吧，希望你收下，当你还能忆起我的时候，你就听听……”她的声音哽咽了，泪水滴落在了手中的磁带盒上。

贾士贞再也无法控制内心那如同火山喷发般的情感了，他轻轻地站起来，又轻轻地伸出颤抖着的双手，从华祖莹那双白嫩而纤细的手上接过了录音带，嘴唇在翕动着，呼吸越发急促……猛然间，他转身冲出了她的房间。

转眼贾士贞已调到研究室三个多月了。机关干部处是省委组织部的热点部门，到各厅局去考察干部，都属于正常工作，所到之处，那里的领导们总是前呼后拥，回到办公室也常常是加班加点，赶写干部考察材料。相比之下，研究室的工作既轻松又安静。贾士贞便利用这个优势，抓紧时间看些管理学方面的书籍，研究中国古代一些官吏的选拔、考核制度。每天从早到晚，他除了上厕所，就是看书，编杂志。同时，还抓紧一切时间来学习英语。“任何一种经历都是财富”，他的感受也越来越深刻。

随着时间的推移，或许像王学西那些人早已把他遗忘了。

这天下午，贾士贞接到省委组织部纪检组长周善良的电话，叫他到他的办公室去一趟。

放下电话，贾士贞一边往纪检组走去，一边想，纪检组长找他必然不是什么好事，但他反复考虑，自己没有什么违反党纪的事，说不定就是为了核实那“嫖娼事件”。

纪检组长周善良原是省纪委的一个处长，后来到省委组织部任副厅级纪检组长，所以他虽然已是五十多岁了，但还留在这个位置上。

周善良的办公室里，还坐有一男一女。贾士贞进屋后，周组长便介绍说，那一位是省纪委的，高个子姓尤，是位处长。坐下之后，尤处长说明来意，果然是为那封举报信而来。贾士贞自然脸不变色心不跳，他巴不得有人来找他调查了解此事。

尤处长说，他们接到省委和省纪委几位领导转来的人民来信，由于举报对时间、地点、细节写得十分详细，想必一定有原因，于是经领导同意，他们认真调查了这件事。他们查到了那天晚上桑拿按摩中心的一些当事人。又费了九牛二虎之力，找到了那个按摩女子，据她交代，那天晚上八点多钟，老板把他叫到办公室后就出去了。当时，办公室里还有一个陌生男人，人个子不高，向她交代了一番话后，一下子给了她五百块钱。晚上九点多钟的时候，她按那个男子的交代已经等候在那间客房里了。不久，一个高个男子背着一个醉了酒的男青年进了客房，那个高个子男人把醉了酒的男青年放到床上就走了。她按照给她钱的那个男子的吩咐，开始脱那个醉酒男青年的衣服。就在这时，突然来了一男一女，女的是一个漂亮的姑娘，那个姑娘给了她二百元钱，叫那个叫小梁的青年给床上的醉汉穿好了衣服，就背着走了。

尤处长像说故事一样讲完了事情的经过，他停了一会儿说，这件事让我们很难进行下去了，因为所有这些人都没有姓名，怎么查？这其中最关键的是那个漂亮的姑娘，还有那个叫小梁的人，只要找到他们当中的任何一个，就能弄清真相。当然，按照举报信所写的时间地点，特别是连那间客房都写得很具体。而那天晚上，在那间客房里又只发生了这样唯一一件事。

尤处长笑了笑说："贾士贞同志，恕我们冒昧，经过领导同意，我们找你核实这件事，希望你不要见外，也不要有什么顾虑。"停了停，没等贾士贞说话，他又说，"据我们分析，那天晚上肯定发生了一件并不平常的事，那个醉酒的青年无论是谁，他都是被动的，或者说是被别的什么人强行送到那个地方的。哦，对了，还有一个重要情节，就在那个漂亮的姑娘和小梁把醉酒的青年背走后不到十分钟，公安人员就冲进了桑拿按摩中心，而且还是直接冲进了那间客房，并且追问刚才那个嫖娼的人到哪里去了？这难道是巧合？实在太令人费解了！"

贾士贞久久地沉默。尤处长刚才所讲的故事，同样把他带入那样一个惊心动魄的场面，其实，那天晚上发生的事，固然因为他醉酒，没有什么记忆，但是第二天一早，他醒来之后，华祖莹已经把事情的经过原原本本地告诉了他。他不止一次想过，这件事情只要他自己不说，怕是永远成了无头案。显然，尤处长他们虽然没有明说那个醉酒的青年就是他，可是现在他们来和他说这事的经过不显而易见的嘛！因为那封举报信指控的就是他贾士贞。

此刻，贾士贞的头脑里在进行着激烈的斗争，那就是，他承不承认那个醉酒的青年就是他。贾士贞思绪翻滚，波浪起伏。"嫖娼事件"既然是有人陷害他，那么这个陷害他的人又是谁？只要他说出了原委，纪委一定会找到当事人，澄清真相，还他一个清白的。但是如果他承认了，那么就必须要说出那个漂亮的姑娘和小梁是谁。但是，华祖莹怎么办，谁都会怀疑他和华祖莹有什么不正当关系的。虽然，他和华祖莹之间也并没有什么见不得人的事，可是人言可畏呀！再说那天晚上喝酒的就那么几个人，王学西已经被免去主任了，就算这事是他指使的，谁又能拿他怎么着！还有仝处长，如今仝处长调走了，他也是一肚子怨气。想到这里，贾士贞再次权衡利弊。要是他不承认那个醉酒的青年就是他，这事就无法再深入下去了。这样一来，谁又能说那封人民来信举报的就是他呢！这样就等于什么事也没有发生。贾士贞不希望自己身上再发生任何事情，他感到从他被借调到省委组织部那天起，许多事情就戏剧性地不断发生，毕竟他不是演员，不是想出风头的美女作家，他只希望自己默默无闻地生活、平平静静地工作。

经过一番激烈的思想斗争，贾士贞看看尤处长，淡淡地一笑，说："尤处长，首先感谢省纪委对这件事情的关心与重视，并对这样的一封匿名信认真调查。从刚才尤处长的谈话中，说明这件事与我没有多少关系，我也没有必要为这件事有什么顾虑。"

尤处长笑了笑说："贾士贞同志，我们找你的目的，想知道那天晚上那个喝醉酒的青年到底是不是你？这事有点太蹊跷了，举报的时间、地点，写得那么详细、那么具体，包括许多细节和我们调查的情况都基本吻合。"尤处长看看周善良，接着说，"假如那个喝醉酒的人不是被那个漂亮的姑娘和小梁背走，那么可以肯定，他一定会被公安人员抓了个正着，这封举报信举报的也就成了事实。所以……"尤处长犹豫地停住了。

周善良看看尤处长，接过他的话题，说："贾士贞同志，这件事你也不必有任何顾虑，到目前为止，虽然举报信指控的是你，但是从调查情况看，没办法证明这封举报信举报的就是你，或者说这封信与你并没有什么关系。但是……"周善良没有说下去。

过了一会儿，贾士贞笑笑说："周组长，我知道你和省纪委的好意，我再次向你重申，那个喝醉酒的人真的不是我。我平日也不爱喝酒，怎么可能把自己喝成那样子呢！"

话已经说到这个份儿上了，再谈下去就没有必要了。周善良看看尤处长，尤处长只好结束了这次谈话。

现在贾士贞觉得轻松多了，他知道，省纪委怀疑他就是那个喝醉酒的青年，然而只要他不承认，他们自然没有任何理由认定就是他。

第二十八章　新的任务

岁月在省委组织部的大楼里悄悄地流逝，岁月同样在省委组织部外面的风雨吹打中迈着不紧不慢的脚步。

春天过去了，炎热的夏天到了。贾士贞在组织部研究室度过了一年零两个月，在省委组织部内部干部调整中，贾士贞出任地县干部处副处长。

就在贾士贞到地县干部处上任的第三天晚上，周一桂给他打来电话，说他已经知道贾士贞到地县干部处当副处长了。贾士贞觉得这消息传得真是太快了。周一桂说他要到省里开会，顺便想拜访一下贾处长，如果有可能的话，还想见见钱部长。贾士贞说他不敢做这个主。

通过几件事的交往与接触，贾士贞和卜言羽之间的关系更进了一步。在这次干部调整中，卜言羽被任命为省委组织部办公室副主任，主要工作还是钱部长的秘书。贾士贞对周一桂虽然不甚了解，但是他总认为周一桂和王学西是两类人，他们有本质上的区别。所以，他真心希望周一桂能够再进一步，便把周一桂想见钱部长的事和卜言羽说了。

第二天上午，卜言羽突然打电话给贾士贞，说钱部长下午三时约见周一桂，并要贾士贞一并参加，贾士贞随即电话通知周一桂，周一桂一听就慌张起来了。他在电话里急得结结巴巴地问贾士贞，本是想请钱部长赴宴的，认识一下联络联络感情，如果钱部长不方便，就改为登门拜访一下，没有什么工作要谈。现在要去办公室，那就必然有事要谈，你想一个县委书记，有什么要事需要在省委组织部长的办公室谈呢！再说了，在富丽堂皇的办公室里，又有第三者在场，什么事也干不了。情急之下，两人在电话里都无计可想。最后贾士贞说，既然钱部长在办公室约见，那说明对他也只是礼节上的接待，如此这般，就速速挂了电话。周一桂想到上次在办公室见顾处长时，他都感到尴尬，现在要见钱部长，他更是把心提到了嗓子眼。

下午两点五十分，周一桂准时来到省委大门口，贾士贞引着周一桂进了省委组织部的红楼，上了三楼，来到3001室门口。他轻轻地叩了门，听到里面传来了卜言羽的声音，门开了，卜言羽说钱部长正在里面等候。见了面，钱部长招呼周一桂坐下，让贾士贞倒水，周一桂只说不打搅了。钱部长不是那种喜欢黑着脸的人，对谁都是一副和蔼可亲的样子，更没有那种咄咄逼人的架势，“找我有什么事吗？”他并不多言，只是微笑着把目光游来移去。

贾士贞无需介绍钱部长，只介绍这位是乌城地区须臾县委书记周一桂，其实也无需介绍，卜言羽早已向钱部长说过了。

周一桂显得有些窘迫，端端正正地坐在沙发上，双手交叉着放在两腿之间，慢慢地说道：“钱部长工作很忙，我只想找个时间请部长轻松一下，也没有什么要事。只是士贞和我……”说到这里周一桂显得有些局促，脸色一阵红润，“和我是多年的朋友了，只是借此机会，看看钱部长有没有什么需要在基层办的事，而部长让我到办公室来见面，倒让我真的有些尴尬和不安了。”周一桂在官场到底还是老到的，虽然这种局面有些不合时宜，但让他这么一说，随和中带着几分幽默。本来真的有些尴尬反倒也就不尴尬了。

钱国渠笑笑说：“下面的同志来省里也不容易，见见面也是应该的，都是为了工作嘛，小贾人不错，现在是地县干部处副处长了。也算是管你们这一级的官了。有事多和小贾联系，我有什么事需要你们帮忙，就找小贾。”

钱部长更加礼贤下士，他这么一说，气氛就融洽得多了，关系似乎也拉近了一些。周一桂感到初次见面不便久留，既然目的已经达到，就站起来告辞了。钱部长从椅子上站起来，握着周一桂的手说：“我就不送了，请小贾代我送送吧！”

出了钱部长的办公室，周一桂才感到自己背上一片湿漉漉的，但心情却是愉快的，毕竟他作为一个县委书记，能够单独见了省委组织部长，这种机遇确实千载难逢，当然，他更是无限感激贾士贞。

就在这关键时刻，贾士贞收到北京一所重点大学行政科学研究所的邀请函，他们已经和中组部、中宣部等有关部门研究决定，召开一次干部人事改革研讨会。特邀贾士贞参加，并请他做好重点发言准备。

贾士贞虽然非常高兴，但又犹豫起来，那篇论文曾给他带来不大不小的麻烦。现在被邀请他参加干部人事改革研讨会，他就更不敢声张。可见，妒忌已经成为障碍中国人才发展的隐形阴影了，在组织部门也不例外。这也是中国人的弊病。

第二天上午，驼副部长把贾士贞找到办公室，问起北京那所重点大学邀请他参加干部人事改革研讨会的事。原来这所大学的行政科学研究所，同时给莫由省委组织部发了函，把邀请贾士贞参加干部人事改革研讨会的事向单位领导做了通知。驼副部长非常高兴，说钱部长表扬小贾有思想，有见地，也为莫由省委组织部争得了荣誉。不仅支持贾士贞参加这次研讨会，而且还作为组织部派去北京的重要工作来抓。

贾士贞虽然没有想到事情会出现这样转折性的结果，但是，他并不觉得这对于他今后来说是件好事。俗话说“人怕出名猪怕壮”。为了这篇论文，他已经受够了说不出的苦处。但是，领导如此重视，他又有什么理由不参加这样重要的研讨会呢？

尽管贾士贞极其低调地出席了这次北京干部人事改革研讨会，但是，经不住报纸、杂志、简报的宣传报道。不知不觉他又被推到了浪尖上去了。

连日来，他成了莫由省委组织部上上下下议论的中心。他不知道，等待他的将会是什么。

不久，贾士贞接受考察东臾地区县委书记工作，也顺便到几个地委组织部熟悉了一下情况。

东臾地委组织部干部科接到电话后，立即向地委组织部长周廉成和分管副部长王相民做了汇报，周廉成指示干部科立即打电话给贾士贞处长，约好派车前往省城接，但是，贾士贞坚拒了他们的美意。只是告诉他们抵达东臾的时间。

这天下午五时许，贾士贞和地县干部处另外一名叫于明的青年在东臾车站一下车，就见一瘦高个子年轻人手里举着纸牌，上面写着“接省委组织部贾处长”。大家握了手便上了奥迪轿车。

奥迪轿车出了车站，穿过繁华的市区，缓缓驶进东臾宾馆。客房已经安排好，李晓峰把贾、于二人领进房间，请他们稍稍洗漱，地委组织部一行正在大厅等候就餐。

过了一会儿，贾、于二人下楼来了，李晓峰迎上去，来到大厅，两位副部长以及几位科长依次握手。然后簇拥着贾士贞进了一个豪华包间。大家依次而坐，贾士贞和于明居中，右边空了位子。这时，坐在左边的副部长王相民说："周部长有点事，晚来一会儿，叫我们先开始。"

晚餐过后，贾士贞硬是把几位部长送走了。贾士贞洗了澡，趁于明洗漱时，给玲玲打个电话，报平安。

刚放下电话，电话铃就响了，贾士贞一接电话，却是一个女人声音，贾士贞一惊，正有些埋怨李晓峰怎么安排这种房间。如今，好多宾馆都是这样，神得很，男客人一住下，便会有小姐打电话问要不要服务。贾士贞说了一个喂，电话就传来女人的声音："贾士贞同学，哦，贾处长……"

贾士贞觉得这声音有些似曾相识，想了想说："你是……"

"老同学，官当大了，听不出来了，我是梅婷呀！"

贾士贞一惊说："是你呀！老同学，我们班的歌后嘛！你在哪儿？"

"我现在就在东臾，可以见见你吗？"

"我又不是什么大人物，怎么不能见！"贾士贞说，"哎，梅婷，你怎么知道我到东臾来的，你的消息来得也太快了！"

"好了，我马上到。"梅婷没等贾士贞说话，便挂了电话。

过了两分钟敲门声响了，贾士贞一开门，见一窈窕女子站在门口，正巧于明刚洗完澡，只穿了短裤出了洗漱间。梅婷慌忙退出去，贾士贞跟到门外。梅婷连说说："对不起，打搅你了，我让服务员另开一间房，我们老同学聊聊天。"说着转身去了服务台，只说了一句话，就拿了牌牌过来开了门。贾士贞一看就知道，这是她早就安排好的。进了房间，室内温度适宜，清香凉爽。梅婷便给贾士贞泡茶。

贾士贞说："十多年不见了，你还是这样，美丽可人哪！"

梅婷坐到旁边的单人沙发里说："老了，女人过了三十，就向半老徐娘奔去，还可什么人！"

贾士贞不想说那些套话，便问："你现在可以告诉我，是怎么知道我在这里的吧！"

梅婷说："老同学好厉害呀！真没想到你居然到省委组织部当起处长来了，让我不得不刮目相看那！早知你有今天，当初，我可是要和玲玲进行一场生死争夺战的呀！”说着大笑起来。

梅婷还那样幽默、泼辣、大方。贾士贞被她说得倒有些尴尬了，指着梅婷说：“你呀！还是那个脾气，爽直、大方！”

梅婷说：“玲玲现在好吗？”

“好，她调省文化厅了。”

“她可是我们学校的校花呀！”

“老同学，你不回答我的问题我也不问了。现在说说正事了吧！你这样匆匆忙忙地要见我，不会没有事吧！”

“没事，听说你现在当大官了，我岂有不来拜访之理呀！将来你要是知道我在这里连见都不见你，你不骂我？”

“你现在就在东臾机关工作？”贾士贞问，“你爱人干什么？”

梅婷收敛了笑容说：“让老同学见笑了，我们都在小县城，最底层。我爱人去年才调进陵江县委办公室，还是个小秘书。你不知道找了多少人，费了多少劲，我在县文化馆瞎混呗。和你这个省委组织部的大处长那是天地之别呀！”

贾士贞不敢打官腔，但他已经猜着了八九分，陵江县正是他此行的目的地，梅婷是不是陵江县委书记高嘉请来的说客，尚不敢定论。他在心里思忖了半天，觉得不该再追问梅婷了，有些事情当事人也是出于无奈。该怎么处理只是他的事了。

过了一会儿梅婷说：“老同学，说找你没事，那是假话，你如今是省委组织部地县干部处处长，是管地区、县委领导的官，我可以想象得出，那些地区领导，县委领导见到你是什么样子，而你在他们心目中的重要地位更是不言而喻的了。有道是‘天上一轮才捧出，人间万姓仰头看。’”

贾士贞说：“梅婷，你疯啦，什么话都说！”

梅婷大笑起来，说：“虽是玩笑，可你知道吗，老同学，省委组织部的处长在基层干部眼里那还了得！”

贾士贞有些局促不安起来，说：“梅婷，你的想象力也太丰富了吧！我只不过是具体办事人员，干部问题哪里这么简单。下面的人不了解实际情况，说得那么玄乎。其实省委组织部的人，不要说处长，就是部长，三分钟不呼吸照样憋死。”

梅婷说：“要不是因为你是我的同学，要不是我脸厚，想见到你这个省委组织部的大处长，谈何容易？”

贾士贞说："好你个疯丫头，这些年你学得如此坏了。"

梅婷说："你不知道，一听说省委组织部的大处长下来了，那些书记、县长简直不得了了。当然，要决定一个领导干部的升迁必须由掌权的领导决定，谁官大谁说了算，可是你们这些钦差大臣也是得罪不起的呀！笔一歪，说不定一句话就能送了他们的命！"

贾士贞笑起来了："老同学，哪能那么随便，好了，我也不多解释了。你想要我做什么，只要能帮的，我一定帮。我这点人性还是有的。"

其实贾士贞的苦衷，梅婷哪里知道，自从借调到省委组织部，他小心谨慎，可是还是发生那么多事，有时还真羡慕那种采菊东篱下，悠然见南山，与世无争，随遇而安的生活。

梅婷粲然一笑，说："其实，我也不想怎么样了，只是我爱人，现在县委办正缺少一个分管文字工作的副主任。"梅婷停了一下，盯着贾士贞的脸，"你明天就要去陵江了，高书记会一直陪着你的，如果方便的话，就在高书记面前提及我爱人魏欣的事，帮不帮就随他去了。"

贾士贞愣住了，他不是不肯帮梅婷，而且这也算不了什么大事，他作为省委组织部地县干部处副处长，要是真的对县委书记说这事，那县委书记肯定会看这个面子的。何况高嘉高书记呢！现在社会如此复杂，他想高嘉目前百分之九十已经知道明天省委组织部派人考察他了。而且梅婷此行，说不定就是从高嘉那里得到的情况，或者梅婷是受高嘉所托，也未尝没有这种可能。

贾士贞收起沸腾的思绪，缓缓一笑说："老同学，你何尝知道我明天要去陵江县的呢？"

梅婷的脸一下子红润起来了，但她的角色转换得很快，旋即恢复起常态说："士贞！哦，我失礼了！贾处长，有些事不可说得太明白了，给大家都留有一点想象的空间好吗？"

贾士贞坦然地笑了起来："老同学，我只是随便说说，好，我们都把话题放得轻松些，别那么累。我想好了，假如去你们县一定去你们家看看。"

梅婷一下子跳了起来，孩子似的抓住贾士贞的双手，大声叫了起来："真的？"说着满脸飞过一片片彩云。

贾士贞握着梅婷的手说："但是，说好了，不准做好菜，不准喝好酒，有一样特殊菜，我掉头走人，全部家常就行。"

梅婷乐得合不拢嘴，说："保证，保证。"

梅婷准备告辞了，随手从身边的小坤包里掏出个信封，说是老同学初次见面的见面之礼吧！

贾士贞脸色顿时变了，伸手推着梅婷的手说："梅婷，你把我当做什么人了，我们是老同学啊！你让我的心里好难受！"

梅婷有些尴尬了，说："士贞，我知道我这样做，太庸俗了，可你不知道现在到处都一样，现在上面下来人，送点土特产，送两条中华烟，两瓶好酒，那只是做做样子的，里面都有个小信封。正常往来当然不会超过一千，这样领导又不担受贿的名，堂而皇之地收下了。如果没有信封，领导自然也不会说什么，总感到你们下面的人不会办事。"

贾士贞不反驳，也不打官腔，想着刚才梅婷的一番话，他的心里阵阵地愧疚和隐痛，到省委组织部这短短几年时间里，他耳闻目睹了一些，但那时他只是一个小小的配角，虽然也时而扪心自问，但是他没有压力，没任何责任。现在他刚刚来到东臾，还没有开始工作，就遇上这样的事，不知道接下来还会发生什么。但是面对他当年的同学，贾士贞竭力放松自己，真诚地笑笑说："梅婷，我们俩十多年不见面了，当年在学校里，大家都那么单纯，真没有想到，十多年后我们俩是在这样的环境下见面了，当然在如今的官场，如果你把我也当做和他们一样，看做是一丘之貉，我也不会做任何解释，但总的说来，我……我们都要给对方一个宽松的环境。"

梅婷把信封收回去了，没有放进包里，依旧站在那里，她脸上不再尴尬了，说："贾处长，我理解你，可你也要理解我，社会上，大家都这样，我梅婷能超脱得了吗？你不知道送礼人的心情，他送是心甘情愿的，目的是想解决问题，和那种索贿、权力交换不一样。"

贾士贞突然从梅婷手里拿过信封说："梅婷，说实话，国家大事轮不到我来关心，可我想的是今后怎么做官，怎么选拔领导干部的问题。此外，梅婷，这是哪来的钱，多少？"

梅婷笑笑说："只……这个……"她伸出两个手指。

贾士贞又把信封还给梅婷，说："你们俩每月收入多少？梅婷，我没有想到在东臾会碰到你，更没想到今天会发生这件……"

梅婷说："士贞，只要你能理解我的苦衷就行了。其实这种事已经并不新鲜了，我也搞不清，这种风气是怎么形成的，俗话说，到底是驴不推，还是磨不转？谁都说不清楚，但我还是认为上梁不正下梁歪！”

贾士贞仍笑着说：“你们县里都这样，能说点听听吗？”

梅婷认真地看着贾士贞说：“贾处长，你饶了我吧！你这是让我在县里蹲不下去啊！何况我家小魏又在县委办。再说了，小小县城算什么。”梅婷有些难为情地看着贾士贞，并没有把心里的话讲下去。

过了一会儿贾士贞说：“梅婷，我劝你还是不要干这事，人活着要坦坦荡荡，清清白白的，当然我知道，如今当官并不都是凭自己的能耐，靠关系，甚至如你所说花钱去买，这回你听我的，看看不花一分钱，会是什么结果。”

贾士贞的这一番话，让梅婷很是感动，她何尝不知道，这全凭她和贾士贞的同学关系，若是没有这层关系，又会是什么结果呢？但她的心里又在想，高嘉让她来找贾士贞，她总不能就这么算了，不管怎么说，这信息可是人家高书记提供的呀！犹豫了半天才说：“高书记这人还是不错的。”

梅婷突然转了话题，倒让贾士贞有些意外，说：“你说的是你们的县委书记高嘉？”

“是啊！”

贾士贞却不再追问，只是哦哦地应了两声。这样一来梅婷反倒不好再说什么了，又坐了一会儿，只好提出告辞了。

送走梅婷，回到房间，于明已经睡下了。贾士贞躺到床上，总也睡不着，想着明天去陵江一事。

第二天早上，贾士贞醒来时已是近七点钟，匆匆洗了脸，李晓峰就来请他们吃早饭了。早饭后先去地委组织部，见过周廉成部长，简单交换了意见。楼下等候着两辆奥迪车，本可用一辆车的，但李晓峰说周部长怕一辆车太挤。于是王副部长陪贾士贞乘一辆车，于明和李晓峰乘另一辆出了地委大门，向陵江县驶去。

第二十九章　同窗之谊

贾士贞一行出了东舆地委大门，上了柏油马路，半个小时后，见前方路两旁停了五辆轿车，一群人顶着烈日，站在高温的路边，贾士贞所乘的奥迪轿车缓缓停在那些轿车旁。这时王相民转身对贾士贞说："贾处长，他们来接了！"

贾士贞吃了一惊，忙说："接什么？我们哪要接呢！"

王相民笑笑说："贾处长，这是礼节，或者说不成文的规定，别的部门不知道，我们组织部门凡是上级领导下来，县委县政府的主要领导都要到县界迎接的。"

贾士贞睁大双眼，茫然不知所措，正要说什么，那群人已经来到轿车前，为首的是一个高个子中年人，身材魁梧，肚大腰圆。王相民和贾士贞分别开了两边的车门，下了车。王相民快步绕过车头，说："这位是省委组织部的贾处长。"又指指刚从后面那辆车下来的于明说，"那位是于科长。"

大家一一握手，高温下，热浪一阵阵袭过来。这时王相民才一一介绍陵江县委、县政府一班人，县委书记高嘉，县长徐建才，人大主任李昭贤，常务副县长邹义明，县委副书记马祥庆，组织部长唐万东。

贾士贞心中不乐，但又不能表露出来，这种接待实在是一种不正之风！可他仅仅是一个副处长，又怎么拉下脸来说人家呢！

随后大家各自上了车，一路浩浩荡荡，好不威风，七辆轿车十分壮观，朝陵江县城驶去。

贾士贞靠在后座上，渐渐地从刚才的高温中冷却下来，如今的官场确实不比古代了，不要人抬轿子，否则那么多人，需要多少劳动力来抬呀！抬轿子的人冒着高温，坐轿子的人也要冒着酷暑，如今现代化了，抬轿人省了，坐轿子的也不受高温之苦了。贾士贞在头脑里细细地想着，省委组织部的处长下来就这样，那么副部长、部长呢，省委副书记、省长、省委书记呢！

正当他思绪茫茫时，轿车驶进县城，不久便缓缓进了陵江宾馆，只见宾馆内外彩旗在热风中懒洋洋地摇曳着，大门口两名年轻的武警战士立正站在烈日下汗流浃背。看这阵势，贾士贞以为省委书记、省长大驾光临呢。

七辆轿车显得有些拥挤，停在陵江宾馆一号楼前，高嘉抢先下了车，跑步来到王相民和贾士贞乘坐的奥迪轿车前，他正要拉开车门时，贾士贞和王相民几乎同时下了车。高嘉带头来到宾馆大门口，便站在一旁，笑着恭请省市委组织部领导进了大厅，县委组织部长唐万东让他们把客人请进客房。

王相民和贾士贞住的都是大套间。外间客厅，内间卧室，虽没有省城那总统套房豪华气派，但是在县城也是绝无仅有的。茶几上刚切好的西瓜，美国大提子，当地紫葡萄，正散发着清香，于明和李晓峰各住一个普通的单人间。

过了一会儿王相民来到贾士贞的房间，说："贾处长，上午大家休息，下午再活动吧！"

贾士贞说："王部长，宾馆门口的旗子和武警战士是怎么回事？"

王相民笑笑说："不知道，可能是因为……好了，别管他。"

贾士贞觉得王相民的话中有话，说："王部长，不要太小题大做了好不好？真的传出去那还了得！这不是害我们嘛！"

王相民没说话，一脸严肃，气氛有点尴尬，贾士贞拨开云层，尽量让气氛轻松一些，说："可能是省委书记刚走，还没来得及撤销吧！"贾士贞笑笑转了话题，"我想革除一切程序性的东西，也不需要开常委会或者四套班子联席会，会上说的大多是套话、空话、大话。我们下午就从县委主要领导开始交谈，尽可能把在家的四套班子成员都接触一下，这不光是为了考察干部，也便于掌握大家的思想。我想你已经把我们送到了，你忙你的吧！晓峰同志如果有事也可以回去，如果留下来，由你们决定，下面的进度视具体情况而定，我会和你们联系的。"

吃中饭前，宾馆门口的武警和那些彩旗都不见了，但是，贾士贞觉得那彩旗和武警还在他脑海里晃悠，晃得他像晕车一样难受。

十一点半时，县委组织部长唐万东亲自上楼吆喝大家就餐，陵江县一帮要员都以贾士贞为磁场，蜂拥着来到餐厅，省、地委组织部四人，加上高嘉、徐建才、马祥庆、唐万东，宽松地坐一桌，其余人在另一个包厢内入座了。冷盘也都是些家常菜，只是不像省城只有茶杯口那么大的小盘，都是大盘，分量也十分丰盛。

一位漂亮的服务员上前斟酒，贾士贞一看，是国宴茅台。这时高嘉端着酒杯，站起来说："今天天气炎热，我们陵江县委、县政府、县人大、县政协的全体成员心更热，让我们以最诚挚的心情欢迎省委组织部的贾处长和于科长，欢迎地委组织部王部长和李科长，让我们共同举杯！"高嘉显得十分兴奋，一仰脖子，就把酒杯喝干了。大家都站着，端着酒杯，贾士贞只将酒靠了靠嘴唇，便放下了。

王相民说："大家自便吧！"

高嘉看看王相民，笑笑说："能喝的还是喝了吧！难得难得啊！"高嘉平日喝酒是个不痛快的人，就是上级来人，他也是看对象的，往往是能躲则躲能赖则赖。其实这也难怪，作为一个县委书记若是每逢酒场必喝，恐怕是不进火葬场也被酒精点着了。而今天就不同了，他不仅不敢躲和赖，而且恭恭敬敬。人说官场上的领导畏的是组织部，恨的是纪委，况且现在是非常时期，特别是贾处长有些一脸的方针，一脸的政策，一脸的组织性，自然各位县太爷也只能象征性地表示一下意思，酒席难免气氛冷淡而萧条了些。

吃了饭，回到房间，唐万东说，请各位休息一下，下午两时半准时开始吧！贾士贞说，下午先请书记高嘉同志聊聊吧！

下午两点半，贾士贞一开门，只见高嘉已经站在门外。虽然已经握过多次手了，但他们还像是初次见面似的，贾士贞先伸出手，笑容可掬地握着高嘉的手，看上去像接待外宾一样。两人拉着手进了客厅，于明拿着笔记本进来了。

贾士贞说："高书记，请你谈谈陵江县近几年来在改革开放的形势下，县委在执行党的路线、方针、政策上，领导广大群众奔小康，基层组织建设以及干部队伍建设等方面工作情况。"

高嘉不慌不忙，既不像做报告那样慷慨陈词，也不像汇报工作那样唯唯诺诺，说话句句得体，十分老到，从县委一班人认真执行党的路线、方针、政策，到各级干部团结奋战，从带领广大群众奔小康，到全县工农业生产年年增长，让人感到十分振奋。贾士贞出生在干部家庭，没有在基层工作过，当然对农村情况了解甚少，但是这并不是专业研讨，他还是能听出一些道道的。按照组织部门考察干部的规范，考察人员主要是听，当然也可以提出问题，对任何问题都不表态，不回答，所以主要是高嘉一个人讲。贾士贞和于明只是埋头记录，时而抬头看着高嘉。高嘉不愧为多年县委一把手，谈吐自若，娓娓动听，天衣无缝，不知不觉就谈了近两个小时。

接下来是县长徐建才，徐建才虽然比高嘉大两岁，但当县长却是新手，他没有高嘉那么老到，但是讲话却虚的少，实的多，总共只谈了一个小时。

贾士贞看着表，见还有半个多小时，就对于明说，再谈一个吧！于是县委副书记马祥庆进来了。

直到晚上六点半钟，才结束了这次谈话。这时组织部长唐万东推门进来说，请两位领导到大厅就餐吧，县四套班子成员已经候在大厅等待陪客了。县委书记高嘉也走进来，原本背着的双手移到面前，交叉在隆起的下腹前，笑着说："贾处长太辛苦了，整个下午也不休息一会儿！"

贾士贞迎上前去，伸了伸双臂，说："高书记、唐部长，从明天开始，你们各位都忙你们的吧！县委组织部留一个同志就行了，干嘛总是兴师动众的。"

高嘉握着手说："陪领导也是我们的工作，况且，省里有些单位的处长下来，县委、县政府领导不陪还有意见呢！"高嘉随即就感到自己的话有些不太得体了，脸上显出一丝尴尬，随即说，"贾处长难得到我们县来，大家都很珍惜这个机会。"

贾士贞并不理会，走到客厅中央，回过头说："高书记，明天中午你们就不要安排中饭了，我有个同学约我去坐坐，本来组织部门考察干部期间是不接受宴请的，但我这同学官太小，只是一般干部，又是多年不见的老同学，说不吃饭他们死活不愿意，所以我就同意了，就去吃个便饭。"

高嘉笑起来了，笑得那样粲然，那样神采飞扬，说："人之常情，理所当然，不知贾处长的同学是哪位？"

贾士贞笑笑，“这县城里，谁还不知道谁，我想就不惊动你们县里领导了。”

“到底是谁？”

“县文化馆的梅婷。”

“啊，原来是我们办公室魏欣的爱人？见过两次，人漂亮、精干。”高嘉睁大双眼，吃惊地看着贾士贞说。

贾士贞点头道：“我们可不是什么名牌大学，乌城师专，惭愧啊！”

高嘉在室内来回踱了几步，挥着手说：“贾处长，历史从来就不是以学历论英雄的，毛泽东同志是从湖南长沙师范毕业的，那才是个中专呀！可是他才华盖世，不仅是中国历史上绝无仅有的政治家、军事家，还是伟大的大诗人、书法家啊！”

贾士贞忙按住高嘉的手说：“高大书记，我们怎么可以和毛主席相提并论呢，赶快刹车！”

高嘉收敛了痞劲，说：“贾处长，明天可要我们作陪？”

贾士贞说：“我看算了，你们一去，那惊动就大了。”

高嘉说：“这有什么，我们也算是陪领导嘛！”

贾士贞说：“高书记越是这样说，就越不能请你们了。”

高嘉说：“这个魏欣也是的，怎么不请我们？”

贾士贞说：“高书记，人家可不是请客，这只是我们同学多年不见，相互叙叙！”

贾士贞和高嘉在前面边走边说，其他人都跟在后面陆续出了房间，一起下楼去了。大厅里陵江县四套班子在家成员都来了，足有二十来人，这样的阵容，说实在的起码是地委书记、省委组织部长，省长、省委书记大驾光临，才会如此隆重。贾士贞心里有些不是滋味，他真没有想到省委组织部的一个地县干部处长，在县委书记眼里如此重要。但他依然如接见外宾一样，一一握手点头。尽管唐万东跟在旁边一个个介绍着，但贾士贞还是记不清某某副县长、副主任、副主席。

大餐厅摆下三桌，杯盏往来之后，先是款酌慢饮，渐次谈至兴浓，不觉飞觥献斝起来。众人愈添豪兴，贾士贞多次想制止，又都难以开口，好不容易结束酒宴，一行人前呼后拥，和贾、于、李握手告别。高嘉、徐建才、唐万东陪同上楼进了房间，高嘉问贾处长晚上是不是要玩玩，县城虽小，但舞厅等，娱乐场所也还过得去。贾士贞摆摆手，高嘉便说，那大家打打扑克牌吧！贾士贞说你们先打，我打个电话，便进了卧室，随后关上房门。一会儿，电话响了，贾士贞一接电话，是梅婷打来的，她说要和魏欣过来看望一下老同学。放下电话，贾士贞本想先洗个澡的，可现在来不及了，就只好在卧室等候。不到十分钟，门铃响了，他刚拉开卧室的门，见梅婷和魏欣已经进屋了。梅婷一边和贾士贞握手，一边向其余各位打招呼。魏欣一一向高书记、徐县长、唐部长问好，又朝于明和李晓峰笑笑，忙和贾士贞握手。

高嘉停住手里的牌，看着魏欣和梅婷说："你们是来请客的呀？"

梅婷说："是啊！我们老百姓那茅屋草舍，怕请不动你们这些大人物呀！"

高嘉说："梅婷啊，你可别在省委组织部领导面前出我的洋相啊！如果在我们陵江县偏僻农村还有几间茅屋草舍，那可能，如果说我们堂堂县委办公室秘书还住着茅屋草舍，我这县委书记还能当吗？"

梅婷说："高书记，你还没到我家去过，怎么就知道我家不是茅屋草舍呢？"

"好，那明天去看看，是不是送请柬来了？"高嘉说。

魏欣说："正是啊！我和梅婷两人都来了，正式邀请高书记、徐县长、唐部长。"

高嘉说："魏秘书，你又错了，你们请的是贾处长、于科长和李科长，我们只能算是作陪的吧！"

贾士贞越听越离谱，说："高书记，你们大家先玩着，我陪老同学坐几分钟。"

大家齐声说好好好，就继续玩牌了。

进了卧室，贾士贞忙着要倒茶，梅婷把他推到沙发上，三人便坐下聊天。魏欣初见贾士贞，自感地位悬殊，不敢多言，只是恭恭敬敬地坐在沙发上，两腿并紧，双手平放在双膝上。贾士贞瞥了一眼，就迅速地把目光移开，害怕梅婷看到了心里不好受，其实现在官场上就这样，下级见上级谨小慎微的，若按清朝礼节，还要下跪参拜呢。

贾士贞和梅婷夫妻俩只说了些明天宴请之事，他不大同意县里领导陪同去她家，但梅婷说那样不好。贾士贞只好做了让步，心想不该答应去梅婷家做客的。但事已至此，也只好如此了。魏欣很是拘谨，看着贾士贞和梅婷说话，他插不上嘴。一切商量妥当，梅婷就要告辞了，贾士贞也不留，说好明天上午十一点钟准时到梅婷家里，随后送梅婷和魏欣出门，梅婷夫妇又向客厅各位说了声，请各位明天一定要光临寒舍，就告辞了。

高嘉要让贾士贞玩一会儿，贾士贞坚持说在旁边看看就好。他在周围东家瞧瞧西家看看，还不时地帮着说句话。玩了一会，高嘉就说让省市委组织领导休息吧，大家就散去了。

第二天早饭后继续开始谈话，到了十一点多时，轿车全部停在门前，贾士贞不同意乘车，说县城不大，只当散散步，大家就只好边走边聊。半路上，高嘉和贾士贞走在最后面，突然，高嘉低声说："贾处长，小魏和梅婷都是很不错的干部，小魏是我亲自批准调进县委办的。工作能力、文字水平都不错，我已经对他有所考虑，干部上的事本不该随便说的，可你不是别人，是省委组织部管干部的领导，说也无妨。其实早在一个星期前我已经对唐部长说了，考虑让小魏出任县委办公室副主任，正好办公室缺这么一个管文字的副主任，而且现任县委办主任年龄也偏大，正考虑对魏欣重点培养呢。"话刚落音，又说，"等一段时间，再给小魏压压担子。"

高嘉这样一说，贾士贞皱了皱眉头，心里有些不乐，高嘉的意思是显而易见的了。没想到自己被利用了，高嘉也太会钻空子了，这弄得贾士贞心里挺别扭，却又不能表白。一句话也不说，慢慢迈着步子。

高嘉的步子更慢了，说："梅婷也相当不错，在文化馆也有些不能人尽其才了，我想把她放到文化局去，那里的一个副局长到年龄了，正准备办手续呢！"

贾士贞低着头，欲走又停。高嘉接着说："万东说什么时候考察一下，我说了，领导身边的人天天考察，你们组织部的考察都是形式，未必说好就好，说坏就坏。"高嘉大概也觉得自己的话有些不妥当，拍拍自己脑袋说，"不不不……"当然这话从县委书记嘴里说出来，让贾士贞着实吃了一惊。他本想阻止高嘉这样做，但又没有理由，自己凭什么干预人家县委使用干部呢，倘若让梅婷和魏欣知道了，倒说老同学不够意思的。只好装作似懂非懂的样子，这时前面的几位已经停在路边，在等他们，梅婷和魏欣也迎了出来。大家看到高书记正和贾处长窃窃私语，都转过脸去说闲话。贾士贞抬头看看高嘉，两人的目光正好相遇，相互笑笑，便大步往前走去。梅婷和魏欣迎上前，握着贾士贞和高嘉的手，笑着说欢迎欢迎。

第三十章　又一次深深触动

第二天依旧和四套班子负责人谈话。

当天晚上，贾士贞和李晓峰商量，明天的谈话请于明和李晓峰负责，他想请县委组织部来一个同志陪他到有关乡镇看看。商量已定就请唐万东部长派一个人。晚上九点多钟，接到处长打来电话，问了一些简单的情况，然后交代陵江县结束后去乌城，考察一下周一柱。

县委组织部陪同贾士贞的是干部科长叫匡正。这人四十多岁，个子不高，满脸肉疙瘩，他对贾士贞不冷不热的。贾士贞平日就不喜欢这样的人，即便是组织部的人，也不能每时每刻都拉着棺材脸，像家里死了人似的。贾士贞对这个人的感觉不怎么良好，觉得匡正的小眼睛总是飘忽着一种阴森的东西。仅此印象就改变了他的工作思路，他原以为既然是县委组织部的干部科长，基本素质也还应该是可以的吧！在找人谈话时准备让他在场，毕竟考察干部一个人是不妥当的，现在他决定改变原先的想法，找人谈话时避开匡正。

匡正坐在轿车前面的位子上，贾士贞一个人坐在后座上。头脑里想着自己身上的担子。中央反复强调各级党委、组织部门要认真选拔那些德才兼备的“四化”干部，作为省委组织部地县干部处的一名副处长，位虽不高，但肩上的责任却很重啊！现在他所进行的，不正是履行这样的职责吗！

陈圩乡离县城不过二十多公里，轿车行驶不到半个小时，驾驶员说，前面围着很多人的地方就是乡政府。

说话间，车子已经到了，大门口围着一群人，贾士贞下了车。在一片吵闹声中听到一个人说：“你是怎么当上副乡长的？全乡哪个不知道！”

“你以为我们不知道啊？你买通代表，请代表喝酒，现在又把你的内弟搞上村委会主任……”

“你把那么多渔塘占为己有，不交给村里一分钱，现在又转包给别人，从中牟取暴利……”

人群中到底围着什么人？群众指责的副乡长是谁？谁也看不清，场面十分混乱。

虽然这事和他省委组织部考察干部工作的贾士贞没有多大关系，但是，他还是走上前去，要看看这到底是怎么回事。

“请大家冷静一下，这样围在乡政府大门口不好……”

贾士贞这时才注意到人群里一个中等个子，四方脸，三十岁出头的男子正在吃力地拨开人群，大声嚷着。

“华乡长，不是我们不相信你，你虽然是代表选举的乡长，是一个好乡长，又为我们办了很多好事，可是，我们知道，这事你解决不了，你不掌权……”

“大家有话好好说，你们这样也解决不了问题呀！”还是那个四方脸，被称做华乡长的男子大声说。

贾士贞回头看看，不见了匡正。正在这时，匡正和一个胖胖的中年男子匆匆地赶来了，见了贾士贞尴尬得有些不知所措，“贾处长，请……请……我来处理。不好意思……”随后大声对那个华乡长说，“华乡长，你是怎么搞的？快……马上把他们赶走！真是一些刁民！”

“贾处长，这是陈圩乡铁书记。”匡正说。

贾士贞看看面前的胖子，没好气地说：“你先把这事处理好。”

铁书记只好硬着头皮，面对义愤填膺的群众。

贾士贞坐在会议室里，心情有些沉重起来。他把刚才乡政府门口的事又和干部人事制度联系到一起。群众的情绪明显是对那个副乡长有着不满情绪，还有选举乡长不掌权又是什么意思？

会议室的茶几上摆着切好的西瓜、葡萄各类水果，贾士贞还在想着大门口群众，不知道到底发生了什么事。匡正也出去了，会议室里只有他一个人。

过了好久，铁书记慌慌张张地进来了，满头大汗，说：“贾处长，这……真不好意思，让领导看笑话了。”

贾士贞本想问问到底发生了什么事，觉得不妥当，铁书记忙着递烟拿水果，嘴里喋喋不休地唠叨着。

贾士贞见铁书记不想提群众吵闹的事，也不便多问。停了一会儿，贾士贞说：“铁书记，这样吧！我想先和你单独聊聊，还有其他地方吗？”

铁书记说：“我们就在这里吧！”他又回头对站在门口的中年人说：“惠副书记，请你和匡科长到秘书室等吧！”

贾士贞和铁书记坐在对面两张沙发上，便从铁书记是哪里人谈起，何时读书，什么学校毕业，何时在乡里任职……谈话气氛倒也轻松愉快。谈到县委领导班子，铁书记说，全国那些百强、十强县不了解，反正绝大部分都差不多是一个模式，而且到了县委书记县长这个位置上水平也都差不多。他说，你想中国的官员谁也没有专门学习过管理科学，一个跟一个学。铁书记又说：“许多作风，下面都是跟上面学的。贾处长，因为你是省委组织部的领导，有些话我随便说说，你也不要抓我的辫子。比如说，多年来各级党委都有一名副书记分管政工，政工副书记必然分管组织的工作，组织工作就必然分管干部，这已经是多年的惯例了。但是，自从前几年省委领导分工进行了调整，省里的政工副书记虽然分管组织工作却不管干部了，干部工作由省委书记亲自管。省里的榜样出来了，地委书记就照着做，自己亲自管干部，县委书记一看，地委书记做样子了，也就跟着学，以至省级机关的厅局，全省大小单位的一把手纷纷效仿。其实也没有这个必要，哪个分管政工的副书记还敢不听书记的。但是他们却非要这样做。”

贾士贞问：“你们县里也是这样的？”

铁书记说：“全省那么多地市县没有一家不是这样的。”

贾士贞在省级机关也听到这样的议论，因为省级机关几乎都是这样，群众也就习以为常了。只是省委组织部从没有议论过这样的事。

铁书记又说：“有一个县委书记，在调整干部时，要提拔一个乡党委书记，这个乡党委副书记只任了一年副乡长一年副书记，县委组织部长在拿方案时任用了这个乡党委副书记主持工作。并在县委常委会上讲了几条理由。谁知县委书记火了，几位常委暗暗支持组织部长，县委书记的意见就没有形成决议，从而对组织部长极为不满，不久便把组织部长调到别的县去了。虽然都是副县级，但是这种做法却反映出我们党的干部工作的弊端。”

贾士贞不停地点头，觉得铁书记很有思想，很有个性，并且能够大胆地谈出自己的看法。谈话比较投机，不知不觉就过去三个小时，到了中午，贾士贞也不准备再和其他同志谈了，就和铁书记说好不喝酒，只吃便饭。

于是两人在乡政府食堂吃了“四菜一汤”，中午也没有休息，贾士贞要见一见华乡长。华义彬看上去老实忠厚，见到贾士贞时还有些腼腆。见面之后，贾士贞问起上午大门口发生了什么事。华义彬有些吞吞吐吐，胆战心惊。但是，贾士贞多少也了解了大致情况，便不再追问。谈到工作时，华义彬隐隐流露出工作的难度，他是前年选举时参选对象，农学院毕业后，被分配到乡里当农业技术员，后来当了农技站长，那年在选副乡长时顺利当选。但华义彬分管农业，长年在农村跑，乡里谁也不把他放在眼里。让他参选乡长的目的是为了保证内定的乡长稳稳当当当选乡长。谁知人代会上，这个华义彬居然意外地当选为乡长，内定乡长只得三分之一票落选了。原乡长和现任党委书记是表亲，又和县委组织部有关系，落选后仍留在本乡当党委副书记，原乡长的分工依然没变，所以他这个选举乡长也就成了摆设了。他多次向县委组织部、县委领导提出要求变动工作，只是至今无人过问。

贾士贞问，县委组织部为什么不过问。华义彬只是苦笑着摇摇头。

这时贾士贞才想到华义彬为什么吞吞吐吐，胆战心惊。想到上午铁书记振振有词，侃侃而谈，还真的差点把他给忽悠住了。现在有些干部别的没学会，倒学会了忽悠领导的本领。

贾士贞对铁书记和这个选举乡长都有些似信非信。又找了那个落选乡长和乡政府的一些同志，证实了华义彬所言。

当然，这个做法已经超越了他这次考察干部的范围，然而，他却进一步掌握了在社会转型时期，基层干部人事制度上存在的一些问题。

吃晚饭时，贾士贞破例喝了几杯酒，却不和党委书记和那位落选的乡长喝酒，而连连敬了华义彬三杯酒，并且杯杯喝干了，弄得在场的所有人都莫名其妙。

晚上回到宾馆也只有八点钟，高嘉正候在大厅，见了贾处长就迎上去。来到客房，贾士贞一开门，地上有一封信，他随手拿起来。大略一看，正是写给他的信，不过下面却没有落款，在这一瞬间，高嘉也看到了这封信。他的脸色有些阴沉。

贾士贞随手把这封莫名其妙的信装进口袋里，佯作无事的样子。于明、李晓峰过来了，贾士贞说："你们打牌吧，我洗个澡。"说着就进了里间的卧室，关上门，取出这封信。他坐在床上，打开台灯，这是一封用印蓝纸复写的人民来信，信封上写着"莫由省委组织部贾处长亲启"。贾士贞轻轻拆开信封，抽出信纸，见是反映高嘉的受贿问题，但却没有任何具体事实的人民来信。信的内容文理通顺，字迹也很端正，落款是"一个善良的群众"。贾士贞没有马上洗澡，转身又出了卧室。见高、唐、于、李四人已经坐下拿牌，贾士贞瞥了一眼高嘉，觉得他的表情不像前两天，始终是满面春风，此刻少了几分快乐，多了几分忧郁。

高嘉抬起头，笑着对贾士贞说："贾处长，你来吧！"

贾士贞朝他看看，那笑有几分勉强和尴尬。贾士贞摆摆手说："你们玩吧！我浑身臭汗，先洗个澡。"但他却站在那里未动。贾士贞看着高嘉手里的牌，高嘉总是出错牌，总是"吃苍蝇"，总是输。

贾士贞洗完澡，并没有马上出来，在床上静静地躺了一会儿。再次走出来，大家都让他打牌，他说："不打了吧，休息好不好？"

李晓峰收了牌，彼此握手而别。

高嘉似乎有些犹豫之态，贾士贞佯装不知只把大家送至门口。高嘉也就只好惶惶地离开了。

躺到床上，贾士贞心乱如麻。从这次到陵江来开始向前回忆，他觉得组织部门考察干部太有些程式化了，上面定好圈子，下面画好线，考察干部的人只依此行事就好。群众只看到组织部多威风，谁知道这里也只是表面文章、文字游戏，自己不能主张出一张牌。组织部的工作真的太微妙了，王学西因为有了仝世举当上了副厅、正厅，而他表哥胡耀先不也是因为他当上了副县长吗？更让他难以忘怀的是在陈圩乡门口，群众义愤填膺的情绪和华义彬，还有那个落选乡长。随着他职务的升迁，权力的增大，又会有多少人因他而被提拔呢？什么是组织？组织说到底最后就是一个人！这个人和张三搭上线了，张三就官运亨通，和李四密切了，李四就前途无量。究其本质，还是体制问题。在现行的干部管理体制下，叫任何一个人来从事这项工作，都必然会出现这样的片面性和局限性。要克服在干部问题上个人权力的作用，就要从根本上解决体制问题，要有切实可行的监督机制，才能防止个人说了算。

夜已经很深了，贾士贞收住自己茫茫的思绪，竭力让大脑平静下来。

早饭之后，贾士贞说今天想听听县直机关一些部委办局的负责人的意见。第一个来谈话的是县委办公室主任，就是高嘉说的那位年龄偏大的主任。贾士贞一看，此人恐怕已经五十多岁，也许那是高嘉的真心话，但后半句就显得水分太大了。贾士贞也不想问他的姓名，只想听听他的意见。这位主任显得十分沉稳，句句话都恰到好处，既不损害任何人，也不突出某领导，理论多，实际少，宏观多，微观少。更是闭口不谈具体事例。这大概就是他多年来在县委领导身边得出的经验，否则也不可能在县委办主任的位置干到今天！

谈话难以深入，人人都是一套放到桌面的套话，这也难怪，人家大权在握，谁敢冒着身家性命去玩！那不怕死的亡命之徒毕竟太少了。

下午，贾士贞说自己要看材料，让于明和李晓峰与那些部委办局的负责人谈话。他不想听那些大同小异的套话了，说是看材料，实际上是在卧室里考虑问题。来陵江县才三四天，说什么也要蹲一个星期，不然怕领导说他太草率了。突然他又想到华义彬的事，这样一个年轻干部，又有群众基础，确是一个难得的基层干部，却没有一个很好的工作环境，贾士贞心中自有些愤愤不平，但又想，这又不是自己管的范围，不觉有些犹豫和矛盾。于是开了门，把李晓峰叫进卧室。

贾士贞给他倒了一杯水，两人点着烟，贾士贞说：“晓峰，你知道陈圩乡前两年县委安排的乡长落选了，而参选的副乡长当选乡长的事吗？”

李晓峰说：“听说了，有什么问题吗？”

贾士贞摇摇头说：“不是有什么问题，我昨天在陈圩乡，听说这个情况，那个落选的乡长现在是乡党委副书记，过去的分工没调整，而他和乡党委书记关系又不一般，选举的乡长也就成了摆设了。”

“这情况倒是不清楚，既是这种情况，县委组织部有责任哪！我来找唐部长谈谈。”

贾士贞沉思一会儿说：“晓峰科长！”贾士贞这一说就显得他们俩的关系顿时亲近了不少，李晓峰望着贾士贞，脸上始终露着笑意。“这个乡长叫华义彬，农学院毕业，有群众基础，应该大胆地培养才是。现在的干部风气越来越坏，要么靠人，靠关系，要么……”他想说“要么靠钱”，可他觉得他这样说不妥当，就收住了话题。

李晓峰自然明白贾士贞的意思，说："贾处长，我们都是组织部门搞干部工作的，你比我更清楚，现在理论上讲得好听，干部'四化'标准，但都是理论上说说，实际上还不是谁有权谁就说了算的，没有关系，再好的人才，也不可能有人推荐。干部的推荐、使用已成了个人好恶、讨好、拉帮结派的最好手段。省里我不知道，地区、县里这种情况在所难免。"

贾士贞说："所以，"他没有对李晓峰的话加任何评论，"我想，像华义彬这样的干部，也要给他机会，这样干部如果提到县委副书记、副县长的位置上，他一定会比那些人干得更好。你说呢？"

李晓峰先是有些震惊，后来也就平静了，笑笑说："那自然，贾处长，在乡党委书记、乡镇长、县部委办局主要负责人位置上，像华义彬这样的干部肯定多得很，但是符合县委书记口味的，或者说县委书记真心实意推荐的能有几个！我说一个事给你听听：我们地区下面有个县，有一个乡党委书记，工作一般，能力一般，无论从什么角度，县里提拔副县级干部肯定是轮不到他的。说来也怪，那年省里下来的扶贫工作队，工作队副队长、省某厅局的领导恰和那个乡党委书记是大学里的同班同学，没过多久，这位副队长便向县委推荐那个乡党委书记任副县长。县委书记先是一愣，立马说，我们县委也是这样考虑的，县委书记就拉着那个工作队副队长到地委组织部找部长，那个乡党委书记不久就当上副县长了。"

贾士贞点着头，不停地吸着烟，过了半天，他说："晓峰，不管其他人，我们也管不了那么多，现在体制就这样子，岂是你我改变得了的？不过，华义彬的事，我们俩要管！"他说话的口气认真而严肃，随后抬头看看李晓峰。

李晓峰笑笑，说："贾处长，这有什么难的，省委组织部地县干部处处长要推荐一个副县级干部，这实在是太小一件事，莫说一个，十个也没问题呀！"

贾士贞收敛了笑意，说："晓峰，话千万不能这样说，我们既管不到这副县级干部，也无权推荐干部。如果那样做，也是不妥当的，或者说违反组织原则的。所以这事还得由你设法从中协调才是。"

李晓峰说："你放心，贾处长，这是您第一次向我打招呼，我一定会办好的，再说您和那些领导不一样，又不是给自己的亲朋好友帮忙，而是为了举荐人才。"

贾士贞笑了笑说："我是完全不会因为个人关系在干部问题上打招呼

的，我只是对这种现象鸣不平！”李晓峰说：“贾处长，您如此认真，我绝不会当儿戏，一定会尽快给您回音的。”

和李晓峰结束了谈话，贾士贞依旧坐在卧室里抽烟，心里总想着考察干部的事。多少年来组织部门都是这样考察干部的，而每一个领导干部提拔一级总有一种奥妙。朋友、亲戚、同事、部下、同学等，大关系当大干部，小关系当小干部。他在机关干部处那段时间里，目睹了许多现实，产生过许许多多的疑问，使他逐步成熟起来。现在他认为，他在对待华义彬的问题上，才是真正的举贤任能，是正义的，纯洁的。如果组织部门管干部的每一个同志都能够这样，也许基层领导干部在选拔、任用、考察上会有一个大的进步。

贾士贞的心里又想到公开选拔领导干部的事，想到他的那篇论文，自然也就想到正是因为那篇论文触动了少数人。其实他真的不是为了出风头，不是为了以此来压倒哪一个人，他完全是为了呼吁组织部门的领导干部们，从体制上改变当前干部选拔任用上存在的问题。现在他越来越觉得选拔领导干部，非走公开选拔这条路不可了。给大家一个公开、公平、公正的机会，不靠关系，不靠个别领导好恶去推荐人才，只要有才能，有群众基础，就应该得到重用。这个办法应该在一个县、一个地区逐步扩大。

第三十一章　公开选拔领导干部的建议

直到吃晚饭时，贾士贞一直把自己关在卧室里，外面传来两声轻轻的敲门声，他才收回沸腾的思绪。打开门，只见满面笑容的高嘉站在门口，贾士贞笑笑说："高书记，请进！"

高嘉进屋后，递一支香烟给贾士贞，说："贾处长一个人关在屋里忙什么呢？"

贾士贞说："高书记，请坐！"

"贾处长，下午开了个常委会。"高嘉吸了一口烟说，"有几个干部常委做了研究。"

贾士贞看看高嘉，心想县委研究的只是科级干部，完全没有必要和他说这事，转念一想，是不是与魏欣有关。如果这样，这高嘉也有点太快了吧！贾士贞只是默默地抽烟，没有接过他的话题。

高嘉又说："县委打算让魏欣任县委办副主任，梅婷任文化局副局长。"

贾士贞显得有些意外，睁大眼睛看着他说："高书记，这事有些不妥吧！"

高嘉脸色微微一变，立即笑着说："是，是，是，贾处长，我不该说这事！"

贾士贞深深地吸了口气，只是哦了一声，两人都很久没说一句话。贾士贞在头脑里对高嘉这个人下意识地进行评价。从他见到高嘉的第一眼起，他觉得这个人的头脑并不复杂，算是一个外向型的领导，心直口快，没有什么阴谋诡计。但是，考虑问题有点不够成熟，不够老练。

晚饭后，贾士贞和于明、李晓峰在院子里散步，魏欣和梅婷来了。贾士贞和梅婷夫妇回到房间，梅婷便把今天下午县委常委研究干部的事告诉贾士贞。

贾士贞只是冷冷地一笑，立即避开这个话题。

梅婷笑笑，带着几分羞涩地说："老同学，要不是你这个省委组织部地县干部处副处长的威力，在陵江县里哪会轮到我们呀！再说了，这小小的副科级干部算什么呀！"

贾士贞严肃地抬起头，看着他们，说："梅婷，这话可千万不能乱说，这与我有什么关系，传出去就不好听了。晚饭前高嘉特地来告诉我你们俩的事，我没让他说，这事他办得有些不顾影响，传出去，对你们，对我都不好。前天我们这一帮人大张旗鼓地去你家喝酒，今天常委就开会研究你们俩的提拔问题，群众知道了，会怎么看？怎么评论？当然，我知道他是做给我看的，这个人，也太明显了点。"停了一会儿，又接着说，"你们别小看这副科级，在省级机关可是副厅级干部啊，在地区机关也是副处级呀！同样的程序，同样的道理，同样的权力！"

梅婷有些尴尬，觉得这事如同梦幻一般，但内心还是十分高兴的。

魏欣拿着中华牌香烟，手有些微微地颤抖着，好半天才抽出一支，递给贾士贞说："贾处长，我们夫妻俩真的不知道该如何感谢您了，如今这官场上像您这样的领导确实太少了，您是真心实意地帮助我们的，而且……"魏欣没有说下去，情绪很激动，晶莹的泪水在眼眶里晃动着。

这样一来，把贾士贞搞得既尴尬又被动，觉得高嘉这个县委书记太不成熟，也太不顾影响了。高嘉哪里知道，他这样做本想讨好贾士贞，但没想到反而留给贾士贞相反的印象。

贾士贞站了起来，走到梅婷和魏欣对面，看着他们说："在干部问题上，组织部门也希望能够做到选贤任能，但是无奈我们目前的体制还不完善，往往形成谁权力大谁说了算，造成干部选拔任用上的随意性、主观性、片面性。"

正在这时电话铃响了，贾士贞拿起电话："喂……我是贾士贞，哎……好！"

"贾处长，工作进行得顺利吗？"这是处长的声音。

"一切都按既定方案进行，考察工作进展顺利，处长有什么指示吗？"贾士贞说。

放下电话，贾士贞又想了想，想到那封人民来信，他对高嘉这个县委书记打上个问号。

梅婷心里还有很多话要说，想和贾士贞再聊聊，她看贾士贞接完电话，难以抑制的怦怦心跳。她说："士贞，我们希望你不断地进步，同学中能出你这样一个人物，我真是太高兴了，假如你当省委组织部长了，我们一定会拥护你的！"

贾士贞笑笑说："我可没有那个野心哟！"

梅婷说："老同学，我们在县城工作，天生就与官场无缘，你想，县里最大的官就是处级，县委书记、县长就那么几个人，其他人还谈得上官吗？可是现在偏偏一切工资待遇都与职务有关，官当的大了，工资就高，房子也大，坐的都是好车。想想我们也是人，是生活在官场最底层的人！"

贾士贞笑笑，心里有着无限的感慨，他自己也是从地委党校一步步走出来的，如果没借调到省委组织部，他现在也还是一个普通教师，什么级别都不是。此时此刻他不知道和他们夫妻俩说什么好，不知道是该同情梅婷夫妇，还是该祝贺他们！

梅婷打开手里的包说："士贞，你对我们的恩情是任何方法都无法表达的，我们也知道当今社会风气就这样，可我们老同学之间你又接受不了那种庸俗的形式。我这里有一件古代的收藏品，送给你做个纪念吧！"梅婷说着小心翼翼地从包里取出一个纸包，一边打开一边说："这是魏欣家祖上传下来的，'大明宣德炉'。"

贾士贞一看，是一只小碗大的铜香炉。这种稀世之宝在民间传说盛多，社会上的仿制品也不少，但真正的真品谁都没见过。

梅婷拿着小香炉，倒过来，指着底部说："这几个字是鉴定真品和赝品的标记，'大明宣德年制'。当年明朝宣德年间，朝廷制作了一百只这种香炉，大都由皇帝赐给当时的有功之臣。魏欣的祖上曾是明代著名的封疆大吏，获此殊荣。这个宝物也就一代一代传了下来。"

魏欣接着说："'文革'中我爷爷还在世，他怕被红卫兵抄走，就用一个小罐子装好，埋到院子里，这才保存下来。"

贾士贞一时没了主张，不知道自己成了一个什么角色，来不及多想，接过宝物，仔细地看了又看，说："你们二位一片诚心，让我非常感动，但是，我真不能夺人所爱呀，何况这是你们祖上传了多少代的传世之宝呢！”

梅婷说：“老同学，你就不要推辞了！这东西留在我们手里又有何用呢，即便这样一代一代传下去，又有何意义呢。送给你只是表达我们的心意，人非草木，孰能无情！你要不收下，我们俩心里会不得安宁的。”

魏欣说：“贾处长，我说一句难听的话，每一个在官场上混的人，都不容易，你就拿着吧！必要的时候说不定还能用得着。”

贾士贞把大明宣德炉端端正正地放好，严肃地看着梅婷和魏欣，说：“我非常能理解你们的心情，但是，我绝不能把这样珍贵的文物占为己有。”贾士贞犹豫了半天，又说，“这样吧，这件物品我先带回去，想办法找专家鉴定一下，如果是赝品，那就另当别论。若是真品，如此珍贵的文物，还是让它回归国家吧！”

梅婷睁大双眼，看着贾士贞，半天才说：“那……那就由你决定吧！”

“但是，如果证实是真品，上交国家的话，还是以你们夫妻的名义。”

梅婷站起来说：“老同学，打搅你，我们告辞了。”

贾士贞不再推辞了，忙把大明宣德炉放下，送梅婷夫妇出了门。

第二天仍然由于明和李晓峰留在宾馆，召开了两个座谈会，贾士贞继续跑了两个乡镇。下午回到县城，三人碰了头，准备明天早饭后回到东臾地区去。晚上陵江县委、县政府、县人大、县政协要举行隆重的晚宴，被贾士贞取消了，改为和县委组织部的座谈会。

会上，贾士贞把自己对公开选拔领导干部的问题提了出来，引起与会者的强烈反响。县委组织部长唐万东在座谈会上一言未发。会议一结束他就对贾士贞说，干部人事制度必须改革，不改革不但影响改革开放的步伐，还会增加权力腐败，败坏了党的形象。他希望贾处长能再和县委主要领导共同研究这个问题。贾士贞深知唐万东的用意，便决定马上请县委书记高嘉、县长徐建才和组织部长唐万东，研究如何在陵江县公开选拔科级干部问题。

高嘉听了贾士贞的讲话，便知道他的思想动态，表示将立即着手研究公开选拔部分正科级领导干部的问题，并且要通过试点不断扩大，今后陵江县的大部分科级干部，凡能公开选拔的都要用这样的方法来解决，不让那些跑官、要官、买官的人有机可乘。这时唐万东说贾处长在《莫由组织工作》杂志上，曾发表过一篇关于公开选拔领导干部的论文，高嘉更是兴奋不已，批评唐万东为什么早不把贾处长的文章给他学习学习。唐万东说，不仅如此，钱部长和驼副部长还在论文前面做了重要批示。高嘉是个聪明人，连文章都没看就知道上面的动向了，当即决定三个月内，要在陵江县进行第一批公开选拔科级干部的试点工作，希望到时贾处长能莅临指导。

最后，贾士贞说："干部人事制度改革势在必行，现在我们要探讨的是如何把选拔任用领导干部工作走上法制化，变人治为法治。比如说，我们公开选拔卫生局长，报名十个人，通过资格审查符合条件八人，那么最后就必须在这八个人中选一个。县委组织部、县委常委、县人大不得从这八人之外讨论任何人选。"

随后，贾士贞问魏欣和梅婷两人的任职文件发了没有，唐万东说还没有发，贾士贞说："我建议让他们两人参加公开选拔，公平竞争，在公选面前人人平等。"

第三十二章 考察县委书记周一桂

第二天上午，一到东舆，地委组织部长周廉成就告诉贾士贞，说省委组织部驼副部长今天下午来东舆，主要是想了解一下撤销地区，地改市的问题。

原来地改市已经酝酿了一年多，地区作为省里的派出机构，有些事情不好办，改成市以后，地级市就是省辖市了，成为一级政府，在体制上有了明显的变化。

晚饭后，驼铭把贾士贞叫到房间里，对他说："士贞同志尽快把手里的考察工作告一段落，回去之后，你们处里要集中精力考虑地改市后的干部问题。"停了停，驼铭又说，"中央对干部人事制度的改革非常重视，主要是研究探讨干部管理的法制化，克服权力腐败。现在可以考虑公开选拔领导干部的问题，你在《莫由组织工作》上发表的那篇文章很好，钱部长和我都做了批示，你们可以研究一下，拿出具体方案。"

回到房间，贾士贞正准备洗澡，这时候，电话铃响了，打电话的是陵江县委书记高嘉，说有点事要找他，马上就过来。放下电话，贾士贞感到有些奇怪，他在陵江那么多天，和高嘉天天见面，也没有什么异常，怎么他刚一走，高嘉就有事了。

过了一会儿，门铃响了，贾士贞开门一看，正是高嘉。说不定他早就到了东舆，一直在等他回到房间，贾士贞问："你一个人？"

高嘉点点头。贾士贞忙递给他一支烟，又去倒水。

高嘉点着香烟，慢吞吞地说："贾处长，你到陵江辛苦那么多天，我不知道该怎么感谢你，再说当着那么多人的面，好多事都不方便做。"

贾士贞说："高书记，你太客气了，完全没有必要这样想，我的为人你以后会慢慢了解的。"

高嘉说："我知道，所以我专程赶来东臾。贾处长，我这里有一幅齐白石的小品，虽是出自中国国画大师之手，但只是一幅一尺大小的小品，也值不了几个钱，是北京一位朋友送我的。我把它拿来了，送给你吧！"说着取出珍藏的国画。

贾士贞显得很坦然，笑笑说："如此说来，你一定非常珍爱齐白石先生的作品，又何必转赠于我呢！"

高嘉说："贾处长，这是我的一片心意，请你一定收下。"

高嘉正要打开，贾士贞按住了他的手。

贾士贞最终没有收下高嘉的那幅齐白石的小品。不是贾士贞不给高嘉面子，也不是贾士贞担心这是受贿，而是在他看来无论这件东西价值几何，也都是主人的珍爱之物，怎么能夺人所爱呢？尽管送东西的人笑脸相求，可他却是忍痛割爱的。如果收下则必然导致他在心理上的不平衡，贾士贞第一次认真地把自己放在别人的位置上想了想。

贾士贞送高嘉时，心里好像有点过意不去，他将高嘉一直送到汽车旁边，紧紧握住他的手说："高书记，我非常理解你，也请你相信我，将来你会了解我是一个什么样的人的。"

高嘉有些感动，用力抖了抖贾士贞的手说："希望各级组织部门的领导都能像你这样。我非常敬佩你的人品。"高嘉有点恋恋不舍地上了车。

第二天下午，贾士贞告别了驼铭和地委组织部各位领导，东臾地委组织部的车子把贾士贞送到乌城。为了减少麻烦，贾士贞拉着于明回自己父母家吃晚饭。这是贾士贞出来这么多天最轻松的一餐饭。

吃过早饭后，乌城地委组织部领导要陪贾士贞去须臾县，贾士贞婉言谢绝了他们，最后让地委组织部干部科长王兴亮陪同自己和于明去须臾县。

从乌城到须臾不过一个多小时路程，上午十点钟不到，车子便到了须臾县。县委组织部三位部长已经等候在招待所了，但却没有见到县委领导。原来贾士贞接受在陵江的教训，反复强调不让惊动县委、县政府领导。这时县委组织部长乔晓林说县委书记周一桂出差去江山市了。贾士贞说："没关系，周书记什么时候回来？"

乔晓林说昨天晚上已经和他电话联系过了，可能今明两天就到家了。

周一桂是个老县委书记了。当年贾士贞在赴省委组织部报到那天的车祸中，遇到的两个重要人物，一个是王学西，另一个就是周一桂。如今周一桂仍然是县委书记，但谁又能想到，几年之后，贾士贞会以省委组织部地县干部处副处长的身份来考察他呢？此时此刻，远在外地的周一桂又会是何种想法呢？

县委书记不在家，贾士贞反而觉得是件好事，他和县委组织部长乔晓林简单交换了意见后，决定由地委组织部王兴亮和于明接触县委、政府、人大和政协四套班子领导，他一个人直接去了乡镇。

到了第二天晚上，贾士贞和于明各自说了一天考察工作的情况。他们掌握的情况大致相同。周一桂在全县上下是一个颇受争议的县委书记。群众送给周一桂一个外号，叫“铁书记”。何谓铁书记？原来周一桂自从担任县委书记以来，大力整治干部中的不正之风，首先从杜绝送礼，遏制贿赂着手。从自身抓起，以身作则，凡送礼行贿者，轻则教育，退回财物；重则通报批评；再严重者则给予免职或者纪律处分。对于接受贿赂者的要求则更为严格，县委书记、县长，凡一次性接受包括烟酒等五百元以下财物的，除将财物上交纪委之外，还要通报全县；五百元以上一千元以下者不仅要在大会上公开检讨，还要上报给上级纪委。县四套班子领导和乡镇一把手，对机关主要负责人要同样制定严格纪律。刚开始时，有的干部认为新来的县委书记不过做做样子而已。但周一桂抓住典型，狠狠处理了两个乡党委书记和两个局长。随后，周一桂又狠抓弄虚作假不正之风，凡在计划生育、农民收入、财政税收中虚报、瞒报者，一经查实，乡镇党政一把手和分管领导就地免职。此外，周一桂对村霸、地方派性势力也进行了整治。对于进城告状的农民，县信访局不得敷衍了事。不但经他手转批的群众来信，要件件落实，他还常常留下来信人的地址，亲自上门查询处理结果。不久群众就传说周一桂是铁腕书记、青天书记，久而久之，就把他说成铁书记了。

对于这样的县委书记为什么会发生争议呢？这正是贾士贞和于明要弄清楚的。周一桂是由于工作手段强硬，得罪了一部分乡镇干部和机关部委办局负责人，才成为人们争议的的焦点的。特别是那些受过他处理的干部，其中还有人专门收集整理了周一桂的缺点错误，上面虽然找不到周一桂经济上和生活作风上的毛病，但却说周一桂专横跋扈，为了往上爬而不顾干部、群众死活之类的话语。

就在这件事情发生的第二天，晚饭前，周一桂回来了。

周一桂匆匆来见贾士贞，两人虽然有过一段不平凡的交往，可当贾士贞作为省委组织部地县干部处副处长到来时，周一桂仍显得有几分拘谨，说他不知道贾处长会到须臾县来，贾士贞按照组织程序原则讲了有关干部上的情况，其实双方都已心照不宣，作为当事人，周一桂心中无数，特别是在贾士贞面前，也不知道如何开口，更不便谈起个人的事来。

贾士贞在须臾县停留了两天时间，又回到地区，听了地委组织部领导和地委主要负责人对周一桂的评价，便结束了这次考察。

回到省城的第二天晚上，吃完晚饭，贾士贞正在给岚岚讲作业的时候，电话铃响了，玲玲拿起电话。“喂……请问你哪位？噢，找贾士贞，请问你……”玲玲用手捂住话筒，“是个女的，找你！”

贾士贞对玲玲说：“问她是谁，什么事！”

玲玲对着电话说：“请问你是……噢，乌城驻省城办事处！噢！”

贾士贞接过听筒：“喂！我是贾士贞，噢，你是周书记的妹妹？他和我说过，好，欢迎！”

放下电话，贾士贞说：“须臾县委书记周一桂的妹妹，乌城驻省城办事处的。”

玲玲说：“要我回避吗？”

贾士贞瞪了玲玲一眼，说：“周一桂的妹妹，我和你说过的，你也一块陪陪吧。”

门铃响了，门一开，一位漂亮的女士进来了，中等身材，体态丰腴却不显得肥胖，肌肤白皙，贾士贞忙说：“周小姐，请！”

“对不起，打搅你们了，我是周一桂的妹妹周一兰。贾处长，这位是夫人吧！”周一兰走过去，和玲玲握着手。

贾士贞说：“我爱人，葛玲玲。”

周一兰坐到沙发上，将手里的礼品放在一旁。贾士贞叫玲玲倒茶。周一兰说：“玲玲妹子，我这样称呼你不见外吧！”

玲玲说：“你比我大吗？”

周一兰说：“我都三十五了。”

玲玲说：“看不出，看不出，看上去最多三十岁，人漂亮就是不一样啊！”

周一兰笑了："玲玲妹妹说笑话了，你才是大美人呢，我哪敢和你比呀！乌城人谁不知道玲玲当年是师专的校花！"

玲玲倒好水，坐到周一兰身边。这时岚岚来到爸爸面前说："爸爸，我要睡觉。"贾士贞牵着岚岚的小手说："来，爸爸哄岚岚睡觉，岚岚乖。"

这时玲玲过来了，对岚岚说："岚岚，妈妈陪你，爸爸有客人。"

贾士贞拍拍岚岚的头说："岚岚听话！"

周一兰笑笑，看看贾士贞，说："贾处长才从乌城回来吧！"

"对，见到周书记了。"贾士贞说。

"我哥打电话来说，让我来拜访贾处长，我们办事处有一辆车子，随时可以为贾处长提供方便。"

贾士贞说："周小姐太客气了，我平时上班离办公室不远，也没什么大事，况且我后天又要出差了，这次出差最少一个半月。这事再说吧！周书记也对我说过，他还劝我学开车。"

"是啊，现在的年轻领导都学开车，方便些。"周一兰说，"贾处长，你出差了，玲玲妹妹一个人带着孩子多辛苦啊！"

"是啊！在乌城时，岚岚有我父母照看，现在真是苦了玲玲了。"贾士贞说。

周一兰笑笑，她那甜甜的笑靥始终挂在两腮，说："这样吧，每天我让驾驶员来接送玲玲妹妹和孩子，岚岚上小学？"

"小学一年级，正烦人的时候。"

玲玲来到客厅，说："周姐，怎么称呼你呢？"

贾士贞说："周主任。"

周一兰说："什么主任，你就叫我周姐好了。地委组织部才下的文，办事处副主任。"

玲玲说："办事处副主任副处级吧，和贾士贞一样。"

周一兰说："我们这算什么，哪能和人家省委组织部比呀！"

贾士贞说："这副处可只有一种写法，没有大小，工资待遇都一样。"

周一兰又说："玲玲妹子，说好了，从明天起我们的车子早晚接送你和岚岚，你只需告诉我时间就行了。白天有特殊情况可以打这个电话。"她说着取出一张名片。周一兰站起来又说："我就不打搅了，认识二位很高兴。"

贾士贞指指礼品袋说："周主任，这是什么意思？"

周一兰说："第一次登门，给孩子点小礼物，老乡干嘛这么认真呀！把我当外人了？好，再见！等你出差回来，我来请你们全家聚聚。"

送走了周一兰，贾士贞回到客厅里拿过礼品袋，这是一个小学生用的学习机，贾士贞曾经想给岚岚买一个的，但觉得岚岚刚上一年级，还不需要。

贾士贞进了卫生间，打开淋浴头，玲玲站在门口说："士贞，明天用他们的车送岚岚吗？"

贾士贞说："用就用吧，我正为岚岚上学的事发愁呢！找保姆一时又没有合适的，等我出差回来就不用了。"

玲玲又说："这样会不会让人知道了说闲话？"

贾士贞说："我一直在想这事，但目前又没有什么好办法。你们一定要注意点影响。"

玲玲说："我倒没关系，主要怕对你有影响！"

贾士贞说："我明天告诉周一兰，叫她在单位千万注意影响！"

玲玲说："周一兰都三十六岁了，还这么漂亮，乌城漂亮人真不少！"

"还有谁？"

"远在天边近在眼前。"玲玲看着正在洗澡的丈夫，甜甜地一笑。

贾士贞关掉淋浴头，边擦着身子边出了浴缸，玲玲盯着他，笑起来说："你看看，你那怪家伙，一说到漂亮的女人就雄起来了！"

贾士贞自觉心中一阵激动，激情放纵，看着玲玲，心中痒痒的，谛视她一眼说："就是怪你，硬勾它！"说着，裸着身子，拽着玲玲就狂吻起来。

第二天早上七点四十分，办事处的车子已经等在下面了，贾士贞跑下去向周一兰交代了一番，让她以后车子不要停在他们家的楼下。就催玲玲赶快带岚岚去上学，玲玲慌忙地牵着岚岚下楼去了，贾士贞则迅速返回家。他走到阳台，只见周一兰站在轿车旁，看到玲玲忙迎上去拉着岚岚，就在上车的一刹那，她抬头望一眼楼上的阳台，只见她甜甜地一笑，想必她看到他站在窗口了。

第三十三章　干部考察的点点滴滴

生活中的某种巧合常常会被人们看做是天意的安排。周一桂怎么也没有想到，当年他路遇那场车祸，认识一个连姓名都不知道的年轻人，几年后居然成为省委组织部地县干部处副处长。当听说贾士贞专程赴须臾县考察干部时，周一桂的心里真的有些不平静。作为县委书记的周一桂，从不相信命运，更不相信那些带有迷信色彩的东西。甚至，在和贾士贞短短两天时间里的接触当中，他反而感到几分尴尬和不自然。贾士贞临走时，两个人只是用力地握了握手，周一桂居然连须臾的特产银杏也没送一个给贾士贞。这并非是周一桂的愚昧，或者说觉悟多高，也不是周一桂把组织部门的领导看成神，而是他不愿意把他们之间的关系搞得庸俗化了。

贾士贞考察高嘉、周一桂回来之后，省委组织部已经忙得热火朝天了。随后，钱部长传达省委领导的指示，省委将在地改市之前对地厅级领导干部做最后一次调整，贾士贞叫于明赶快把手里的考察材料写好，以便着手进行地改市工作。对于干部的考察材料，贾士贞吸取了全处长修改王学西材料的教训，凡经他手的，都反复强调实事求是，尤其是当事人的基本情况，必须准确，至于现实表现和优缺点，要尽一切可能做到客观、严肃，重要问题必须交代时间、地点，以及相关知情人。

就在这时，贾士贞听到尤达金和章以平的事了。这事到底还是传到了侯书记那里。不过那是在省委组织部和当事人谈话之后。所以钱部长就千方百计地把这件事给搪塞过去了。但是私下里，钱部长还是狠狠地批评了章炳雄。

钱部长说："你知道你是以什么身份参加常委会的吗？你以为你是省

委常委呀！省委组织部的干部处长如果是这样的话，那就要考虑还能不能干下去了！”吓得章炳雄当时哭了起来，并赌咒发誓不是他透露的，钱部长看他一片真诚的样子，也就没有再追究。

章炳雄暗暗骂尤达金不争气，居然在这个时候病了！这会造成多么坏的影响？但是他还是悄悄去医院看了尤达金，不管怎么说，尤达金病成那个样子，章炳雄多少还是有点可怜他，但章炳雄还是说，一个政治家经不住风浪是不行的，尤达金歪着嘴有些含糊不清地说，什么狗屁政治家，自己已经五十七岁了，一切都来不及了。

尤达金由于受到刺激，得了脑溢血，幸亏医院抢救及时保住了性命。医生说多亏他年龄还不算大，没有留下什么后遗症，只是说话时舌头有些硬，总把“党校”说成“大校”。出院后，他就一直在家休养。省委免职文件下达后，党校一时找不出合适的位置对他进行安排，于是他躺在家里常常发火骂娘。

贾士贞从内心里对尤达金有些同情，想想人在官场上争啊斗啊！差点把命都丢了，毕竟人的生命是有限的。人们常说，时间是医治伤口的良药。贾士贞想到自己在被退回乌城的那些日子里，心里是那样难受、痛苦，自从调出机关干部处，对于过去那些不愉快的东西也就渐渐地淡忘了。而看到尤达金这个样子，不禁有点触景生情。至于他和章炳雄之间，自从两人分开不在一个处了之后，似乎有些陌生了。虽然都在一幢楼里，却难得见上一面，好像一下子远隔千山万水了。他不希望和任何人发生矛盾，因为他认为人与人之间如果能够多一点理解，多一点宽容，也许给自己的路就会宽广一些。人的苦恼，都是因为那些得不到的东西而产生的。

就在上楼的时候，贾士贞一眼看到章炳雄在二楼楼梯转弯处，他快步走过去，喊道：“章处长！”

章炳雄一回头，见是贾士贞，似乎有些尴尬，但他仍旧热情地抓住贾士贞的手，说：“士贞处长，好像很久未见了，听说你干大事了！”

“哪里哪里，例行公事，跑跑腿而已！”

“有时间过来坐坐，机关干部处可是你娘家哟！”章炳雄说着转身告辞了。

此时的章炳雄心里是何滋味，贾士贞是可以想象出来的。章炳雄到省委组织部时，那是春风得意的，此时的一切也许都是因为他在仕途上太一帆风顺了，或是他过于看重手中的权力了。现在想想父亲的那些教导也许是有点道理的。但愿人人都能从挫折当中吸取自己的教训。

贾士贞从内心又有些同情尤达金了，想去看看他，又怕引起他的不愉快，万一他的探访，再成为对他的刺激，导致他发生什么不测，那就糟糕了，因此他一时拿不定主意了。

下午，贾士贞在忙碌当中，接到华祖莹的电话，说晚上请贾士贞吃晚饭，问她何事，她只说，来就知道了。

晚上下班后，贾士贞来到宏门大酒店，华祖莹已经等候在大厅，两人刚要握手，旁边走过来一个高个子男人，“贾处长，您好啊！”这男子恭恭敬敬地向贾士贞深深地鞠了个躬，华祖莹站在一边微笑着。贾士贞突然大声叫起来：“华……华义彬？你们认识？”华祖莹笑着说：“没有想到吧！他是我亲哥哥！”

贾士贞说：“真的？”他兴奋得抓住华义彬的手连连用力握了起来。

华义彬说：“贾处长，你从我们乡里走后不久，我这个选举的乡长居然被选送来省委党校中青年干部班学习半年。大家都知道省委党校中青年干部班是培养县处级干部的预备班。开始我还不知何因，后来才猜出八九分。”

贾士贞看着他们兄妹二人，说：“那说明县委对你的思想、工作、能力还是肯定的，地委组织部考察、选用领导干部也是严肃的。那就好好学习，将来更好地为陵江县人民做工作。”

华祖莹说：“如果我们各级组织部门都能像贾处长这样关心爱护干部，这样不拘一格举荐人才，那就一定能克服用人制度上的不正之风。”

贾士贞笑起来了，说：“华祖莹小姐说话蛮专业的嘛，看不出来。”停了一会儿又说，“可华义彬与我有什么关系，这中青年干部培训是县委和地委组织的事啊！”

华祖莹从内心佩服贾士贞的品质，也就不再说什么了，她在前引导，上了三楼，进了包间。

贾士贞举杯说：“没想到这世间有这样的巧事！”

华祖莹端着杯子说：“不能说我们这不是一种缘分，全省那么多县，那么多乡镇，贾处长无意中就碰到我哥了，而且……”

三人碰着杯子，发出一阵意味深长的笑。

“义彬，来了不少日子了吧！既然有这样的机会，就要好好学习，将来回去后多为群众办实事！”

华义彬兴奋得满脸红润，说："贾处长，我一定会珍惜这个好机会的，要不然我这个选举的乡长还不知尴尬到什么地步呢，大家都知道我没后台，是代表们选举的，可是大会结束了，代表还有什么用，我这乡长说什么话也没人听。后来地委组织部点名让我参加省委党校青年干部培训班，那些书记、乡长都不知道怎么回事，我们乡那个落选乡长在乡政府家属院跳着骂娘。那些人谁不知道！被抽到省委党校学习的乡镇党委书记、乡镇长，只是极少数人，这等于一只脚已经迈进县级领导的大门了。"

华祖莹说："贾处长，我哥到省里后，说是到党校学习的，我真的不敢相信，后来又说前些日子在乡里居然遇上你这位大处长，一时间我都没转过神来，真的是带有戏剧性。"

贾士贞端着酒杯，说："巧是巧了点，可我当时无论如何也没有想到华义彬是你哥哥。总算是件好事吧！来，义彬，祝贺你！"

华义彬给自己斟了满满一杯，恭恭敬敬地，双手举着杯子说："贾处长，大恩不言谢，请你举举杯，我要把这杯酒喝干！"说着一饮而尽。

贾士贞说："谢我什么，以后万不能这样说，干部问题不是哪个人的功劳，而是组织的决定。"

贾士贞仔细留心华祖莹兄妹俩，觉得真有相像之处。当时在陈圩乡时怎么也不会把华义彬和华祖莹联系在一起，若是真的知道他们是亲兄妹，他还真的不会竭力向李晓峰推荐华义彬呢！想到这里，贾士贞在内心悄悄地发出一个大大的问号，难道人世间真的有缘分和命运吗？想他当时无意中去了陈圩乡，当他听说华义彬这个选举乡长的事之后，完全出于一种责任和正义，怎么也没有想到华义彬和华祖莹之间有什么联系。然而，眼前的现实却真的让他感到几分意外。

他回忆当时自己和地委组织部干部科长李晓峰谈到华义彬的事情时，他是那样认真，那样严肃，以至引起李晓峰的高度重视。现在想想，这世间的事就是莫名其妙，如果当时他真的知道华义彬是华祖莹的亲哥哥，也许他还真的不敢那样对李晓峰说呢！贾士贞觉得似乎是上苍在指使他这样做呢。

没过多久，省委讨论了一批地厅级领导干部，不知道为什么，陵江县委书记高嘉没得到提拔，而周一桂被提拔为乌城地委副专员。

地改市工作的核心问题，还是干部问题。省委组织部就此组织了五个考察组，对全省九个地区，两个市的领导班子进行了一次全面的考察。贾士贞在东臾地区考察干部结束后，和组织部三位部长研究在东臾地改市试点工作的同时，也在东臾地区进行了公开选拔部分县（处）级领导干部的试点工作。

从东臾到西臾，贾士贞用了八周的时间，才将这两个地区的干部考察工作结束，然后，他又来到了乌城。

贾士贞刚在宾馆住下来，就接到了周一兰要来看他的电话。他怎么也不明白，周一兰怎么突然跑到乌城来了呢？

晚上七点多钟，周一兰来了。

周一兰身穿米黄色的连衣裙，羊脂般的肌肤，又白又嫩；两颊上又含着甜蜜的笑靥，显得很有气质和品位。

贾士贞笑着说："你好，谢谢你！"他连说两个"你"字，却不知为何不提她的名字。

周一兰扑哧一笑，说："你怎么了，你你的！"

贾士贞笑了："我没怎么，而你……"

周一兰没搭话，他继续说："先喝点水吧，这是世界上通用礼节！"

周一兰说："你坐下吧，我给你倒水才是呢！"说着她把贾士贞按到了沙发上。

在这一刹那，贾士贞感到周一兰的手软软的，温温的，柔柔的。再看着她倒水的每一个动作，他觉得这女人不像三十六岁。在他以往的印象中，女人瘦而高似乎就漂亮，而眼前的周一兰却是另一种风韵。她那丰腴的身躯，看得有些让人心慌。

周一兰坐到他对面，说："要是能在乌城请你吃顿饭多好啊，可是不行，你在机关里万人关注，时时又都有人前呼后拥。"

贾士贞说："总会有机会的。"

周一兰脸色一红，笑得更甜蜜动人了，说："那就说好了，到时我一定请你，贾……处……长……"

贾士贞打断她的话说："怎么，我今天听起来，觉得有些别扭呀！还是叫我名字吧！"

周一兰的脸上倏地飞过一片红云，甜甜一笑说："叫名字有些远了吧，叫贾士贞？我还真的有些不好意思。叫……"她想了又想说，"我毕竟比你大一岁，要不就像《第二次握手》里那样，苏冠兰和丁洁琼之间，称琼姐、兰弟，我叫你贞弟，你叫我兰姐！”

贾士贞顿时觉得全身热辣辣的，《第二次握手》早已家喻户晓，谁不知道呀！苏冠兰和丁洁琼是一对生死相恋的情人！她这样的比喻，令他一时间有些手足无措了。两人都显得特别尴尬，尽管这种比喻周一兰完全出于一时没经过大脑，随口而出，但对于他们来说，显然是不妥当的。而周一兰也意识到自己的荒唐比喻，脸色一下子变得绯红。他感到事情来得有些太突然了，仅仅才见过两次面，心中就如此控制不住自己的感情。可她那梦幻般的目光，却实在让他心旌摇曳。女人的那种自我保护和羞怯意识把自己搞得一阵阵心慌意乱。

贾士贞虽然竭力保持着平静，可他知道，这种比喻虽然出于周一兰的无意，但毕竟只有他们两个人，他尽管佯装没听见，但还是显得不那么自然，所以忙从沙发上站起来，进了卫生间，用凉水冲了冲脸，尽量让自己平静下来。过了好一会儿，他才从卫生间里走出来，说：“一兰，你住哪儿，我送你回去吧！”

贾士贞本来想了解一下她的家庭状况，觉得有些唐突，就改作问她住哪儿。

周一兰笑了笑，脸上掠过一层阴影，羞怯地说：“我该走了。”说着转身去开门。

贾士贞说：“我送送你！”

两人出了房间，并肩下了楼，出了宾馆大门。外面月光皎洁，凉风丝丝，令人十分惬意。他们默默地走着，可谁也没主动说一句话。周一兰的心里有些后悔，总觉得自己刚才的比喻有点太冒失。其实，她只是由于一时激动，可这样一来反而把双方的关系搞得不自然了。她担心贾士贞会误会她是一个太轻率，太不自重的女人。一时感到有些无地自容。

突然，她停住了脚步，看着他说：“你回去吧，不要送了！”

皎洁的月光下，她低下头，所幸的是月光下，看不清对方的目光。过了一会儿，周一兰伸出手，贾士贞犹豫了一会儿才伸出手，说：“再见！”

她紧紧地握着他的手，说：“再见。”他感觉到她的手凉凉的，黏黏的。

这次和周一兰的见面，贾士贞没有任何思想准备，而且双方搞得如此尴尬。贾士贞不得不警告自己，今后在和周一兰交往当中，千万要注意男女有别，注意自己的形象和身份。

这天夜里贾士贞没有睡好，觉得心里很乱，却又不知为何，许多事情一股脑地往头脑里钻，直到天快亮时还在一种浅睡状态中做了一些莫名其妙的梦。

贾士贞和周一桂谈了一次话，又重点听了地区一些干部的意见。大家都反映周一桂的工作很踏实，在副专员当中，干部群众评价是不错的。

在近两个月的考察当中，贾士贞白天找人谈话，晚上看材料，甚至双休日也约几个人来谈话。他不仅认识了北片五个地区的地委、行署的领导，而且对这五个地委组织部也都很熟悉了，同时，还认识了一批县委书记和县长。结束了这次考察，他便回到了省城。

刚吃晚饭，电话响了。贾士贞去接电话，原来是西臾的一位县委书记打来的。贾士贞见过他一面，知道他和省城那些西臾的厅局长们有联系，尽量和他打着哈哈，既不能套近乎，又不能得罪他。县委书记说没想到贾处长就这样急着回省里了，正想找机会专门拜访呢。贾士贞自说不必客气了，县委书记便说最近一定来省里登门拜访。

刚放下电话，电话铃又响了起来。贾士贞拿起电话听筒，里面传来了高嘉的声音，他说给贾士贞准备一点大米；还说，如今送大米给领导的人已经不受欢迎了，而且很愚蠢。但他却有另一番心意，现在城里买的大米确实不尽如人意，什么原因他说不便多说。现在他专门种了一些大米，不施化肥，有益健康，叫绿色大米，只是产量不高。贾士贞想，高嘉也许是真心话，不然现在谁还送大米呢！

自从上次贾士贞去陵江考察高嘉之后，后面的一些干部酝酿、研究的事，作为地县干部处副处长的贾士贞，真的不知道了。高嘉没有被提拔起来，说没有想法，那是不可能的。地改市又要提拔一大批市厅级领导干部，一定又有一大批县处级干部要提拔到地厅级岗位上来，高嘉的心思可谓是显而易见了。贾士贞想来想去，就面前的干部管理方式，像高嘉这样的县委书记也应该提拔到副地市级干部的岗位，他突然想如果有适当机会的话，还是要在部长面前帮助高嘉说说话的。

临下班时，桑延华打来电话，说家乡来了几个老乡，约贾处长一起陪陪，还说他要亲自来接，可是乌城办事处的周一兰主任说她要过来接。贾士贞一时糊涂了，原来桑延华和周一兰也熟悉。

下班之后，周一兰乘一辆奥迪轿车来到省委大门口，贾士贞上了车，周一兰伸出手，两人一边握手一边笑笑。周一兰留给贾士贞的印象是热情、大方，可不知为什么，她表现得有些不自然。其实尽管两人相识时间不久，但是从那次在乌城宾馆见面之后，特别是周一兰无意中开了那样一个玩笑，那样的比喻使两人心中都有些忐忑起来。这时周一兰主动伸出手来，其实握手作为一种礼节，这是很自然的事，然而正因为周一兰那次把他们之间比作《第二次握手》里的苏冠兰和丁洁琼，两人在握手的一刹那，心脏都不由自主地剧烈跳动起来。握手之后，两人又不知道该说什么，一直到了宾馆，迎面碰上桑延华，大家才渐渐地融入自然的气氛当中。

今天的宴请自是桑延华做东。除了桑延华和周一兰，贾士贞又认识了几个乌城老乡。但是贾士贞始终寡言少酒，桑延华也不多劝，席间桑延华多次表示对贾士贞的感谢，只是这份表示意在不言中。

酒宴结束后，周一兰说还由她负责送贾处长。上车后，周一兰仍然一句话没说，轿车并没有先送贾士贞回家，而是去了乌城办事处。贾士贞本想提醒周一兰天已不早了，但他却没有开口。

到了办事处，周一兰把贾士贞引进接待室，忙着给贾士贞泡了一杯茶，又给他削了一个苹果，才在贾士贞对面的沙发上坐下来。

“贾处长，”周一兰的脸一下子红了起来，“我对那天的失言表示歉意！希望你不要介意。”

贾士贞先是一愣，不明白周一兰说的是什么意思，当他从周一兰的眼中看出她指的是那天在乌城宾馆无意中的比喻时，贾士贞真的有些暗暗埋怨周一兰。周一兰啊！周一兰！你真是一个太单纯太认真的女子，这种事何必认真呢，这样一说反而更糟糕！两人一下子又尴尬起来了。

贾士贞很快在头脑里转动了一下，立即岔开话题，说：“周书记现在怎么样？”他的话一出口，就感到自己是进门叫大嫂，没话找话说。

“我哥啊！他……他还好吧！”周一兰也觉得贾士贞有些不那么自然。就接着说，“贾处长，说来你和我们周家还真的有缘啊！谁能想到你在上任途中居然遇到我哥，现在我们俩又坐在一块儿……”周一兰没有讲下去，贾士贞正想再次岔开话题时，周一兰又说，“也许你成了我们周家遇到的贵人！我哥在仕途上必然要有你这样一个贵人相助！”

“周主任，”贾士贞打断周一兰的话，“一兰同志，你这话严重了，我算什么贵人？只是大千世界无奇不有！”

周一兰摇摇头，意味深长地说："我不是这样看的，贾处长，你就像股票一样，绝对是一支升值空间相当大的股票。"周一兰停了停接着说，"不过……我感到我们周家和你既然有不平常的开头，必然会有不平常的结局。"

贾士贞有些不明白周一兰的意思，但是他总觉得周一兰和平常的普通女人有些不同，什么叫"不平常的开头，必然会有不平常的结局"？

在回家路上，贾士贞仍然和周一兰坐在轿车的后排，两人却沉默不语，直到轿车进了小区大门，车停下后，两人下了车，周一兰还是主动握了握贾士贞的手，一句话也没说，转身上了车。贾士贞目送着轿车缓缓开出去。

第三十四章　又遭非议

生活的巨轮在铿锵有力地滚动着，时间却在无声无息地流逝，一九九七年的夏天匆匆地来了。

在这个重要的历史年份里，举世瞩目的大事件，香港回归祖国。一八四二年清政府签订了丧权辱国的《中英南京条约》，把香港割让给英国，一百五十五年后，香港终于回到祖国的怀抱。

就在这个具有历史意义的年份，莫由全省上下同样在经历着一场大变化。那就是全省的九个专区将改成九个地级市，加上原有的两个市，这样全省将宣布十一个省辖市正式成立。

莫由省委组织部全体工作人员已经有好几个月没有双休日了，贾士贞已经有多日没有见到钱部长，他忽然又想到魏欣夫妻俩死活送给他的那个稀世珍宝——大明宣德炉，当时他决定收下这样贵重的稀世珍宝，就申明决不占为己有，这样的珍贵文物，如果真的不是赝品，应该归国家所有。回来后，有一次贾士贞曾向钱部长说过这事，钱部长只是说什么时候看一看，他感觉到钱部长一定以为是一件赝品，贾士贞也似信非信，现在市面上的文物假的太多了，但贾士贞似乎还是相信梅婷和魏欣的话是真的。后来因为这段时间工作太忙，谁也没有再想起这件事，不知怎么的贾士贞突然又想到了。

正在这时，卜言羽打电话给贾士贞，说钱部长让他过去一下。放下电话，贾士贞就匆匆去了钱部长办公室。钱部长又是接电话又是接手机，还不断接待来请示工作的处长。终于有了点空，钱部长突然向贾士贞问起陵江县委书记高嘉的事来。贾士贞不知钱部长是何用意，但他估计或许是因为在地改市之前那次提拔地市级领导时，高嘉没有被提拔一事，看样子，钱部长是在考虑地改市时对高嘉的安排问题了。贾士贞把当时考察干部时，听到的相关群众的反映如实说了一下。钱部长说，关键是看群众反映的问有没有原则问题，如果把他提拔到市政协副主席这样的位置上是否合适。毕竟也是一个资历比较深的县委书记，而且我听说，他在县里搞干部人事制度改革，公开选拔正科级领导干部，应该说还是很有思想的，贾士贞说。这是贾士贞到省委组织部之后，第一次听到领导背后酝酿干部的事，他觉得钱部长对每一个干部还是负责的，认真的。至于高嘉的事，他不敢多说，钱部长也就不再说其他干部的事了。

就在贾士贞准备离开时，他又和钱部长说起大明宣德炉一事，贾士贞还说，这样珍贵的物件放在他那里时间长了不好，钱部长想了想说："这样，晚上你拿过来看看再说！"

晚上下班后，吃了晚饭，贾士贞把大明宣德炉包好，告诉玲玲有电话找就说他出去了，来人一概谢绝。便去钱部长家了。钱国渠一开门，见是贾士贞，忙把他带到书房，贾士贞拿出大明宣德炉，钱国渠取出放大镜仔细看了又看，显得几分吃惊地说："果然是真品！"随后从书架上拿过一个同样形状的香炉，说："士贞，你看看这个！"贾士贞接过一看，让他大惊失色，没想到钱部长居然已经有了一个大明宣德炉！他反复看了又看，确确实实和魏欣夫妇那只没有什么异样，睁大双眼看着钱部长。钱国渠从贾士贞手里接过香炉，将两只香炉放在一起，说："士贞，你能分清哪个是你拿来的那一个吗？"

贾士贞看得清楚，右边那个是他拿来的，走过去说："右边这个。"

钱国渠说："我原来这个是赝品，你看，足以以假乱真了。三年前，一个朋友送我的。正因为是赝品，我留下了。现在流传在民间的大都是赝品，真正的大明宣德炉已经很稀罕了。"

贾士贞这才松了口气，说："钱部长，这个还真是真品！"

钱国渠说："我看过了，是真的。明宣宗宣德年间铸制了这种香炉，称宣炉，以铜经过精炼铸成，色泽极为美观，是明代极为著名的工艺品，仿制品也极多。"

贾士贞真的没想到，钱部长对这件宝物如此感兴趣，心中更加兴奋不已了。

钱国渠小心翼翼地把那只宣德炉放到一边，仔细端详着，过了好半天说："小贾，大明宣德炉现在很少，堪称稀世珍品，你是从哪儿弄来的？"

贾士贞只好如实告诉钱部长了，钱部长说："小贾，我们都是党的干部，这是国家重要文物，应该让它回归社会，放到博物馆去，让广大后世的子孙们都能看到中国历史上的灿烂文化。"

贾士贞说，他当时之所以同意把这样稀世之宝接受下来，就是不想占为己有。但自己也不敢认定是不是赝品，当时已向魏欣夫妇说明了，若是赝品则罢，如果是真品，就应该上交给国家。所以，当时就向钱部长说了。钱部长想了想，说是有这回事，这段时间太忙了，他也把这事给忘了。现在钱部长决定把这稀世珍品交到博物馆去，贾士贞自然也就心安理得了。

钱部长又说："小贾，抽空我们俩去省博物馆，把它捐出去，还以你同学夫妻俩的名义捐献。这种重要文物，谁都不该占为己有。"

第二天上午到办公室，驼副部长亲自来找贾士贞，审查东臾地委组织部公开选拔领导干部的方案，钱部长做了批示，驼副部长要求贾士贞无论如何安排时间，也要帮助东臾地委组织部把这项工作理出头绪。

接受了任务，贾士贞第二天就赶去东臾市，和市委组织部就公开选拔三名副市级、八名正处级、十名副处级领导的具体工作进行了详细的研究，决定召开一个大规模的宣传动员大会，邀请各地市委组织部分管部长、干部科长参加，省电视台、报纸以及当地媒体参加。宣传发动时间半个月，然后报名。报名时间为七天，然后资格审查。文化考试从省人事厅考试中心题库里抽取试题，严格按照高考要求组织文化考试。专家阅卷在绝密情况下进行。文化考试后，从高分到低分，按1∶10确定考核和初选对象。最后从外地聘请专家担任评委，按1∶5竞争演讲、答辩，当场评分，公布名次。

第二天东臾市组织部就召开了一个新闻发布会，接着电视台、电台、各大小报纸纷纷报道了东臾地区公开选拔领导干部的事。一时间成为全省人民议论的中心话题。

东臾市委组织部公开选拔领导干部工作，经过文化考试，一批年轻的、文化层次高的同志脱颖而出，报考副市长的五十多人，居然没有一个是县委书记、县长。分管农业的副市长被地区农科所副所长奚峰夺走，分管文教卫生的副市长被东臾中学校长钱山拿了第一，另一个分管财贸的副市长被省财政厅一位处长夺冠。八名局长主任和十名副局长副主任都是不出名的无名小辈，平均年龄仅四十一岁。八名正局长最大年龄四十五岁，最小的只有二十八岁。副局长、副主任最大年龄只有四十二岁，最小年龄只有二十五岁。连日来，省报、电视、地方报纸连篇累牍地报道东舆地区公开选拔领导干部的事。那些被选上的同志都说公开选拔领导干部制度好，若是按过去的方法，怎么也轮不到他们当副市长、局长、副局长。

一时间贾士贞也成了新闻人物，有的记者闻讯向贾士贞索要那份杂志，有的要采访他。吓得他整天躲着记者，不敢吐露半个字。

此刻，贾士贞更加感觉到，如果各级领导干部都能够公开选拔，干部工作就不那么神秘了，所有的内容、步骤都公开给大家，才会真正体现公开、公平、公正的原则。

就在贾士贞即将离开东舆时，钱部长亲自打电话给他，让他考察一下东舆市长常友连。常友连刚任东舆市长不久，钱部长为何又让对他进行考察呢？贾士贞接受了任务便开始考察。这是贾士贞第一次碰到这样的特殊情况，他甚至觉得自己已经逐步地深入到组织部的核心里去了，大概核心都是好的、重要的部分。而官场上的核心是什么？是秘密。秘密是什么？是权力。

贾士贞对常友连这个人不是十分熟悉，除了那次短暂的、例行公事的谈话之外，几乎没有什么接触。常友连不像其他领导那样处处刻意巴结、讨好他们，反而好像有意在回避他们。或许那时常友连知道他刚当了市长，不可能马上就提拔为市委书记。贾士贞在东舆突然对常友连进行考察，不知怎么他们的行动就被人知道了。说实在话，这种考察干部的办法虽然不是像革命战争年代里送情报那样的绝对秘密行动，但也大都是悄悄进行的。然而，到底秘密是怎么泄露出去的呢？组织部又没有不准泄露秘密这样的规定。贾士贞明显感觉到，有那么一些人像是有准备而来。说常友连凭什么提拔市委书记？常友连怎么怎么等等。常友连任市长之前，已当了多年地区专员。贾士贞有些不解，就算常友连有对立面，也不至于有这么多人反对啊。这天晚上，常友连突然来见贾士贞，这时的他确实和以往判若两人，脸上的方针、政策、组织性、纪律性全都没有了。或许是常友连听到了什么，当然，对于如此敏感的事情，作为一个堂堂的一市之长岂能连这点警惕性都没有？常友连对贾士贞的谈话是深入的、情真意切的，而贾士贞则是深受感动的。这次谈话在贾士贞和常友连的人生旅途里将产生多大的影响？也许他们都还根本无法预料。但是这次谈话给他们留下的印象却是深刻的、永远的。

东臾这次公开选拔部分副市级和县处级领导干部之所以在社会上引起强烈反响，说明广大群众太关心各级领导干部的选拔问题了。经报纸电视一宣传，影响确实不小，贾士贞多次想找钱部长、驼副部长建议不断扩大公开选拔干部的方法，但是他只是一个地县干部处副处长，干部人事制度改革这样重大的问题，岂是一个副处长能决定得了的。贾士贞只能空有一腔热血，却无处实现心中的许多想法。后来有几个记者要采访他，吓得他一句话都不敢说，这事就是再大的成绩，岂是他一个副处长的！上面有部长、副部长，还有处长，现在人们谁不知单位一切成绩全是领导的，贾士贞害怕遭人嫉妒，把所有想法变成无声的回答。

这天晚上，贾士贞一进家门。换了鞋就去洗手，门铃响了，玲玲一开门，贾士贞抬头一看，见是卜言羽，慌忙迎上去，拉着他一边进了书房一边说："怎么，突然不宣而至，有什么事吗？"

卜言羽对贾士贞敬佩至极，倒不是因为贾士贞在替他工作的时候，把别人给他的那些礼品原封不动地转交给了他，而是觉得贾士贞的人品可敬，更感到他是一个值得交往的朋友。进了书房，两人也没坐，卜言羽主动把门关了起来，极其神秘地低声说道："兄弟，我告诉你一件事，你千万要沉得住气！"

卜言羽的一句话，把贾士贞的心脏提到喉咙口了。他吃惊地睁大眼睛，说："老弟，出了什么事，把你搞得如此紧张？"

"哎，他妈的……"卜言羽有些张口结舌地说道，"狗日的，王八蛋！"

贾士贞更加慌张起来，他的心脏越发激烈地跳动起来，把卜言羽按在椅子上，说："到底什么事，你慢慢说。"

"我在老板那儿看到一封信……"卜言羽看着贾士贞说，"是省纪委转过来的……"

贾士贞这才松了口气，说："我的天哪，原来是一封信，干嘛吓成这样？"

"不是我吓成这样，那是写你的。"卜言羽睁大眼睛说，"说你收了人家三万元钱！还说……还说你又嫖娼了！"

"我收了谁三万元钱？"贾士贞提高嗓门说，"我……我又嫖娼了，那我成什么人了？"

“一个姓冯的，县委书记，为了能当上副市长，给你送了三万元，果真当上副市长了。”

“噢，原来是他！”贾士贞突然觉得几分轻松，若无其事地看着卜言羽。

卜言羽打断他的话说：“果然如此？”

“这事倒是有过，可那时只有我和他两个人呀，而且是他到我家来的，也确实有三万元的事，他当时已经把钱带走了，这种事外面人怎么就知道了呢？”贾士贞一脸真诚地说。

在一瞬间，他想，难道是冯家林自己干的，可是又一想，冯家林绝不可能自己给自己脸上抹黑，况且这事又没有成为事实。除此之外，那就是他身边的人干的，可见领导身边的人，虽然事事跟在领导身边，可是心却相差万里。有一件事不满意，便耿耿于怀。一有机会，就会放一把暗箭。贾士贞不觉有些埋怨冯家林了，他记得当时还提醒过冯家林，可他说不要紧，那些人都是很可靠的。

“这个混账东西。自己心甘情愿的，升了官，又在害人家，算他妈的什么鸟东西？”卜言羽更加气愤地说。

“那信是什么人写的？”贾士贞问。

“我哪知道？我是从钱部长那偷看到的，这信是省纪委直接交给他的，要是寄过来，会先到我手上的，我没看到下面署什么名字，肯定是个匿名信。”

“随他，怕什么，又不是事实。”

“老兄，你差矣，这年头，哪个领导大小没点问题，若是认真查起来，没有大的问题，说你违反党纪那是太准确不过了。”

“我真的不怕。卜秘书，随便怎么查，我的心里坦荡得很。”

“不是这个意思，若真的查了，起码在查的过程当中，领导不信任你，在这段时间里，你能保住原来的位置就不错了，假如拖上几年，不管问题查得怎么样，一个人的前程就完了。”停了一会儿卜言羽又说，“对了，还有一张照片，是你和一个漂亮的女人在一起的，说得很脏。”

贾士贞走到窗口，望着远方茫茫的墨蓝色夜空，炽烈的灯火正燃烧着拥挤的城市建筑物。参差错落的楼房像堆满燃烧透了的蜂窝煤，墨蓝色的城市夜空，弥漫着灰红色的雾霭，恰似一位哀艳沮丧的妇人，突然间贾士贞感到眼前的气氛有点悲壮而伤感。他不知道，到底是什么人专门和他作对呢？

卜言羽站在贾士贞旁边，同样望着远方的夜空，他的感觉也许不那么凄凉。

“你应该和钱部长说个清楚。”卜言羽说。

“那不是此地无银三百两吗？再说了，钱部长问我怎么知道有这事的呢？”

“你看我也气昏头了。”卜言羽拍着自己的脑袋说。

晚饭早已好了，玲玲不知道出了什么事，吓得不敢吭声，以前家里来人都在客厅里说话，不知道今天丈夫为什么进了书房，而且把门关得死死的。

送走了卜言羽，贾士贞一边吃饭一边想着心里的事，饭一点滋味也没有，甚至自己是否吃饱也没有感觉了。吃完饭，玲玲正想问丈夫出了什么事的时候，电话又响了，贾士贞拿起电话，谈话是没完没了的。玲玲听不出电话那头是什么人。

直到两人躺到床上，玲玲才问贾士贞出了什么事，贾士贞搂着妻子，只说是组织部里的事，与他们没有多大关系，睡吧！可是贾士贞怎么也睡不着。想到一个领导干部，提拔了就开心，不提拔就怨恨，王学西恨钱部长，也恨章炳雄。尤达金和章以平恨他。还有那封反映他受了冯家林贿的人民来信，怎么又有人举报他嫖娼呢，上次他是上了当，这次他才不怕呢。这都是干部制度带来的弊端，如果干部选拔都实行公开选拔，通过考试竞争，无论上与不上，人人心服口服，也不至于带来这么多麻烦吧！这次东臾市进行公开选拔干部的尝试，反映那么强烈，为什么不能把这个办法推广呢？他怨自己人微言轻，说话分量太小。

不管怎么说，贾士贞自己是襟怀坦荡，天地可鉴的。但是他越来越感到官场上的艰难与险恶，他更不知道面前还会遇到一些什么样的艰难险阻。

对于东臾市长常友连的考察，贾士贞也觉得有点突然，而且常友连那天晚上单独去见他时，讲得是那样情真意切，尽管有些人反映了一些问题，但是贾士贞进行了全面了解和认真分析，现在已经在考虑他的考察材料如何写了。

第三十五章　分歧

公元一九九七年十二月中旬的一天，上午九点，省委常委召开会议，研究干部调整问题。驼铭和贾士贞都列席会议，由贾士贞做常委会议记录。一些人的命运将在这一瞬间发生巨大的变化。这是一个神圣、庄严的时刻；也是一个令人恐惧、失望的时刻。

贾士贞第一次参加这样严肃的会议，他想，那些常委们也像他们平时开会那样？反正省委组织部的部务会是钱国渠说什么就是什么，谁也不会说半个不字的。在处里，机关干部处仝世举当处长时是那样，章炳雄当处长还是那样，只是地县干部处顾彪常常和他商量工作，有时还听取他的意见。说是党委书记和委员一样，都是一票，其实那只是理论上的游戏而已。可是那些常委们谁能在常委会上提出不同意见呢，这么多干部名单早已定下来了，当然那些市委书记、市长，还有特殊人物都是侯向的意见，还有相当一部分是钱国渠的主张，当然驼铭也安排了一些人，贾士贞的意见都是通过钱、驼二人实施的，他不敢直接拉上任何一个人来。

十二月十八日一大早，不知是否有人刻意安排这个吉祥的日子，还是无意当中的巧合。反正贾士贞注意到了这个细节。贾士贞上了驼铭的车，三分钟就到了省委书记楼。他们来到常委会议室，室内灯光通明，桌椅一尘不染，中间是一张大大的椭圆形的淡黄色会议桌，周围高靠背软垫坐椅上套着洁白的纱套。四周靠墙一排长桌。贾士贞跟在驼铭身后，手里提着一捆材料，进屋后把材料放到后排的桌子上。这时侯书记和钱部长一边低声讲话一边走来了。

离开会时间还有好几分钟，侯向靠在椅子上，微笑着看看大家，突然说："还有六七分钟，给各位说个故事：有一天，一个孩子问一个仙人：什么是天堂？仙人说：你跟我走。于是仙人带着孩子来到一座豪华建筑里，室内的餐桌上摆放着丰盛的宴席，面对三尺长的筷子，所有人都无可奈何。于是仙人又带着孩子来到另一座豪华建筑，室内的餐桌上同样摆放着丰盛的宴席，同样是三尺长的筷子，这时，有人提议，用这三尺长的筷子相互帮助，达到共同享受。"

讲完故事，侯书记似乎余兴未消，解释说这个故事的深刻含义。当然在这样的场合，谁都是一笑了之。

贾士贞想，若真是这样，怕是人人都会把最好的美味佳肴送到最大的领导嘴里，而领导怎么可能为普通群众服务呢？难道侯书记会用这双三尺长的筷子给他这样一个小小的处长服务吗？如果没有一个办法来约束人们，恐怕侯书记吃得撑死了，他这样一个小处长，或者那些比他还小的人物，还是会饿死。就像现在的干部人事制度一样，没有好的有效的制度，无论如何也摆脱不了权力的作用。

服务员端着消毒盘，把一个个茶杯放到桌子上。侯向振作一下精神，室内鸦雀无声，个个都低着头，贾士贞拿着材料从侯书记、蒋省长依次发过去。常委们默默地看着名单，又过了一会儿，侯向抬起头，环视一下会场，说："各位，我们现在开会。"他停了一会儿，慢慢地翻动着面前的名单，接着说："今天的省委常委会，专题研究干部，主要是地改市后已经有一段时间了，一些市需要调整的，还有的市需要增加干部，最近一段时间，省委领导和省委组织部广泛听取省四套班子领导意见，并且深入各市接触了市县领导，省委组织部又进行了全面的考察，应该说对我们全省市一级的干部基本情况都有所掌握。这次的领导干部调整是继上次地改市之后的又一次较大范围内的干部调整，现在大家拿到的名单，是省委组织部提交常委会讨论的名单，大家可以发表自己的意见。现在请组织部汇报。"

贾士贞按照印好的常委会议记录的格式，填空式的把时间、地点、出席人、主持人、列席人等，一一填好，这才抬起头，朝那些常委们看去，只见常委们个个衣冠楚楚，表情严肃。关于他们此时的心情和表情，任你是多高才能的天才，也很难判断出其中的奥妙。唯有省委书记侯向是与众不同的，他坦然而自若，高傲而自信。贾士贞觉得这样的会场太壮观、太肃穆了。

而组织部长钱国渠，尤其显示出另外一种含蓄和隐晦，但他坐在常委们中间，却很不自在。作为省委组织部长，在这样的场合，除了省委书记，他便是最具有权威的一个人。他手中抓着的一大把名单，就是这二三百人的命运，他的一票的影响力仅次于侯向。只见他拿着材料的手微微颤抖了一下，并且立即又把材料放到了桌子上。他没有抬头，刚说了一个字，就觉得喉咙有些发干，急忙喝了口水。这样的状态对于他来说是不多见的，他甚至也感到自己今天有些反常，有些东西就是这样的莫名其妙。侯向似乎觉察到了什么，把目光从钱国渠那里移向常委们，并且微微一笑说："请大家认真看一下组织部的这个方案，我觉得这是一个最成熟最全面的方案。不，这只能是组织部的意见。"

钱国渠趁势喝了两口水，再次清了清喉咙，他只要在官场上说话，从来就都是慢条斯理的，现在他把节奏放得更慢了，特别是这开场白，他斟酌着每一个措词，讲着前一句，琢磨着后一句。绕了半天，才开始一个市一个市地读出名单，从某人的姓名、性别、出身年月开始到原任职务，最后才托出拟调整的方案。每一个人介绍结束后，都会停顿很久一段时间，这当然是让常委们思考的了。这种进展速度很慢。时而会有人发表一番议论，往往都是侯向说："人无完人，我们要一分为二来看待干部嘛！"大家才又恢复那极富涵养的随和而空洞的面孔。

谁也没有预料到的是下午临下班时，研究到第六个市的干部时，原方案的市委书记也是侯向拍板的，在钱国渠介绍之前，侯向说："梅岭市委书记魏齐同志调任教育部任副部长，这是大好事啊，我们省又出了一个副部级领导，刚刚接到中组部的通知，梅岭市委书记要重新考虑人选了。"侯向一脸严肃，一脸组织性、纪律性，常委们个个低着头，侯向接着说，"我的意见是由江山市委副书记江彪同志出任梅岭市委书记。"

不知道为什么侯向的话音一落，常委们有的抬起头，看看侯向，又看看钱国渠，他们的眼睛、眉毛、鼻子、嘴巴在不同程度地发生难以察觉的变化。钱国渠愣了一会儿，站起来向贾士贞招招手，贾士贞大步跑过去，钱国渠在他耳边低语了几句，贾士贞立即转身回到座位上，迅速地找到江彪的考察材料，看了好一会，送给钱部长。

钱国渠说："各位书记、各位常委，就江彪同志任梅岭市委书记的问题，我想给各位汇报一下江彪同志的情况。"说到这里他停了一下，严肃的会场发出低低的声音。

侯向瞥了钱国渠一眼，目光有些怪异，随后又把目光转向常委们，脸上的组织性、纪律性概念更加明确，字体不仅放大，而且加粗加黑。

钱国渠又说："大家知道市委书记，在全省那么多领导干部中是有着十分重要的地位的，按照中央任用干部的有关规定，请大家再研究。，江彪同志从县委书记到副专员，到市委副书记，还不到两年时间，现在突然任市委书记……"他没有说下去，手里拿着材料，目光在常委们身上慢慢移动着。

这时，省长蒋习宇摘下眼镜说："关于梅岭市委书记的人选问题，我想组织部的意见应该考虑，我们一向都是注重领导干部在接任下一个职务前的任职时间的，按照我省的惯例，市委书记通常应该在市长这样的重要位置上锻炼过，如果破例提拔了，要有特殊贡献，或者特殊理由，而江彪同志的工作太平常了。"

侯向说："关于江彪同志任梅岭市委书记一事，我是经过反复考虑的，虽然江彪从县委书记到副专员、市委副书记不到两年，但是他担任县委书记时间较长，又是一位出色的县委书记，正是年富力强的时候，也是我们省委组织部作为重点培养对象培养的，所以尽快给他压担子，也是锻炼培养干部的重要途径。"侯向突然用声音强调了他这个省委书记的绝对权威。常委们也都同时感到侯书记脸上的组织性、纪律性已经转变到声音上了。

常委们有的抬起头了，但那一张张脸，仍然严肃、随和，让人很难看出其中的倾向性。

蒋习宇双手按按桌子，充满官场智慧地微微一笑，说："我觉得还是应该听听组织部的意见，是不是请组织部马上研究一下，拿出你们的方案来？"

侯向看看蒋习宇，显得极富于涵养而又民主地说："好，我同意习宇同志的意见，还由组织部先拿方案，程序吗，还是要的。钱部长，请你们马上研究一下，拿出你们组织部的方案来，时间二十分钟。好，我们大家休会！"

常委们从座位上站起来，很快换了一副面孔。侯向离开座位，向前跨了两步，叫了一声："国渠同志。"

钱国渠转过身，朝侯向微微一笑。这时侯向已经来到他身边，低声说："认真考虑一下……"还想说什么，却又欲言又止。

钱国渠又笑笑，他感到自己这笑有几分别扭，便朝驼铭走去。驼铭和贾士贞等到钱国渠过来了，没想到钱国渠看都没看他们一眼。驼铭和贾士贞只好跟在后面出了常委会议室。

省委组织部长的位置不仅在全省举足轻重，就是在全国，人们也是刮目相看的。应该说也能算大半个政治家了。此时，沉着稳重的钱国渠，头脑里不得不构想着如何处理这突如其来的大事件。因为这不仅关系到江彪的前途和命运，也将决定他个人的前途和命运。更体现了省委常委的高度严肃性。作为组织部长该怎么办，这是他担任组织部长以来从没有遇到过的棘手问题。

旁边的一间小会议室门正开着，钱国渠进去了，驼铭和贾士贞也跟着进去了。钱国渠看看驼铭和贾士贞，笑了笑，好像什么事都没有发生过，那样从容，那样若无其事。过了一会儿，说："我们商量一下，现在我们不管是谁的意见，只讨论江彪是否符合市委书记的条件。"

驼铭和贾士贞相互看看，都不知道该说什么，贾士贞心里觉得钱部长今天变成了另一个人，变得有些陌生起来。也许他还年轻，没有经历过大风大浪，他甚至为钱部长捏着一把汗，如果组织部长和书记在干部问题上产生分歧了，那么书记对组织部长会是什么看法？这样的事情还很少发生过。贾士贞怎么也没想到高层的矛盾更加隐讳而曲折。贾士贞心里明白，钱部长的意见是非常正确的，江彪不仅仅是任职时间问题，有些问题他确实单独向钱部长和驼副部长汇报过。而且钱部长对江彪问题的态度也比较明确，只是觉得在常委会上不便说罢了。因此要选拔市委书记的话，那是无论如何也排不到江彪的。

钱国渠沉默了一会儿，对驼铭说："老驼，怎么不说话呀！你得有个态度，还有小贾，现在我们三个人就代表省委组织部，必须形成一个意见。"他看看表说，"二十分钟，只有二十分钟。"

驼铭摸了摸后脑勺说："钱部长，我支持你的意见。你是正确的，梅岭的市长刘光勇可以接替市委书记嘛，人家在地区专员位置上干了那么多年，为什么不能当市委书记呢！"

钱国渠问："那市长呢，江彪不能当市委书记，就能当市长了？"

驼铭说："再选他人。"

贾士贞红着脸说："钱部长、驼副部长，这样的干部本不该我发言的，也轮不到我发言，但是时间紧迫，我有一点看法，不正确的请二位部长批评。”

钱国渠和驼铭一下子把目光集中在贾士贞身上了。钱国渠说：“小贾，你说，没关系。”

贾士贞说：“我想现在最好的办法恐怕只有一个，那就是让江彪任市委副书记主持工作，缓兵一步，而且是省委组织部讨论意见。这样也许侯书记还能接受。”

这时钱国渠和驼铭对视了一会儿，两人几乎同时说：“这个办法好，也只能采取这个办法了。”

钱国渠看看表又说：“还有五分钟，大家看看，是不是可以形成决议？”

驼铭说：“我同意！”

钱国渠看看贾士贞说：“你呢，小贾？”

贾士贞说：“钱部长，轮不到我表态。”

钱国渠拍拍他的肩膀说：“这又不是常委会，只我们三人，你有三分之一的表决权！”

贾士贞笑了笑说：“我也同意。”

钱国渠抖擞了精神，走路的步子似乎轻松起来，贾士贞也有如释重负的感觉，三人出了会议室，朝常委会议室走去，样子有点像军人操练时迈着整齐的步伐。

常委们各就各位，驼铭和贾士贞坐在后面，不知谁把窗子开了一小半，外面的冷风一个劲地往里吹，侯向看了看窗子，贾士贞急忙跑过去把窗子关好，只留下一条缝。

侯向看看大家，说：“现在继续开会。同志们，我们的常委会开得很好，大家充分发扬民主，研究干部，就是要听取大家的意见，说明我们常委班子是团结的，民主的。刚才关于梅岭市委书记的问题，由于特殊情况，临时请组织部拿出方案，我想请省委组织部根据省委的意见，结合实际情况提出你们的意见，再交常委讨论。现在请钱部长发言。”

钱国渠手里拿着江彪的考察材料，反复看了看，说：“各位书记，各位常委，刚才常委在讨论梅岭市委书记时遇到了特殊情况，常委会休会二十分钟，让我们组织部拿出方案，随后，我们进行了认真讨论，全面考虑，我现在把江彪同志的情况再给大家汇报一下。”

侯向看看钱国渠，显得有些不耐烦，但钱国渠仍慢条斯理地一字一句地念着江彪的简历。最后放下手里的材料，说："我们认为江彪同志在地市级领导岗位任职时间比较短，而且没有独立统帅全市工作的经历，所以我们的意见是：江彪同志任梅岭市委副书记，主持工作。"

侯向瞥一眼钱国渠，那目光带着几分轻蔑和隐晦。蒋习宇先是微微地点点头，后又轻轻地摇摇头。几位副书记和常委们也同时相互看看。这样沉默了好久，室内静得有些让人恐惧，空气稀薄得让人感到有些窒息。贾士贞第一次见到这种让他压抑得喘不过气来的场面，他轻轻地做了一次深呼吸，他怀疑官当大了，需要的氧气也比普通老百姓多，他真的害怕这种气氛，巴不得马上逃离现场。余光偷偷地扫一下驼副部长，驼副部长的表情是别样的，显然和侯书记，和钱部长，和常委们都不一样。驼副部长似乎什么也没看到，什么也没发生似的。

不知过了多久，侯向又发言了："关于江彪任梅岭市委书记一事，我并不是一定坚持我的意见，我作为省委书记，可以决定任何重要人事的任免。党委干部的任免，又不是人大、政府的干部，不需要提交人大常委会、政府常务会议，我们的干部管理到目前为止还是党管干部。我不是不民主的省委书记，何况组织部的意见也基本和我的意见是一致的，说明省委的意见是正确的。那就这样决定了吧！请各位表态。"

蒋习宇说："我同意组织部的意见！"

两位副书记同时说："同意！"

其余几位常委都说："同意！"

这时贾士贞看看驼铭，驼铭迅速把目光移开。贾士贞在记录省委常委结论一栏里犹豫了片刻。通常情况下，在这种时候，是要全体常委进行表决的，有多少人同意某人任市委书记，有多少人同意副书记主持工作。可是不知为什么侯书记没进行这样的程序。也许是侯书记的疏忽，或许是……贾士贞是不是该充分发挥自己的才能，像陈景润攻克哥德巴赫猜想那样呢。

下班时间已经早过了，常委会继续休会，大家去省委招待所就餐，晚上七点三十分继续开会。

这时，这群决定莫由省六千多万人民命运的头头们，陡然间换了一副面孔，侃着那些不着边际的话题，迈着四方步子，出了常委会议室，把刚才那些纷争和不快全都装进"宰相般"的肚皮里了。

每个秘书上前接过领导的黑包，打开车门，一辆辆轿车按照职务高低排着队缓缓朝省委大门驶去。

钱国渠等到最后，和驼铭、贾士贞一同下楼，卜言羽迎上来接过钱国渠的公文包，他正要上车时说："老驼、小贾，我们去培训中心吃晚饭！"说着钻进奥迪轿车。

卜言羽接通了培训中心经理的电话，让他们马上准备一桌晚餐。

到了培训中心，新任经理肖晖迎上来了。

六人坐定后，钱国渠看看表，说："肖晖，拿两瓶啤酒来，大家少喝点，晚上还要开会。"说着就笑了笑，"也算是压压惊吧！"

啤酒是苦涩的，晚餐是无味的，钱国渠虽然竭力显得很有涵养的样子，但不时地走神，目光时而阴晦时而深沉。大概贾士贞和驼铭都在想，不知晚上的会还会发生什么样僵持局面。这些常委们平日相互间都彬彬有礼，内心却隐藏着很深的杀机。过去大家一直认为侯向相当有权威的。今天，钱国渠第一个跳出来没有支持他的意见，而蒋习宇则进一步提出不同意见，当然在省委常委当中，也只有蒋习宇能够和他抗衡。但是，这党政一把手多年来合作一直是很默契的，也许那只是一种表象。看出常委们之间却各有各的想法。联想到最近社会上传说关于侯向可能要工作变动，而且传说种种，有的说要到上面去，有的说要到省人大去，为此，侯向在一次市委书记、市长、机关厅局长会议上十分含蓄地进行辟谣，表示中央已经暗示过，他还要在这个位置上再干一届。高层领导的心理是难以揣测的，但是，这次的分歧到底是什么原因？谁也说不清。

莫由的干部经过机构改革，这次又大规模调整了市厅级领导，这样一来，别说侯书记在省委书记的位置上干一届，就是干两届也是能一声叫到底的。

钱国渠连喝两杯啤酒，就在他还要喝的时候，驼铭阻止道："钱部长，不要喝了吧，马上就要去开会了。"

大家这才匆匆吃了饭，赶去省委书记楼。

常委会议室里温暖如春，室外寒风呼啸，常委们各就各位，个个红光满面。侯向展开八字浓眉，露出温和的笑意，目光在常委们身上慢慢移动着，又说了一番开场白，钱国渠就开始汇报了。常委们这才个个低下头，仔细琢磨着这些熟悉的、陌生的、似曾相识的名字。

会议一直开到十点，提交常委讨论的干部总算原则通过了；除了江彪之外，又有五名副市级干部被"暂时放一放"而搁浅了。贾士贞一直捏着一把汗，他关心的也就是那么几个人，幸好侯书记没有提出疑义，被搁浅的几个人又都是钱国渠方案的人。省委书记要否定，自有他的理由，贾士贞心里越来越有些糊涂了，这个方案是经过侯书记多次审查的，为什么却又要在常委会上否定了呢？而这几个人又正是钱部长所关心的人，不管怎么说，贾士贞还是觉得钱国渠在江彪问题上的分歧惹了侯书记。

最后，侯向强调说："省委的干部调整工作已经省委常委讨论了，在这里重申组织纪律，严格执行保密制度，任何人都不得对外，尤其是向当事人泄露常委会议情况，组织部尽快拟文，省委组织谈话，另行分工。"

会议终于结束了，回到家里，玲玲已经睡了，贾士贞坐在客厅里，打开落地灯，细细翻着名单。现在，他的心脏还在激烈地跳动着。他忽然想到，难怪官场上的人个个高血压、心脏病，这样下去自己迟早也要常常往医院跑。

躺到床上，贾士贞的头脑兴奋极了，一时难以入睡。往事一件一件地在脑海里翻腾着。

贾士贞目睹了一场惊心动魄的发生在高层领导之间的矛盾，可想而知，这在中国又算得了什么？也许有人会认为这是一种不正常现象，然而他却从中看到积极、进步和民主的一面。在中国努力向法制社会过渡的社会转型时期，这难道是坏事吗？不！应该从根本上克服绝对权力，从制度上改变现有的制度。

中国在几千年来封建思想的影响下，至高权力的管理方法越来越不适应社会发展的需要了。少数掌握权力的领导坐在办公室里凭自己的主观想象去决定干部的提拔，他们怎么知道群众是如何看待那些人的呢。中央要求按照"公开、公平、公正"的原则来选拔干部，也许是对少数人权力的一种制约。

省委常委会议后，隔了两天，就通知干部谈话了。人人都没有想到的是，就在当天下午，一场不大不小的风波出现了。侯向在和江彪谈话时，说江彪出任梅岭市委书记，江彪当然千恩万谢，喜上眉梢，可是去组织部时钱国渠却说是副书记主持工作，江彪当时就变了脸色，他当然接受不了晴空万里瞬间狂风暴雨的现实。回过头来找侯书记，侯书记却说这是省委常委讨论的意见，哪一个人岂能改变得了的？再说了，我是省委书记，随后侯向就给钱国渠打电话，钱国渠说当时常委会上休会之后省委组织部重新拿出的方案是副书记主持工作，随后大家都表态同意了。两人各执一词，最后侯书记让钱国渠带上常委会议记录，找来蒋习宇，侯、蒋、钱三人翻开会议记录，会议记录记的是副书记主持工作。并没有常委表决的具体意见，而省委常委的会议记录只记录了当时的详细情况，没有结论性意见。这种含糊的事情到底应该由谁来承担。侯向气得脸色铁青，大声问这会议记录是谁记的。此时身为省委书记的侯向从没想到省委组织部长居然不听省委书记的。他觉得钱国渠的危险性，又觉得自己至高权力的动摇性。连一向配合默契的蒋习宇也从这次常委会上开始和他站在对峙的立场上了。

这时侯向的脸色异常难看，苍白而灰黄，三个人僵持了许久，侯向才说出冰冷的一句话："这事摆摆再说吧！"蒋习宇看看钱国渠说："走吧！"

一场纷争如同扑不灭的火焰，暂时盖下去了。

常友连在这次干部调整时，被提拔为东舆市委书记。他知道自己是在考察干部之后补充的对象，而且，有那么几个人还专门捣他的蛋。此时此刻，常友连想到了贾士贞，他现在更加坚信贾士贞在他考察的问题上帮了他不少的忙。倘若贾士贞如实把那些人的反映向钱部长汇报了，说不定他连常委会都上不去。现在常友连越来越感到组织部的任何一个小人物都不能轻视啊。对贾士贞也更加从心底感激不尽了。

第三十六章　重大消息

这几天，贾士贞有些心事重重的，本来为那封倒霉的人民来信，心里窝了一肚子火，昨天晚上华祖莹突然又告诉他一个消息，说她被美国一所很好的大学录取了。固然这对华祖莹来说是一个好消息，可对于贾士贞来说，心情却是异样的。

正在这时，周一兰打来电话，说周一桂今天下午到省里来，还说有要事要见贾士贞。周一桂已经由副专员成为市委副书记，贾士贞不知他这次来有什么事，。他多次提出要感谢贾士贞，都被贾士贞拒绝了，但今天，周一兰打电话的态度和往常不一样，他隐隐觉得周一桂有什么重大事情要告诉他，而且这绝不是一般朋友之间的是非琐事。现在他好像什么事也干不下去，巴不得周一桂一下子到来。

下午快下班时，周一桂打来电话，说他已经到省城了，让周一兰派车接他去办事处。挂了电话不久，周一兰电话就到了，说她马上来接，请贾处长现在就到省委大门口等着。贾士贞一看时间，已经快到下班时间了，便打了招呼先走一步。

到了大门口，只见周一兰已经远远站在路边的松树旁。贾士贞朝她挥挥手，周一兰身着米色风衣，脖子上围着浅蓝色白花纱巾。望见她在寒风中甜蜜的笑容，贾士贞心里一阵热血沸腾，飞快地走到她面前，周一兰瞟了他一眼，目光就躲向别处。

周一兰腼腆地向他伸出手，贾士贞毫无准备，仓促间伸出手，两人却认真地握着。随后周一兰一招手，一辆轿车开了过来。

到了办事处，周一兰跟在贾士贞的身边，两人进了接待室。周一兰出去后旋即又进来了，说：“我哥还没到，恐怕进城后路上车多。”她说着给贾士贞倒了一杯茶，又拿起茶几上的苹果，削了起来。贾士贞说：“一兰，你坐下，我问你个事。”

“什么事，这样认真？”

“我认真吗，那随便点。”贾士贞说，“一兰，恕我直率，你现在家庭……”

周一兰脸上迅速地飞过一片红云，羞涩地低下头，半天才说：“怎么给你说呢？贾处长，我现在是孤身一人。”

“为什么？”贾士贞吃惊地看着她。

“你别看我整天乐呵呵的，我的心里却是很苦的。”周一兰把削好的苹果递给贾士贞。他接过苹果，拿在手里，却没有吃，一直看着她。周一兰又说：“我二十六岁结婚，已经十年了，可我已经离婚五年了。”

“怎么会这样？”贾士贞有些惊讶地看着周一兰。

周一兰眼圈有些红润了，像是受到莫大的委屈，说：“我不愿意提这事，也许这就是我的命吧。”

正在这时，有人敲门。周一兰迅速地站起来，只听外面说：“周主任，周书记到了。”

门一开，周一桂已经站在门口了，贾士贞迎上去，两人握着手进了接待室。周一桂说：“贾处长，不好意思，让你久等了，省城下班时间车多，真难走。”

周一兰说：“哥，你要不要洗洗，饭已经定好了。”

周一桂说：“我洗一把脸，贾处长，你稍坐片刻。”

周一桂很快又回到了接待室，他说：“一兰，你先等一下，我和贾处长说几句话。”

周一兰转身出去了，把门关上了。

周一桂坐到沙发上，递给贾士贞一支香烟，两人慢慢地点着。周一桂看着贾士贞说：“贾处长，我刚从北京回来，你知道我在北京听到一个什么样的消息吗？”他深深地吸了一口烟，注视着贾士贞。贾士贞没说话，只是默默地看着他。

“据北京有关人士透露，侯向可能要退出省委书记这个重要位置了。”周一桂严肃而又认真地看着贾士贞说。

贾士贞吃了一惊，把身体向前倾了倾，心脏都跳到嗓子眼了，这时周一桂大口吸着烟，沉思起来。

“到哪儿去？”贾士贞问。

“省人大！”

“莫由省人大？”

周一桂没有说话，只是点点头。

“这消息可靠？”贾士贞说，“你从哪里得到的消息。”

“我的一个同学。官虽不大，但，他认识中组部的一个人。”

“那谁来接替？”

“M省的省委书记，谭玉明。”

“如果这个消息是真的，那对全省的高级干部将是一个爆炸性的新闻，不知可靠性怎样？”

“当然我也不敢说百分之百，但至少说北京透露这个消息的人所得到的信息是有很大的可信性，要不然我也不会急着赶来告诉你。”

“是这样？”

“好，贾处长，我们吃饭去吧！这事我只透露给你，让你心中有数。”

这样的秘密很是感人的，带有神圣而又鼓动人心的动力，同时也染上不可知的亲切气氛。秘密都是渴望朝着秘密的深处缓缓渗透、缓缓延伸的。而延伸到一定的时候，秘密就会悄悄地开岔，向人所共知的方向发展。

两人出了接待室，周一兰正坐在办公室打电话，周一桂招招手，说：“一兰，我们吃饭去吧！”

席间，谁也不谈侯向的事，周一桂和贾士贞，时而还说一些只有他们俩才能听得懂的含义很深的暗语。尽管周一桂兄妹不时地向贾士贞敬酒，但是他们都无心恋酒。

席散了，贾士贞匆匆告辞了，依旧是周一兰送他，两人还是坐在后排。周一兰很想把刚才和贾士贞没有讲完的话继续讲下去，但看到贾士贞满脸沉重和严肃，不知发生了什么事，只觉得他的这种心情很坏，好像世界末日来临了。两人就这样并肩坐在后座上，一句话也没说。直到下车时，周一兰才有气无力地说：“贾处长，改日我再安排时间，单独和你见个面。”贾士贞听出这声音有点悲哀，又渗透着凄凉。

贾士贞回到家里的第一件事，就把自己关进书房里，给卜言羽打电话。他问卜言羽，钱部长现在在哪儿，卜言羽说钱部长现在正在外面陪客。贾士贞又说，让卜言羽报告钱部长，他有重要事情要向钱部长汇报。卜言羽说等他的通知吧。

第二天上午，卜言羽告诉贾士贞，让他现在就到钱部长办公室。贾士贞来到钱部长办公室时，只有卜秘书一人坐在外面，通报钱部长后，贾士贞就进了里间。

钱部长抬头看看贾士贞，亲切地说："小贾，有事吗？"

贾士贞走到钱国渠对面，样子特别的神圣。钱部长是经风雨见世面的领导，不管风吹浪打，胜似闲庭信步，此时他觉得贾士贞这个年轻人，一定是又碰到什么麻烦事了，笑笑说："怎么啦？看你……"

"钱部长，我的一个朋友从北京回来，告诉我一个消息，我觉得挺重要的。"

"是吗？"钱国渠认真地看着贾士贞，"什么消息？"

"侯书记要到人大去了。"贾士贞说这话时觉得自己有些紧张，有些僵硬。

钱国渠没有说话，默默地看着贾士贞，只是那眼神让人不易察觉地一闪。

"可能是M省的省委书记谭玉明调来莫由任省委书记。"

钱国渠沉默了半天没有说话。奇怪的是他竟然没问这消息是哪里来的。室内静得令人可怕，突然电话铃响了，钱国渠没有接。一连响了好几声，当钱国渠正准备接电话时，电话铃又停了。

又过了一会儿，钱国渠才说："士贞，这样重大的人事消息听了就听了，不要随便乱传。我知道了，谢谢你！"

贾士贞走了，但他一直在琢磨着钱部长对此事的态度。

冯家林在卜言羽的引导下进了钱部长的办公室，冯家林的心里有些紧张，省委组织部长亲自找他一个副市长，这让他有些不安。他和钱部长并不熟悉，所以，这不可能是提升他职务的谈话。他来省城之前本想给唐雨林或贾士贞打个电话，可是卜秘书在电话里说，不要通过任何人，直接来找钱部长。这些更加让他不安和纳闷。

热情地握手之后，钱部长开门见山地问："老冯同志，找你来是想问个事，希望你实事求是，共产党员嘛，襟怀坦白。"钱部长停了一会儿，看着冯家林。

冯家林心里更慌了，断定不是什么好事，红着脸说：“钱部长，我是受党教育多年的基层干部，我相信自己这个素质还是有的。”

“好！”钱部长说，“你和我们组织部的贾士贞同志接触过吗？”

“接触过，怎么啦？”

“你送钱给他了吗？”钱部长一下子冒出这个并不轻松的话题，冯家林有些接受不了，这让他觉得钱部长的工作方法太简单了点。

冯家林像皮球一样，从沙发上跳了起来，脸色涨得又青又紫。但是，毕竟他也是在官场闯荡了多年的领导干部了，立刻压制住自己，说：“钱部长，我该怎么对你说呢？”冯家林激动地摆着手。

“老冯，不要激动，有话慢慢说。”钱部长说。

“钱部长，这是您找我谈的，我心里很清楚，您主要是想核实这件事。”冯家林平静了一会儿说，“如果是纪委找我，那我一定会让反映问题的人站出来，如果是事实，组织上可以加倍处罚我，如果没有此事，那就要告他诬陷罪！钱部长，就算我冯家林无所谓，人家贾处长还年轻，人家能承受这不清不白的包袱和压力吗！”

“所以我才请你来说说情况，把事实弄清楚嘛，大家都放下包袱！”

“我敢以党籍保证，钱部长，如果查出真有此事，开除我的党籍，按党纪国法来处理我。”

冯家林愤愤不平地离开钱部长的办公室，他现在对当年在南友县时他身边那几个人产生了怀疑。他当县委书记时，个个对他百依百顺，俯首帖耳，却没想到有人会在他背后放暗箭。多亏他提拔到市里当副市长了，否则，这些家伙还不知道怎么害他呢。

第三十七章　真相大白

对于纪委来说，每天那么多的人民来信，尤其是匿名信，他们几乎都是不予过问的。上次那封举报贾士贞嫖娼的人民来信，他们之所以过问，是因为时间、地点、人物和发生经过都写得太具体了。而他们在调查过程中证实确有此事发生，只是调查到贾士贞这里，他矢口否认，也找不到其他的当事人，最终事情不了了之了。

可这次举报信却附上了贾士贞和一个漂亮女孩的照片。有了女子的照片，有了姓名，这次查起来应该是不难的。

这天下午，贾士贞接到华祖莹的电话，说她去美国读MBA签证通过了，行程已经定了。贾士贞突然想到是否该帮她做点什么，犹豫了半天，给周一兰打了电话，随后来见周一兰。周一兰每次见到贾士贞时都是那么兴奋，电话里贾士贞没说有什么事，但她想贾士贞专程来找她，一定有重要事情。两人见面后，她发觉贾士贞有些心事重重的样子，总是欲言又止。在她的再三追问下，贾士贞才说："一兰，有件事，我实在不好开口……"

"士贞，你是个男子汉，也是省委组织部的处级领导，怎么变得婆婆妈妈的。"她急得涨红了脸，"真是急死人了……"

"一兰，我……我想向你借点钱。"贾士贞的脸一下红到了脖子根。

周一兰怎么也没有想到，贾士贞是因为借钱的事为难成这个样子。在这一瞬间，她有些心疼面前这个男人了，她几乎没加任何思索，爽快地说："士贞呀，看把你难的，借钱，我有，你说要多少？"

贾士贞看看周一兰，心里涌起一股感激的浪潮，他为自己能够结识这样一个善良而贤淑的女人，从心底里感到高兴。

贾士贞有些激动，看着周一兰那双秀美的凤眼，说："一兰，我急需用一笔钱，而我又知道，在这个世界上凡是向人家借钱的人都是一个不明智，不自觉的人。但是，我没办法，其实那天周书记约我见面时，我就准备向你们兄妹俩借钱的，可当时那种形势，我实在是没办法开口。"

"你不用跟我说这些，你现在告诉我，要多少？"周一兰急着问。

"你能借多少？"

"士贞，"周一兰说，"你还不了解我的身世，以后我会告诉你的。"周一兰停了一下，接着说，"这些年来，我一个人生活，我的工资除了一个人消费，都存起来了，算起来也有十五六万。只要你需要，尽管拿去。"

"一兰，全部借给我吧！"贾士贞显得几分羞涩，"一兰，你放心，我一定会还你的。"

周一兰变了脸色，不高兴地说："士贞，你怎么……你我之间用得着说这话吗？你说，我一个单身女人要那么多钱干什么？好了，这钱算是我送给你的。如果不够，我再想办法，我哥那里恐怕没有多少，他是个清官，据我了解，他最多只能拿出五六万。"

"不，不，不"贾士贞慌张起来，"一兰，对你说实话吧！这钱也不是我自己用……"贾士贞犹豫了一会儿说，"我的一位朋友出国读MBA，你知道去美国读MBA，一般是不给中国学生奖学金的，两年的费用需要近一百万人民币。"

周一兰睁大了双眼，盯着贾士贞看了半天，心里突然间产生一个大大的问号，什么样的朋友让贾士贞如此着急？周一兰刚要问，立即又把话吞了回去。

贾士贞从周一兰惊奇的目光中感觉到她要说的话，于是他说："一兰，请允许我暂时不能告诉你这个人是谁。不过我必须告诉你的是，她读的是美国常春藤名校，而在美国，这样的名牌大学MBA毕业后工资都很高。当然，校方是提供助学贷款的，因为他们毕业后有还款能力，但利息高达百分之九点几，也就是说，如果拿五万美元的贷款，一年要付将近五千美元的利息，所以……"

周一兰打断贾士贞的话说："你不必多说了，你的朋友就是我的朋友，这样，我一定想办法给你解决三万美元，都帮你兑换好，省得你再去求人了。"

“一兰，就借两万美元吧，这样的事除了你，任何人我都开不了口。”

“士贞，非常感谢你对我的信任。”周一兰激动得有些热泪盈眶，“在这个世界上，有你这样一个知己，我周一兰足矣！”

第二天上午，贾士贞进了办公室，得到的消息说驼副部长提拔为省委常委，兼江山市委书记。这固然是一个好消息，但是不知为何，贾士贞总感到心里空荡荡的。在贾士贞的心目中，驼副部长不仅是一位德才兼备的领导者，还是一位和蔼可亲的长辈。至今他都想不明白，当初全处长已经通知把他退回乌城地委党校了，后来怎么又突然把他调回省委组织部了呢？他现在还清楚地记得，当时驼副部长和他谈话时的场景，每一个细节都让他刻骨铭心。驼副部长甚至是那样理解他被退回去的心情，然而，当时他不知是激动，还是其他什么原因，居然连一句感激的话都没说。而且这几年，驼副部长始终对他那样关心、爱护，而他自己呢？从没向驼副部长表示过什么。现在驼副部长就要离开省委组织部了，他的心里真的有些舍不得，甚至有些失落的感觉。贾士贞有几次故意上了三楼，企图找机会见见驼副部长，然而，驼副部长的门总是关得紧紧的。

组织部门，是管干部的主管部门，提拔干部，调整干部，是习以为常的事。莫由省委组织部在这些日子里仍没完没了地忙碌着。表面上各处室仍在有条不紊地工作，但是贾士贞明显感觉到，无论是省级领导，还是市厅级，包括省委组织部似乎要有一场大的人事变动。驼副部长调走后，同时又有几个市委领导跟着变动，至于省委组织部副部长的人选问题，虽然有人传说，但是大家都装作什么也不知道。钱部长已经好几天没有到办公室来，当然钱部长忙的都是些高层领导的事。贾士贞不知道周一桂透露给他的那个消息到底怎么样了，但是那天他把这个重大秘密告诉钱部长时，从钱部长当时的反应，贾士贞感觉到钱部长多少已经掌握了这个高层的人事动向。

除了工作上的事，还让贾士贞难以平静的是，华祖莹就要出国读MBA了。他认为华祖莹这次去美国读MBA，是她通向上流社会的重要手段。但是出国留学的人哪里都如人们想象的那样，外国就是天堂？可以说，每一个出国留学的学生都有一本心酸的血泪史，据说《北京人在纽约》反映的只是一个小小的侧面，更多的留学生的苦难生活谁也不了解。

华祖莹始终没有告诉他什么时候去美国，贾士贞总觉得她是在故意回避他。越是这样，他越是惦念着她，也许有人怀疑，贾士贞和华祖莹这样一个漂亮的姑娘之间是为情所困吧！不，贾士贞对华祖莹完全是感激，这种感激之情，足够他对这个女人惦记一辈子的了。尽管这些日子里，贾士贞的心情为种种事情而不安，但此刻他决定给华祖莹打个电话。然而，华祖莹已经从宏门大酒店辞职了，经过一番打听，才知道她已经去机场了。放下电话，贾士贞请了假，匆匆上了一辆出租车，直奔机场。

贾士贞在候机大厅里奔跑着，四处寻找华祖莹，突然他发现两个男人正拦住华祖莹，贾士贞犹豫了一下，再一看，其中一个正是省纪委的尤处长。不言而喻，贾士贞在这一刹那间，猜着了八九分，尤处长多半是为举报他嫖娼的人民来信而找华祖莹的。当然，在这样的场合下，他自然不能冒冒失失地冲上前去了。他只好远远地躲在人群里，看着华祖莹和尤处长，只见华祖莹一会儿气愤地挥着手；一会儿伤心地低下头；一会儿无奈地抹着泪。

直到尤处长他们走了，华祖莹一个人孤零零地坐在椅子上流着泪，他再也忍不住了。当贾士贞突然出现在华祖莹面前时，她惊呆了。华祖莹又惊又喜，握着贾士贞的手说："我就是不想打扰你的生活，才决定一个人悄悄地离开这座城市。俗话说'天下没有不散的筵席'。这也许才是我们两人最好的结局。可是……"

贾士贞做了个手势，没让华祖莹再讲下去。这时，大厅里响起了高音喇叭声，华祖莹看看表，含着泪说："贾处长，谢谢你来送我，我该走了！"贾士贞看看表，紧紧抓住华祖莹的手说："多保重，到了美国不比在国内，困难一定很多，这是我的一点心意……"

华祖莹推开贾士贞的手，说："我们之间没有这个必要……"

贾士贞激动地说："祖莹，现在我越来越觉得这自然界有很多东西让人捉摸不透，比如说你我之间，注定了应该是这样的缘分。我打从心底里敬重你，你的未来一定是难以估量的。"

华祖莹深情地看着贾士贞，轻轻地叹了口气，说："贾处长，每个出国留学的人都有很多无奈，很多伤心，很多痛苦，很多艰辛。谁知道未来是什么样子呢？有人说，人从娘胎里生下来第一声都是哭的，为什么？因为人来到这个世界上就是受苦受难的。可我却明知山有虎，偏向虎山行！"

贾士贞微微一笑，说："怎么这么伤感啊？我相信你的选择是正确的，一个女孩子孤身一人去了异国他乡，一定会遇到许许多多无法想象的困难，但是，经过艰难困苦锤炼之后，一定会有光明的前程的。"

华祖莹避开贾士贞的目光，欲言又止，她有很多话想对他说，可是，不知从何说起。这不是平常的离别，她知道，这一走，何时才能相见？固然她和他没有什么特别的关系，然而，这种离别却让她痛苦万分。她的眼睛里闪动着晶莹的泪花，露出几分苦笑，"刚才省纪委的同志找我了……"

贾士贞打断她的话："不要说那些不愉快的话了，我送你到出关口。"

"我把事情的经过都说了，"华祖莹说，"他们说一定要对这件事负责，要把写举报信的人找出来，这是无中生有，是一种诬陷！"

她终于伸出手，贾士贞紧紧地握着她的手……

贾士贞看着华祖莹向入关口走去，她含着热泪，难舍难分地慢慢地移动着脚步，不时地回过头，突然她转过头，头也不回地向着那长长的通道走去，贾士贞感觉到她在擦着眼泪，他久久地站在那里，心默默地在为她祈祷着。

第三十八章　特别行动

有时候日月并非像文字形容的那样，它如水般流逝。贾士贞觉得一天又一天地，每一分钟都是在痛苦的煎熬中艰难地前进着。周一桂所说的侯书记将要退出省委书记的位置，从那天之后，日子一天天地过去了，可仍不见动静。驼副部长已经上任半个多月，新来的秦副部长接替驼副部长的工作。华祖莹虽然才走了短短的十多天，贾士贞的心里还是平静不下来，日子过得无滋无味的。虽然纪检组长周善良告诉他，那封举报他的人民来信已经调查清楚了，不会对他有任何影响，但贾士贞实在没有什么值得高兴的事。

就在这时，省委组织部调整了一批干部，贾士贞又回到机关干部处，并被任命为机关干部处长，而章炳雄则被调到政策研究室当主任。说实在的，贾士贞经过这几年在省委组织部的锻炼，他对什么岗位已经看得很淡了。这样的工作变动，在外人眼里，会觉得贾士贞是重新回热点部门，受到领导重用了，三十六岁的他，可谓年轻有为，前途无量！可他自己反而觉得是一种沉重的压力，对这个位置并不像其他人看得那样重。无法面对这个现实的是章炳雄，他对自己的工作变动没有任何思想准备。从机关干部处长的位置上调出去，他觉得领导对他太不公平了，他从到任这个岗位的那天起，就设想了下一步的工作去向，但他连做梦也没有想到，他会被调到研究室主任这样一个有职无权的处级干部岗位上去。干部任职通知下达后，章炳雄就没出现过，据说住进了医院。贾士贞不知道该怎么办，是去医院看他呢，还是……他甚至有点同情章炳雄。

贾士贞重回机关干部处后，又和周道之、石渊见过几次面。他始终觉得在周道之的事上，自己没有帮上什么忙，现在又回到机关干部处，他一定要落实这个事。当然，周道之是理解贾士贞的，他知道贾士贞在组织部也是经历了诸多坎坷和麻烦的，但如今他终于坐上省委组织部机关干部处的第一把交椅了，一定会前途无量的。

不久，贾士贞接受考察省报社周道之的任务，他觉得是该对周道之有个交代的时候了。他决定亲自参加对周道之的考察。

这些年来，省报社的社长一直都由省委宣传部的一位副部长兼任，副社长都已到了退休年龄。一听说要考察干部，人人都很敏感，害怕自己失去了副社长的权力。贾士贞到报社后，除了了解到几个副社长的思想之外，又了解到中层干部和群众对现有班子老化的意见，他和江碧玉商量了之后，向钱部长做了汇报。

经过长达一周的考察，省委组织部和省委宣传部反复商量，对原四位副社长作了调整，把三位副社长退到二线，起用了三位年轻的处长到副社长的位置上，周道之出任常务副社长。

报社一下子提拔了三个副社长，处长的位置空了下来，紧接着又调整了一批处级干部，三十二岁的石渊出任理论处副处长。

这天下午，石渊打电话给贾士贞，说周副社长晚上宴请他和玲玲。时间地点定下来后，玲玲说他们文化厅晚上有活动，就不参加了。

石渊说下午下班后，他和周副社长亲自开车来接他，贾士贞怕在省委大门口被人发现，只让他们把车子开到宿舍楼下。下班之后，贾士贞匆匆回到家里，石渊已经上楼来了，两人下楼后，只见一辆崭新的奥迪轿车停在路边。上车后周道之紧紧握住贾士贞的手，直到轿车开出后，周道之还抓着贾士贞的手，此时周道之所有难以言表的感激之情，全部通过体温传给了贾士贞。

到了宏门大酒店，贾士贞有一点睹物思人的感觉，好像华祖莹还活跃在眼前，心情自然有几分寂寞和凄凉。他不时地在那些年轻女子中间寻找华祖莹的身影。

坐定之后，服务员端上茶水。凉风阵阵，爽心快意。

冷盘上来，服务员便开始斟酒。贾士贞刚要说话，就被周道之挡住了，说："今天什么人都不得特殊，一律白酒。"

随后周道之端起酒杯，双手放到贾士贞面前说："今天我首先敬贾处长一杯，其意尽在不言中！”说着一仰脖子，喝干了。

贾士贞自从那次喝醉酒之后，每次喝酒都特别小心谨慎，今天他原本也不打算怎么喝的，只是看出周道之的兴奋情绪，心中有说不出的感慨，也随之一口喝干了。

接着石渊又敬贾士贞，他自己先喝干了，并不多问贾士贞。在内心深处，他不知道该怎么感谢贾士贞才好。贾士贞是管不到报社的一位副处长的，然而若不是贾士贞千方百计从中举荐，周道之又怎么可能当上省报社的常务副社长呢。当然，也正是因为周道之当上了常务副社长，才能有他今天的副处长的职位。在省报社，像他这样的三十二岁就当上副处长的为数并不多，不过没有他石渊，周道之又如何能认识贾士贞呢！这一切错综复杂的关系纠结着石渊的思绪。

众人先是款酌慢饮，渐次谈至兴浓，不觉飞觥献斝起来。周道之、石渊等都有七八分酒意，仍狂兴不禁，又饮了一会儿，贾士贞终劝散席。周道之再三握住贾士贞的手，感激不尽，散席后相互说笑，进了大厅。贾士贞推说，他还有点事，迟走几步，送至门外，周道之突然又拉住贾士贞的手，虽醉态恍惚，语言却清楚道：“贾老弟，你对我的关怀，我是终生难忘的！”贾士贞装作不懂，只说这世间人人都是相互支撑的，谁都可能有运时和背时。

第二天一上班，省委组织部已经传遍了，省委书记侯向真的要退出省委书记的位置了。这样的秘密到底如何悄悄地传开，成为人所共知的特大新闻，已经是不得而知了。

这天晚上，贾士贞接到卜言羽的电话，让贾士贞明天上午哪都不要去，在办公室等候钱部长的通知。贾士贞虽然没有问卜言羽在哪里，但他断定这电话是从北京打来的。钱部长前两天去北京开会，想必是听到什么了。

又过一日，上午十点钟，卜言羽准时打来电话，叫贾士贞到钱部长办公室来。贾士贞便匆匆来到钱部长那里，贾士贞一进门，就有一种死一般的阒寂。只见钱部长的脸上出现从没有过的严肃，宽阔的办公室一片肃静，空气相当黏稠，可又隐约带着蠢蠢欲动的爆发力。

钱国渠脸色严峻地说：“士贞，今天下午你陪我去M省。”

钱国渠此话一出口，贾士贞自然开始推测问题的严重性，难道真的是把M省的省委书记调到莫由省来了吗！如若不是，钱部长去干什么呢？

钱国渠又说："这事对任何人都要严格保密。"

贾士贞点点头，静静地坐着，钱国渠一直沉思着，两人就这样默默地坐了很久。贾士贞竭力屏住呼吸。感觉出在这样的空间里，呼吸需要刻意地调整才能平稳。现在的紧张和刚才的紧张又不一样了。

"下午三点，你在家里等小卜电话。"钱国渠终于站起来说。

中午下班后，贾士贞去食堂吃了工作餐，然后悄悄地回到家里。他躺到客厅的沙发上，准备休息一会儿，可是头脑里乱极了，一直在想着钱部长上午和他说的几句话。去M省到底干什么呢？他觉得莫由的形势将要发生什么变化，而且就在顷刻之间。好不容易挨到三点钟，电话响了，正是卜言羽，他说："你下楼吧，我们在车上等你呢！"

贾士贞急忙下了楼，只见钱部长的奥迪轿车停在那里，卜言羽上前握着贾士贞的手说："上车吧！"

轿车来到钱部长家院外，正巧他已经出来了。贾士贞和卜言羽等钱部长上车后，两人才钻进车里，轻轻关上门。两人的表情和动作都相当神圣，和往常大不一般。

一路上，谁也没有多说话，贾士贞坐在后排钱部长右边。只见他微闭双目，一直靠在后座上。默默地过了很久，他欠了欠身体说："还有多少路程？"

驾驶员说："快了，再有一个多小时就到了。"

又过了一会儿，太阳已经渐渐地消失在西方天际，高速公路上车辆也多了起来了。钱国渠说："小卜，给周部长打电话。"

卜言羽拿出手机，很快拨通了电话，随即将手机递给他。钱国渠接过手机，说："喂，周部长吗？我是钱国渠呀，我们快到了，那我们到哪儿见面？好，天意宾馆！好的，再见！"

黄昏时分，灰色的青纱已经笼罩M省省城，一辆奥迪轿车穿过繁华的街道，缓缓停在M省的天意宾馆前。周部长迎了出来，和莫由省客人一一握手，大家进了客厅。

周部长说："先用餐吧！"

钱国渠说："不，周部长，还是先去见谭书记吧，方便吗？"

周部长说："行，我马上给他打个电话。"说着打开手机，"喂，谭书记吗？我是省委组织部老周，他们到了，好，好，那我带他去。

好，再见！”

贾士贞和卜言羽远远地站在一边，这里发生的一切，他们都看得清清楚楚，就连钱部长和M省委组织部周部长的对话也都听得十分清楚。钱部长果然是来见M省谭玉明书记的，但是他见这位还没上任的省委书记干什么呢？正当贾士贞猜测时，钱部长向他招招手，贾士贞立即跑步过来，他低声对贾士贞说：“士贞，你随我去见M省委书记谭玉明同志。你如今是莫由省委组织部机关干部处长，某些程度上，全省高级干部的任用、考察、实施上你是一个十分重要的人物，所以今天，我们一道去见谭玉明书记。当然，一切都由我来说，他如果不问你什么，你也不用主动发言，万一他问你什么，你可见机行事。”

贾士贞说：“好，钱部长，你放心吧！”

随后他们上了M省委组织部周部长的轿车。这时夜色已经笼罩着繁华的大都市，大街上灯火辉煌，万花怒放。奥迪轿车穿行在昏黄的夜色中，谁也想不到这辆普普通通的奥迪轿车里坐着两个省的省委组织部长。

大概是由于这件事情过于神圣，过于严肃，这两位省委组织部长都没有久别的寒暄，没有过多的热情。在轿车上，两人目不转睛地望着街道中间那昏黄而迷离的灯光。轿车很快进入一条狭窄的柏油马路，路两旁大树婆娑，路灯稀少。又走了一会儿，轿车缓慢减速，拐进左边的小巷，在一幢旧洋房前停了下来。

周部长说：“到了。”钱国渠和贾士贞跟着下了车，三个人刚走到小楼前，一个巡逻警上前说：“干什么的？”

“我是省委组织部的，找谭书记。”

那个巡逻警大概有些认出周部长，马上说：“哦，是周部长，请吧！”

周部长没有上去按门铃，取出手机，马上说：“谭书记吧，我们已经在你院子外面了，好，谢谢！”

他们随后转身来到大门口，大门开了。周部长先进了院子，钱国渠、贾士贞跟着进了院门。

谭书记已经等候在客厅里了，大家见面后，周部长说：“我来介绍一下，这位就是省委谭书记。”钱国渠伸出手，说：“打搅谭书记了！”周部长又说：“谭书记，他就是莫由省委组织部长钱国渠！这位是莫由省委组织部机关干部处长贾士贞。”

大家握手已毕，谭玉明便笑着对周部长说：“老周，请你坐这里看看电视，我陪他们去书房坐坐！”

周部长说：“好，你们谈吧！”

钱国渠和贾士贞随着谭玉明上了二楼，进了书房。谭书记家的书房是由里外间组成的，书房的外间摆放着一张长沙发和两张单人沙发。这时，谭书记看看贾士贞，微微一笑说：“这样吧，贾士贞同志先坐一会儿。”随即又对钱部长说，“钱部长，咱俩先谈，有事随时叫一下贾士贞同志，你不会反对吧！”

这时钱国渠突然觉得自己作为一个省委组织部长，在和还没上任的省委书记第一次见面时，身边带着一个年轻的干部处长，确实有些不太适合。微笑着点点头。谭书记转身到了书房里间门口，又回头说：“贾士贞同志不见外吧？”

贾士贞面带微笑，做了个请的姿势，一切动作都自然得体，水到渠成。

这时，谭书记和钱部长已经进了书房的里间，门随之关了起来。

贾士贞有些拘谨地站在一旁，紧张得屏住呼吸。看着谭书记和钱部长的背影，他想到这一位是省委书记，一位是省委组织部长，而自己只是一个小小的处长，职务悬殊得也太大了。虽然他不知道钱部长和谭书记谈些什么，但是，可以肯定的是，必定是高层领导之间的绝对秘密。这种严肃的、重要的场合，让他一个小小的处长参与，显然是不太适合的，但在这件事情上，钱部长是怎么考虑的呢？里面一点动静也没有，贾士贞一动不动地坐在一张单人沙发里，遐想的激流在脑海里起伏、翻腾，他突然想到，钱部长此行是否与周一桂告诉他的那个消息有关？想到这里，贾士贞有些不安起来，他感到自己留在这里似乎有些不妥当，但又不敢擅自离开。

正在这时，书房的门开了，钱部长出现在门口。贾士贞立即站起来，只见谭书记和钱部长的脸上突然间恢复了常态。特别是钱部长脸上的表情大部分已经变成了碳水化合物，恢复了几分人性和平静。

谭书记站在门口，看看贾士贞说：“年轻的干部处长啊！”

钱部长接过话题，说：“小贾很有思想，很有见地，特别是对干部人事制度改革工作。”

谭书记说：“那好啊！现在从中央到地方各级机关，都在关注干部人事制度改革工作，组织部门更要从过去那种靠少数人推荐、考察、选拔领导干部的办法当中解放出来，认真研究到底用什么样的办法来推荐、考察、选拔领导干部。”

听了谭书记的一番话，贾士贞很受感动，觉得此次钱部长带他来M省见谭书记，虽然有些荒唐，但是毕竟让他见到了谭书记，更重要的是亲耳聆听了谭书记对干部人事制度改革工作的高层指示，让他心里有了底。谭书记真的很快就要成为莫由省委书记了！陡然间，他想到仝处长，想到王学西，想他来省委组织部这么多年的所见所闻，想到自己心中许许多多关于干部人事制度改革工作设想，不觉一股冲动从心灵深处往上涌。刚才的那些紧张变成蓬勃的，带着蠢蠢欲动的爆发力。

谭书记没有和钱部长握手，却主动向贾士贞伸出手。贾士贞急忙迎上去，紧紧抓住谭书记的手，有些激动得不知所措。他只觉得谭书记目带微笑，和蔼可亲，手是温温的。贾士贞的灵魂在战栗，这是多么感人肺腑的握手！

离开谭玉明家，M省委组织部周部长宴请了钱国渠一行。当他们回到莫由时已是凌晨两点钟了。

上午九点整，省委组织部召开处以上干部会，钱国渠传达北京会议精神，会议刚开始，钱国渠的手机响了，他把手机推给卜言羽，小卜打开手机，瞥一眼来电显示，然后放到耳边：“喂，请问哪位，哟，高秘，什么指示……哦，你等一下。”卜言羽把手机捂在身上，对钱部长说：“钱部长，侯书记让你马上到他办公室去。”

“好，告诉他，会议一结束我马上过去。”

钱国渠匆匆地结束了会议，叫上卜言羽，下楼去了。

直到中午下班时，贾士贞还在想着昨天去见谭书记的事，不知道此刻钱部长在哪里？贾士贞去食堂吃了工作餐，又回到办公室，直到一点多钟，卜言羽才给他打来电话，具体情况他也没说清，只说下午钱部长可能要召开部务会。放下电话，贾士贞想休息一会儿，昨天夜里回来得太迟，眼睛有些发涩，可是躺到沙发上，脑袋却是兴奋的。到了上班时间也没有任何动静，快下班时，卜言羽又打电话来，说钱部长让他过来。贾士贞立即来到钱部长办公室。其他几位领导干部也都陆续到了，钱部长说：“最近省委领导多次提出要调整一部分厅局领导和市领导，我的态度是，哪怕是走形式，考察这关键性的这一步也要进行，不然常委会上说我们省委组织部办事没有规矩。你们的意见呢？”

秦副部长说：“我同意钱部长的意见，我们现行的干部考察、选用办法应该说存在着一些弊端，虽然各级组织部门也进行了一些探讨、研究，但是总摆脱不了原来的老框框。改革开放以来，干部的表现也有一些复杂性和特殊性，对干部的考察不仅需要，而且要更加严格和全面。否则只听听领导安排的一些圈子内的人评功摆好一番，得出来的考察材料也是片面的。”

钱国渠手里拿着一张纸，反复看了半天，说：“这些名单和调整的位置，你们看看，省委要求我们，无论用什么办法，三天内必须考察结束，组织部根据这个意见拿方案，在一周内要召开常委会。”

钱国渠显得异常平静，从座位上站起来，看着那份名单说：“组织部门的干部就是服从，没有什么价钱可讲的，现在我也只能这样对我的下级发布命令，对这批干部进行考察，争取一周完成，最多不得超过十天。”他说着就把手里的名单交给贾士贞。

贾士贞接过名单，睁大那双充满疑问的眼睛，嘴里只说：“这……”

钱国渠右手做了个手势：“什么都不要说了，在组织部工作必须具有这种素质。”

贾士贞捏着名单，迟疑了一会儿，欲言又止。

回到处里，贾士贞立即和副处长吕建华研究。这次考察全处的人手都用上了，两人一组，共组成六个小组，贾士贞告诉大家考察尽可能争取时间，一切不必要的程序都尽可能地省去，但他没说只有三天的时间。他觉得真的那样说了，同志们一定会说他这个机关干部处长瞎指挥，考察干部又不是刮鬼风。但是，这种事情却是迫在眉睫、刻不容缓的呀！他必须面对部领导，又要面对处里的全体同志。他顿时觉得这个机关干部处长真的不那么简单。

省委组织部考察干部，无论是机关干部处，还是市、县干部处，正处长一般是不直接参加考察的。而主要负责重大事情的处理，协调考察中遇到的问题，以及一些厅局的特殊需要时，处长便要亲自出场。而此时的贾士贞不得不亲自上阵，随时掌握各组的考察进度，处理各种紧急情况。贾士贞真的成熟了许多。是啊，越是关键时刻越能显示出一个干部的成熟老练与才干。

三天过去了，四天过去了，五天过去了。这天是星期二，上午九时许，贾士贞正式得到消息，侯书记上班时打电话给钱部长，让钱部长今天下班前把组织部的方案拿出来，晚上他要亲自过目这个方案，马上召开省委常委会。

贾士贞自然感到有些奇怪。通常情况下，省委组织部调整干部是在考察之后，况且组织部的形成方案也是要经过反复多次推敲的呀！明天上午钱部长就要把方案交给侯书记，可到目前为止，钱部长还没有和他这个机关干部处长碰过头。贾士贞搞不清钱部长到底唱的是哪一出戏。

这天上午，钱国渠一个人去了省委书记楼。贾士贞的心里一直七上八下，觉得最近无论是省委，还是省委组织部，都像要发生什么事情似的。

钱国渠把自己已经拟好的调整干部方案递给侯向，侯向一边看一边改。这些日子，侯向的眼圈有些发青，眼袋严重下垂，脸部的肌肉日渐松弛，头发也越见稀疏，如要一周不去焗油，发根就一片白了……

他终于抬起头来，脸上露出满意的笑容，看着钱国渠说："老钱啊！我快到年龄了，省委书记的责任重大，我心有余而力不足啊！"侯向脸上的笑容突然间消失得无影无踪了，沉默了一会儿，又说："我把你扶上组织部长这个位置，是想让你在莫由这块天地里挑更艰巨的担子，只是我……"侯向突然停下来，钱国渠看看他，在这一瞬间，他发现侯向的目光中隐约地透着一丝丝凄凉的暗光。他不知是自己心情造成的错觉，还是侯向真的到了这种地步。在官场上，升官对于每一个人来说都是兴奋的，而失去权力的痛苦却是远远超过当初那一次次的兴奋、愉快。钱国渠在头脑中迅速地回忆着自己的人生经历，乡党委书记、县委书记、地委副书记、地委书记。在全省十一个地市委书记、市长当中，他是佼佼者，成为省委常委、组织部长。当然，他自从当上省委组织部长那天起，就对侯书记一直是感激的，谁不知道组织部长是书记最信任的人物。在他担任地委书记时，侯向和他进行过若干次单独谈话，到后来已是很明白地暗示了。后来，省委组织部长终于落到他钱国渠的头上，他也亲自登门感谢过，至于上次关于江彪任梅岭市委书记的事，他也说不清是自己哪根神经出了毛病，非得那样认真不可。眼下，看着即将失去省委书记权力的侯向，他一时间动了恻隐之心。

"老钱啊！我已经到年龄了，可能不久就会调离这个岗位。"侯向的声音、表情都让人感到意外的凄寂，甚至有些悲伤。

钱国渠的全身如同被马蜂蜇了一般，他想，自己也许对这位老领导有些过分了吧！现在社会上的传说并不重要，而且他的心里已经完全清楚了。陡然间，钱国渠立即在内心做出决定，哪怕是放弃原则，也要满足侯书记最后的心愿，让他行使一下省委书记最后一次任免干部的权力！官这个东西给谁不是当！钱国渠眼眶里一下盈满了泪水。他有些激动了，说："侯书记，按照你的年龄、身体，还能再干一届。"

侯向摇摇头，说："这已经是不可能的了。"他苦笑了一下，说，"我们这样共事的日子已经不多了，所以……"

钱国渠立即说："侯书记，我看……赶快让省委办公厅通知尽快召开常委会，把那批干部调整到位吧！"

侯向拿起电话，随后省委秘书长进来了。侯向看看钱国渠说："那就定在周日上午八点半吧。通知省委常委星期日上午八点半，在常委会议室召开常委会。"

"要不要预告会议内容？"秘书长问。

"不要，通知外出的常委，星期六晚上一定要赶回来。确保第二天的会议如期召开。"侯向说。

下午临下班前，卜言羽又来到贾士贞的办公室，说侯书记突然去北京了。贾士贞问卜言羽还有谁陪同去了，他说没有别人，只有他的秘书。

自从侯书记突然去了北京，钱国渠一直是一个人默默地坐在办公室里。事情已经很清楚了，中央已经正式谈话了，说不定明天侯向就要交出省委书记的大权。在谭玉明发表一篇慷慨激昂、热情洋溢的就职演说之后，莫由眨眼之间就会变成另一番天地。如果真的是这样，侯向主持召开的常委会只能落空了，他连最后一次调整干部的权力也没有了。想到这里，钱国渠真的觉得有些愧疚，感到有些对不起老领导、老书记。如果不是他从中作梗，说不定常委会早就开过了，或许这一切在侯向去北京之前就完成了。

钱国渠越发不安起来，突然拿起电话，给M省委组织部周部长打电话。周部长告诉他，谭书记已于今天下午三点飞去北京了。不言而喻，一切都很清楚了。

形势变化之快，是令人难以预测的。第二天下午三时，侯向下了飞机，省长蒋习宇亲自到机场接他，两辆奥迪A6直接来到省委书记楼。侯向和蒋习宇并肩进了常委会议室。常委们早就到齐了。侯向依然坐在那个位子上，会议很简单，简单通报了M省谭玉明同志接任莫由省委书记，中组织部领导马上就来莫由，明天上午召开厅局主要负责人、各市委书记、市长大会，中组部领导宣布新老书记交接等等。

钱国渠也坐在自己原来的位置上，瞥了一眼侯向。侯向的脸色苍白、灰暗，略显凄凉，说话的声音也伴有几分沙哑。常委们个个都低着头，没有半点声音。就这样侯向结束了他的省委书记的政治生涯。每一个人在他的政治生涯中，虽然权力一天天达到顶峰，但是总有一天是要退出政治舞台的，在迟早都会到来的这一天，每一个人都会有着无限的失落，大概是权力越大，失落感越明显吧！也许唯有那些农民，一辈子平平淡淡，无声无息，踩着黄土来又踏着黄土去，才永远不会经历这样惊心动魄的痛苦和难以承受的打击。

常委会议就这样结束了，大家上前挨个和侯向握手，除了微笑，没有什么特别的语言。钱国渠是最后一个和侯向握手的，他的微笑带着几分愧意和内疚。最后侯向低声说："原来的常委会取消吧！"

这时蒋习宇过来说："侯书记，大家要为你送行呢。"

侯向说："算了吧，明天，明天谭玉明同志来了，大家有这个机会的。"这声音比往日温和得多了，不含有权力的象征，没有个人的威严。他下意识地走到常委会议室的那落地窗前，似乎是想躲开背后的亮光和嘈杂，借助窗帘那一片的模糊和单一，来澄清隐隐约约遮蔽在窗帘上的那层似薄又厚，似轻又重，似单一又复杂，似恐惧却又神圣的雾障……这里再也不属于他了。他就要告别在这里十五年的政治生涯，告别在这里所作出的重大决策和人生最辉煌的岁月。

第三十九章 等待消息

贾士贞的心里怎么也踏实不下来，自己到省委组织部也有六年了，什么事情没有经历过！唯有这一次，让他心里连一点底都没有。越想头脑里越混乱。

固然谁当省委书记，对他这个省委组织部机关干部处长贾士贞来说并没有多大关系，但是他十分关注莫由的重大人事变动。这天贾士贞一直坐在办公室里，等待正式消息的到来。直到下午快五点了，卜言羽才匆匆忙忙给他打了个电话，说侯向已经从北京回来了，明天中组部领导就要来莫由省，宣布新老书记的交接。

贾士贞走出办公室时，已是黄昏时分。挟着春意的东南风，吹拂着他的头发，报春的燕子往来逡巡，空中充满了它们呢喃的梵音，垂柳的柔条很苦闷似的在摇摆。天空的云层越来越低，不久空中飘起细细的雾一样细丝。这种细雨，渐渐地沾湿人的精神和衣服，甚至在人们不易察觉当中，慢慢地落下来，一种使人无从辨别的点滴的极细的雨，一种不断地把那种无从目睹的纤小点滴对人飘过来，不久，就在衣服上盖上一层冰凉而有渗透力的苔藓样的水层。

贾士贞像毫无知觉似的，慢慢地在大街旁人行道上不紧不慢地走着。

这两天，玲玲讥讽他像一个大政治家一样，竟然关心起当前全省头等政治大事，说他一个小小的处级干部，连省委书记的后脑勺都望不到，白操什么心！

现在大局已定，全省已经如同开了锅一样，钱部长此时正在想些什么，又在干些什么呢？他们机关干部处派出去的五个考察组，还是否要继续工作下去？他很清楚，这种考察其实是缓兵之计，不可能等到按程序，顺利地完成这次干部的调整工作的。但只能顺其自然，就让它随着时间的逝去而渐渐地淡化吧，反正组织部考察干部是无头无尾，无始无终的。

这时，贾士贞的手机响了，他慢慢地取出手机，看了一会儿号码，才按了一下“OK”键：“哪位？”

“喂，贾处长吗？是我，周一兰。你现在在哪儿？”

“我……我现在正走在大街上。”

“干什么？你一个人！”

“是啊！春天的细雨正在给我沐浴呢！”

“你告诉我，你在哪儿，我马上来接你！”

“有事吗？”

“有事，快说，你在哪儿？”

只不过十来分钟，一辆桑塔纳轿车拐上人行道，在贾士贞身边响了两声喇叭，周一兰摇下车窗玻璃喊道：“喂！贾……上车，淋雨啦！”

贾士贞往旁边一看，周一兰已经开了车门，他也就迅速地上了车。

在车上，周一兰只认真地看了他一眼，却什么话也没说，直接到了办事处，下车时她才说：“先吃点饭吧！”

走到餐厅门口，贾士贞叫住周一兰说：“喝点酒，白酒，最好是五粮液！”

周一兰看了他一眼说：“怎么了？想喝五粮液！要不要找两个人陪陪你？”

“不，就你和我。”

小餐厅也是很讲究的包厢，虽然不像星级宾馆那样豪华，但是装修也是高档的，猩红的地毯，丝绸软包墙壁，镶入式吊顶，洁白的台布，软座高靠背椅。不仅时尚，而且让人感到清爽而舒适。周一兰请贾士贞入座后，就转身出去了，不一会儿又转身来到包厢，坐到贾士贞身边说：“今天怎么想喝白酒了，是遇到什么喜事还是碰到什么麻烦？”

“什么也没有，还没有和你好好喝过酒呢！”

服务员端上四盘凉菜，接着另一个服务员捧来一瓶五粮液。周一兰拿过杯子，服务员斟好酒。没等周一兰说话，贾士贞端着杯子，说：“来，为了今天，咱俩干一杯！”

周一兰伸手挡着他说：“贾处长，什么叫‘为了今天’，你这祝酒词也太简单了点，也太让人莫名其妙了吧！”

贾士贞微微笑起来了，说：“今天，今天的春雨，春雨贵如油啊！来，我的周大主任，难得和你一块喝酒，干！”

“你们这些组织部的人哪，就喜欢玩深沉！”周一兰端着杯子，说，“我干了！”

贾士贞没吃菜，又碰了周一兰的杯子说：“一兰，你随意吧！”说着又干了一杯。

一连喝了四杯，周一兰不再让他喝了。她脸色红润，眼神迷离地看着他说：“发什么疯啊！哪有这样喝酒的！”贾士贞听得出来，这声音有些颤抖，又有些沙哑。通常只有亲人间才会这样带着几分心疼的责怪。

周一兰自觉自己有些失态，极力掩饰地说：“虽说杜康发明了酒，也算对人类一大贡献，可是酒这东西喝多了还是对身体有害的。”

“哪里，只是今天不知为什么只想喝酒！”

“为什么？”

“说不清。”

周一兰手机响了，她把手机放到耳边，原来是周一桂，她马上说：“他正在我身边，好，我给他接！”她用另一只手捂着手机说：“我哥，叫你接电话！”

贾士贞接过手机：“喂，周书记……哎，明天上午，上头来人，宣布交接，差不多……好，再见！”贾士贞挂掉手机，却没有把手机还给周一兰，只是放到面前的桌子上。

周一兰若有醒悟地说：“你是为这事才失魂落魄在街上淋雨，为这事喝酒？这与你并无多大关系呀！要说再过几年，你到了市委书记，厅长的位置上再烦也来得及！”

“一兰，你不知道，我这人就是认真，进入角色特快，或许是人在江湖，身不由己吧！”

“来！”周一兰突然端着酒杯说，“士贞弟，不，贞弟，咱们难得在一起喝一回酒，我认认真真陪你喝一杯！”

周一兰更加激动了，她频频举杯，杯杯一饮而尽，她有些控制不住了。“士贞，上次你问我的家庭，我……真的难以启齿啊！真的丢人呀……”

贾士贞抓住她的手，说：“你既然承认是我的兰姐，我们之间还有什么不能说的？”

“那你为什么不问我为什么没有孩子？”周一兰痛苦地含着泪说。

如今的周一兰看上无忧无虑，一个三十六七岁的女人就当上副处级领导，生活应该说是幸福的，然而，对于周一兰来说……生活，生活的滋味可不都是香甜的，有时会让人感到那么辛辣和苦涩！

“你说，为什么？”

“士贞，这是我们离婚的根本原因……”

贾士贞睁大眼睛，莫名其妙地看着周一兰，摇摇头。

“他，他其实不是一个真正的男人……”

“什么？”

“他……他，他，他几乎无性能力……”她艰难地吐出这几个字，眼泪无声地在她那秀丽、圆润而白皙的脸颊上流了下来。

“这，这，这……”贾士贞像突然受到意外的打击，惊慌失措地愣在那里。过了一会儿，他拿过酒瓶给自己斟满酒，一连喝了三杯。双手抓着自己的头发，拼命地摇晃着。

“那你们在一起如何度过那些年生活的？”

“他一直对我很好，他的外语特好，从新婚那天晚上开始，他就每天晚上一个人看书，学英语，好像我只是他的同室好友，甚至给我盖被子，给我拿马桶……”

“这算什么？”

“家里人不知道，总是催我生孩子……”

“到底是先天的毛病，还是后天得的病？你们没有去医院检查过？”

“他特别要面子，有时他也想过正常的夫妻生活，他也拼命努力过，可是总是弄得双方都很痛苦，很难受，以致不欢而散。越是这样，他也就越紧张，越恐惧。”周一兰有些醉意，像是叙述别人一样，“后来我陪他去看心理医生，医生暗示他，鼓励他，几乎是要给他做示范，勉强有过一两回，以后就再也不可能了。后来他偷偷地考托福，终于一个人出国去了，再后来我们就离婚了。”

“后来就没有遇到合适的人？”

贾士贞抬头看看她，见她额部沁出一片汗水。他的心跳如鼓，酒精不断地刺激着他兴奋的大脑，他想立刻搂着这位漂亮的女人，不顾一切地狂吻她，给她一个女人应得的幸福，但他没有，他痛苦地抓起酒瓶，仰起头……

周一兰上去夺着贾士贞手里的酒瓶，周一兰伤心地低声哭了起来，贾士贞扔下酒瓶，趴到桌子上，泪水冲出他的眼帘……

“一兰，回房休息吧，今天你喝得太多了！”不知道过了多久，贾士贞说。

“贞弟，你……你陪陪我吧！我有很多话要对你说……”周一兰真的有些醉了，满面桃红，扶着贾士贞说。

“我还是回去吧！改日再来看你。”

这时服务员进来了，贾士贞说：“你把周主任扶到宿舍去吧！好好照顾她，她今天有点喝多了！”又弯下腰对周一兰说，“一兰，我走了。”贾士贞的眼睛湿润了，声音颤抖着。

周一兰抬起头，睁开醉意蒙眬的双眼，伸出手，贾士贞拉着她的手，不停地晃着。

周一兰说：“士贞，你走吧！……我叫车子送你。”说着取出手机，给驾驶员打了个电话。

还没到家门口，贾士贞下了车，他不知道周一兰在想些什么，一个人静静地望着天空，远处高耸入云的电视转播塔正灯光灿烂，夜空繁星闪烁，他将自己汹涌的心绪漫散到浩渺的苍穹之中……

第四十章 关键时刻

侯向真的从省委书记的位置上下来了，这两天莫由的大报小报都在报道全省人民政治生活中的头等大事，大街小巷、机关学校，甚至连在公共汽车上都在谈论这个话题。当天晚上莫由省的几家电视台都在播放省委书记交接的镜头。侯向总结自己在担任省委书记期间，莫由省政治经济的变化，而新任省委书记慷慨激昂的就职演说，向全省六千多万人民宣告侯向时代的结束，谭玉明政权的开始。

这天下午，卜言羽打电话给贾士贞，说钱部长让他到办公室来一趟。贾士贞非常高兴地来见钱部长。钱部长一个人在办公室，见到贾士贞，笑着说："小贾，这段时间省委事情太多，顾不过来部里事，也没时间找你谈谈工作。"

"钱部长，省委主要领导的调整，忙的就是组织部长啊！"

"小贾，机关干部处长责任重大啊！省级机关那么多干部都在看着我们，别以为这只是一个处级干部，它在某些程度上代表着省委组织部的形象。"

"钱部长，这段时间我们对省级机关的厅局长们进行了一次梳理，特别是把已经到退休年龄和接近退休年龄的厅局长都列出来了。"

"要坚持到年龄就退休的制度，谁也不能特殊，我和谭书记已经研究过了，先解决到龄退休的干部问题。至于其他干部问题，先以稳定为主。"没等贾士贞说话，钱部长又接着说，"士贞，省委主要领导调整了，我想每一个领导对任用干部都会有他的思维方式。谭书记不会搞'一朝天子一朝臣'的，他在多次会议上都明确表示了这个态度，但是干部的正常调整，比如到龄退休，或者是不适宜在某个岗位上的，那必须调整的干部，还得调整。从现在起，你就要考虑这个意见。”

在这一瞬间，贾士贞又想到那批正在考察的干部，奇怪的是钱部长再也没有提及那些干部考察的事。当然钱部长不提这事，他也没有必要多此一举。许多事情就是这样，所谓此一时彼一时。

“钱部长，我冒昧地提个建议，这段时间由于省委不断发生一些重大的事情，领导们顾不及研究更深层次的问题。”贾士贞有些躲躲闪闪地说，“比如公开选拔领导干部问题，地改市期间，有些市做了尝试，都收到了较好的成效，干部群众反响也很大。作为莫由这样一个经济政治都走在全国前列的省，省级机关也应该努力做好干部人事制度的改革工作。”

其实贾士贞一开口，钱国渠已经知道贾士贞的意思了。对于干部制度的改革问题，钱国渠不是没有想过，中国过去延续几十年的干部管理体制在改革开放的新形势下逐步暴露出许多弊端，那种靠少数领导主观意图的用人方式，不仅存在着许多片面性、主观性，更加滋生了腐败。当时，贾士贞的那篇论文稿研究室的几个同志不敢定夺，钱国渠看了论文后，非常兴奋，立即做了批示，但是一些人的观念，一些因循守旧的思想，不是一朝一夕能改变的。本来他准备在省委组织部内部花一点时间坐下来整顿思想，学习文件，提高认识，专门抽调几个人，由贾士贞负责，在省级机关进行副厅级领导干部公开选拔的试点工作。但是，那段时间他自己也是心神不宁，甚至有人传说他的组织部长也将随着省委书记的调整而变动。他对自己的未来也没有个底。在这种情况下，他真的没有心思去费力搞这种试点工作。加上章炳雄这个机关干部处长的思想也有些抵触，如果真让贾士贞来搞这项工作，和机关干部处就会明显形成对立情绪。所以钱国渠也就闭上了眼睛，一直没下这个决心。贾士贞任地县干部处副处长后，在部分县市推广公开选拔领导干部工作，他觉得是无可非议的，他从内心是支持他的积极性的。现在，贾士贞提出这项工作，他也觉得时机成熟了，贾士贞也当上机关干部处处长，这个工作应该有所考虑了。

钱国渠笑笑说：“士贞，公开选拔领导干部，是我们改革干部人事制度的方向。俗话说，‘吏治的腐败是最大的腐败’。通过公开选拔领导干部，可以克服用人上的不正之风。通过公开、公平、公正的渠道，把选拔领导干部工作真正交给广大群众，不再是少数人画圈子、定调子。省级机关应该动员起来，让广大群众都来关心参加公开选拔厅局级领导。现在你是机关干部处长了，可以名正言顺地抓这项工作。你尽快制定一个实施方案，我们向常委汇报。”

按照钱部长的意见，贾士贞进行了大量的调研，草拟了一份关于在省级机关公开选拔副厅级领导干部的方案。方案上交后，却一直没了动静。

省委书记谭玉明到任后，省管干部一直没有进行调整，省委组织部的机关干部处和市县干部处也是从没有过的轻松，机关干部嘴上不说，心里都在猜测，到底省委书记在干部问题上将会采取什么措施？

就在这时，省委要召开第九次党代会了。其实党代会也好，人代会也好，忙的还是组织部，说到底还是领导干部问题。省委组织部接受了这个任务，一下子忙起来了。当然，贾士贞知道，这次干部考察、选拔市厅领导干部，仍然必须按照原有的办法进行。他只能对具体的考察方法进行调整。首先对干部的民主测评，把对干部的民主测评工作民主化、严肃化、公开化，并且作为评价干部的重要依据；其次，是克服以往考察工作时只局限于某种职务的干部作为访谈对象。改为从各级干部和群众按比例随机抽样，把这些人作为访谈对象，以至更全面了解一个干部的情况。

干部考察工作总算结束了。这段期间，贾士贞自然是考察、选拔市厅级领导干部的实际操作者。他已经三四个月没有过过双休日了，每天晚上回家后，妻子和女儿都已经睡着了。

现在贾士贞才意识到，无论生活上的责任还是工作上的责任，对他来说都是具有重要意义的。虽然公开选拔副厅级领导干部的方案还没有批下来，但是，对于每一个考察对象，他都绝不含糊。他不是决策人物，也没有参加讨论提拔干部的资格，他只是把每一个考察对象的群众测评结果，考察的详细材料，完完整整地提供给了上级领导。他下决心，绝不让王学西那样的投机分子钻空子，也不能让尤达金、章以平那样的人蒙混过关。

这天，省委组织部所有正职处长、主任全部都要参加省委、省政府的传达文件大会。省委组织部里由钱部长亲自主持，把省委组织部在家的全体人员集中起来，对现有的正职处长、主任一级的干部进行民主测评。对于自己认为可以提拔的对象进行打钩，并且当场统计结果，按照得票多少，向群众公布。这是大家没有想到的，在省委组织部也是开天辟地第一次。贾士贞得票数位居第二。那些处长、主任们回到办公室后，听说此事，都有些摸不着头脑，不知道钱部长是怎么回事。可贾士贞的心里还是感到高兴的，虽然公开选拔副厅级领导干部的方案还没有批下来，但是钱部长已经十分重视群众意见这样的问题了。过去组织部门内部提拔干部时，不是论资排辈，就是凭领导印象，很少听取群众意见。这次，省委组织部还是第一次让群众参与、评价提拔对象，而且当场统计当场公布群众投票结果，这不能不说是一大进步。尽管大家对这样的做法感到很突然，但是，个个都从内心拥护领导的做法。贾士贞认为，省委组织部今天发生的一切，已经为今后的干部人事制度改革，发出了一个令人关注的信号。

这些日子贾士贞总觉得生活不怎么平静，甚至在不知不觉中想到自己的未来，好像自己即将要离开省委组织部似的。每当此时，他都会暗暗责备自己，贾士贞啊，贾士贞！你才当几天省委组织部机关干部处长，你才多大岁数，难道你真的想提拔了吗？他警告自己，万万不能产生这样的念头。可是他始终对干部人事制度改革怀着难以抑制的激情。报上去的公开选拔副厅级领导干部方案算起来已经有一个多月了，可是连一点消息也没有，他多次想从钱部长那里打听点消息，可是难得有这样的机会。有几次在公开场合下和钱部长见面了，又觉得不是说话的场合。在这个时候贾士贞的心里常常产生一种莫名的冲动，想到自己要是有权做出抉择的话，他会毫不犹豫地进行一次大胆的尝试。否则成功的经验怎么取得呢？

未来的生活像一只巨大的手，给他指出新奇、迷离而神奇的方向。贾士贞像有一种期待着的感觉。

上午上班后，贾士贞正忙得不可开交的时候，收发室的老张推门进来了。平时送报纸信件全由处里负责内勤的小陈处理，收发室的老张从不到办公室来的。贾士贞见老张进来，看样子有事，老张慌慌张张地拿着一封信，说：“贾处长，我知道我是不该到办公室来的，可这里有一封国外的信，邮局翻译写着‘试投’。收信人的名字又没翻出来，我看这汉语拼音有点像你的名字。所以……”

贾士贞没说话，接过信细细一看，隐约觉得像华祖莹的来信。于是说：“老张，可能是我的信，谢谢你。”

老张刚离开，贾士贞慌忙拆开信，果然是华祖莹的来信。贾士贞有些激动，华祖莹出国留学算起来已经有几个月了，一直没有消息，偶尔还会惦念着她。这是她的第一封来信。信中写道：

尊敬的贾处长，士贞同志：

首先向你表示歉意，我来美国已经几个月了，才给你写第一封信。此时此刻，你知道我多么思念祖国，多么思念亲人啊！

在中国人眼里，出国留学是多么荣耀、令人羡慕的事啊！然而到了美国，我才尝到留学的艰辛和苦难。看起来中国留学生都是通过TOEFL、GRE或者GMAT考试才高分录取的，可实际情况是，尽管我们的考试分数很高，但是，当我们坐在课堂里，面对外国教授的英语讲课，才感到自己在国内学习的英语远远赶不上需要。开始时，我们几个中国学生几乎一点也听不懂教授讲的是什么。现在我只能说才听懂30%。我现在每天夜里从来没有睡过三个小时觉，根本不存在双休日。

贾处长，出国之后，我才看到外面的世界，才感到自己知识的不足。思想发生了很大的变化。我们国家和先进发达的国家差距确实不小，所以，我们几个中国学生下决心要为祖国争光。

我虽然报考了MBA，但对它了解并不多。MBA就是工商行政管理，而这个工商行政管理和我们国家目前那个工商行政管理部门是风马牛不相及的。美国前几名大学的MBA培养造就了成千上万的大企业家，成就了世界上一流的大总裁、董事长一类高级管理人才。所以，他们的管理科学也是世界一流的。而中国不少所谓的企业家根本不懂得什么是管理。因此，我真诚地希望你争取机会到美国来看看，学习学习，哪怕是几个月，接受一下先进思想和观念。对你将来的领导科学和工作能力会有很大好处。

中国是一个发展中国家，要加快改革开放、发展经济的步伐，一定要走出国门，一定要解放思想，一定要学习先进国家的经验。

士贞处长，能够认识你，是我一生的荣幸。你对我的帮助很大，给了我很大的教育和启发，我永远也不会忘记你的，将来我一定会感谢你的。我更愿我们之间的友谊玉洁冰清。等到我们都白发银丝那一天，我们还像当初一样，绝不去破坏这种纯洁的友情。

不多写了，天就要亮了，又是一个不眠之夜。

即颂

近安

华祖莹于美国

×××年×月×日

看完信，贾士贞仍然停留在华祖莹那热情洋溢的激情当中。他好想面对面地和她交流，眼前浮现出华祖莹的身影。她是一个不平凡的女性，一个值得他敬重的女性，在人生的旅途中能够认识她，是他的幸运，也是一种缘分！

现在她终于跨入世界一流的高等学府，不久的将来将成为一流的人才。他为她而高兴，为她而祝福。

第四十一章　县处级干部大轮岗

就在省委组织部人人都忙得不可开交的关键时刻，组织部突然召开一次全体工作人员的大会，每个办公室连值班的同志都不留，连组织部机关干部处长贾士贞也不知道会议内容。大家都在默默地猜测着省委组织部要发生什么重大的动作。

上午九点钟一到，大会议室坐得满满的，几位部长准时走上主席台。钱部长精神振奋，但满脸组织性、纪律性、会议精神。他缓缓走上主席台，在正中那个位置上停留了片刻，却没有坐下来。他的目光在台下环视了一圈，看看手表，时针指向九点整时，他宣布会议开始了。

“同志们，全省委正在筹备第九次党代会，让大家从繁忙的工作中停下来，可见这次会议的重要性。”钱国渠清了清喉咙，目光在会场上慢慢移动着，整个会场寂静无声，静得几乎连一根针掉在地上也能听见。钱部长接着说，“改革开放以来，我们国家的农村体制改革，经济体制改革，取得了举世瞩目的伟大成就，这是世界各国有目共睹的。近年来，中央和中组部反复强调干部人事制度的改革，下发了一系列有关文件，然而，干部人事制度如何改革？这是一个新课题，是摆在我们这些从事组织工作同志面前的一道非常神圣而又严肃的课题，中央和省委非常重视这项工作。”钱部长讲到这里，停了下来，端起茶杯喝了一口水。

会议室里灯光明亮，余音袅袅，大家感到钱部长的声音还在会议室上空回荡不息。

坐在前排边上的贾士贞，一直在聚精会神地关注着钱部长的每一句话、每一个字，虽然钱部长现在只讲了开场白，但是他已经感觉到省委组织部在干部人事制度上将要出现一个前所未有的新动作，这很可能是大家都没预料到的。按理说，他作为省委组织部的机关干部处长，全省在酝酿、出台任何一项有关干部人事制度改革的方案政策之前，都会让他来参与具体调研和运作的。然而，在此之前，他却没有听到半点风声，这并不是说省委和省委组织部领导对他不信任，而是说明这项工作来得太突然，太重要，太猛烈了。在这短暂的时间里，贾士贞头脑里如同计算机一样，进行着各种数据和信息的组合分析，或者说他在琢磨猜测着钱部长将要发布一项什么样的重大决策。

“同志们！”钱部长活动了一下身体，声音突然提高了八度，“我们全省现在有一千多名市厅级、八千多名县处级领导干部。正因为有这些中坚力量，我们省的政治、经济，城市、农村在改革开放以来，才取得了令人瞩目的伟大成就。但是，我们不可否认在干部培养、选拔、考察、任用上还存在着一些问题，还停留在老办法、老框框上面。为此，省委和省委组织部决定……”说到这里，钱部长又停了下来，目光在前排就座的处级干部身上慢慢地移动着，他的目光好像在每一个处长身上都停留了片刻，贾士贞甚至感到他的目光在那一瞬间和钱部长相遇了。不知道为什么他的心犹如澎湃的激流，喷涌的泉水，一阵阵往上涌。好像钱部长即将宣布的方案，必定与他们这些在座的处级干部有着密切的关系。改革的大方向必然是推动社会发生巨大变化，改革肯定会让许多人得到收益和实惠，当然改革也会涉及一些人的既得利益。贾士贞现在只是一个小小的机关干部处长，他还没有发布改革号召的权力，但是这些年来，他在省委组织部目睹了许许多多的现实，特别干部的考察、选拔、任用上存在的不合理的一面。这些对他都产生过一次又一次的冲击，他幻想过，深思过，也犹豫过，彷徨过。可是在他心里埋藏的那颗种子，渐渐地成熟起来，他相信一旦有了温度，有了土壤，有了水分，这颗种子一定会发芽，一定会茁壮成长。

“同志们！”钱部长的声音变得洪亮而有力，“省委和省委组织部决定……”

会场上鸦雀无声，似乎人人都屏住心跳，等待钱部长那千钧一发的决定。

“我们将在全省进行一次县处级领导干部的大轮岗！”

每一个人都竖起了耳朵，怀疑自己的听觉是否出了问题，大家把目光集中到钱部长身上，他刚才的那句话还在会场上荡漾着。或许是觉得事情的特别，或许是因为决定的重要，钱部长再次重复起刚才的决定。

县处级干部大轮岗！这是前所未有的，也没有人想到过。钱部长在进一步阐述县处级领导干部大轮岗时强调说："我们将在省级机关挑选一百名正处级领导干部，这些同志不仅要在省级机关中互相交流，而且还要有一部分交流到县里去。交流到县里的处长只能任县长，不担任县委书记。而部分县长要到省级机关当处长。目的是让机关的处长们到基层去提高基层工作能力和重大事项的决策水平。部分县长们也要到省级机关来体验宏观指导和机关工作的经验。这不光是干部能上能下的问题，而是要看一个干部的全方位的、整体的素质。"

在谈到县处级干部大轮岗时，钱部长说："省级机关到县里任县长的处长年龄不得超过四十岁；在省级机关内部厅局之间交流的处长年龄可以在四十八岁以下。"

会议结束了。省委组织部不仅处长们感到意外，连那些一般工作人员也觉得省委这次县处级干部大轮岗的决定不平凡。莫由省级机关厅局也就那么几十个，处级领导干部不过三四千人，去掉年过五十岁和副职的人估计也就那么几百人，一下子要交流一百名，这不是个简单的数字。多少年来，省委组织部的处长们调出去都提拔为副厅级，而这次要进行的竟是县处级干部大轮岗。把他们调出了组织部不说，万一要安排到了那些有职无权的单位当处长，意味着什么？这是谁都清楚的事！搞得不好只能是官至处级止了。而且在过去，只要省里是组织上调整干部，那些处级干部都是要到市里的，必定提拔到副市级，而现在交流下去的处长只能当县长，连县委书记也当不上，这对那些处长们来说不能不说是一次严峻的考验。

省委组织部毕竟是省委组织部，这样大的动作，办公室里没有任何议论。像是什么事也没有发生过，人人都投入在紧张的工作当中。

下午下班后，贾士贞准时回到家里，一个人坐在沙发里发愣，想着钱部长在省委组织部全体工作人员大会上，关于县处级领导干部大轮岗工作的讲话。这事确实是他没有想到的。这些年来，他想得最多的是组织部的特殊权力，或者说是行业的特殊待遇，以及组织部选拔、考察干部的方法和渠道问题。如何改革干部的选拔、考察办法，他甚至自己做了一些调研，也写了一些理论探讨文章，但他从没有往这方面去想过。怎么也没有想到省委会做出这样的决定。应该说县处级领导干部大轮岗，也是改革干部人事制度的一个重大举措，是一个非常了不起的重大决策，也是推动干部人事制度改革的号角。打破了省级机关权力差异和特权的不平等界限，如果这个办法成功了，每年，或者说过两年，再搞一次县处级领导干部大交流，也许干部们对省委组织部也就不会看得那么神圣和敬畏了。

玲玲下班回来了，一进家门，就嚷了起来："士贞，你知道吗？我们刚刚开了大会。"玲玲还没换完鞋子，一边关门一边说，"我们单位那些处长们个个激动，巴不得一下子被交流到省委组织部去。"

"那好啊！外面人都认为省委组织部是天堂，可一年忙到头他们就没看见！现在处级干部进行交流了，特殊权力没有了，大家都一样了。说明县处级干部大轮岗好啊！"

"士贞，你是在做梦吧，组织部会取消特权？"玲玲伸手试了试丈夫的头，有些讥讽道，"你没发烧吧？怎么说胡话了！"

贾士贞推开妻子的手，看看玲玲没有吭声。

"这么多年来省委组织部哪个处长调出去不是提拔副厅长、副市长、常委组织部长？其他部门提拔几个？"

贾士贞说："差别是必然的，那县里的同志有许多人一辈子还当不上副科长呢！"贾士贞说，"可中央呢？中央机关许多年纪轻轻的人就当上司长了！司长就是厅长啊！"

"是啊，所以干部人事制度要改革。"贾士贞自言自语地说。

"那你怎么办？"玲玲睁大双眼，"你可是正符合条件的处长呀，如果真的把你调到计生委，档案局去当处长，或者让你去县里当县长怎么办？"

"怎么办？"贾士贞说，"我是省委组织部的机关干部处长，又是一个年轻的处长，我当然要带头不折不扣地执行省委的重大决定。"

玲玲看看丈夫，欲言又止，只是脸上的表情说不出是高兴还是忧虑。

看来省级机关都在同一天传达了省委和省委组织部的这个重要决定。一时间这个消息也成了省级机关办公室和家庭饭桌的重要话题。

省级机关宣传发动之后，各单位符合条件的处长们纷纷开始报名，最后汇总单位虽然说在省委组织部，但是省委组织部并没有把这项工作交到两个干部处，也许是因为这两个处长都符合轮岗条件吧！

其实省级机关大部分单位的处长们，都从内心支持省委决策的，要说有顾虑的，只是省委组织部、省委办公厅和省政府办公厅的一些处长们。

因为多少年来这些部门的干部都是享有特权的，这些部门的处长们调出去都提拔为副厅级，有的岗位两三年就提拔换人，这自然是部门之间的差别。

全省县处级领导干部轮岗的会议精神贯彻之后，全省上下围绕着这样一个关键问题引发了种种议论，甚至有怀疑是不是仅仅是造造舆论而已。

省第九次党代会的筹备工作基本就绪了，除了部分市委书记的调整工作仍在逐步进行，其他干部的调整一直在准备阶段。凭贾士贞多年组织部工作的经验，省委常委研究干部工作也将迫在眉睫了。就在这时，传来消息，全省县处级领导干部大轮岗工作也到了关键时刻，接着会议通知就传到贾士贞手里。这是省委、省政府的联合通知，将在下周四上午召开省级机关处以上领导干部大会，主会场设在仓山体育场，各市都设立了分会场。大会主要内容是宣布全省一百名县处级领导干部大轮岗工作的结果。

这样一来此前的议论开始公开化和白热化了。

距离大会时间还有一个星期，这几天贾士贞的电话不断，大多是省级机关和县市有关人员打听这次县处级干部轮岗消息的，贾士贞心里有一种难以言表的烦恼。

白天在办公室里接到周一桂的电话，贾士贞支支吾吾、含糊其辞地应付了一番。晚上他又把电话打到家里，他一心以为贾士贞对这次大轮岗工作会知道一些消息，但当他得知贾士贞心里一点数都没有时，不由得深深叹了口气。他说这样看来，这次县处级干部大交流，贾处长很可能……

虽然周一桂的话没有说完，但是贾士贞知道，周一桂对他的前途和命运是担心的。对于贾士贞来说，说不考虑那是不现实的，一个将近四十岁的省委组织部的机关干部处长，按组织部门的惯例，他下一步必然调出组织部提拔为副市厅级领导。这个职务在中国当今的官场上是干部升职的一个分水岭。能够到达市厅级岗位的，那只是极少的人。就是省级机关，多数干部能够到达处级已经很不错的了。他不只一次地把记忆的风帆驶回当年被省委组织部退回去的那段往事，人生有些场景总是会永远牢牢地占据着人们的心，哪怕有时暂时把它忘记，但在另一些场合又会想起它来。不过，贾士贞却告诫自己，人生的任何经历都是有价值的财富。

和周一桂的相识富有神奇般的戏剧性，以至他们早已成为推心置腹的朋友了。他当时感觉出来，周一桂不希望他交流到省级机关的其他部门去，尤其是那些有职无权的部门。省级机关有些厅局说起来也是正厅局级，处长们也都是同样级别，可是未来的前景却是天壤之别！

此时此刻，周一桂不知道该说些什么话，贾士贞也不再像往日那样谈吐自如，两人都觉得一时无法表达心中的感慨，最后还是贾士贞先恢复了常态，说：“周书记，我这个人你是了解的，我的心里非常平静，顺其自然吧！”

挂了电话，贾士贞进了书房，想干点什么事，一时有些烦乱。

这几天玲玲似乎很能理解丈夫，她尽量不去打搅他。家务事一个人全部包揽下来。就在贾士贞刚进书房时，客厅里的电话又响了，他害怕又是那些探听消息的县长或者机关的处长们，莫名地，他又大步出了书房，接起了电话，是桑延华。

“哟，是桑厅长，你有什么指示？”

“士贞啊！我给你说过多少次了，你总是把我当做外人，干嘛总是称什么厅长！我再说一次，以后就称我老大哥好了！”

“老乡啊！晚上不陪夫人，有什么要紧的事吗？”

“士贞哪，这次全省县处级干部大轮岗已经快要揭晓了，难道你心中就一点底都没有？”桑延华说，“如果省委组织部真的要把你交流出去，不行就到财政厅来吧！我们欢迎你呀！”

贾士贞发出一阵长笑：“老乡啊，到财政厅干什么，我可是一窍不通呀！那样做，我们的人事制度才是乱点鸳鸯谱呢！”贾士贞停了一会儿又说，“专业不对口就不说了，我也不能主动要求去哪个部门呀！”

“人事处长要什么专业？”桑延华说，“其实财政厅的人事处长权力很大呢！只是没有省委组织部的处长提拔的希望大就是了！”

“好了，谢谢你老兄，这个时候还能这样关心我。”

“我担心你在这个时候心情复杂，要不我们见个面？在一起聊聊？”

“哈哈，老大哥你放心吧！我心态平和得很呢！其实就我个人来说，我真的希望组织部门不再有超越其他部门的特权，组织部门的干部也不应该高人一等，凭什么组织部门的处长都要提拔为副市厅长，而其他部门的处长只能一辈子处长寿终正寝？这显然不合理嘛，这是岗位上的特权，不平等、不合理。我希望干部人事制度来一场彻底的改革！”

“士贞哪，这句话也就你敢说，其他部门谁敢说？连我们这些厅长们都不敢说呀！”

“这有什么不敢说的？这是客观存在的事实。组织部门的人又不是天生就该在组织部的，也不是哪家祖上留下来的遗产。他们每一个人是怎么进的组织部门？说白了，是凭着和组织部某些掌权人的关系，而这‘关系’二字意味什么？我不说你老兄还不清楚？”

挂了电话，贾士贞觉得刚才自己有些过分激动了，他甚至担心桑延华会对他有什么想法。他看看电话，不想再接这些电话了，干脆把话筒放在旁边。来到客厅的阳台上，拉开窗帘，望着远方天际那闪闪发亮的星星，平心静气地想着自己的未来。

第二天上午一上班，钱部长便把贾士贞找到办公室。他说省委决定在大会之前，省级机关轮岗的处长都要进行谈话，说省委组织部四名正副部长分成四组，轮岗办公室同志已经开始通知了，一天之内谈话结束。

回到办公室，只听省委组织部的走廊里传来了谈笑声。贾士贞知道，这是省级机关前来谈话的处长们，他静静地坐在自己的办公桌前，等待着……

第四十二章　又一位组织部长

三天后，轮岗的处长们开始谈话了。省委组织部轮出去的两位处长都是大家没有想到的人。而这两位处长表面上不说，内心总是有些想法的，出了组织部，就意味着提拔的特权失去了。虽然当初是他们自己报了名的，不过那时他们总是有些侥幸心理，全省一百名县处级领导，轮到自己的概率还是很小的，可当真的落到自己头上了，他们自然有些意外，好像命运和他们开了不大不小的玩笑。

按照惯例，像他们这样在省委组织部干了多年的处长，迟一天早一天都会提拔为副市厅级调出省委组织部的。而现在，一个调去省民政厅任基层政权处处长，另一个到省粮食厅任办公室主任。虽然这两个岗位在省级机关处级干部当中也是很不错的岗位，但是和省委组织部却又是不能相比的了。原来以为副市厅级已经炙手可得了，可现在却如同断了线的风筝，手里虽抓着线，风筝却早已越飘越远了。

县处级干部轮岗名单一宣布，机关里一时间就议论开了。省委组织部的人却讳莫如深，个个都在装聋卖傻，然而，轮出去的两位处长成了打破以往惯例的先行者，给他们做出了榜样。这不光使那些处长们有兔死狐悲之感，连那些副处以下干部都感到前途渺茫，似乎组织部官运亨通的特权已经岌岌可危了。表面上看，他们依然是不显山不露水的，但是，多少还是渗透出几许忧虑和惆怅。

其实，在省委组织部的那些处长们当中，贾士贞是做好充分思想准备轮岗的人，他觉得自己无论年龄，还是其他条件，都是最适合轮岗的人选。然而现在轮岗的处长已经公布，真的没有他，他反倒感到有些奇怪了。这几日，贾士贞不止一次回首往事，他到省委组织部仅仅七八个年头，每一个脚印，每一次提拔，还都历历在目。应该说那是一段值得留恋和满足的辉煌岁月。人生就像一道抛物线，升得再高，也会有个顶点，过了这个顶点，谁都会往下回落。也许省委组织部的机关干部处长就是他人生的最高点，自己也应该满足了。然而不知为何，从省委宣布县处级干部轮岗开始，直到现在，一百名县处级领导干部已经轮岗结束，他的心里始终无法完全平静下来。

就这样，又过了半个多月，省级机关对轮岗工作的议论渐渐地淡化了，贾士贞觉得自己也该收收这颗不安分的心了。早上一到办公室，贾士贞接到秦副部长的通知，让他去省委书记楼三楼第二会议室。贾士贞不知何事，匆匆来到楼下，只见组织部一辆轿车已经停在那里，见到贾士贞，驾驶员笑笑上了车。

贾士贞上车后，轿车也启动了，从省委组织部到省委书记楼不过两三百米路程，轿车一加油门，就到了。

贾士贞踏上楼梯，边走边想，总想不出秦副部长让他到省委书记楼有什么事。上了三楼，右拐第二个门便是第二会议室，贾士贞对这里还是比较熟悉的，过去省委领导和新提拔的市厅级干部的谈话，常常都是在这里进行的。在这一刹那间，贾士贞的头脑里闪过一个念头，难道……可他又立即否定了这个想法，因为全省一百名县处级干部刚刚轮过岗，而作为省委组织部机关干部处长的他，也没有得到任何关于提拔干部的信息，这一切对于贾士贞来说，都有些不在情理之中。

第二会议室的门是半敞着的，贾士贞一眼看见钱部长站在里面，这时，秦副部长看到贾士贞了，他笑着说："来来来，士贞同志，请进！"

这时，钱部长转过身来了，向前走了两步，笑盈盈地说："来，先坐下。"

贾士贞觉得钱部长今天的表情与往常不一样，平时的工作中，钱部长即使是笑着，也显得几分严肃，而今天，让人感到轻松而愉快，甚至还有些兴奋。

正在这时，省委边副书记进来了，钱部长和秦副部长迎着边副书记，说："边副书记，这位就是贾士贞同志。"

边副书记伸出手，贾士贞急忙迎了上去，心里陡然升起一种莫名的激动。边副书记一边握着贾士贞的手，一边说："又一个年轻的市委组织部长啊！”

贾士贞一下子愣住了，他一时还没有反应过来，甚至对边副书记的话，有点不明所以。

边副书记调来莫由省不久，贾士贞还是第一次见到边副书记，自然感到几分拘谨。此刻的环境着实让贾士贞不知其所以然，好像这样的气氛与平时的工作明显不同，贾士贞来不及多想，只见边副书记和两位部长在他对面坐了下来。

边副书记坐在钱部长和秦副部长中间，钱部长看看边副书记，边副书记点点头，钱部长说：“这样，我先说说。”钱部长立即严肃起来了，“根据工作需要，经省委研究决定，贾士贞同志任西臾市委常委、组织部长。”

贾士贞有些不相信自己的耳朵，有点受宠若惊的感觉。

直到这时，贾士贞还有些茫然不知所措，他愣了一下，当他确信眼前这一切已经成为现实时，他的心脏突然间怦怦狂跳了起来，这个消息来得有点太突然了。

这样的干部提拔谈话，贾士贞经历了若干次，特别是在干部调整中人数较多的时侯，无论是市县干部处，还是机关干部处，正副处长都会分头和组织部领导陪同省委书记、副书记出席谈话现场。这种有省委领导、省委组织部领导的谈话，不光是说明领导重视，还有一种规格的象征在里面。凡是提拔副市厅级领导的谈话，都必须是这样的形式和规格。

虽然贾士贞过去参加过许多这样形式的谈话，但自己作为谈话的对象，这种感受完全是不一样的。在这样的场合中，无论谁都会激动不已的，贾士贞这时才察觉，自己的情绪是不由自主地高涨起来的。

贾士贞确实没有想到，自己怎么突然间就被提拔为市委常委、组织部长了呢！从当前的形势看，省委和省委组织部刚刚结束了一百名县处级干部的轮岗工作，说明干部人事制度要进行一场改革，从年龄上看，他才不到四十岁，而省委组织部有些老处长都已经过了五十岁，却仍然留在组织部。一时之间，贾士贞弄不明白高层领导的动向和意图，更别说摸透省委常委和钱部长的想法了。

过去省委组织部的处长们，在提拔之前都会有点迹象和风声的，而这次却没有任何消息，甚至连省委组织部的同志都没想到。自然领导一旦谈话了，秘密也就公开了。回到组织部，贾士贞才知道，唐雨林这次被提拔为梅州市委常委、宣传部长。这样一来，省委组织部的干部们又振奋起来了，好像这次提拔的两位处长就是他们自己一样，人人脸上都洋溢着喜悦和兴奋，这显然是大家觉得省委组织部将要失去的特殊权力又归位了，甚至还有一种失而复得的感觉。

组织部毕竟是组织部，干部提拔的特权仍然是其他部门不能相比的。

第二天晚上，正在吃晚饭时，电话响了，贾士贞一接电话，是桑延华。

“贾处长吗，我是老桑啊！”桑延华显得异常激动，大声说，“是真的吗？士贞，我要好好祝贺祝贺你啊！”

贾士贞有些不知所措，桑延华的热情让他插不上嘴。

晚饭后，贾士贞把自己关在书房里，现在他的心情反而有些沉重。前段时间一直想着自己可能被轮岗，甚至总想着可能被轮到什么岗位上去，而现在，他竟然要成为市委常委、组织部长了。他从没想过自己这么年轻就能当上组织部长。这样的重担一旦真的落到自己身上了，该如何来使用这样的权力呢？他不知道。他也不知道，全国三百多个地、市、自治州的组织部长们是如何掌握手中的权力的，但他觉得这个担子确实太重，责任太大！

在官场上，任何一个领导登上新的、高一级的职位时，都会有定下远大的规划、设想和抱负，都会制定自己的施政方略，是雄心勃勃准备大干一番事业，还是瞄准下一个晋升的目标？贾士贞静静地想着，究竟自己该如何去扮演好市委组织部长这个角色。

信息时代就是不一样，贾士贞还没去报到，西舆就有人上门请安拜访了。有西舆市直机关的，也有西舆市县区领导，当然这些人总是不忘找一些和贾士贞有些关系的人牵线搭桥。对于这些人的到来，贾士贞倒也十分客气，热情接待，笑脸相迎。他自然知道，他们的登门造访，不是他贾某人高人一等，而是他的这个市委组织部长的权力在吸引着他们。

贾士贞一边忙着交班，一边准备随时踏上新的工作岗位，每时每刻都在思索着该如何去当好这个组织部长。在省委组织部八年，经他手考察、提拔的市厅级领导干部有多少人？已经无法考证了。这些干部究竟都是怎么提拔起来的，有的他知道一些，有的他也弄不清楚个中原委。但是，他清楚，在领导干部的选拔上，存在着许多不为人知的片面性和主观性。实际上这种干部制度带着浓厚的封建主义色彩。尽管中组部关于干部人事制度改革已经下发了一系列文件，但是，各地并没有严格按照中组部的文件精神去认真落实。有的地方虽然也做了些工作，但只是所谓的“尝试”，或者说只是做做表面文章而已。要想真正让干部的选拔工作，实行“公开、公平、公正”的原则，在阳光下透明运作权力，接受来自广大群众的监督，恐怕各级组织部长应该是一个关键性核心人物。

如今，贾士贞自己真正成为一个大权在握的市委常委、市委组织部长了，他不得不认真而又严肃地去考虑这样一个摆在他面前的问题了。

贾士贞突然觉得自己就像一个演员，由原来的配角，将要扮演一个主角，这场大戏演得精彩与否，现在就看他这个主角怎么演了。

夜已经很深了，贾士贞站在阳台上，望着茫茫夜空，他的心头荡漾着无比兴奋的情绪……